Das Malermodell, die kleine Geliebte des Erzählers, hat ihm vor der Abfahrt ins Feld noch schnell ein paar Schinkenbrote gemacht, und er ärgert sich über das Seidenpapier, das daran haften bleibt. Doch alles, was er nun erfährt, heißt Willkür, Opportunismus, Gewissenlosigkeit, ein Krieg ohne Kriegsführung, unfähige Befehlshaber, das sinnlose Opfern der Truppen.

Als er nach der Kriegsgefangenschaft ins elterliche Herrenhaus zurückkehrt, nützen ihm der wiedergefundene Schlaf, das Essen, die Bequemlichkeit nichts. Die Verzweiflung treibt ihn um. Er wandert durch die Landschaften, gibt sein kubistisches Malen auf und versucht nun, die Gegenstände minutiös abzubilden, den einzelnen Gegenstand, und sei er noch so gering. Ein Blatt, einen Stein genau wiederzugeben, das erscheint ihm von absoluter Wichtigkeit ...

Eines Abends im Frühling fällt sein Blick auf die vom Licht der Lampe angestrahlten Blättchen der Akazie. Er sieht sie zittern und wieder zur Ruhe kommen und kommt selbst zur Ruhe, als er seine Erschütterungen nicht mehr nach ihrem Sinn befragt, sondern sie mit der Präzision eines gewissenhaften Malers beschreibt.

»Man erkennt die großen Bücher daran, daß sie in uns dauern, irgendwo abseits, an der Seite unseres eigenen Geschicks. Lange Zeit wird die Akazie vor meinem Fenster zittern.«

Bertrand Poirot-Delpech, Le Monde

»Ein souveräner Roman. Gipfel eines intimen, grandiosen Lebens.«

Patrick Grainville, Le Figaro

Claude Simon
Die Akazie

Roman

Aus dem Französischen
von Eva Moldenhauer

Suhrkamp Verlag

Titel der Originalausgabe: *L'Acacia*
Die Übersetzung wurde gefördert aus Mitteln
des Ministère français chargé de la culture.

Dritte Auflage 1991

Druck: MZ-Verlagsdruckerei GmbH, Memmingen
Printed in Germany

Time present and time past
Are both perhaps present in time future,
And time future contained in time past.

T.S. Eliot (*Four Quartets*)

I

1919

Sie gingen von einem Dorf zum andern, und in jedem (oder zumindest dem, was davon übriggeblieben war) von einem Haus zum andern, manchmal einem Gehöft auf freiem Feld, auf das man sie hinwies und das sie auf den schlechten Wegen, sich die Füße verrenkend, erreichten, in ihren von gelbem Schlamm verdreckten Stadtschuhen, die eine der beiden Schwestern manchmal ungeschickt mit Hilfe eines Grasbüschels abwischte, in der anderen Hand ihren schwarzen Handschuh, gebückt wie eine Magd, wobei sie mit mürrischer Stimme auf die Witwe einredete, die ungeduldig ihren Fuß auf einen Stein oder eine Grenzmarke setzte, sie gewähren ließ, während sie fortfuhr, mit gierigen Augen die Landschaft abzusuchen, die durchweichten Wiesen, die Felder, die seit fünf Jahren kein Pflug mehr umgegraben hatte, die Wäldchen, wo hier und da noch ein Fleck Grün überdauerte, manchmal ein einzelner Baum, manchmal nur ein Ast, auf dem ein paar Zweige nachgewachsen und durch die zerfetzte Rinde gebrochen waren.
Schließlich kannte man sie, gewöhnte sich an sie. Wenn sie konnten, mieteten sie ein Taxi, in das sie sich alle drei mit dem Kind zwängten und dessen Chauffeur sie mit jener mitleidlosen Habgier der Armen gegenüber den Armen bestahl (nicht, daß sie arm waren – zumindest die Witwe nicht –, da sie Geld genug hatten, um durch dieses Land zu reisen, wo damals das kleinste Hotelzimmer – sofern es ein Hotel gab – soviel kostete wie das Zimmer in einem Palast; nicht diese Art Armut erriet er (der Chauffeur), sondern die andere: die des Unglücks), gleichgültig gegen das scheue Geflüster der beiden Schwestern, während die Witwe ihn bezahlte, einen nach dem andern die schmierigen Scheine aus fasrigem Material abzählte (als wären auch

sie befallen, angesteckt von jener Art Lepra, die langsam die gesamte Region, Bewohner und Erdboden, zerfressen zu haben schien, nur so etwas wie Stümpfe, Stummel von Häusern stehen lassend, Mauern, die manchmal von aus anderen Trümmern hervorgezogenen Balken gestützt wurden, darüber Dächer aus Wellblech oder einfach geteertem Papier, gleich Wundverbänden), das Gesicht abwesend oder vielmehr schemenhaft hinter dem schwarzen Kreppschleier, den sie anhob, über die Schulter warf, ihr eingefallenes, ein wenig fettes Fleisch entblößend, wenn sie anhielten, um in irgendeinem Lokal oder vielmehr irgendeiner Kantine zu essen, einem jener in den Schlamm gebauten oder vielmehr gesetzten amerikanischen Barakkenlager an der Kreuzung dessen, was früher einmal Straßen gewesen waren, jetzt voller Sumpflöcher, in denen die Lastwagen wild schaukelten und rumpelten, die der Fahrer ihnen manchmal zu besteigen erlaubte, wobei die beiden Schwestern auf der Tragfläche standen, hin und her geschleudert, sich an den Seitenwänden festklammernd, die Frau und das Kind im Fahrerhaus saßen, während der Fahrer (es war ein junger Einberufener, der auf seine Entlassung wartete) geschickt steuerte, um den Schlaglöchern auszuweichen, und aus dem Augenwinkel neugierig das dunkle Profil der Frau in Trauer beobachtete, das sich unter dem durchsichtigen Krepp abzeichnete, gebieterisch und gekränkt zugleich, von jener hochmütigen und unbeugsamen Entschlossenheit geprägt, wie man sie auf den Medaillen an alten Kaiserinnen sehen kann, oder einfach an Verrückten.

Es war eine noch junge Frau, unter vierzig, von plumper Gestalt in ihrer Kleidung, deren Auswahl (schwarze Schuhe, schwarze Strümpfe, schwarzer Mantel, schwarze Kappe, von einer schmalen Borte gesäumt, an der der Trauerflor hing) trotz aller Bescheidenheit – oder vielleicht gerade wegen ihrer Kargheit, die die Qualität des

Stoffs, des Schnitts, der Accessoires Lügen strafte – etwas Protziges, Theatralisches besaß, gleich jenen Gewändern, wie sie für jene Nonnen irgendeines mondänen und weltlichen Ordens ersonnen wurden, denen man in den Salons oder bei offiziellen Zeremonien begegnen kann, inmitten oder an der Spitze einer Gruppe von Krankenschwestern, und die, eng von Schleiern eingefaßt wie jene in Stein gehauenen Masken von liegenden Grabfiguren, nur das Oval freundlicher und zugleich strenger Gesichter zeigen, wächsern und abwesend. An einem Abend schliefen sie im Schlafsaal eines Klosters (oder einer Mädchenschule), wo die Betten durch an Stangen angebrachte Vorhänge aus weißem Stoff getrennt waren. Einmal schliefen sie in einem Café, dessen Wirt ihnen den Preis für drei Zimmer abverlangte (er sagte, daß er das Kind nicht mitrechnen würde), die beiden Frauen auf Bänken oder Stühlen, die Witwe und der Knabe auf dem Billardtisch, direkt auf dem grünen Tuch, wobei die Witwe lediglich ihren Hut abnahm, den Schleier zusammenfaltete, den sie als Polster auf ihre Handtasche gelegt und daraus ein Kissen gemacht hatte für den Knaben, der bei der spröden und rauhen Berührung mit dem Krepp einschlief, während er dessen Geruch, der ebenfalls gleichsam rauh war, riechen konnte und der schwere Körper aus Stein ausgestreckt neben dem seinen lag. Der Billardsaal war von der Kneipe nur durch eine hölzerne Zwischenwand mit Paneelen aus Milchglasscheiben getrennt, über die bis spät in der Nacht das Geräusch klirrender Gläser und weinseliger Stimmen herüberdrang. Irgendwann stieß jemand einen Flügel der Schwingtür auf, und ein gelber Lichtkegel schoß hervor, hielt einen Augenblick inne, bevor er, während gleichzeitig eine Stimme etwas lallte, wieder verschwand und auf der Retina des aus dem Schlaf geschreckten Kindes das Bild des fetten bourbonischen Profils hinterließ, das ohne Bewegung war, ruhig, furchterregend, der offenen, ins

Leere, in die Finsternis gerichteten Augen. Spät in der Nacht (die Lichter waren nun erloschen und die Trinker gegangen) entledigte sie sich behutsam ihres Mantels und breitete ihn über das Kind. Sie schliefen in einem Hotel, in dem die Flure an einem Ende mit hastig gemauerten Backsteinwänden abgesperrt waren, deren gipserne Fugen in Wulsten herausquollen. Von außen konnte man den eingestürzten Flügel des Gebäudes sehen, verschiedenfarbige Tapeten, gelb, rosa oder hellblau, übersät mit Blümchen oder Girlanden, im Leeren über dem Schuttkegel hängend, der zur Hälfte das Bett eines Flusses verstopfte, dessen graue, fast stagnierende, einer stumpfen Zinkplatte gleichende Wasserfläche geräuschlos zwischen den Trümmern dahintrieb und in trüber Durchsichtigkeit, wenn ein seltener Sonnenstrahl sie durchdrang, Myriaden schwebender Staubkörner sehen ließ, die ebenfalls langsam dahintrieben, als ob sie von ihrer Quelle an, auf ihrem ganzen Verlauf und ihren Windungen die Niederschläge irgendeines Aschenregens, irgendeiner endgültigen, totalen Verwüstung an sich zöge, dazu verdammt, ohne Hoffnung auf ein Ende jene zur Unfruchtbarkeit verdammte Erde und jene Trümmer wegzuschwemmen, zwischen denen die beiden Frauen und das Kind der unerbittlichen Wanderung derjenigen folgten, die sie hinter sich herschleppte.
Sie klagte nicht, beschwerte sich nicht. Man hätte meinen können, sie begrüße die Unbequemlichkeit, die Karren, die Lastwagen, die Taxifahrer, die sie bestahlen, die fettverklebten Schüsseln, die unsauberen Toiletten und die Schalen bitteren Kaffees mit einer Art tragischer Befriedigung. Sie war morgens als erste auf den Beinen, schon bei Tagesanbruch bereit, vollständig angezogen, als hätte sie sich sogar in den Nächten, in denen sie in einem Bett hatte schlafen können, nicht entkleidet, ungeduldig (nicht, daß sie nicht aß, doch sei es, daß sie Eile hatte, sich wieder auf

den Weg zu machen, sei es, daß dies ihre Gewohnheit war, sie tat es schnell: etwas Wildes, gleichsam eine Gier, eine Wut, eine Gefräßigkeit, hätte man meinen können, wenn nicht, so wie ihre Art, sich zu kleiden oder sich zu halten, auch die Art, mit der sie verschwinden ließ, was sich auf ihrem Teller befand, jenen Charakter von Härte und hoheitsvoller Strenge verraten hätte, der von ihr ausging: von einem Augenblick zum andern war der Teller (oder die Tasse) einfach leer, die Serviette, die sie nicht berührt zu haben schien, schon wieder gefaltet, während ihre Hand die wenigen hier und dort verstreuten Krümel zu einem winzigen Häufchen zusammenschob, das Gesicht undurchdringlich), und wartete schweigend auf die beiden anderen Frauen (die beiden Schwestern), die sich beeilten, Scheiben altbackenen Brots in ihre Schalen zu tunken.
Als hätten sie ihr als Mägde gedient oder, bestenfalls, als Gesellschafterinnen, obgleich sie jede von ihnen umarmte, wenn sie sich morgens wiedersahen oder sich abends trennten, mit jener Sanftmut und jener leicht verärgerten Geduld zu ihnen sprach, wie man es bei Personen niederen Standes, bei armen Verwandten, Greisen oder Kindern tut, obwohl sie sichtlich älter waren als sie, sich nicht nur durch ihre eckigen Gesichter, ihre ebenfalls eckigen – sogar aufgesprungenen – Hände von ihr unterschieden, sondern auch durch ihre Kleider, die, obwohl ebenfalls von dunkler Farbe, weder jene theatralische, finstere Eintönigkeit besaßen, noch aussahen wie Röcke oder Mäntel, die von einer Schneiderin nach Maß gefertigt worden sind, sondern wie nach einem Schnittmuster auf einem mit Wachstuch bedeckten Tisch zugeschnitten, an ihnen selbst zusammengeheftet und anprobiert und schließlich schlecht und recht genäht, zu eng oder zu weit, verziert mit Kragen oder Aufschlägen aus abgetragenem Pelz.
Die Leute, die sie ausfragte (die Kneipenwirte, die Nonnen des Klosters, die Bäuerinnen, die ihnen in ranzigem

Fett Omeletts buken), glaubten zu verstehen, daß sie Schwägerinnen waren. Noch während sie den Preis für die Omeletts auf das aus irgendeinem Notizbuch gerissene Blatt schlechten Papiers kritzelten, bemühten sie sich, die Lichter des Diamanten zu schätzen, der zum Vorschein gekommen war, als die Witwe ihre Handschuhe abgestreift hatte, murmelten irgend etwas, verschwanden in der Küche und kamen mit der berichtigten Rechnung zurück. In Wirklichkeit formulierte sie die Fragen nicht selbst, sondern benutzte die beiden schlecht gekleideten Frauen gleichsam als Dolmetscherinnen, als spräche sie selbst nicht die gleiche Sprache oder als untersagte ihr irgendein Ritus, sich direkt an Unbekannte zu wenden, drehte sich zu ihren beiden Begleiterinnen um, diktierte ihnen die Frage, die sie stellen sollten, wartete, daß sie sie wiederholten, lauschte den Erklärungen, das fette bourbonische Gesicht stets undurchdringlich hinter dem Gespinst des Krepps, nur die Augen (ein wenig kugelige Augen, starr, ebenfalls schwarz, fast hart, ein wenig wie die eines Vogels, sogar eines Raubvogels) schimmerten im Schatten des Schleiers mit einer Art dumpfer Glut, brandigem Glanz, fiebrig.
Manchmal ließ sie die beiden anderen das Gespräch fortsetzen, öffnete ihre Handtasche, wühlte darin, entnahm ihr einen dünnen Packen Briefe und Postkarten, die sie zum hundertsten Mal durchsah, wobei sie die eine oder andere zurückbehielt, sie aufmerksam von neuem las, dann der ihr am nächsten stehenden der beiden Frauen ein paar Worte sagte und schweigend wartete, daß sie sie wiederhole. Es waren zwei kleinformatige Briefe mit offiziellen Briefköpfen und Stempeln, bedeckt mit ein paar Zeilen in einer zierlichen Schrift, auch sie gleichsam offiziell, lakonisch, wie militärische Befehle oder Verlautbarungen, und drei oder vier jener Postkarten, wie die Verliebten oder die Ehemänner der Domestiken sie zu schicken pflegen. Ein-

mal ließ sie eine von ihnen auf den Boden fallen, und der Knabe hob sie auf. Sie zeigte in Sepia auf kastanienbraunem Grund eine 75er Kanone in Schußposition, neben der sich ein Soldat befand, ein Käppi auf dem Kopf, einen langen roten Streifen an seiner Hose, ein Knie auf der Erde, eine Hand als Schirm über den Augen, die andere mit geradem Zeigefinger in die Richtung ausgestreckt, in die auch die Kanone wies. In der linken Ecke und etwas hinter der Kanone erschien in einem hellen Lichthof das lächelnde Gesicht einer blonden Frau über einem Strauß Rosen. In großen, weißen Schönschriftbuchstaben im oberen Teil der Karte konnte man die Wörter WIR KRIEGEN SIE gefolgt von einem Ausrufungszeichen lesen. Auf der Rückseite, auf dem der Korrespondenz vorbehaltenen Teil, wogte oder vielmehr wankte eine jener unbeholfe nen und beflissenen, gleichsam kindlichen, chaotischen Schriften, deren halb verblichene Bleistiftbuchstaben sich wirr bedrängten, und die Frau nahm dem Knaben die Karte aus der Hand, die Brauen jetzt gerunzelt, aufmerksam über die mühsam geformten Schleifen und Grundstriche gebeugt, hob schließlich den Kopf, klopfte mit dem Zeigefinger auf die Karte, sagte etwas wie: »Dieser Mann sprach von einem Wald von Jaulnay. Aber es kann Gaulnay sein. Oder Gouloy. Fragt sie, ob sie wissen, wo ...«, sagte dann, bereits stehend, bereits die schwarze Kappe auf ihrem Kopf zurechtrückend, ihren Schleier ordnend, den Packen Briefe wieder in der Handtasche verstauend: »Gehen wir«, sagte: »Fragt sie, ob es weit ist. Fragt sie, ob man einen Wagen finden kann. Fragt sie, ob sie jemanden kennen, der ein Auto oder ein Fahrzeug hat. Wir lassen unser Gepäck hier. Sagt ihnen ...« Manchmal (das heißt während der drei Tage, die sie in dem Hotel verbrachten, von dessen Zimmern zum Teil nur noch Rechtecke von Tapeten in lieblichen Farben übrig waren, noch an der Steilwand haftend, die den Schuttkegel überragte) ... manch-

mal ging sie allein mit einer der beiden Schwestern fort, blieb den Tag über fern, den Knaben der Obhut der jüngeren überlassend (oder vielmehr der weniger alten – obwohl sie in Wirklichkeit noch gar nicht so alt war, trotz ihrem zerfurchten Gesicht, das wie eine burleske und grausame Widerlegung ihres Namens wirkte, des Namens einer Göttin, so wie auch das Männergesicht mit dem kräftigen Gebiß und den triefenden Augen ihrer Schwester wie eine scherzhafte Widerlegung des Namens wirkte, den sie trug, des Namens einer Kaiserin oder einer üppigen Kurtisane), und diese ging mit ihm am Nachmittag zu einem alten befestigten Stadttor, dessen monumentales Mauerwerk stellenweise beschädigt war und hinter dem sich etwas erstreckte, was entfernt einer Promenade glich, mit Bäumen, die noch Blätter trugen, einem winzigen Kinderkarussell und einer Schaubude, in der aus Granathülsen gefertigte Vasen ausgestellt waren, Postkarten, rosa und gelbe Windrädchen aus Zelluloid und in Ölpapier gewikkelte ekle Süßigkeiten. Ins Hotel zurückgekehrt, versuchte die Frau, ihn in einem mit Haustieren bebilderten Album lesen zu lassen, gab es dann auf, begann nun, ihm die Fortsetzung einer Geschichte zu erzählen, die kein Ende zu haben schien, der sie unermüdlich, das abgespannte Gesicht von passiver Trübsal geprägt, jeden Tag neue Episoden hinzufügte.
Obwohl der Sommer gerade erst zu Ende ging, regnete es viel. Es regnete auf die Mauerwände der aufgeschlitzten Häuser, deren pastellfarbene Tapeten nach und nach abblätterten, es regnete auf die glatte, graue und träge Fläche des Flusses, auf der die Tropfen silbrige Kringel aufplatzen ließen, es regnete auf die graue Landschaft, den Ring der Hügel, unter denen die zerfetzten Körper von dreihunderttausend Soldaten verwesten, auf die grauen Felder, die grauen Häuser – oder vielmehr das, was von ihnen übriggeblieben war, das heißt, als wäre alles, Hügel, Fel-

der, Wäldchen, Dörfer, aufgerissen oder vielmehr zerschunden worden von irgendeiner riesigen holpernden Egge mit bald auseinanderstehenden, bald engstehenden Zähnen, die nichts anderes hinter sich zurückgelassen hatte als ein paar Mauerwände und ein paar verstümmelte Baumstämme, manchmal auch ein Haus oder eine Gruppe von Häusern (oder einen Baum oder eine Gruppe von Bäumen), unversehrt, ungewöhnlich, um die herum (oder aus denen) in Zeitlupe so etwas wie ein larvenhaftes oder vielmehr elementares Leben zu quellen schien, trübselig, gleichsam abgestumpft, diesseits und jenseits einer Zone, wo kein Baum, kein Grashalm, außer Brennesselbüscheln, nachgewachsen, kein Acker bestellt worden war, wo der Stein nur im Zustand unförmiger Anhäufungen existierte und der Boden nur eine Folge mehr oder weniger breiter, ineinandergreifender, mit modrigem Wasser angefüllter Mulden war, denen Mückenschwärme entstiegen.
Straßen – oder vielmehr schlecht und recht geschotterte Wege – wanden sich durch das flache Land oder am Hang der Hügel, doch abgesehen von ein paar Fuhrwerken oder einigen wenigen Handkarren wurden sie nur von ebenfalls wenigen, erdfarben gestrichenen Planwagen befahren, die manchmal vereinzelt, manchmal in langsamen Konvois holpernd vorankrochen, gelenkt von fast bartlosen jungen Soldaten, die unablässig von Speichel durchweichte, bauchige Kippen an ihren ebenfalls aus Patronenhülsen gefertigten Feuerzeugen anzündeten, während auf dem Fußboden des Fahrerhauses zwischen den riesigen Pedalen und Schalthebeln die Liter eines violettfarbenen Weines, dessen Oberfläche Bläschen warf, in den grünen Flaschen herumrollten, die eine der beiden Schwestern in den an den Kreuzungen errichteten Trinkstuben oder Kneipen für sie kaufte. Einmal mußte der Wagen, in dem die drei Frauen Platz genommen hatten, zur Seite fahren, um drei Automobile vorbeizulassen, erd- und schlammfarben

auch sie, aber mit blanken Kupferbeschlägen, in deren einem, auf dem Rücksitz, ein Greis mit fahlem starren Gesicht, tiefliegenden Augen saß, wie man sie bei jenen Kranken sehen kann, die in kleinen Wagen geschoben werden, ein goldbesticktes Käppi auf dem Kopf, und die Witwe sagte einen Namen, sich zu den beiden anderen Frauen beugend, die die drei vorbeikommenden Wagen und den Mann, dessen Kopf dem eines Schwindsüchtigen glich, mit dem gleichen leeren, gleichgültigen Blick ansahen, mit dem die Leute, die sie ihrerseits vorbeikommen sahen oder die von ihnen befragt wurden, sie musterten, auf ihre Fragen zuweilen mit jenem zusammenhanglosen, geschwätzigen guten Willen kleiner Leute antworteten, meist aber mit jenem Überdruß, jener Ungeduld oder vielmehr sogar jener geizigen Feindseligkeit von Menschen, die man bei der Arbeit stört, die schwarzen Schleier betrachtend, die Hand, an der der Diamant funkelte, das Kind in seinem Mantel aus warmem Flausch, sich dann abwandten und zu ihren Beschäftigungen zurückkehrten. Ein andermal fuhr eine Frau sogar mit einer Art Wut über sie her, beschimpfte und verfolgte sie mit ihren Verwünschungen, während sie sich entfernten – oder vielmehr die Flucht ergriffen –, die Witwe unerschütterlicher, bourbonischer denn je unter ihrem Schleier, eine der beiden Schwestern über das Kind gebeugt und hastig auf es einredend, damit es die Beschimpfungen der mageren Gestalt nicht höre, die in einer dunklen Schürze auf der Schwelle eines mit geteerter Pappe bedeckten Gehöfts stand. An dem Tag, an dem sie in dem Kloster (oder dem Mädchenpensionat) schliefen, sprach die Witwe am Abend, nachdem das Kind im Bett lag, lange mit den Nonnen, die sie beherbergten, indes ihre Begleiterinnen schweigend auf ihren Stühlen saßen, steif, ihre aufgesprungenen Hände in der Mulde ihrer Schenkel gefaltet, ohne jeden Ausdruck in ihren Männergesichtern, lauschend, mehr nicht.

Der Salon des Hotels war mit einer Couch und Sesseln aus Ebenholz möbliert, deren geschwungene Formen granatroter Samt überzog. Nach und nach verlangsamte sich der Redefluß der Stimme, die dem Knaben die endlose Geschichte erzählte, hielt manchmal inne beim Geräusch eines Wagens vor der Tür oder anderen Stimmen in der Eingangshalle, wobei die Frau verstohlene Blicke auf die Uhr warf, den Faden verlor und, vom Kind zur Ordnung gerufen, die Geschichte wieder von vorn aufnahm, die Bewegungen der schwieligen Hände unterdrückend, die am Verschluß der Handtasche nestelten oder grundlos den Rocksaum glattstrichen, indes die Geschichte bröckchenweise, zerhackt weiterging, erneut mitten in einem Satz abbrach, wieder aufgenommen wurde, bis die Stimme endgültig verstummte, die Frau, jetzt stehend, sagte: »Nein. Morgen«, sagte: »Ich glaube, diesmal ...«, sagte: »Da sind sie!«, auf die Tür der Eingangshalle starrend, die sich öffnete, die von der anderen Frau begleitete Witwe hereinließ, beide übermüdet, in schlammigen Schuhen, manchmal auch schlammbefleckten Röcken, und die Witwe ging wortlos auf das Kind zu, beugte sich herab, zog es an sich, schloß es in ihre Arme, wobei in ihren Bewegungen stets etwas Gespreiztes, Krampfhaftes, Emphatisches und zugleich düster Tragisches lag, das ihre Gesten zu beherrschen schien, während diejenige, die ihr folgte, dem auf sie gehefteten fragenden Blick mit dem gleichen Kopfschütteln antwortete, stumm, resigniert. In dem schlecht beleuchteten Speisesaal, in dem auch drei Offiziere sowie Männer, die wie Unternehmer oder Handlungsreisende wirkten, zu Abend aßen (einmal war eine lärmende Gruppe ziemlich betagter Amerikanerinnen da, die Schultern mit Pelzstolen bedeckt, in Begleitung zweier offiziell wirkender Personen), wechselten sie mit fast flüsternder Stimme zwischen zwei Löffeln Suppe kurze Worte, gleichsam verschämt, jammervoll, wobei die beiden verbrauchten Gesichter ein und denselben Ausdruck stiller und absoluter Hoffnungslosigkeit zeigten und die Witwe ihrer Gewohnheit gemäß regungslos, unerschütterlich vor ihrem leeren Teller saß. Manchmal, beim Nachtisch, holte sie aus ihrer Handtasche und zeigte dem Kind die Postkarten, die sie gekauft hatte und die sie, wieder auf ihrem Zimmer, wenn der Knabe im Bett lag, ihren Verwandten oder Bekannten schickte.

Fast hätten sie alle gleich sein können, nahezu identisch, das heißt auch sie gleichmäßig grau, schlecht abgezogen auf Rechtecke schlechten Kartons, eintönig wie die Hügel, die Ruinen oder die ungestalten Landstriche, die sie darstellten, die Trümmer entlang den Ufern eines Flusses, der mit schneller, leiser und zugleich brausender Strömung zwischen zwei Reihen von Treibgut hindurchfloß, wie Überschwemmungen es zurücklassen, miteinander verbunden durch eine jener Holzbrücken, die das Pionierkorps in aller Eile knapp über dem Wasser gebaut hatte, ausgehend von einem wüsten Durcheinander von Brettern, zerbrochenen Rädern, Deichseln und Steinblöcken und am anderen Ufer in dem gleichen apokalyptischen, trostlosen Gewirr aus Überresten von Wagen, Gebälk, Dachziegeln und zerstörten Dingen endend, hinter dem sich vielleicht, auf einer anderen Karte reproduziert, zu beiden Seiten einer Straße und auf sie überschwappend, zwei asymmetrische Haufen aus Quader- und Backsteinen befanden, und abermals etwas Unförmiges, Verbeultes, in dem die einzige Vegetation aus dornigen Sträuchern verrosteten Eisens zu bestehen schien. Drei Soldaten (zwei von ihnen trugen eine Polizeimütze, der dritte ein Käppi – zweifellos das mit dem Entfernen der Stacheldrähte beauftragte Arbeitskommando) posierten für den Fotografen am Eingang einer Art Tunnel, der sich in die Flanke von etwas bohrte, was nicht einem Abhang glich, sondern jenen Bergen von Unrat,

den die kommunalen Müllwagen am Rand der Städte abladen.
Die Rückseite der Karten war von blassem, gleichsam verblichenem Grün, auf das sie, nachdem sie mit schräger, stacheliger Schrift ein paar Zeilen neben die Adresse des Empfängers geschrieben hatte, eine ebenfalls blasse, orangerosa Briefmarke klebte, eine Frau in langer Tunika mit weichen Falten darstellend, deren unter einer phrygischen Mütze hervorquellendes Haar im Wind flatterte und die eine Hand in der Geste des Säens nach hinten streckte. Eines nach dem andern stapelten sich die grünen, orangebeklebten kleinen Rechtecke, bedeckt mit jener, ihrerseits Stacheldraht gleichenden Schrift, auf einer Ecke des Tischs, an dem sie, während das Kind einschlief, saß, endlich ohne ihre Kappe und ihren Schleier, die sie behutsam auf einen Stuhl gelegt hatte, streng, das etwas feiste Profil im Schein eines befransten kleinen Lampenschirms nachdenklich über die kohlefarbenen oder grauen Bilder gebeugt, die sie einen Augenblick betrachtete, bevor sie sie umdrehte und mit violetten Linien bedeckte, tödlich ruhig, monumental, schwarz, tödlich entschlossen, noch immer von jenem unstillbaren Kummer und jenem unbeugsamen Willen erfüllt, der sie zwang, unter regnerischen Himmeln von einem Trümmerfeld zum andern, von einem Leichenacker zum andern zu irren.
Und am Ende wurde sie fündig. Oder sie fand vielmehr ein Ende – oder wenigstens etwas, von dem sie glauben konnte (oder was zu glauben ihre Erschöpfung, der Grad ihrer Müdigkeit sie zwang), es sei geeignet, dem ein Ende zu setzen, was sie seit zehn Tagen über ausgefahrene Wege, in halbzerstörte Gehöfte und Schenken mit den Gerüchen betrunkener Männer hetzte. Es war ein ganz kleiner Friedhof, kreisförmig, von höchstens etwa zwanzig Meter Durchmesser, umgeben von einer Mauer aus Mühlsteinen, wie man sie an Wochenendhäusern sieht,

und auf dessen Säulen zu beiden Seiten des Haupteingangs sich ein schwarzgestrichenes Eisenkreuz befand. In der Mehrheit waren es Gräber von deutschen Soldaten, aber sie ging geradewegs auf ein etwas abseits gelegenes zu, das ihr zweifellos jemand (jemand, der Mitleid mit ihr – oder vielmehr mit ihnen – gehabt hatte oder sie vielleicht einfach hatte loswerden wollen) genannt hatte und auf dem, in deutscher Sprache auf einem Metallschild, dann in französischer Sprache auf einem in jüngerer Zeit angebrachten Brettchen, einfach geschrieben stand, daß hier die Körper zweier nicht identifizierter französischer Offiziere lagen. Es hatte endlich zu regnen aufgehört, und eine Spätsommersonne spielte jenseits der Mauer auf dem Laub des Wäldchens (der Friedhof lag im Osten hinter der etwa zehn Kilometer breiten Zone, der die Art riesiger, alles auf seinem Weg zerstörender Wirbelsturm gefolgt zu sein schien), dessen Zweige sich gold zu färben begannen. Sie ging bis zu der Inschrift vor, las sie, trat zurück bis zu der Stelle, wo sich ungefähr die Füße der Toten befinden mußten, beugte die Knie, erhob sich wieder, kramte in ihrer Handtasche, holte ein Taschentuch heraus, das sie auf den Boden breitete, kniete dann nieder, hieß den Knaben sich neben sie niederknien, bekreuzigte sich und verharrte, den Kopf senkend, regungslos, unter dem verschatteten Schleier schwach die Lippen bewegend. Irgendwo in den noch nassen, in der Sonne glitzernden Blättern stieß ein Vogel seinen Schrei aus. Es war niemand anderes auf dem Friedhof als die drei Frauen und das Kind, das heißt die Witwe und der Knabe, die knieten, und, etwas hinter ihnen, die beiden anderen Frauen, die standen, ihre Handtaschen und ihre zusammengeklappten Regenschirme in der Hand, regungslos, ihre Lippen regungslos in den regungslosen zerfurchten Gesichtern, ihre Augen von Tränensäkken unterstrichen, rosa umrandet, fayencefarben und versiegt.

II

17. Mai 1940

Für die erschöpften Reiter, die er, die Kolonne entlangreitend, überholte und die trübsinnig, schmutzig (nicht der ruhmreiche und legendäre Schlamm der Schützengräben: einfach schmutzig: wie Männer es sein können, die seit sechs Tagen keine Zeit gehabt haben, sich auszuziehen oder sich zu waschen, in denselben Kleidern abwechselnd geschwitzt und gefroren haben – an jenem Maianfang waren die Nächte noch kühl –, nur wenige Stunden – manchmal nur wenige Minuten – geschlafen haben, aufs Geratewohl in Scheunen, verlassenen Häusern, Bauernbetten mit roten Federdecken, auf die sie sich fallen ließen, sogar ohne ihre Sporen abzuschnallen, oder in Straßengräben), vor Müdigkeit im Licht des Morgens blinzelten, auf ihren Sätteln zusammengesackt wie Pakete, mit ihren krummen, fast buckligen Rücken, ihren schlammverschmierten Helmen (diejenigen, die für ihre leere Feldflasche weder Brunnen noch Bach gefunden hatten, urinierten einfach vor sich hin, bevor sie den Helm abnahmen und ihn mit einer Schicht nasser brauner Erde einrieben, die trocknend gelb wurde, abbröckelte, verdickt in den Rillen haften blieb), ihren schmutzigen Wangen, die ein sechs Tage alter Bart bedeckte, ihren starren Augen, auch sie gleichsam schmutzig, staubig, zwischen den brennenden Lidern (ein für allemal, als der Tag anbrach, hatten sie die aus der Nacht tauchende nackte, ungeschützte weite Ebene mit den spärlichen Baumgruppen entdeckt, taxiert – und etwas später beobachteten sie, alle Köpfe in ein und derselben Bewegung erhoben, wie sich ein kleines Flugzeug näherte, dann ohne Hast über ihnen kreiste, nicht größer als das Modell eines Aeroclubs oder als diejenigen, die man bei Lufttaufen auf Dorffesten verwendet, so langsam flog, daß man sich fragte, wie die Luft es tragen konnte, ob es nicht in jedem Moment abstürzen werde, wobei das Geräusch seines gedrosselten Motors dem Surren einer Wespe glich, und so tief, daß sie das schwarz-weiße Kreuz auf seinem Rumpf sehen konnten, der seinerseits in neutralem Grau gestrichen war (nicht leicht getönt, ockerfarben oder olivgrün, wie andere militärische Geräte oder Gebäude: nichts als die Mischung aus Schwarz und Weiß: eisengrau, unheimlich), träge, lässig (nicht dreist, sogar ohne den Anschein, sie zu verhöhnen, und wahrscheinlich sogar ohne Feindseligkeit), als ob sie auch (im Begriff, sie zu beobachten, ebenfalls ohne Bosheit, sie zählend, taxierend, so wie ein auf einem Zaun oder einem Hügel hokkender Viehtreiber die Zahl und den Wert der Tiere einer Herde taxiert) den Piloten sehen könnten, unausgeschlafen, noch gähnend, noch die Tasse Kaffee oder die Stulle (oder die Würste) im Magen, die er kurz vorher auf die Schnelle am Tisch des Kasinos heruntergewürgt hatte, und hinter ihm den Aufklärer (oder vielleicht den Piloten selber: sie wußten es nicht), im Begriff, auf die Tasten seines Morseapparats zu klopfen (oder direkt in ein Mikrophon zu sprechen: auch das wußten sie nicht genau: es hatte im übrigen auch keinerlei Bedeutung: sie wußten nur, daß das, was auf diese Weise träge an der Grenze des Geschwindigkeitsverlusts am wolkenlosen, noch leicht von den Rosatönen der Morgendämmerung gefärbten Himmel über ihren Köpfen kreiste, der Vorbote ihres Todes war), während sie ihm mit den Augen folgten, ohne stehenzubleiben, ohne den Versuch zu machen, zu fliehen oder sich zu zerstreuen, und die Oberkörper weiterhin gehorsam auf den Sätteln vor- und zurückschwankten, die nach hinten gebogenen Köpfe sich in ein und derselben Bewegung um sich selbst drehten, ohne ein Wort, ohne einen Schrei, nicht einmal eine Verwünschung, nicht einmal ein Stirnrunzeln in den abgespannten, ausdruckslosen Gesichtern, sich damit begnügten, das zerbrechliche, unheimliche Kinderspielzeug mit einer Art Passivität und zugleich stummer Faszination zu betrachten, bis der Pilot, nachdem er einen letzten Kreis gezogen hatte, wieder Gas gab und sich entfernte, und sie in ihre Lethargie zurücksanken) ... für die Reiter also, die beim raschen Getrappel der Hufe plötzlich zusammenzuckten, war es, als würden sie überholt, gestreift, dann stehengelassen von einem wirren Rauschen, dem Knistern gepeitschter Luft, das ein leises Klicken von Stahl mit sich hinwegtrug, belanglos und beschwingt, als bildeten Reiter und Pferd ein und dieselbe mythische Kreatur, bestehend aus metallähnlicher Materie, versehen mit unsichtbaren Flügeln aus metallenen Federn (und die keinen Fuß auf die Erde setzte, sondern leicht über sie hinwegglitt, sie mit ihren eingefetteten zarten Hufen kaum berührte oder vielmehr nur antippte; und zwar nicht so sehr deshalb, um sich auf ihr abzustützen, als vielmehr, um sie unter den leichten skandierten Aufschlägen munter zum Klingen zu bringen wie eine tönende Kuppel aus Bronze), vorbeizog (das heißt nicht er: die unsichtbare Wolke, in deren Schoß er getragen wurde), sie dabei fast streifte, sie, die auf den wunden Rücken ihrer entkräfteten Reittiere saßen (die beiden einzigen Male, wo sie hatten absatteln können, war die Haut in Fetzen an den Satteldecken klebengeblieben, das erste Mal so groß wie Geldstücke, das zweite Mal so groß wie die Handfläche, Placken rohen Fleisches bloßlegend, violett, schon eiternd), wobei einige das Pferd eines getöteten oder vermißten Reiters am Zügel führten (dergestalt, daß die Schwadron, die Kolonne der Lebenden, sich durch eine zweite Kolonne verdoppelte, sozusagen eine Gespensterkolonne aus Reittieren mit leeren Sätteln, an denen schlaff die leeren Steigbügel baumelten, monoton gegen die Flanken und ihr verklebtes Fell schlugen), robuste Schlachtrösser, jetzt nur noch Schatten von Pferden, Verbindungen aus schweren Knochen und Muskeln, die zweifellos

nur noch durch die Macht der Gewohnheit zusammenhielten und sich bewegten, noch imstande zu galoppieren, wenn sich ein weiteres Mal die Sporen in ihre blutigen Flanken gruben: folgsam, schmerzzerquält, tragisch, immer weitergehend, bis sie ein erstes Mal straucheln, vom Sporn wieder aufgerichtet werden, dann ein zweites Mal, und schließlich, ohne Vorwarnung, in den Sprunggelenken einknicken, zusammenbrechen und sich nicht mehr rühren, auf der Seite liegen, nichts Lebendiges oder vielmehr Menschliches mehr zeigen als ihre großen dunklen Augen, nachdenklich, abgrundtief und herzzerreißend.
Die Pferde, die gleich ihnen (den Reitern) seit sechs Tagen praktisch nichts zu sich genommen hatten (seit fünf, um die Wahrheit zu sagen: am ersten hatten die Reiter ihre kalten Rationen verzehrt und den Tieren den Hafer aus den Säcken gegeben – ohne Hunger essend (sie, die später den Hunger kennenlernen sollten, so daß sie sogar in Abfallhaufen wühlten, sich gierig auf Kohlstrünke oder stinkende faule Kartoffeln stürzten, sich haßerfüllt um ein paar Gramm Brot stritten oder sogar prügelten), unter den Bäumen eines Parks versteckt, und dann dies: daß sie plötzlich erstarrt innehielten, die Konservendose in der Hand, das Messer auf dem Weg zu den Lippen, mitten in einem Bissen zu kauen aufhörten, betäubt, so verharrten gleich Salzsäulen, in der Armbeuge die Zügel ihrer Pferde, die nicht einmal Zeit gehabt hatten, sich aufzubäumen oder zu scheuen, erstarrt (sie ähnelten – die Hälfte von ihnen war nicht älter als zwanzig – in ihren steifen, in den Wintermonaten kaum nachgedunkelten Khakiuniformen, mit ihren jugendlichen Gesichtern, ihren tags zuvor sorgfältig gewichsten mahagonifarbenen Gamaschen den Absolventen irgendeiner Kadettenanstalt beim Picknick), wie versteinert, indes der irrsinnige Lärm der Motoren sich abschwächte, ebenso rasch erstarb, wie er über sie hereingebrochen war, und sie ungläubig fortfuhren, durch

das Laub in den wieder leeren, fleckenlosen, an jenem Morgen einfach grauen Himmel zu starren, als hätten sich die drei Schatten in Form eines Kreuzes, die soeben dröhnend dicht über die Bäume hinweggeflogen waren, einfach in ihm aufgelöst, kaum materialisiert wieder verschluckt, als hätten sie irgendeinem kosmischen Phänomen beigewohnt, der Erzeugung brüllender Materie mittels der im Lärm einer Naturkatastrophe wie Blitz oder Donner plötzlich kondensierten Luft, Mutationen träger Moleküle zu einem wütenden Orkan; am dritten (am dritten Tag) war die Feldküche bis zu ihnen vorgedrungen, um ihnen einen kaltgewordenen Mischmasch aus klebrigem Reis und tiefgefrorenem, mit dem Beil zerhacktem Rindfleich zu bringen – dann hatten sie sie nicht wiedergesehen; später erzählte man dem Gefreiten – man, das heißt ein Gespenst mit kahlgeschorenem Schädel gleich ihm, bekleidet, gleich ihm, mit dem, was einmal eine Uniform gewesen war, einem Gesicht gleich allen Gesichtern der anderen von den Malen des Hungers, des Grolls und der Demütigung gezeichneten Gespenstern, die abends zwischen den Baracken innerhalb eines Stacheldrahtzauns herumgingen, wobei er und der Gefreite einander nicht an ihren Gesichtszügen wiedererkannten – tatsächlich waren sie einander nie begegnet –, sondern an den marinefarbenen (Weiß auf Blau) Abzeichen einer religiösen Institution, die noch auf den Kragen ihrer Joppen aufgenäht waren (Joppen, die sie jetzt ohne Koppel trugen, einfach herabhängend, fleckig, wie die Joppen von Arbeitern oder Bauern – oder vielmehr von Landstreichern), und er (das Gespenst, das Phantom) erzählte ihm dies: wie der Fahrer des Lastwagens der Feldküche nach einem Bombenangriff in den Keller des Hauses (des Gehöfts?) geflohen war, in dem die Küchen kampierten, und nicht tot, nicht verletzt, sondern einfach tot vor Angst auf dem Rücken lag, den Kopf in seinen angewinkelten Armen vergraben, und der

Unteroffizier, der die Feldküche befehligte, in den Keller stieg, ihm aufzustehen befahl, und der immer noch ausgestreckt daliegende Fahrer des Lastwagens sich nicht rührte, nicht antwortete, nicht einmal den Kopf umwandte, nicht einmal stöhnte, als der Unteroffizier den bewegungslosen Körper mit Fußtritten zu traktieren begann, dieser lediglich jedesmal zuckte, wenn der genagelte Schuh ihn traf, wie eine Stoffpuppe oder ein Kartoffelsack, und wie der Unteroffizier schließlich aufgab, nach einem letzten Fußtritt in die Arme, die den Kopf umschlungen hielten, ihn noch einmal beschimpfte und den Keller verließ, so daß einer der Köche (oder der Unteroffizier selber) den Lastwagen hatte fahren müssen – und wie am nächsten Morgen der Befehl zum Rückzug kam, die Ausrüstung wieder im Lastwagen verstaut war und der Motor des Lastwagens bereits lief, der Unteroffizier (oder einer der Köche) auf allen vieren die Stufen des Keller hinunterlief, in dem der Fahrer noch immer in derselben Stellung dalag, die Arme noch immer schützend über dem Kopf, die vom letzten Fußtritt des Unteroffiziers aufgerissene Hand nicht einmal abgewischt, schwarz von geronnenem Blut, und der Koch (oder der Unteroffizier) schrie: »Jetzt hauen wir ab. Wir türmen! Wir fahren heim! Willst du ...«, der Fahrer des Lastwagens ihn nicht ausreden ließ, wie ein Verrückter aufsprang, den Unteroffizier (oder den Koch) umrempelte, die Treppe hinaufstürmte, das Haus verließ, weiterrannte, die Tür des Lastwagens öffnete, hinaufkletterte, sich ans Steuer setzte, und der Mann (das Gespenst) erzählte, daß er, als er die Flugzeuge kommen hörte, gerade noch Zeit gehabt hatte, sich nach hinten zu werfen und sich flach an den Sockel der Mauer zu drücken, und daß, als er sich aufgerichtet hatte, von dem Lastwagen nur noch ein Haufen Schrott übrig war, der prasselnd im Gestank schmorenden Gummis ausbrannte) ... die Pferde, die gleich den Reitern tranken und fraßen wie es gerade kam, an Brunnen, Bächen oder Tränken auf den Plätzen verlassener Dörfer, in Futterscheunen, deren Tore mit dem Gewehrkolben eingedrückt wurden, bereits geplünderten Lebensmittelläden und Küchen, deren leere Regale oder Schränke sie mit grimmigen Fußtritten vollends zerschlugen: und jetzt er, der Pferdemensch, das luftige, muskulöse, kupferrote Reittier, blank und glänzend wie die Innenwand eines Kessels, der Reiter, dessen Haupt nicht Schlamm, sondern blinkender Stahl bedeckte, und auf den Ärmeln des Mantels, der so aussah, als sei er frisch gebügelt, die fünf ebenfalls blinkenden goldenen Tressen, so glänzend wie das Lederzeug, die an die Sattelblätter geschweißten Stiefel, das Ganze ein für allemal, hätte man meinen können, in eine Metallegierung gegossen, die Absätze nach unten, die Knie, die sich nicht einmal bewegten, als er sich, auf seinem Sattel festgewachsen, forttragen ließ, wobei sein knochiger Oberkörper, seine schmalen Schultern im schnellen Rhythmus des Trabs zuckten, als wäre er durch irgendeine verborgene Feder mit dem Tier verbunden: zu ihrer Linken auftauchte, sie nicht direkt streifte, sondern sozusagen wegdrückte, zur Seite schob (oder sie, plötzlich aus ihrer Betäubung erwacht, zusammenzuckten, instinktiv auswichen), so daß die lange Reihe der Reiter sich unmerklich bog, so wie sich der Saum eines Vorhangs beim Vorüberstreichen eines Luftzugs wellt, sich dann wieder begradigte, indes er sich bereits entfernte, eine aristokratische Fährte aus Pferdeschweiß und gewienertem Lederzeug hinter sich lassend sowie etwas, was den Reitern wie ein Geruch von Kölnisch Wasser vorkam, in Wirklichkeit aber nur die Abwesenheit von Gestank war, gefolgt von einem leisen, wütenden Geraune aus erstickten Beschimpfungen, Respekt und Abscheu.

Kein Mensch: eine Wesenheit, ein Symbol, die endlich sichtbare Verkörperung (für die Hälfte der Kavalleristen, diejenigen der Reservestaffel, die ihn im Quartier nicht kennengelernt, lediglich unter anderen hohen Offizieren bei zwei Waffenparaden auf freiem Feld flüchtig erblickt hatten, war er so etwas wie ein Mythos, eine Abstraktion), die materialisierte Abordnung jener verborgenen, gesichtslosen Allmacht, in die sie unterschiedslos Generäle, Politiker, Leitartikler einbezogen sowie alles, was auch nur entfernt jenes Pandämonium betraf, dem sie auch, sich selber vergessend (sich, die diese Politiker gewählt, die Generäle durch ihre Vermittlung befördert und geglaubt hatten, was die Leitartikler im Bestreben, ihnen zu gefallen, schrieben), die Chauffeure hinzufügten, die die Automobile der Generäle und Obersten fuhren (zumindest stellten sie sie sich vor: auch sie hatten sie immer nur von weitem gesehen), desgleichen die Offiziere des Generalstabs, die Zeitungsdirektoren, die Diplomaten, die persönlichen Referenten, die Geschäftsführer, die Staatssekretäre, die wilden Riesen mit den von rituellen Narben verschrammten Wangen, die man eigens aus dem Senegal geholt hatte, damit sie die Gleise im Vorgelände der Bahnhöfe bei der Ankunft der Urlauberzüge bewachten, die Feuerwerker des Pionierkorps, die bereitstanden, um die Brücken zu sprengen, bevor man sie erneut hätte überqueren können, die Kradmelder mit Rückzugsbefehlen, die schon keinen Sinn mehr hatten, als sie verfaßt worden waren, erst recht nicht, wenn sie zwei Stunden später zu ihnen gelangten, ausgehändigt von den staubbedeckten und ölverschmierten, schwitzenden, wutschnaubenden Kurieren, die sie beschimpften, während sie sich ingrimmig am Anlasser ihrer Maschinen abmühten, sie alle, von den Generalstabschefs bis hin zu den ihre Listen abhakenden Beamten der Sammelstellen, die sie hierhergeworfen hatten mit der Lässigkeit eines Spielers, der ein Bündel Banknoten auf dem grünen Teppich verteilt, ohne sich um die Nummern oder Banden zu scheren, auf denen sie liegen (derjenige, der ausdrücklich den Befehl dazu gegeben hatte (den Befehl, sie auf Pferden ins freie Feld zu schikken, Panzern oder Flugzeugen entgegen), war eine Art Zwerg, nicht viel größer als jene, die man im Zirkus sieht, ohne Hals, versehen mit einem Rattenkopf, einer spitzen Nase, ungeheuren Ohren, der auf den Stufen des Präsidentenpalasts für die Fotografen posierte, bekleidet mit einem Cutaway, wie ihn die Abteilungsleiter eines Wirkwarengeschäfts tragen, wobei er, ohne den Mund aufzumachen, ein unverwüstliches Lächeln zur Schau trug, das das kleine Puppengesicht in die Breite zog, die Schlitzaugen unter Falten vergrub, die Brust gewölbt, die Taille gereckt, und mit seinem Mittelscheitel eines Kellners, seinem platten Schädel, seinem angeklatschten Haar und seinen abstehenden Ohren wie ein fliegender Händler wirkte, dem ein Coup gelungen ist), in etwas hineingeschleudert, was mit nichts Ähnlichkeit hatte, was sie (und mit ihnen zweifellos der Abteilungsleiter) hatten erwarten können, das heißt den Schock, den Zusammenprall zweier Armeen mit mehr oder weniger gleichen – oder auch ungleichen – Chancen, sondern ... wie es benennen?: denn sie hatten absolut gar keine Chance: wie alle Welt hatten sie von geopferten Einheiten, Regimentern oder sogar Divisionen reden hören, von taktischen Finten, Ablenkungsmanövern; und anfangs glaubten sie es, dachten nur: »Na schön! Pech gehabt. Uns hat es eben treffen müssen. So ist das nun mal ...«, dann begriffen sie, daß es nicht nur das Regiment betraf, nicht die Brigade, nicht die besondere Waffengattung (die Kavallerie), zu der sie gehörten, nicht die Division, nicht das Armeekorps, nicht einmal die Armee, zu der das Armeekorps gehörte, sondern auch die benachbarten Armeen, und daß es danach die Reservearmeen (falls es welche gab) und nach den Reserven alle diejenigen betreffen würde, die man in den Depots, den Werkstätten, der kleinsten Kaserne, in den entlegensten Teilen des Landes würde einsammeln können, seien es

Kavalleristen, Infanteristen, Artilleristen, Panzersoldaten, Lastwagenfahrer, Feuerwerker, Kundschafter, Sanitäter, Waffenmeister (außer natürlich die Verwandten der persönlichen Referenten oder die Verwandten der Portiers und der kleinen Freundinnen der persönlichen Referenten, die, bewacht von auf Schiffen hergeschafften Senegalesen, in Phantasieuniformen in den Cafés der Garnisonsstädte paradierten, für deren Einwohner (Schankwirte, Händler, Aperitiffabrikanten, Industrielle der Bekleidungsbranche oder Gendarmeriehauptleute) der Krieg immer etwas Fernes, vage Exotisches gewesen war, den vom Pech verfolgten, eigens dafür geschaffenen Provinzen vorbehalten wie Flandern, Artois oder Mosel), die ihrerseits eilends auf den Weg gebracht wurden, weggeworfen, geopfert (so daß es nicht nur Regimenter, Armeen, die ersten Reserven, dann die zweiten und, als letztes Mittel – falls sie es überhaupt beabsichtigt haben sollten, hatten sie übrigens nicht einmal mehr Zeit, sich auf den Weg zu machen – die Industriellen der Bekleidungsbranche betraf, wie die sprichwörtliche Geschichte von der Jungfrau oder dem Forschungsreisenden, die Stück um Stück irgendwelchen Schmuck oder die letzten Konservendosen über ihre Schulter werfen, um den Vormarsch des hinter ihnen hergaloppierenden Ungeheuers hinauszuzögern, gerade so lange, wie es sich damit aufhält, sie aufzusammeln oder zu verdauen, so lange wie die Bankiers, die Geschäftsleute und die Automobilhersteller eines anderen Kontinents über die bestmögliche Anlage ihres Kapitals befinden und dann ausreichend Kanonen, Lastwagen, Maschinengewehre, Flugzeuge, Schiffe und Bomben herzustellen beginnen, um das unersättliche Ungeheuer zuerst zum Stehen zu bringen, dann zu zermalmen), alle nacheinander herangeschafft, verschlungen, spurlos verschwunden, aus den Mannschaftslisten gestrichen, ohne daß das, was vor sich ging (was sie (die Reiter) zu erleben im Begriff waren), überhaupt in irgendeiner Weise so etwas wie einem Krieg ähnelte oder zumindest dem, was sie sich dunkel unter einem Krieg vorstellten: nicht einmal ein Dekor, ein Minimum an Inszenierung, an Festlichkeit (oder auch nur Ernst), was ihnen immerhin erlaubt hätte zu glauben, man habe sie hierher geschickt, um zu kämpfen, und nicht einfach, um getötet zu werden: keine Sperrfeuer (zwar fielen manchmal ein paar Granaten, auch sie gleichsam anachronistisch, planlos abgeschossen, so schien es, ohne Grund: auf einen Acker, eine leere Wiese, wo sie plötzlich Klumpen schmutziger Watte sich bilden sahen; einmal nur eine einzige, unbegreiflicherweise, von monströsem Kaliber, dazu angetan, Bunker oder Stahlkuppen zu durchschlagen, die die Erde zu einer riesigen, kerzengeraden Rauchsäule aufwarf, die reglos in der klaren Luft hing, schwarz und fuchsrot, dünn wie eine Feder und hoch wie ein Hochhaus mit dreißig Stockwerken, beharrlich, nutzlos und dekorativ, langsam abtrieb, ihren Staubschweif über die Saatfelder, die Maistriebe zog und die sie, sich auf ihren Sätteln umdrehend, noch lange wie ein rätselhaftes Ausrufungszeichen über den Hügeln sehen konnten), und kein zu erobernder oder zu verteidigender Schützengraben, kein Auge um Auge oder vielmehr Mann gegen Mann, wo ein jeder, ob mutig oder ängstlich, das Ausmaß seines Muts oder seiner Angst erkennen kann (mit Ausnahme eines Tages – eines einzigen: desjenigen, an dem die Verluste weniger schwer gewesen waren; im Zug des Gefreiten sogar gleich null –, an dem man sie am Rand eines Dorfes aufgestellt hatte und an dem sie Löcher in die Obstgärten gegraben, gewartet, dann ihre Magazine geleert hatten, auf alles schießend, was sich am Saum eines Wäldchens auf der anderen Seite eines Bachs bewegte oder nicht bewegte, den Kopf einziehend, während um sie herum Mörsergeschosse explodierten – doch am Abend hatten sie, grundlos, den Befehl erhalten, sich zurückzuziehen): nichts anderes als die saftigen Weiden, die grünenden Hügel, und niemand vor ihnen, weder zu ihrer Linken noch zu ihrer Rechten, nicht einmal die anderen Schwadrone des Regiments, zumindest niemand Sichtbares, außer bei zwei oder drei Gelegenheiten und dann so plötzlich und so fern (während sie im Gänsemarsch einen Abhang hinunterreiten, springen auf einer Parallelstraße Gestalten aus Motorradbeiwagen und Kleinfahrzeugen und decken sie, ohne sich die Mühe zu machen, Schutz zu suchen, mit Kugeln ein), daß Freunde oder Feinde sich in den Wäldchen und Wiesen verirrt zu haben schienen, und lediglich, von Zeit zu Zeit, schlagartig, jene unfaßbaren Ausbrüche von Lärm, Zerstörung, Gewalt, irrsinnig, ohrenbetäubend, eruptiv, die ebenso jäh endeten, wie sie begonnen hatten, während das letzte Flugzeug bereits verschwand: ein Punkt, ein Pigment, dann nichts mehr, aufgesogen, aufgelöst im leeren Himmel, der sie erzeugt hatte, indes das Dröhnen der Motoren sich entfernte, erstarb: und dann Stille; wonach sie nur noch, in der Frühlingssonne und im nach und nach wieder einsetzenden Vogelgezwitscher, die reiterlosen Pferde einzufangen, sich wieder zu sammeln (oder wiederzufinden) und die Vermißten zu zählen brauchten: und keine Toten (nur Pferde, die keine Reiter mehr hatten), auch keine Verwundeten, außer den leicht Verletzten, die noch schlecht und recht auf dem Pferd sitzen konnten, an den Sattelknopf geklammert und auf ihren Sätteln geschüttelt, die Zähne zusammenbeißend, starren Blicks, fiebrig, wie anästhesiert oder vielmehr abgestumpft, abwesend, einige schon im Delirium, indes sich nach und nach auf dem zerrissenen Tuch ihrer Mäntel oder Hosen die Flecken dicken, gerinnenden Bluts vergrößerten, allmählich trockneten während der fünf (oder zehn oder zwölf) im Trab (manchmal im Galopp) zurückgelegten Kilometer bis zu dem Fluß, bis zu der eilends erneut überquerten Brücke, dem Wäldchen, wo die Ambulanzen warteten (und dann war, wie von den Feldküchen, keine Rede mehr von Ambulanzen und, gleichsam synchron, von Verwundeten: als ob alles zu schnell ginge, als ob (wenngleich niemand sie benachrichtigt hatte, wußten sie es, errieten es von selbst, mit jener untrüglichen Vorahnung der Opfer von Desastern) die Abwesenheit von Ambulanzen auf die Abwesenheit von Verwundeten schließen ließe oder vielmehr auf die Vergeblichkeit, verwundet zu sein, oder zumindest die Vergeblichkeit, sich auf einem Pferd festzuklammern und zu leiden), und von einem bestimmten Moment an gab es einfach nur noch vermißte, einfach vermißte, verschwundene Reiter, als ob die fette grüne Flur nach und nach eine Ration von ihnen absorbierte, verschlänge und verdaute, mit jener unerschütterlichen und gierigen Wohlanständigkeit, die es ihr erlaubte, sich gleich jenen fleischfressenden Blumen Tiere und Menschen einzuverleiben (einmal sahen sie in einem Straßengraben – in jenem Augenblick waren sie wohl nur noch vier: der Oberst, einer der beiden Schwadronführer und zwei Kavalleristen – ein Pferd, das ganz mit gelbem Schlamm bedeckt war, wie mit Milchkaffee, als sekretierte sie (die Natur) eine Art Speichel, eine Art klebrigen Verdauungssaft, der bereits begonnen hätte, es aufzulösen, während sie es langsam verschlang, mit dem Hinterleib beginnend), ohne daß irgend etwas in ihrer Ordnung, ein Blatt oder auch nur ein Grashalm, davon berührt wurde, und wenn zuweilen ein Baum oder ein paar Zweige zu Boden fielen, wenn das Gras einige geschwärzte Flecken aufwies, trug sie ihre Wunden (ihre Schrammen) mit derselben prächtigen Gleichgültigkeit und Ausdauer, auf dieselbe Weise die Echos der Explosionen oder der Feuerstöße absorbierend, die von Hügel zu Hügel widerhallten, sich in den Wäldchen verloren, lächerlich, anekdotisch, indes die saftigen Wälder, die saftigen Weiden sich nach und nach in den bläulichen Dunst des Abends hüllten, sich verfinsterten, dann langsam wieder der Nacht entstiegen, unbefleckt, zartgrün, gefährlich, perfide, rätselhaft, als ob der herausgeputzte Dekor blühender Wiesen, Hecken und Sträucher durch seine Unwandelbarkeit mitwirkte (ebenfalls arbeitete, ironisch teilnähme) an jener Art Mutation, die sie (die Reiter) gerade durchmachten, indem sie sich innerhalb von sieben Tagen (als hätte der Schöpfer diesmal diese Zeit aufgewandt, sein Werk zu vollenden und es dann, spaßeshalber, zu zerstören) aus gehorsamen, naiven Kindersoldaten (oder aus Schülern einer strengen religiösen Anstalt) mit sorgfältig gewichsten Gamaschen, vorschriftsmäßig gereinigten Waffen in leblose Dinge verwandelten, die auf den entkräfteten Reittieren hin- und hergeschüttelt wurden (am Morgen des Alarms bereiteten sie (die Reiter) sich darauf vor, zu den Duschen zu gehen; in die Stadt oder in eine nahe gelegene Fabrik (man unterrichtete sie nie von irgend etwas: tags zuvor, beim Abendappell, bevor zum Zapfenstreich geblasen wurde, hatte der Unteroffizier vom Dienst einfach gesagt: »Morgen Dusche. Um neun Uhr antreten!«), einen öffentlichen Ort jedenfalls, so daß sie, bevor sie sich in Begleitung der Unteroffiziere dorthin begaben, darauf gefaßt sein mußten, daß der Rittmeister (das heißt der Riese, eine Art Landsknecht oder Haudegen, geradewegs – abzüglich der damaszierten Rüstung, der samtenen Ärmelschlitze und des Federbuschs – einem Gemälde von Cranach oder Dürer entsprungen, der die Schwadron befehligte) sie gründlich inspizierte; in der Lichtung, umgeben von dem hohen Eichenwald, der sich allmählich mit Blättern bedeckte, hatten sie einen Tisch und Bänke gezimmert: und er (der Gefreite) erinnerte sich an dies: wie er, einen Fuß auf eine Bank gesetzt, gerade die Schuhwichse auf seine Gamasche verteilte, zerstreut dem Gespräch zwischen dem Feldwebel und zwei Kavalleristen über Feldarbeiten und Aussaat lauschte (oder es vielmehr neben sich hörte), als der diensthabende Gefreite angerannt kam, außer Atem, mit den Händen fuchtelnd, und schrie, noch bevor er sie erreicht hatte: »Alarmbefehl! In einer Stunde antreten! Alarmbe...«, der Gefreite innehielt, mit erhobener Bürste, unterbrochener Geste, den Deckel der neben seinem Fuß auf der Bank stehenden kleinen runden Dose anstarrte, die schwarz-rote Zeichnung (er konnte sie noch vor sich sehen: den Löwen, die verschnörkelten Buchstaben, den metallischen Glanz des Hintergrunds, die Strahlen, die wie die einer Sonne fächerartig rings um die Mähne auseinanderstrebten), undeutlich, während er versuchte, den Deckel wieder auf die Dose zu plazieren, die Stimme des Feldwebels, die wie von sehr weit zu ihm drang, sagen hörte: »Alarmübung?«, und wie der diensthabende Gefreite, der Luft zu holen versuchte, zwischen zwei Atemzügen sagte: »Nein, Alarm! Antreten! Alles fertig in einer Stunde!«, und der Feldwebel, der schon auf den Beinen war (während die rot-schwarze Dose in den ungeschickten Händen abrutschte: sie ließ sich mittels eines kleinen Drehkreuzes mit Flügeln aus vergoldetem Metall verschließen oder vielmehr öffnen, das wahrscheinlich klemmte und an dem sich die Finger des Gefreiten abmühten, so daß er es aufgeben mußte, die Dose auf den Tisch stellte und den Deckel einfach mit beiden Daumen darauf drückte), der Feldwebel, dessen Gesicht plötzlich ein wenig röter war als sonst (aber nur vielleicht: bevor er in die Armee eingetreten war, vor zehn Jahren, war er so etwas wie ein Knecht oder ein Holzfäller in den Bergen gewesen, hatte immer ein von frischer Luft gegerbtes Gesicht gehabt, eher violett als rot, genau genommen ziegelrot, knochig, mit vorstehenden Augenbrauen, Backenknochen und Kinnbacken), den Befehl bereits den Kavalleristen zurief, die stehenblieben, ihn einen Augenblick mit einer Art Bestürzung ansahen, dann Hals über Kopf in die Zelte rannten oder sie verließen, sie abzubauen begannen, jetzt in alle Richtungen liefen, geschniegelt wie für einen Ausgang oder eine Parade), wobei dies (die Mutation) eine Reihe von Phasen durchlief, in deren Verlauf sie zunächst plötzlich gewachsen wären, in Windeseile das Stadium der Pubertät (wobei die Evolution mit den ersten Fliegerangriffen einsetzte), dann von fertigen Männern erreicht hätten (an dem einzigen Tag, an dem sie hatten kämpfen können), dann das Stadium der Auflösung, in allen Bedeutungen des Wortes, das heißt nicht nur, weil sie zu einer besiegten Armee gehörten (aber gehörten sie überhaupt noch zu etwas oder vielmehr gab es noch etwas, zu dem sie gehören konnten?), sondern auch als Individuen: wie jene Pakete, jene Säcke, deren Inhalt, sobald die Kordel, die sie verschnürt, aufgemacht oder zerschnitten ist, sich in alle Richtungen ergießt und zerstreut, als wäre der unsichtbare Knoten, der dieses widersprüchliche Magma aus Leidenschaften, Wünschen, Zwängen, Brutalität, Zärtlichkeit, Schrecknissen, Stolz, Begehrlichkeiten und Berechnungen, aus dem jedes menschliche Wesen besteht, schlecht und recht zusammenhielt, mit einemmal aufgegangen: keine Ausreißer also, keine feige Flüchtenden, sondern noch schlimmer: in jenem Stadium angelangt, wo nicht einmal die Idee zur Flucht, nicht einmal der Selbsterhaltungstrieb, der Gedanke an eine Rettung durch Weglaufen sie mehr erfüllen konnte, und zwar nicht so sehr infolge der Disziplin, der Reflexe, die man ihnen eingebläut hatte, als vielmehr aufgrund der im Laufe jener sechs Tage sich nach und nach erhärtenden Feststellung, daß es nichts gab, wohin man fliehen konnte, keine Rettung zu erhoffen war, wo und von wem auch immer, so daß, als der Oberst (die Inkarnation jener aus Politikern, unerbittlichen pazifistischen Kämpfern, Generälen mit goldbestickten Käppis, die ein absolutes Recht auf Leben und Tod über sie besaßen und die sie hierher geschickt hatten, bestehenden Allmacht) an dem langen Zug der Kavalleristen entlangritt, sich nicht einmal ein leises Beben der Wut von Reiter zu Reiter fortpflanzte, sondern gleichsam ein Schauer der Bestürzung, der Ungläubigkeit (einige drehten sich auf ihren Sätteln um, spähten nach dem Automobil, in dem er sich, wie es hieß, fortbewegte – und mit ihm der Wagen, sozusagen das private Schlafzimmer, das wahrscheinlich, um ihm jede Anstrengung zu ersparen, wie ein Requisit, ein kostbares Möbelstück das blendende Pferd aus blankem Mahagoni in seinem Gefolge transportierte, aber sie mußten sich von den Tatsachen überzeugen lassen: abgesehen von seiner Ordonnanz und dem Verbindungsunteroffizier, die hinter ihm hertrabten, war er allein), worauf ihre plötzlich unterbrochene oder vielmehr zum Stillstand gekommene Atmung wieder einsetzte und die Luft mit einem unmerklichen Zischen oder Pfeifen durch die Zähne drang, das nicht so sehr Zorn ausdrückte als etwas (so wie sie jenseits der Müdigkeit waren) jenseits des Zorns, als sie von oben herab die gereizte, eintönige Stimme vernahmen, die unter dem Helm hervorzudringen schien (oder vielmehr hinter einer Maske: als hätte er durch Pappe oder durch gleich den Meisterwerken der Waffenmeister der Renaissance in Form eines Gesichts gemeißeltes Blech gesprochen: abwesend, ausdruckslos, mit starren Zügen, flachen, wenn nicht hohlen Wangen, schmalem Mund, einem Säbelhieb gleich, kaum geöffnet, Lippen, die sich kaum bewegten, wie die eines Bauchredners) und ohne Unterbrechung eine Reihe schroffer Zurechtweisungen abspulte über ihre Montur, den Rost an ihren Steigbügeln, die Flecken auf ihren Mänteln, den Staub oder den Schlamm, der ihre Schuhe besudelte, ihre sechs Tage alten Bärte; dann war er schon wieder weg, der knochige, zuckende Rücken entfernte sich rasch, bis er in der Ferne verschwand, wie er gekommen war, zweifellos von neuem entschwebt, zurückgekehrt zu jenem fernen, vagen Empyreum, aus dem er anscheinend nur deshalb gekommen (in einer geflügelten und klirrenden Wolke herabgestiegen) war, um sich ihnen in der wütenden und unglaubwürdigen Gestalt eines Quartieradjutanten zu offenbaren. Aber sie täuschten sich: wenig später, als die Spitze der Kolonne an einer Kreuzung in rechtem Winkel abbog, konnten sie ihn von neuem sehen, jetzt im Schritt reitend, einsam, unbesiegt und gekränkt, um wenige Meter dem Landsknecht-Rittmeister voraus und gefolgt von der Reihe der einfachen Kavalleristen, die, da ihre Pferde bis zum Bauch von einer Bodenerhebung verborgen waren, regungslos vorzurükken schienen, von irgendeinem Mechanismus gezogen, wie jene aus Zink geschnittenen und auf eine Schiene montierten Silhouetten, die in Schießbuden zwischen den Wänden eines ebenfalls aus Zinkfolien geschnittenen Dekors leicht schwankend vorbeidefilieren: die aufeinanderfolgenden, weichen Wellenlinien der Ebene, das grüne Weizenfeld, das Dorf aus Pappe und sein spitzer Kirchtum tauchten aus einer Senke auf, in der der Weg nach und nach versank, gleichzeitig auch die kleinen Silhouetten versanken, worauf jetzt nur noch die Oberkörper zu sehen waren, hinter den runden Hälsen der Pferde aufgepflanzt, wie Schachfiguren, die ganze Schwadron in ihre Schläfrigkeit oder vielmehr ihre Lethargie zurückfiel, erschöpft, schlafwandlerisch, so daß, als der Schrei ertönte, von hinten kommend, von Mund zu Mund eilend, von den krächzenden Stimmen der Unteroffiziere wiederholt, er (der Schrei) sinnentleert vorbeizustreichen schien wie eine bloße Schwingung der Luft oder wie jenes unverständliche Kreischen von Seevögeln, Möwen, angstvoll, heiser und klagend zugleich, die gleichgültige Stille zerreißend, ohne sie zu stören, von jedem einzelnen mit einer Art gleichgültigem Gehorsam, mürrischem Überdruß wiederholt, während sie einfach weiterritten, mechanisch ihre entkräfteten Reittiere antrieben, kaum den Kopf hoben, um dem Rücken, der sich vor ihnen befand, die monotone, unnütze, mit jener kassandrischen Beharrlichkeit der Verkünder von Apokalypsen und Desastern wiederholte Warnung zuzurufen: »Nach vorn weitergeben: die Deutschen sind im Dorf! Weitergeben: die Deutschen! Weitergeben: die deutschen Panzer sind im Dorf! Anhalten! Panzer im Dorf! Weitergeben! Die Deu...«

III

27. August 1914

Die Fahrt dauerte eine Nacht, einen Tag und noch eine ganze Nacht. Sei es, daß die Operation schlecht vorbereitet oder schlecht konzipiert worden war, sei es, daß ihr Plan unter Berücksichtigung möglicher Engpässe ausgearbeitet worden war und einen Spielraum vorsah, der es erlaubte, dem Transport anderer Einheiten Vorrang zu geben, der Konvoi blieb manchmal stundenlang auf Rangiergleisen stehen. Jedenfalls brauchte das Regiment (die Truppe in den Viehwagen zusammengepfercht, der Oberst und seine Offiziere in einem Erste-Klasse-Wagen auf Polsterbänken bespannt mit grauem Tuch und mit Schonerdeckchen versehen) über sechsunddreißig Stunden, ehe es auf einem kleinen Bahnhof des Departements Meuse ausstieg, von wo es in Gewaltmärschen nach Belgien aufbrach, jeder der berittenen Hauptleute seiner Kompanie ein wenig voraus, die jungen Leutnants und Unterleutnants am Schluß des Zugs. Die Mannschaft bestand zum größten Teil aus Rekruten jenes Departements des Südens, das auf einer Seite vom Meer gesäumt ist und sich im Innern bis zu den ersten Gipfeln der Pyrenäen erstreckt, jenes Departements, aus dem auch der Oberbefehlshaber stammte (der korpulente – nicht fettleibige: korpulente – Mann mit dem großen, bereits weißen Schnurrbart, gekleidet in eine schwarze Uniform und eine weite Houppelande mit Pelerine, ähnlich dem Umhang eines Domherrn, den die komplizierten Intrigen von Stäben, Freimaurerlogen und der Salons des Faubourg Saint-Germain, vielleicht in Erwägung seiner Gelassenheit und seiner nahezu unbegrenzten Schlaffähigkeit, an die Spitze der Armee gestellt hatten), wobei der größte Teil dieses größten Teils der Mannschaft seinerseits aus Bauern mit runden Köpfen, kurzgeschorenem Haar und harten Muskeln bestand,

Gärtnern, Landarbeitern, Holzfällern oder auch von den Hochtälern herabgestiegenen Hirten, von denen die meisten noch nie, außer zum Zweck ihrer militärischen Ausbildung, die Grenzen ihrer Bezirke, wenn nicht sogar ihrer Kommune überschritten hatten, Analphabeten, die in einer lokalen Mundart miteinander sprachen und gerade soviel Französisch konnten, um die Befehle ihrer Unteroffiziere zu verstehen, die ebenfalls geschorene Schädel hatten, schwarze Kerkermeisterschnurrbärte, eine von der Tropensonne vergilbte Haut und eine vom Absinth zerfressene Leber.

Während in ihrem Waggon der Oberst und seine Offiziere, befreit von ihren Wehrgehängen und mit aufgehakten Waffenröcken, sich in den Kissen zurücklehnten und Zigarren anzündeten, unterhielten sich die auf den Brettern der Viehwagen kauernden oder liegenden Männer in ihrer rauhen Sprache über die auf dem Halm zurückgelassenen Ernten, antworteten mechanisch auf die Vivatrufe, die den vorbeifahrenden Zug manchmal begleiteten, oder schliefen stockbetrunken in ihrem Erbrochenen. Es war ein Marineinfanterieregiment, und auch wenn keiner der Offiziere bislang in einen Krieg großen Maßstabs verwikkelt gewesen war, so hatten die Ranghöchsten, wie der Oberst, die Kommandanten und einige Hauptleute, doch schon unter harten Bedingungen gekämpft, die ein entsetzliches Klima noch verschärfte, manchmal umzingelt, belagert, halbtot vor Hunger und Durst, in kleinen Forts aus Bambus oder Mergel, und waren einige ihrer Kameraden in Hinterhälten massakriert oder grausam gefoltert worden. Als erfolgreiche Schüler von Saint-Cyr hatten sie sich für dieses begehrte Korps entschieden, das als eine Ausbildungsstätte für Generäle galt, sowohl wegen eines gewissen Reizes des Abenteuers als auch, für die von Geburt weniger begüterten, aufgrund der Vorteile des Soldes, die man dort genoß. Wie die analphabetischen jungen

Bauern, die sie befehligten, die jungen Hirten oder jungen Bergbewohner mit den geschorenen Schülerschädeln, von Kindheit an gewohnt, gegen die Elemente und die anspruchsvolle Erde zu kämpfen, waren sie meist abgehärtete Männer von schlichtem Gemüt, die ihrem Mut vertrauten und deren Erfahrung, was die ältesten betraf, im Laufe ferner Expeditionen erworben, wo die Schwäche der eingesetzten Truppen die Anwendung rudimentärer Taktiken begünstigte, ihnen eine unerschütterliche Sicherheit verliehen hatte, gegründet auf das Studium der Klassiker des Krieges, zudem bestätigt durch die seit vierzig Jahren an der Wandtafel oder in Kasinodiskussionen wiederholten Analysen. Was die jüngeren anging, die in jetzt befriedeten Regionen mit Aufgaben der Besatzung, des Straßenbaus oder der Kartographie betraut waren, so hatten sie, manchmal jahrelang, sofern sie noch keine Gelegenheit gehabt hatten, sich in Kämpfen zu bewähren, nur im Kreis eingeborener Rekruten und ihrer Kerkermeistersergeanten gelebt, zu vergleichen etwa mit den klösterlichen Askesen und unmenschlichen geistigen Übungen, die den Novizen religiöser Orden aufgezwungen werden und nach deren Absolvierung sich die Erwählten (oder vielmehr die Überlebenden) der Robustheit von Maulеseln und der Ausdauer von Trappisten rühmen können. Daher hegten die einen wie die anderen gegenüber ihren Mitschülern, die die Schule nach ihnen verlassen hatten und in den Garnisonen des Mutterlandes eingesperrt gewesen waren, jene geringschätzige, leicht verächtliche Herablassung, wie Spezialisten sie gegenüber Laien empfinden mögen.

So daß, als sie auf ihrem Weg gen Norden (zuerst in der Eisenbahn, dann auf der Straße) die ersten Nachrichten über die begonnene Schlacht zur Kenntnis nahmen (zumindest diejenigen, die man ihnen mitzuteilen geruhte – oder diejenigen, die sie anhand der Kommuniqués erraten konnten), in ihrer Unterhaltung, der Art, wie sie an ihren Zigarren zogen (wobei sie fortfuhren, Erinnerungen an die Opiumhöhlen von Hanoi, an Gouverneursempfänge und Bordelle von Colombo zu beschwören, kennerisch ihre Zigarettenspitzen aus Jade oder ihre Berlocken aus geschnitztem Elfenbein bewunderten – einer von ihnen besaß ein Pfeifennecessaire aus Email, auf dem türkis- und rosafarbene Vögel zwischen Binsen und Seerosen schwebten), in ihrem Verhalten nur eine geringfügige Veränderung zu bemerken war: noch nicht beunruhigt: einfach besorgt – nicht um sich selbst, das heißt um ihr Leben, sie, für die die klangvollen Silben, aus denen die Namen Marengo, Malakoff, Bazeilles oder Lang Son bestanden, Siege ebenso wie Niederlagen, nichts anderes bedeuteten, als die einzig angemessene Art zu existieren und zu sterben, und die sich nicht vorstellen konnten, daß man eine wie immer geartete Befehlsgewalt anders ausübte als im Stehen, vorzugsweise an einer ungedeckten Stelle, den Feldstecher in der Hand und weithin sichtbar –, nicht um sich selbst also, sondern so, als ob in ihrem Geist irgend etwas die hundertfach an der Wandtafel studierten Schemata gestört, durcheinandergebracht hätte, so wie sie, als sie begannen, den ersten Überresten der zurückweichenden Truppen und deren Offizieren mit den düsteren Gesichtern, den entkräfteten, staubbedeckten Männern mit ihren stumpfen Blicken zu begegnen, sich lediglich mit derselben besorgten, aufmerksamen, aber reservierten, wenn nicht sogar strengen Miene, mühsam ihren Spezialistenhochmut unterdrückend, die Berichte der Unteroffiziere anhörten, nach besten Kräften ihren Ärger, ihre Ungeduld verbergend, bis der erste Verwundete, das Bein nachschleifend, sich entfernt hatte (die Straße des Dorfs war plötzlich leer, verödet: nicht so, wie die Straße eines Dorfs an einem Sonntagnachmittag oder zur Zeit der Feldarbeiten leer oder verödet sein kann, sondern es war jene

Öde, jene Leere, jener ungewöhnliche Aspekt, drohend und feierlich, den eine Straße, ein Hügel, eine Brücke, ein Gehölz vor der Schlacht aufweisen) und fast unmittelbar darauf, ohne Sang und Klang, etwas auf sie zukam, was weder einer Sprengladung noch irgend etwas aus Büchern oder auf dem Feld in einem kleinen Fort aus trockenen Steinen, auf den Deichen der Reisfelder oder unter den Wällen irgendeines kaiserlichen Palasts Gelerntem glich, das heißt einfach eine Wand oder vielmehr eine Mauer aus Feuer, die vorrückte, langsam, gewissermaßen friedlich, aber unerbittlich, lediglich kurz innehielt, wenn sie auf ein Hindernis stieß, die Zeit, es zu vernichten und zu verdauen, dann ihren Marsch fortsetzte.
Das am 22. August im Dorf Jamoigne-les-Belles eingetroffene Regiment verlor allein am Tag des 24. elf Offiziere und fünfhundertsechsundvierzig Mann von insgesamt vierundvierzig Offizieren und dreitausend Mann. Nachdem es sich an den Tagen des 25. und 26. zurückgezogen hatte, erhielt es den Befehl, am Rand des Waldes von Jaulnay auszuschwärmen, wo sich im Verlauf des Kampfes, den es am 27. lieferte, die Verluste auf neun Offiziere und fünfhundertzweiundfünfzig Mann beliefen. Als es vier Wochen später dem korpulenten General mit dem Gärtnerschnurrbart gelang, die Feuerwand zum Stehen zu bringen und stellenweise sogar zurückzudrängen (wobei er die meiste Zeit mit Schlafen verbrachte, nur aufwachte, um sich die Depeschen vorlesen zu lassen, einen Augenblick die Karte zu betrachten, sich nach den Reserven zu erkundigen, seine Befehle zu geben und wieder einzuschlafen), war praktisch keiner, einschließlich des Obersten selbst, mehr übrig von denen, die, ob Offiziere oder Mannschaften, an einem schwülen Augustnachmittag unter dem Jubel der Menge durch die Stadt, in der das Regiment in Garnison lag, gezogen waren, um sich zum Bahnhof zu begeben und den Zug zu besteigen, der sie zur

Grenze bringen sollte, die Zitadelle verließen, zwischen den vier Steinkolossen das Tor der von Karl V. erbauten Stadtmauer passierten, den engen Gassen der Oberstadt folgten, an den alten Backsteingebäuden vorbeimarschierten, an der mittelalterlichen Markthalle, an den mit Schwertlilienfrauen geschmückten Cafés, auf deren Terrassen Hortensien in Kästen blühten, am Balkon des Klubs, wo die alten Herren, einen Augenblick lang ihren Bridgetischen und ihren Schaukelstühlen entrissen, in ihre pergamentenen Hände klatschten, wobei ihre schwachen Stimmen übertönt wurden von den schrillen Vivatrufen der dekolletierten Kokotten, die sich an ihrer Seite vorbeugten, ihre blendenden Brüste wie in Körben feilbietend, die Lippen über den feuchten rosa Grotten ihrer Münder mit den strahlenden Zähnen geöffnet, und Blumen warfen.
Auf die Seide der Fahne, die alle Schlachten überstanden hatte (im Schutz eines Gegenangriffs war es einer Handvoll Wagemutiger sogar gelungen, sich einer feindlichen Fahne zu bemächtigen), sollte, wie es das Staatsoberhaupt per Dekret verfügt hatte, der höchste Orden geheftet werden, der zu vergeben war. Die Zeremonie fand wenig später, Ende Oktober, hinter der Front auf dem Plateau von Valmy statt, wo sich von einem grauen Himmel schwarz die Statue des Generals abhob, der vor hundertzwanzig Jahren an derselben Stelle eine Armee von Angreifern in die Flucht geschlagen hatte. Es fiel ein dünner Regen, und der Herbstwind, der in Böen über die kahle Esplanade fegte, ließ mit einem Geräusch nasser Seide die Fahnen der als Abordnung entsandten anderen Regimenter des Armeekorps klatschen, wobei ihre schrägen Schäfte ruckartig schwankten, mühsam gehalten von ihren Trägern, die strammstanden, die linke Hand in Höhe des Schenkels auf den Korb des Säbels gelegt, dessen starre Scheide sich hinter ihnen streckte, und auch die höheren Offiziere standen

stramm, die glänzenden Klingen ihrer blanken Säbel senkrecht in Höhe ihrer Gesichter, das Kinn von den Riemen der Käppis durchschnitten, während ihre Sporen an den Hacken der glänzenden schwarzen Stiefel silbrige Blitze in das durchweichte Gras warfen, Stelzenläufern gleich, bizarren Vögeln, hoch aufgereckt, steif, stolz, streng und zerbrechlich zugleich. An der Stirnseite der im Viereck ausgerichteten Abordnungen, die den Horizont mit dunklen Linien strichelten, saßen die Brigade- und Divisionsgeneräle, auch sie steif, ein wenig zusammengesackt auf ihren Pferden und hatten mit ihren hohen Käppis, ihren aufgeblähten Körpern, dem arabischen Vollblut mit weißem Fell und langer Mähne, das einer von ihnen mit seinem Gewicht erdrückte, ihrem Gefolge von Ordonnanzen in afrikanischer Montur, die, das Gewehr quer über Schulter und Brust, auf Schindmähren saßen (sie, die sich in ihrer Jugend durch die Kontinente Asiens und Afrikas gekämpft hatten), große Ähnlichkeit mit irgendwelchen, geradewegs aus den Tiefen der Geschichte oder irgendwelchen entlegenen Steppen aufgetauchten barbarischen Kriegsherren, schnurrbärtig, in Theateruniformen gezwängt und mit vergoldeten Ornamenten bedeckt. Über der Gruppe der Reiter hob der Soldat aus Bronze weiterhin sein Schwert gen Himmel, ungerührt unter dem Regen, den Mund geöffnet, seinen Schrei aus Bronze ausstoßend, mit seinem Zweispitz und seinem Gehrock aus Bronze in einer Haltung des Aufschwungs, der Begeisterung und der Unsterblichkeit erstarrt. Der Wind, der weiterhin die Fahnen klatschen ließ, schüttelte stoßweise einen freistehenden kleinen Baum, der grundlos hier gewachsen war (oder vielleicht kürzlich eingepflanzt worden war – was erklärte, warum man ihn für die Zeremonie nicht gefällt hatte – von irgendeinem patriotischen Komitee), kaum größer als ein Mensch, wie man sie in Baumschulen oder am Rand unbebauter Gelände sieht, vom

Herbst entlaubt, in einer mageren Gabel endend, wie mit zitternder Feder gezeichnet, gleich einem Riß, einem Sprung im regnerischen Himmel. Daneben hob sich die massive Form des Generals ab, der die Armee befehligte. Dem Automobil entstiegen, das ihn hergebracht hatte, gleichgültig gegen den Regen, gegen die Windstöße, die seine Pelerine flattern ließen, sich in seiner langen schwarzen Houppelande verfingen, stand er vor den Standartenträgern. Sehr gerade, eine seiner weißbehandschuhten Hände auf den Knauf seines Stocks gelegt und den Kopf leicht nach rechts gewandt, blickte er in der Mitte des riesigen Vierecks, das die Truppen bildeten, auf den Fahnenträger des vernichteten Regiments.
Es war ein Unteroffizier von schmächtigem Aussehen, sehr klein und einsam, und seine Silhouette war verbeult durch den Patronengurt, der seine Taille ausbuchtete, sein Überrock hinten zu einem Schwalbenschwanz hochgesteckt. Im Gegensatz zu den anderen Fahnen, an denen der Wind weiterhin heftig zerrte, hing diejenige, die er präsentierte, regungslos herab, sei es, weil das Regenwasser sie schwer gemacht hatte (schon lange vor der Ankunft des Generals hatte ihr Träger Stellung bezogen), sei es, weil sie im Hinblick auf die Zeremonie mit irgendeinem Gewicht versehen worden war. Obwohl er aus vollem Halse brüllte, drang die Stimme des Offiziers, der die Ehrenerklärung der Armee verlas, nur gedämpft, leise durch die Böen und das nasse Klatschen der anderen Standarten, wie eine Kinderstimme, entfernt, ein wenig irreal. Als sie verstummt war, löste sich ein Trompeter aus dem Viereck, das die Militärkapelle vor den Reihen bildete, und trat ein paar Schritte vor. In einem kurzen Aufblinken von Kupfer ließ er sein Instrument mit einer geschickten, raschen, ebenfalls heftigen Geste wirbeln, und es ertönten die Klänge des Trompetensignals „An die Toten", gleichsam heiser, verschleiert, wie aus demselben irrealen Jenseits

kommend, begraben unter dem grauen Herbstregen. Dann senkte der Fahnenträger langsam den Schaft, und nachdem der Stabsoffizier die durchweichte Proklamation wieder zusammengefaltet hatte, zog er den Orden aus einem Etui und heftete ihn unterhalb der Spitze an das Fahnenband, trat dann vier Schritte zurück und salutierte zur gleichen Zeit, wie der General die weißbehandschuhte Hand an sein Käppi hob und die Offiziere mit den blanken Säbeln sich noch mehr strafften. Einen Augenblick lang hörte man nur noch das immaterielle Rauschen des Regens, der noch immer fiel, und den wütenden Protest der Standarten, die wie Schüsse im Wind knallten, bis die Kapelle unvermittelt einen schwungvollen, von Beckenschlägen skandierten Marsch anstimmte, fast fröhlich, hätte man meinen können, während sich, auf die Kommandos hin, die Abteilungen der Regimenter eine nach der anderen, ihre Regungslosigkeit aufhebend, in Bewegung setzten. In lebhaftem Gleichschritt marschierten sie an der dekorierten Fahne vorbei, die jetzt wieder aufgerichtet war und schwach bebte, immer noch getragen von dem kleinen Mann mit der schmächtigen Gestalt, indes sich das große Viereck der dunklen Uniformen nach und nach auflöste, die Abteilungen aufeinanderfolgten, die Kapelle erst zu spielen aufhörte, als der letzte Trupp des letzten Zugs sich entfernt hatte. Zwei andere Unteroffiziere näherten sich nun dem Fahnenträger und halfen ihm mit weiblichen Gesten beim Zusammenrollen der Standarte, die sie dann in ein Futteral aus öligem schwarzen Stoff schoben, während der die Armee befehligende General wieder in sein Automobil stieg, das sich auf dem unebenen Boden des Plateaus holpernd entfernte, und das war alles.
Obgleich es nicht geschont wurde (mehrmals neugebildet und komplettiert, freilich selten eingesetzt oder aber in ruhige Abschnitte geschickt wie jene alten Truppen, jene alten Prätorianergarden oder jene Elitekorps, die man spe-

ziell für die mörderischsten Aktionen in Reserve hält), niemals erlitt das Regiment in der Folgezeit, außer bei einem schlecht vorbereiteten Angriff, der es an einem einzigen Vormittag nahezu drei Viertel seiner Offiziere und gut tausend Mann kostete, so schwere Verluste wie in jenen ersten vier Wochen, in denen es mehr Tote auf dem Terrain zurückließ als in jedem der vier Jahre, die der Krieg dauerte. Unter denen, die in der Schlacht vom 27. August fielen, befand sich ein vierzigjähriger Hauptmann, dessen noch warmer Körper am Fuß des Baums zurückgelassen werden mußte, an den man ihn gelehnt hatte. Es war ein ziemlich hochgewachsener robuster Mann mit regelmäßigen Gesichtszügen, gezwirbeltem Schnurrbart, eckigem Kinnbart, dessen blasse, fayencefarbene Augen, weit geöffnet in dem friedlichen, blutbefleckten Gesicht, auf die von Kugeln zerfetzten Blätter starrten, in denen die Sonne des Sommernachmittags spielte. Das klebrige Blut bildete auf dem Waffenrock einen grellroten Fleck, dessen schon braune Ränder zu trocknen begannen und fast gänzlich unter dem Schwarm von Mücken mit gestreiften Brustringen und schwarzgepunkteten grauen Flügeln verschwanden, die wimmelnd aufeinanderkrabbelten, gleich jenen, die sich auf den Exkrementen im Unterholz niederlassen. Die Kugel hatte das Käppi weggerissen, und im blutverklebten Haar war noch die Spur des Kamms zu sehen, der an diesem Morgen sorgfältig den von zwei Ondulierungen eingerahmten Mittelscheitel gezogen hatte. Zur großen Enttäuschung des feindlichen Soldaten, der vorsichtig heranschlich, zusammengekrümmt, den Finger am Abzug seiner Waffe, und der sich, von den Tressen angelockt, über den Körper beugte, die Fliegen verscheuchend, um ihn zu durchsuchen, waren die Taschen des Waffenrocks leer, und er fand weder die goldene Uhr mit Läutwerk noch die Brieftasche, noch sonst einen Wertgegenstand. Zusammen mit der Geldbörse wurde das Ganze

später der Witwe geschickt, desgleichen eine Hälfte der gräulichen Plakette, auf der der Name des Toten stand und die mit einer kleinen Kette an seinem Handgelenk befestigt gewesen war, während die andere Hälfte der Plakette, an der zu diesem Zweck gestanzten Lochreihe abgebrochen, von den Schreibstuben aufbewahrt wurde. Man hatte in der Eile keine Zeit gehabt, den Ehering von dem Finger abzustreifen, an dem er steckte, und zweifellos mußte der erschöpfte Soldat, der eine grünliche Uniform sowie staub- und schlammbedeckte Stiefel trug, den Finger rasch mit der Schneide seines Bajonetts abtrennen, bevor ihn ein Kamerad oder ein Vorgesetzter ertappte. Was hingegen das Pfeifennecessaire aus Email betraf, verziert mit über Seerosen schwebenden indigofarbenen chinesischen Vögeln mit rosa Bäuchen, so war es vor der Schlacht in dem vorschriftsmäßigen schmalen Feldkoffer verstaut worden, der, dunkelgrün gestrichen und mit Gurten verschnürt, zusammen mit dem Gepäck der Kompanie in den Troßwagen reiste.
Auf diese Weise endete ein Abenteuer, das fünfundzwanzig oder dreißig Jahre zuvor begonnen hatte, als der Lehrer eines kleinen Bergweilers (oder wohl eher der Rektor des Gymnasiums der Nachbarstadt) den Vater (einen Bauern, einen Mann, der mit knapper Not lesen, schreiben und die Blätter eines in Moleskin gebundenen Hefts mit unbeholfenen Additionen füllen konnte, deren graue Ziffern bedächtig mit Bleistift eingetragen waren – manchmal einem jener mit Speichel angefeuchteten Tintenstifte, deren malvenfarbene Spur in dem Maße verblaßte, wie die Miene eintrocknete –, das Papier selbst war gräulich, kariert, mit winzigen gelbroten Flecken wie mit Sägemehl übersät) des jungen Stipendiaten aufsuchte (oder vielmehr in sein Büro beorderte), der sich noch in den unteren Klassen befand, und ihn überzeugte, darauf zu verzichten, seinen Sohn Volksschullehrer werden zu lassen (dessen ältere

Schwestern unterrichteten bereits in Schulen, die im Winter der Schnee unter sich begrub), und ihn nicht vor dem Baccalaureat vom Gymnasium zu nehmen, damit er ein Hochschulstudium absolvieren könne. Vielleicht war es bei seiner Rückkehr an jenem Abend, oder nachdem er sich die Zeit genommen hatte, eine Nacht darüber nachzudenken, daß der Mann, der sein Leben damit zugebracht hatte, ein paar hier und da auf dem Grund und den Hängen eines engen Tals verstreute Gevierte oder vielmehr Fleckchen Erde zu beackern, so weit voneinander entfernt, daß der Weg dorthin fast ebensoviel Zeit in Anspruch nahm wie die Arbeit, die man dort verrichtete, den Entschluß faßte oder sich vielmehr in dem Entschluß bestärkte, den er schon gefaßt hatte, seine Kinder in den Stand zu setzen, eine Stellung zu erreichen, die den Namen der Familie endlich vor Hagelstürmen, Dürren, Kartoffelkäfern, dem Mutterkorn oder der Reblaus schützen würde, die periodisch innerhalb weniger Stunden oder Tage die Frucht des in einem ganzen Jahr verausgabten Schweißes zunichte machten. Und was ihm der Rektor des Gymnasiums in Aussicht gestellt hatte, übertraf bei weitem alles, was er für seine Nachkommenschaft hatte erstreben können, so sehr, daß sich im Vergleich die Stellung eines Lehrers etwa so ausnahm wie die eines Bauern neben der eines Lehrers. Zweifellos war es das, was er den beiden Töchtern erklärte, die in den schulfreien Zeiten herkamen, nicht um sich unter dem Familiendach auszuruhen, sondern um zehn Stunden am Tag die Kartoffel- und Maisgevierte oder die winzigen Weinberge zu bestellen. Oder vielleicht (er starb übrigens wenig später) brauchte er ihnen auch gar nichts zu erklären, sie nicht zu überzeugen, vielleicht trafen sie die Entscheidung von sich aus, spontan, vielleicht sogar hatten sie sie schon getroffen, lange bevor der Rektor des Gymnasiums sich für ihren kleinen Bruder interessierte (es war der einzige Junge der Familie,

um mehrere Jahre jünger als sie), vielleicht hatte das, was sie am eigenen Leib über die Stellung von Lehrkräften in den Schulen erfahren hatten, in denen sie junge Kuhhirten und Mädchen in Holzschuhen unterrichteten, sie schon zu demselben Entschluß geführt, dem Knaben ein ähnliches Schicksal zu ersparen, so hoch der Preis auch sein mochte, nicht nur für sein Studium, seinen Unterhalt während der Vorbereitungsjahre vor den Prüfungen oder Wettbewerben, denen er sich zu stellen haben würde, sondern danach auch in der für seine Eingliederung in ein gesellschaftliches Milieu nötigen Zeit, wo das, was er, um eine anständige Figur machen zu können, aus eigener Kraft würde verdienen können, zumindest anfangs sicherlich bei weitem nicht ausreichend wäre.
Es war eine in einer strengen, nüchternen Tradition aufgewachsene Familie. Nicht in jener Nüchternheit, wie sie Bauern eignete, die gezwungen waren, über die Ausgaben mit der peinlichen Genauigkeit von Ameisen Buch zu führen, geflickte Kleider zu tragen, in der Küche zu essen, sich am Feierabend um ein einziges Feuer zu drängen, über dessen rauchende Holzscheite man abends Wasser goß, in eiskalten Zimmern zu schlafen und an allem zu sparen, sondern noch betont (die Nüchternheit) oder vielmehr verstärkt durch jenen hoffärtigen Durst nach Gerechtigkeit, Anständigkeit und Würde, jene Gesinnung störrischer Aufsässigkeit, die sie, in jener Bergregion nahe der Schweiz, einige Jahrhunderte zuvor veranlaßt hätte, dem gestrengen Genfer Reformator zu folgen, und jetzt ihre Kraft wenn nicht im Denken bärtiger Theoretiker und Träger eisenumrandeter Brillen mit Köpfen von Schulmeistern oder Schriftsetzern (der Vater zumindest wäre außerstande gewesen, ihre Schriften zu lesen), so doch in einer zwar unklaren, aber energischen Zustimmung zu den Ideen fand, die das ausgehende Jahrhundert hatte entstehen und sich entwickeln sehen. Obgleich sie mit ihren

Nachbarn auf gutem Fuß standen, sie alle duzten, von ihnen wiedergeduzt und geachtet wurden, so hatte man doch, ebensowenig wie auf diejenigen in der Kneipe (falls man zwei mit dicker brauner Farbe überzogenen Tischen in einer Ecke des engen und einzigen Kaufladens des Weilers diesen Namen geben konnte, der sowohl als Lebensmittelgeschäft, Schnapsbude wie als Tabakladen diente), niemals ein Mitglied der Familie, ob Mann oder Frau, sich auf einer der Bänke der Kirche setzen sehen, die ebenfalls im Laufe des vergangenen Jahrhunderts gleich einer Schildwache, einem Bollwerk gegen die Ideen des Denkers mit der Eisenbrille errichtet worden war, aus grauem Stein gebaut, kalt und ohne Anmut, gleichsam das architektonische Symbol jenes mit der Restauration wiederaufgetauchten Klerus mit Bäffchen, Biretten und Chorhemden, der in Übereinstimmung mit den Besitzern der etwas weiter flußabwärts gelegenen Karton- und Lederfabrik über die Arbeitsplätze, die Armenhilfe und die Stimmabgabe der Bewohner des Tals entschied.
Von ihrer Erziehung, den Erinnerungen an abends auf der Dorfstraße torkelnde Gestalten, an Schreie geschlagener Frauen, an Getreideschwaden, aus denen manchmal, sich ringelnd, ein dünner eisenfarbener Riemen fiel, an die Jahre in den Bergschulen, um die herum der Schnee nur schmolz, um dem Regen zu weichen, und an den Verlust einer Kusine, an deren blutbeflecktes Taschentuch sie sich erinnerten, sollten die beiden Lehrerinnen bis zu ihrem Tod ein fast abergläubisches Gefühl zurückbehalten, eine Mischung aus Furcht und eingefleischtem Widerwillen, die sie dazu brachte, mit gleichem Entsetzen (die Stimme senkend, wenn sie zufällig einmal darüber sprachen, als wären sogar die Wörter mit einer unheilvollen, beschmutzenden Macht geladen, gleichsam obszön) die Trunksucht, die Nattern, den Schlamm, die Priester und die Tuberkulose zu vermengen.

Beim Tod des Vaters versuchten sie, einen Mann zu dingen, der die verschwindend kleinen Felder und Weinberge bestellen sollte, während sie in ihren Schulen festgehalten waren (sie verließen sie am Samstagabend, sobald die letzte Unterrichtsstunde zu Ende war, legten Strecken von mehreren Kilometern im Schnee oder über die aufgeweichten Wege zu Fuß zurück, nahmen Züge mit Holzbänken, stiegen mitten in der Nacht auf mit Funzeln beleuchteten Bahnhöfen um, arbeiteten den ganzen Sonntag wie Maultiere, legten dieselbe Strecke nachts in umgekehrter Richtung zurück und standen dann, vorbildlich und makellos in ihren sorgfältig gebürsteten langen Röcken und ihren bis zum Kinn zugeknöpften Blusen, einen gestrickten Schal über den Schultern, am Montagmorgen wieder vor ihrer Wandtafel), aber sie wurden bestohlen. Sie versuchten nun, die Felder zu verpachten (es kam ihnen nicht einmal in den Sinn, daß sie sie hätten verkaufen können, sie und das anspruchsvolle, halb verfallene Haus, das der Vater in der Stadt erworben hatte und das sie in der Folge, Bodendiele um Bodendiele, Decke um Decke und Ziegel um Ziegel in jahrelanger Arbeit praktisch vom Keller bis zum Speicher wiederaufbauten), aber die meisten waren so schwer zugänglich und so wenig ertragreich, daß niemand sie haben wollte, und bei denen, die jemand zu übernehmen bereit war, bestahl man sie erneut, so daß schließlich, ungeachtet der Proteste des Knaben, der sonntags ebenfalls in eine alte Hose schlüpfte und an ihrer Seite arbeitete, eine von ihnen, die ältere (es war auch noch die Mutter da – oder vielmehr eine Sache (eine Kugel), etwa so groß wie eine Faust und gelb, eine Haube mit Volants auf dem Kopf, die regungslos auf einem Kissen lag, das makellose Laken bis zum Kinn hochgezogen, so flach, daß es nichts zu bedecken schien, mit einem Mund in der Mitte der Falten, dem man mit Hilfe eines kleinen Löffels etwas weißlichen Brei einflößte, der weiter unten wieder herauskam in Form von Exkrementen, von denen man sie täglich säuberte) ... so daß schließlich also die Ältere resigniert zu der Stellung zurückkehrte, aus welcher der Vater sie für immer hatte herausholen wollen, und mit ihren Werkzeugen erneut die Wege zurücklegte zu den Maisgevierten, den Weinbergen oder den Obstgärten, deren Bäume Birnen trugen, die schon wurmstichig waren, bevor sie reiften, und hart wie Holz.

Jetzt, da sie an ihrer Seite arbeitete, schwere Männerschnürstiefel an den Füßen, wobei sich ihr etwas eckiges Gesicht nach und nach in ein Männergesicht verwandelte (später erschien über ihrer welken, von kleinen senkrechten Furchen zerschnittenen Oberlippe sogar ein leichter Schnurrbart), konnte sie die Tagelöhner überwachen, die sie trotz allem für die gröbsten Arbeiten mieten mußte, gleichzeitig wie das Paar Ochsen (man hätte es ihnen zweifellos ausgeliehen, aber sie bestanden darauf, nichts schuldig zu sein), die im Herbst die Ernte der mit dem Spaten umgegrabenen Weinberge einfuhren. Die einzige Erleichterung (den einzigen Luxus), die sie (diejenige, die jetzt die Rolle des Vates innehatte) sich gestattete, war der Kauf eines gebrauchten Fahrrads, das sie meist nur bestieg, von ihren langen Röcken behindert, wenn es bergab ging, während sie sich gemeinhin damit begnügte, es zu schieben, auf die Lenkstange gestützt, den Gepäckträger mit buckligen Säcken oder Werkzeug beladen, einen aus einem Kasten bestehenden Anhänger hinter sich herziehend, den sie mit Hilfe einiger Bretter und bei einem Schrotthändler gefundener Räder selbst angefertigt hatte, so wie sie auch eine zerbrochene Fensterscheibe selbst ersetzte, ein Mäuerchen oder die klappernde Tür des Hühnerstalls reparierte, auf dünnen Stahlnadeln ihre schwarzen Wollsocken strickte, ihrer beider Kleider zuschnitt und nähte und die Sachen des Knaben ausbesserte.

Als dieser sich, immer noch Stipendiat, auf dem Gymnasium der Kreisstadt auf die Aufnahmeprüfung für das Polytechnikum vorbereitete, trat das Ereignis ein, das über sein weiteres Leben entscheiden sollte, bis es ihn zwanzig Jahre später an einem Augusttag an den Rand eines Wäldchens stellte, in die Flugbahn einer Kugel, die ihm den Schädel zertrümmerte. Gegen Februar, auf der Reitbahn (denn seinen erneuten Protesten zum Trotz zahlten sie auch dafür, daß er Reitstunden nahm), fiel er vom Pferd und brach sich ein Bein. Es war eine glatte Fraktur ohne Komplikationen, aber obwohl er im Bett, an das der Gips ihn fesselte, weiterarbeitete, raubte ihm die für seine Heilung notwendige Zeit doch jede Aussicht, noch in diesem Jahr die Prüfungen eines so strengen Wettbewerbs erfolgreich zu bestehen, und als sie ihn im Krankenhaus besuchten, verkündete er ihnen, er habe beschlossen, falls er rechtzeitig wieder gesund sei, sich unverzüglich in der Militärschule von Saint-Cyr anzumelden.

Später erzählten sie dies (dies, das heißt nicht den Unfall, den Sturz vom Pferd, sondern den Entschluß, der für sie den Zusammenbruch ihrer Ambitionen bedeutete), so wie die Armen von Naturkatastrophen, Krankheiten oder Gebrechen, Hagelschlag oder Dürre erzählen, die unvermeidlich jede Existenz abstecken, mit ihren ruhigen, gleichmäßigen Stimmen, die triefenden Augen in ihren zerfurchten altjüngferlichen Gesichtern von jener gewissermaßen kindlichen Unschuld geprägt, der weder die Jahre noch das Unglück etwas anzuhaben vermocht hatten, und wenn man ihnen lauschte, konnte man sich vorstellen, wie sie, beide in ihren Mänteln, denen ein leichter Kampfergeruch entströmte, jene Hüte (oder vielmehr Kappen) auf dem Kopf, die diejenige, die die Rolle des Mannes innehatte, aus einem geschickt geschlungenen alten Stück Seide oder Samt selbst anfertigte und mit einer Brosche aus Straß oder einem irgendwo ergatterten Federschmuck verzierte, neben dem Krankenhausbett standen,

gestreift vom Hin und Her der Ordensschwestern in ihren raschelnden Röcken und gestärkten Flügelhauben, die sie mit jenem ängstlichen Widerwillen betrachteten, den ihr Vater ihnen gegen alles eingebläut hatte, was auch nur entfernt mit der Religion zu tun hatte, verstört dem Verletzten lauschten, der ihnen, sich zu einem Lächeln zwingend, erklärte, daß er zum Glück noch genügend Monate vor sich habe, um sich auf einen anderen Wettbewerb vorzubereiten, wobei er es vermied, ihre abgeschabten Mäntel anzusehen, die aufgesprungenen roten Hände, die sie unbeholfen in ihren Muffen versteckten, das Männergesicht der älteren und das verwelkende derjenigen, die schon fast nicht mehr in dem Alter war, wo man einen Ehemann findet, so als ob sein Entschluß (sich in Saint-Cyr anzumelden) sich von selbst verstünde, nur einen belanglosen Kurswechsel bedeutete, der sich lediglich einem unglücklichen Zufall verdankte und nicht etwa seiner Unfähigkeit, noch ein weiteres Jahr den Preis zu ertragen, den sie für seine Reitstunden zahlten.
Natürlich erzählten sie die Dinge nicht auf diese Weise. Sie sagten einfach, daß er, nachdem er sich im Winter das Bein gebrochen hatte, beschlossen habe, sich in Saint-Cyr anzumelden. Kaum daß man, wenn man sie so hörte, Enttäuschung (oder vielmehr Bestürzung) argwöhnen konnte, allenfalls so etwas wie eine zaghafte Betrübnis, ein zaghaftes Bedauern. So wie man in einer Bauernfamilie sagt, ohne mit dem Schicksal zu hadern, daß der junge Bruder, seit er von der Leiter oder der Dreschmaschine gefallen ist, einen Buckel hat. Eine Feststellung. Mehr nicht. Sie, für die der Schlag (das heißt der Entschluß, den er ihnen mitteilte) zunächst wie ein sarkastisches Hohngelächter des Schicksals wirken mußte. Als hätte sich nicht allein alles, brutal verhöhnt, in Nichts aufgelöst, was sie an Opfern und Entbehrungen auf sich genommen hatten, sondern auch der Geist, die Tradition jener Familie, in der

man voll Stolz die Erinnerung an einen Urgroßonkel bewahrte (sie behaupteten, ihn in ihrer Kindheit gekannt zu haben, wie er auf einem Holzklotz saß und sich an der Mauer in der Sonne wärmte), der sich fünf Jahre in den Wäldern versteckt hatte, um den Gendarmen zu entwischen, die die Gegend durchstöberten auf der Suche nach den jungen Bauern, die ein Menschenfresser bataillonsweise verschlang oder in der Weite eisiger Steppen in den Tod schickte. Denn zweifellos hatten sie, die abergläubische Abneigung überwindend, in die sie unterschiedslos, als komplementäre Personifizierungen des Bösen, jedermann einschlossen, der eine Soutane oder eine Uniform trug, zweifellos hatten sie es nur als eine folgenlose Wandlung hingenommen (so wie der Schmetterling notwendig das Stadium der Puppe durchläuft, bevor er die Apotheose seiner blendenden Flügel entfaltet), daß ihr Bruder den berüchtigten Zweispitz aufsetzte und eine Zeitlang die mit roten Litzen besetzte schwarze Uniform anlegte, die sie ungeachtet des lächerlichen Schwerts am Ende wahrscheinlich für die Attribute einer Art Laienorden gehalten hatten, für die nüchternen Symbole des Zugangs zu den Privilegien der Mühsal und des Wissens.

Vielleicht war es dies, was sie ihm in der Weiße jenes Gemeinschaftssaals des Krankenhauses zu sagen versuchten, in das sie geeilt waren, um ihn zu besuchen, angespannt, mit ihren vorzeitig verwelkten Gesichtern, steif, bemüht, das leise raschelnde Hin und Her der Hauben mit den gestärkten Flügeln zu übersehen, die um undurchdringliche wächserne Masken flatterten (als ob auf beiden Seiten, in stummer, stillschweigender und instinktiver Feindseligkeit, die nicht miteinander zu vereinbarenden weiblichen Verkörperungen der Pflicht und der Jungfräulichkeit aufeinanderprallten und sich mäßen), wobei ihre Stimmen nicht lauter waren als ein Murmeln, indes er ihre Einwände (oder ihre inständigen Bitten) mit einem nachsich-

tigen, ein wenig tadelnden Lächeln beantwortete, wie man es an Kinder richtet, er, der fast zehn Jahre jünger war als die Jüngere, und dieses Lächeln auch noch zur Schau trug, als sie sich endlich zurückzogen, inmitten der anderen Besucher, die wie eine Herde zur Tür gedrängt wurden, und eine der beiden Frauen sich vielleicht noch einmal umdrehte, ihn auf seinem Kissen immer noch lächeln sah, auf dem Nachttisch die Orangen, die sie ihm mitgebracht hatten, und er fröhlich mit der Hand winkte, überlegte, wie er nicht sich von ihnen, sondern gewissermaßen sie von ihm befreien könnte, ohne vorauszusehen, wie sehr er sich täuschte, wie wenig der Wille eines Mannes zählt gegenüber der wilden Entschlossenheit zweier schwacher Frauen oder vielmehr zweier Maultiere.
Denn nichts veränderte sich. Die Dinge waren jetzt zu weit fortgeschritten (das heißt in der Lebensweise der beiden Schwestern zu weit fortgeschritten), als daß sie auch nur einen Augenblick auf den Gedanken kamen, es könnte für sie etwa anderes geben, als alte Jungfern zu bleiben, ihre Existenz von Lasttieren fortzusetzen, endlos geflickte Kleider zu tragen und genügend Geld zu sparen, um ihm die Überweisungen schicken zu können, die er ihnen stets zurücksandte und die sie ihm unbeirrt erneut schickten in Form von Dingen, die zu besitzen ihres Erachtens ein junger Mann in seiner Position (das heißt der Position, die er errang: die eines Anwärters, dann eines Offiziers im Marineinfanteriekorps) sich schuldig war, von den Handschuhen bis zum Toilettenbeutel mit zahlreichen unnützen Akzessoires über die weichen Lederstiefel, begleitet von ein paar Zeilen, die besagten Es ist vereinbart daß du sie umtauschen kannst wenn sie dir nicht passen, worauf sie mit ihrer der Schultafel angepaßten Handschrift die Adresse des modischen Schuhmachers hinzufügten, die sie in ihrem tiefen Tal wer weiß wie in Erfahrung gebracht hatten.

Dann waren Jahre vergangen, und zweifellos war die ganze Angelegenheit (der Unfall, die Besuche im Krankenhaus, die eingetretene Wende) in Vergessenheit geraten (oder zumindest stillschweigend aus ihren Gesprächen, wenn nicht aus ihrem Gedächtnis getilgt), verbucht wie der Hagel oder die Überschwemmungen, die die Felder verwüsteten, auf dem Konto der Gewinne und Verluste. Denn mit derselben blinden und bedingungslosen Hartnäckigkeit hatten sie jene Art inzestuöse und nüchterne Leidenschaft jetzt auf das übertragen, was für sie so etwas wie einen Glaubensabfall bedeuten mußte. So wie sie auch, wäre er zum Mörder geworden, noch die letzten Bodenparzellen und die letzten hinter einer Plinthe versteckten Goldstücke verkauft hätten, um den besten Strafverteidiger zu bezahlen, ihn im Gefängnis besucht, von ferne bis zu dem Landungssteg begleitet hätten, von dem aus das Schiff Kurs auf das Bagno nahm, so wie sie fünfundzwanzig Jahre später mit geröteten, aber trockenen Augen, darum bemüht, eine Verrückte zu beruhigen, durch die von einem riesigen Wirbelsturm verwüsteten Felder und Wäldchen auf der Suche nach einem Körper (oder zumindest dem, was von ihm übrig sein mochte) irren und ihm ein Begräbnis geben sollten, wie jene weiblichen Verwandten eines Verurteilten, die nachts zu den Galgen gehen, die Wachen betrunken machen oder bestechen, um den Hingerichteten abzuhängen und mitzunehmen, mit dem Unterschied, daß es dann weder Galgen noch zu bestechende Wachen gab, nicht einmal eine Leiche mit von den Raben ausgehackten Augen: lediglich zwischen den brachliegenden, aufgerissenen, gleichsam verfaulten weiten Räumen (von Sprengkörpern noch so verseucht, daß kein Pflug sich hinwagte) gespenstische Silhouetten, die in den Trümmern nach etwas suchten, womit sie die noch stehenden Mauerwände mit dem Symbol eines Dachs bedecken konnten, und die die Augen hoben, gleichgültig (manchmal mitleidig, manchmal gereizt) die den kleinen Jungen mitschleppenden drei Frauen ansahen, sich dann wieder daranmachten, die halb verkohlten Sparren auszusortieren, die aus Haufen von Ziegel- oder Bruchsteinen ragten.

Aber das sollte erst später geschehen, gleichsam als Vollendung, als Krönung ihres Maultierschicksals. Einstweilen genügte es ihnen zweifellos zu wissen, daß er irgendwo existierte (so wie sie nach seinem Tod fortfuhren, von seiner Erinnerung zu leben (sich zu ernähren): nicht in jener hochtrabenden, gleichsam emphatischen Art wie die Witwe mit den Trauerschleiern, die zur Erinnerung an ihn Messen zelebrieren und auf schwarzumrandete Karten Verse von Ossian drucken ließ, sondern sozusagen friedvoll – oder vielmehr aus Gewohnheit, so wie sie fortfuhren, aus Gewohnheit (nicht Resignation: Gewohnheit), die wurmstichigen und steinharten winzigen Birnen zu essen, die ihr Obstgarten hervorbrachte), zweifellos genügte es ihnen, daß irgendwo, wohin sie ihm Überweisungen schicken konnten, ein Fleisch wie ihres die Phasen einer Mutation durchmachte, die, auch wenn sie jene strenge Unbeugsamkeit, die ihr eigenes Leben regelte, durchkreuzte, schockierte, dennoch ein sozialer Aufstieg war – jedenfalls die Gewähr einer Existenz, die endgültig verschont bliebe von dem, was ihr Vater, ihre Mutter, ihre Großväter, Großmütter, Urgroßväter, Urgroßmütter und sie selbst durchgemacht hatten und weiterhin durchmachten.

Und zweifellos hatte auch er etwas von jenen Fähigkeiten zur Ausdauer und Verbissenheit, etwas von jener Unerschütterlichkeit geerbt, denn er arbeitete hart, quälte nicht nur seinen Körper, um sein durch den Gips steif gewordenes Bein wieder geschmeidig zu machen, sondern auch seinen Geist, indem er sich innerhalb zweier Monate auf die Zusatzprüfung vorbereitete, die das Tor jener Schule öffnete, die in Wirklichkeit nichts anderes war als eine nebenbei auch mit Studierstuben und Hörsälen ausgestattete Kaserne, sie mit knapper Not bestand, sofort erneut hart zu arbeiten begann, um Stufe für Stufe in die Spitzengruppe aufzusteigen, schließlich mit einer Note abschloß, die ihm das Recht verlieh, für jenes begehrenswerte Korps mit dem ankerbestickten Marineabzeichen zu optieren, nachdem er zwei Jahre praktisch völlig zurückgezogen, eingesperrt gelebt hatte (so wie die fünf oder sechs – oder vielleicht neun, oder zehn – anderen seines Schlages, die der Jahrgang zählte, das heißt, die zwar nicht gerade arm waren, aber doch genötigt, zu rechnen und zu kalkulieren, Söhne von Adjutanten oder Gendarmen, die mit dem Lederriemen erzogen worden waren oder aus irgendeiner Kadettenanstalt, irgendeinem Kinderkerker kamen und mit denen er sonntags in der leeren Gemeinschaftsstube zwischen zwei Reihen schmaler rechteckiger Pritschen mit vorschriftsmäßig gefalteten bräunlichen Decken, die Reihen von Särgen glichen, wobei die schimmernde Paradeuniform durch Drillich ersetzt war, auf dem mit Waffenöl und Scheuerpulver getränkten groben Holztisch die Päckchen teilte, die seine Schwestern ihm zukommen ließen, die Würste und Fleischpasteten, die gleichsam getränkt waren von den faden Gerüchen nach Stahl und Terpentin, ebenso hart, ebenso kalt wie der Stahl selbst), nur für Manöver oder kurze Urlaube die Mauern verließ, dann losrannte, sobald er den Wachposten hinter sich hatte, um den ersten Zug zu erwischen und am nächsten Tag, die Ärmel hochgekrempelt und in Holzpantinen, Garben zu binden, Heu einzubringen, Holz zu hacken, die Arbeit von zwei Männern zu bewältigen – was, zusammen mit der Arbeit der beiden Schwestern, vier ergab –, bei der Rückkehr wieder die unbekümmerten Söhne aus guter Familie oder die Söhne von Generälen traf, deren prächtige Waffenröcke noch gleichsam wie Orden oder vielmehr wie die Pollen zarter Blüten die pastellfarbenen Spuren von Puder zu tragen schienen, die unsichtbaren, parfümierten und rosafarbenen Abdrücke von Brüsten, Bäuchen und Schenkeln: fidel, prahlerisch, die Stube mit einem quälenden, scharfen Brunftgeruch erfüllend, voll von Geschichten über Pferde, Rennen, Schauspielerinnen, Champagner, Bordelle und dem Klatsch des Faubourg Saint-Germain, wobei er den Berichten ihrer Saufgelage oder ihrer priapischen Heldentaten mit demselben belustigten und zugleich nachsichtigen Lächeln lauschte, das er den beiden Jammergestalten am Fuß seines Krankenlagers entgegengesetzt hatte und mit dem er jetzt die Aufschneidereien der jungen Hengste quittierte wie ein Älterer angesichts tobender Kinder (er, der so alt war wie sie und dessen Erfahrung sich zweifellos auf die irgendeiner hinter einem Gebüsch umgelegten Gänsehirtin beschränkte – oder, wahrscheinlicher, in dem puritanischen Familienklima, in dem er aufgewachsen war, nicht einmal das ...), den Protesten seines jungen Fleisches Schweigen gebot, das zweifellos ebenso jungfräulich, ebenso unberührt war wie das der beiden Laienschwestern, deren Überweisungen er jetzt, da er vom Staat ausgehalten wurde, zurückschicken konnte – oder vielleicht manchmal einlöste (den Betrag gewissenhaft der Spalte dessen hinzufügte, was er ihnen bereits schuldete) für den Tag, an dem er an der Reihe wäre, einen auszugeben, dieser Pflicht mit demselben belustigten, vorsichtigen Lächeln nachkam, hinter dem er weiterhin lernte, den ungehobelten Kleinbauern zu verstecken, nach und nach auszuradieren, beobachtete und sich beobachtet wußte, sich schrittweise in jene Art Klan, Kaste, Sekte integrierte: so etwas wie ein Club, ein Privatzirkel, ein eifersüchtig geschlossenes und in sich selbst funktionierendes Universum mit seinem Zeremoniell, seinen Riten, gleich einer barbarischen Reliquie mit einer Art Firnis überzogen, als hätte es, wie die Welt des Theaters, zwei Gesichter: eines, um nach außen fehlerlos den eleganten, untadeligen Panzer aus Tuch, Schnurrbärten, akkurat gebürstetem und gewichstem Lederzeug, die steife und wohlanständige Fassade von Urbanität zu zeigen, und das andere, die Kehrseite, für den inneren Gebrauch, rigide, streng, sogar brutal, mit den scharfen Dünsten von Kreosot, Pferdemist, Schweiß, Waffenfett und Latrinen, die zwischen den geradlinigen weißgekalkten Gebäuden hingen, so wie auch der Staat, der ihn unterhielt, gewissermaßen einen Vertrag mit ihm abschloß, nach dessen Ablauf das einzige, was man als Gegenleistung von ihm verlangen würde, wenn er einmal unempfindlich geworden wäre gegen die Müdigkeit, geübt in der Handhabung der Waffen und fähig, den Leitfaden des Unteroffiziers im Feld auswendig aufzusagen, nicht so sehr darin bestünde, zu kämpfen, ja nicht einmal, zu sterben, sondern es auf eine ganz bestimmte Weise zu tun, das heißt (so wie der Akrobat oder die berühmte Tänzerin in ihren geflickten Trikots hinter den Kulissen schwitzen und sich zu den Klängen eines verstimmten Klaviers oder in den Ammoniakausdünstungen der Raubtiere verrenken, einzig im Hinblick auf den kurzen und flüchtigen Augenblick des instabilen Gleichgewichts, auf die Orchesterapotheose oder den Trommelwirbel, während derer sie innehalten, die Arme gerundet, in Pailletten gegossen, lächelnd, anmutig, ephemär und unwägbar unter dem donnernden Applaus), zwanzig Jahre später lediglich dazustehen, weithin sichtbar, mit den in der Sonne blinkenden Tressen seines Käppis, seinen nutzlosen Feldstecher in der Hand, und geduldig zu warten, bis ein Stück Metall ihm den Kopf durchlöchert.

Schon lange vor dem Pferdeunfall waren die beiden Frauen in die Stadt gezogen, wohin die jüngere schließlich berufen worden war – das heißt aufgehört hatte, darauf zu warten, daß man freundlicherweise ihren Anträgen stattgab, die sie jedes Jahr auf offiziellem Briefpapier bei irgendeiner unsichtbaren Allmacht stellte, damit man sie endlich aus ihrer Hölle aus Eis und Schlamm herausnehme, ihr das Recht zugestehe, in einem eigenen Haus zu wohnen und, um ihren Unterricht zu erteilen, nur durch ein paar Straßen gehen zu müssen, die manchmal zwar auch vereist und verschneit, aber wenigstens gepflastert und ausreichend profiliert sind, so daß der schmelzende Schnee oder das Regenwasser durch Rinnsteine abfließen kann, statt als Eismatsch oder Pfützen zu stagnieren. Und was die Stadt anging, so war sie eher ein großer Marktflekken, einige Kilometer von dem Weiler entfernt, dort, wo sich die Hänge des engen Tals auf die Ebene öffneten, und zu ihm führte eine einspurige Bahnlinie, deren Trasse eine lange Kurve beschrieb, um ihn am Rand der letzten Ausläufer des Gebirges aufzustöbern: still, noch mittelalterlich, mit seinen langen violettbraunen Dächern und deren zinkverkleideten Kanten, seinen kalten Arkaden, seinem hohen Kirchturm und jenem zu großen, leeren Haus oder vielmehr Gemäuer, in dem das Echo der Schritte auf den unebenen Fußböden wie in einem Resonanzkasten hallte und aus dem etwas zu machen, was einem wirklichen Haus glich, Zimmer für Zimmer, sie Jahre brauchten, wobei sie dieselbe unverdrossene Halsstarrigkeit an den Tag legten, bis es sogar etwas aufwies, was einem Badezimmer glich (sie, die sich immer nur in Spülbecken gewaschen hatten) mit einer Badewanne aus galvanisiertem Blech, einem Linoleumrechteck, einem mit Holz heizbaren Warmwasserkessel, etwa so groß wie ein Wohnzimmer, mit den Handwerkern diskutierten, alles selber machten, wozu ihre Kräfte als Frauen (oder vielmehr Bauernmädchen) ausreichten, ihr Unternehmen – oder vielmehr den ehrgeizigen Wunsch des toten Vaters – erst lange nach dem Zeitpunkt zu Ende brachten, da jener Sohn, auf den er diesen Ehrgeiz übertragen hatte, getötet worden war:

Jahre, in denen die beiden einzigen wirklich bewohnbaren Zimmer dasjenige waren, in dem die Art lebendige Mumie lag (das heißt die Sache, die atmete, kaum das Laken wölbte), sowie das andere, bessere, das meist geschlossen und den wenigen Tagen vorbehalten war, an denen der, durch den sie sozusagen als Bevollmächtigte zu leben beschlossen hatten, kurz in Erscheinung trat, anfangs relativ häufig, dann immer seltener, zum Schluß in Abständen von Jahren, in denen sie kein anderes Bild von ihm hatten als dasjenige, das ihnen die wenigen dann und wann aufgenommenen Fotografien zeigten, auf denen sie sehen konnten, wie der schwache Junge, der ihnen auf einem Krankenlager Widerstand geleistet hatte, eine Reihe von Metamorphosen oder vielmehr jähen Mutationen durchlief, als hätte er sich jetzt irgendwo in den Kulissen jener Theater, in denen Zauberkünstler auftreten, oder vielmehr in irgendeinem Jenseits aufgehalten, in jener Welt, jenen unbekannten Ländern, die für sie nicht mehr Wirklichkeit besaßen als die rosa- oder gelbkolorierten Papierflächen der Landkarten, wo er sich plötzlich materialisierte, eine Weile noch das folgsame Aussehen eines fleißigen Zöglings bewahrte, die Miene eher eines einfachen Soldaten denn eines Offiziers, trotz der seinen Ärmel zierenden Unterleutnantstresse, linkisch auf einem Stuhl sitzend, der mit anderen in einem Garten an einem kleinen Tisch steht für eine jener Gruppen, wie man sie damals zusammenzustellen liebte, steife Personen, in Posen falscher Natürlichkeit erstarrt, mit einer Dame in einem Kleid aus schwerer Seide, zwei anderen Gästen in Uniform und zwei jungen Mädchen, die Erfrischungen reichen, wobei er selbst mit seinem durchsichtigen Fayence-Blick, seinem glatten Gesicht, seinem beginnenden Kinnbart und seiner makellosen Hose wie ein drittes, verkleidetes junges Mädchen wirkt, das sich zum Spaß den Schatten eines Barts und eines Schnurrbarts mit dem Korken aufgemalt hat, nicht weiß, wohin mit seinen Beinen, seinen Handschuhen, ein winziges Likörglas in der Hand, ein Foto, dessen Rückseite den Vermerk »Lorient 1897« trug, dann, übergangslos, mit einemmal ein Mann, der selbstsicher dasteht, draufgängerisch, in jenen knappen dunklen Waffenrock gezwängt wie in ein Korsett, in Stiefeln (vielleicht denjenigen des modischen Schuhmachers, die sie für ihn in Auftrag gegeben hatten), die Absätze mit Sporen verziert, lässig die verdrillte Peitsche schräg vor der Reithose hält, mit einem kurzen Spitzbart und einem gezwirbelten Schnurrbart anstelle der zaghaften Kohleschminke, wobei der Hindergrund des Fotografen einen blassen Pflanzendekor aus Bambus, Dattelpalmen und Bananenstauden mit breiten ausgekerbten Blättern darstellt (»Martinique 1899«), dann ein Gewirr von Baumfarnen, riesigem Blattwerk, lackiert, fleischig, geriefelt, in Trauben herabhängend, sich verstreuend, geschweift, gerippt, ausgezackt, luftig, sich verflechtend, sich aneinanderdrängend, als üppiger Rahmen eine Felswand umrankend, einen Wasserfall, ein Bassin, aus dem der milchige, nackte Oberkörper eines Mannes mit eckigem Bart emportaucht, die Hände an den Hüften (»Madagascar«), dann dornige Büsche, trockene, verdorrte Gräser, ein Erdhügel, auf dem unter einem aufgespannten Regenschirm derselbe Mann mit dem eckigen Bart, bekleidet nur mit einem Unterhemd und einer an den Knöcheln eng angliegenden Drillichhose, einen Helm in Form einer Melonenglocke auf dem Kopf, das Gesicht sonnenverbrannt, neben zwei jener Dreifüße steht, die Zielfernrohren als Stütze dienen und um die herum sich ein Neger zu schaffen macht, dessen Heuschreckenbeine aus einem zerlumpten Kittel ragen; und abermals derselbe Mann mit dem eckigen Bart, jetzt zu Pferd, ganz in Weiß gekleidet, immer noch mit demselben glockenförmigen Helmschutz, kurzbeinige robuste Pferde mit dichter, wilder Mähne, gleichsam geradewegs einer jener Höhlenmalereien oder der barbarischen Tiefe Asiens entsprungen, Reiter in einer Ebene, aus der hier und da zuckerhutartig, wie Zähne, Knochen- und Jadesplitter, hohe Kalkspitzen ragen, zu deren Füßen man ein paar Hütten erkennt, eine winzige Pagode mit gebogenen Dächern (»Lang Son 1906«), während die beiden Frauen (jetzt die beiden alten Jungfern) immer noch damit beschäftigt waren, den Preis für einen Fußboden, eine Zimmerdecke oder eine Dachrinne auszurechnen, die eine auf ihr Fahrrad mit dem Anhänger voller Werkzeug oder Kartoffeln gestützt, die andere jeden Morgen vor ihrer Schultafel gegenüber Reihen kahlgeschorener Kinder, die eine oder die andere am Abend ihren Schlüssel hervorholte, beim Nachhausekommen den Briefkasten öffnete, in dem sie, je nach den Postschiffen, je nach dem Turnus der langsamen Paketdampfer, von denen er ihnen ebenfalls Bilder schickte, den Umschlag mit der vertrauten Handschrift fand, einen Augenblick die exotische Briefmarke betrachtete, ihn dann zwischen die Lauchstangen oder die Kohlköpfe in den Einkaufskorb schob, wartete, bis sie ihren Mantel abgelegt und den Korb in der Küche abgestellt hatte, um sich an den Tisch zu setzen, ihre Brille aufzusetzen, dann den Umschlag zu öffnen und, ihn auf dem gelblichen Wachstuch auseinanderfaltend, den Brief zu lesen, aus dem manchmal die Fotografie eines mehr oder weniger dunklen Gesichts mit mehr oder weniger geschlitzten Augen herausfiel, zart, ebenso blank, ebenso glatt wie ein Kieselstein, gekrönt von einem Turban oder geflochtenem schwarzen Haar, emportauchend aus Spitzen, Krausen, Falten, wie aus jenen überladenen Gewändern, in die man die Madonnen kleidet und die nur zwei Puppenhände freiließen, von denen die eine auf der Lehne eines Korbsessels oder auf der Konsole eines Fotoateliers lag, wobei auch die Statue mit dem gold- oder bronzefarbenen kindlichen Gesicht wie gestärkt wirkte, steif, erstarrt, mit jenem vage erschreckten Ausdruck einer Gazelle oder eines eingefangenen Vogels, eines scheuen Tiers und verkleideten kleinen Mädchens, indes diejenige der beiden Frauen, die den Brief in Händen hielt, ihn zu Ende las, ihre Brille abnahm, mit dem Zeigefinger ihre rosa umrandeten Lider rieb, ihre Brille wieder aufsetzte, um die Fotografie zu betrachten, das Blumengesicht mit der gleichen stummen und stolzen Befriedigung betrachtete, die ihre Züge erhellte, wenn sie die Stiefel, den eckigen Bart, den hellen Fayence-Blick wiedererkannte, wonach die beiden Schwestern in den strengen dunklen Kleidern, mit den gleichmütigen, jedesmal ein wenig verbrauchteren Gesichtern die zarten Tropenblüten samt ihren unter Spitzen verborgenen Körpern in das Familienalbum einordneten wie in ein Herbarium, zwischen die Fotos von schmächtigen kleinen Mädchen, Kusinen oder Tanten in steifen Fischbeinkorsetts, zu fetten Kindern und Weinbauern in Sonntagsstaat, so wie sie in dem Wohnzimmer, das sie herzurichten und zu möblieren begannen (während sie weiterhin in ihrem Zimmer mit den zerfressenen Gipswänden schliefen), mit einem Mahagonitisch in der Mitte, Sesseln mit Armlehnen aus Ebenholz, einem Klavier, auf dem keine von ihnen spielen konnte, und einer Vitrine mit Marmoraufsatz, nach und nach all die Dinge unterbrachten, anhäuften, die sie im Laufe der Zeit den aufgenagelten Kisten entnahmen: Korallen und Riesenmuscheln, Tigerfelle, auf Eingeborenenmärkten oder in Häfen gekaufte Wurfspieße, hier gestrandet im von Plüschvorhängen gefilterten Halbdunkel, in dem auf kohlefarbenen bronzenen Blumenübertöpfen mit goldfrottierten Reliefs die Federn von Reihern glänzten, die zwischen den Mäandern von Flüssen und drachenähnlichen Hügeln hintereinander herflogen, als ob von fast überall, da und dort den Kontinenten entrissen, die sie als Bevollmächtigte durchstreiften (auf der Karte dem Weg der Dampfer folgend, deren Rauchfahnen sich auf den

Ozeanen aus blaßblauem Papier dehnten und auflösten, Kaps umschiffend, Meerengen zwischen safran- oder mandelfarben kolorierten Inseln durchquerend), in Form von Pfeilen, Lanzen, Porzellanwaren, Emaillen, mit Paradiesvögeln bestickten Wandschirmen, seidigen Chrysanthemen sowie einer Reihe lieblicher Frauengesichter die barbarischen Welten entrissene heteroklite Beute bei den beiden Frauen landen würde, zur gleichen Zeit wie sie nach und nach, Fotografie um Fotografie, sehen konnten, wie der ehemalige kleine Junge seine Metamorphose beendete, auch er nun gleichsam barbarisch aussah mit seinen immer helleren Augen im sonnenverbrannten Gesicht, mit seinem wilden Bart, seinem Räuber- oder Korsarenschnurrbart jenen Eroberern gleich, die sich nach und nach ihren Eroberungen anpassen, immer gegerbter, mit immer struppigerem Bart, bis zu dem Tag, an dem sie nicht etwa aus einem jener fernen Länder mit exotischen Namen, wuchernder Vegetation oder ausgeglühtem Sand, sondern aus der Garnison des Südens, wo er zwischen zwei Reisen diente, den Brief erhielten, in dem er ihnen mitteilte, daß er sich entschlossen habe, zu heiraten.

IV

17. Mai 1940

Man hört nicht mehr schießen. Kauernd jetzt betrachtet er um sich herum die auf dem Weg und zu beiden Seiten in den Feldern verstreuten Körper der getöteten Pferde und Reiter, läßt seine Augen einen Augenblick auf dem Mann ruhen, der zu ihm spricht (oder vielleicht schreit er?) und, auf der Böschung des Straßengrabens sitzend, mit einer Hand seinen anderen blutigen Arm stützt, sieht ihn noch einen Augenblick an, wobei er nicht einmal zu verstehen sucht, was der Verwundete ihm zu sagen versucht (oder nicht versucht: vielleicht mit sich selbst spricht – oder schreit –, den Mund vor Schmerz verzerrt – oder vor Zorn, als ob er Schmähungen brüllte), dann, ohne daß er sich später erinnert, den Entschluß gefaßt zu haben, springt er auf, rennt jetzt, gebückt, wobei sich seine Beine mit rasender Geschwindigkeit unter ihm bewegen, zu der Hecke entlang der Wiese, die sich am Hang der Talmulde hinaufzieht. Es wird nicht sofort geschossen, und als das Schießen einsetzt, geschieht es gleichsam nachlässig, zerstreut, sozusagen ohne Überzeugung, als handle der Schütze reflexhaft, ohne genau zu zielen (aber vielleicht schießt man ja gar nicht auf ihn?), da er keine Kugel pfeifen hört, nur das abgehackte, ziemlich langsame Knattern des Maschinengewehrs hört, auch dieses gleichsam nur der Form halber, belanglos, ziemlich weit entfernt, so scheint es, zumindest soweit er es im Tosen seines Bluts und seines Atems beurteilen kann, worauf er sich auf die Hecke stürzt, hinüberkippt, auf der anderen Seite mit den Händen aufkommt, seine Beine nachzieht, dies im Bruchteil einer Sekunde, dann geduckt verharrt, ohne Bewegung, betäubt von dem jetzt ungeheuren Lärm seines fliegenden Atems, des Bluts, das in seinen Ohren pocht.

Obgleich das Maschinengewehr aufgehört hat zu schießen, dreht er sich nicht um, versucht nicht, hinter sich zu der leichten Bodensenke zu blicken, die da und dort von bräunlichen, regungslosen kleinen Haufen bedeckt ist. Worauf er blickt, ist die nächste Hecke. Es mag etwa acht Uhr morgens sein, aber seit langem hat die Zeit jede Bedeutung verloren, sei es um zu essen oder zu schlafen, außer daß nachts die Flugzeuge nicht angreifen. Jedenfalls hat er seit drei Tagen praktisch nichts gegessen, und was den Schlaf betrifft, so kann er ihn nicht mehr genau vom Wachen unterscheiden, nicht einmal im Gefecht, nicht nur zu Pferd, sondern auch zu Fuß, bewegt sich wie ein Schlafwandler, wobei die Muskeln sich von selbst zusammenziehen und entspannen, von automatischen Reflexen gesteuert, so daß er nicht sagen könnte, ob es sein Verstand, sein Wille oder irgendein tierischer Instinkt gewesen ist, der ihn veranlaßt hat, sich aufzurichten und mit einemmal loszurennen. So wie er auch nicht sagen könnte, wie lange er bewußtlos liegen geblieben ist auf dem, was man nicht gerade ein Schlachtfeld nennen könnte (die Kreuzung zweier Feldwege inmitten von keimendem Weizen und blühenden Wiesen): alles, woran er sich erinnert (oder sich vielmehr nicht erinnert – erst später, wenn er Zeit dazu haben wird: im Augenblick ist er allein damit befaßt, vorsichtig die Landschaft um sich herum zu beobachten, die Entfernung zu schätzen, die ihn von der nächsten Hecke trennt, indes er den Tragriemen seines Karabiners über den Kopf zieht, das Schloß öffnet, es hochklappt und herauszieht), sind Schatten von Pferden auf dem Boden, noch blaß und durchsichtig, ein wenig vor ihm zur Rechten, von den ersten Sonnenstrahlen so stark gedehnt, daß sie sich zu bewegen scheinen, ohne vom Fleck zu kommen, wie auf Stelzen, ihre langgezogenen Heuschreckenbeine heben und sie sozusagen auf derselben Stelle wieder aufsetzen, wie ein Fabeltier, das im Stehen die Bewegungen des Gehens nachahmen würde, die lange Kolonne der Reiter auf dem Rückzug, noch dösend am Ende der Nacht, die krummen Rücken, die auf den Sätteln hin- und herschwankenden Oberkörper, die an der Kreuzung nach rechts abbiegende Spitze der Kolonne, dann plötzlich die Schreie, die Feuerstöße der Maschinengewehre, die zurückflutende Spitze der Kolonne, dann andere Maschinengewehre von hinten, das in Galopp fallende Ende der Kolonne, die sich verkeilenden, aufeinanderprallenden Reiter, das Durcheinander, der Tumult, die Unordnung, abermals Schreie, Detonationen, Gegenbefehle, dann er selbst, in Unordnung geraten, Flüche, als er sich anschickt, wieder auf die Stute zu steigen, von der er gerade abgesprungen ist, den Fuß im Steigbügel, wobei der Sattel nach unten rutscht, und er jetzt, sich abstemmend, mit aller Kraft zerrt und schiebt, um ihn wieder zurechtzurücken, gegen das Gewicht des Säbels und der Satteltaschen kämpft, die Zügel in der Beuge seines linken Ellbogens, angerempelt wird, sich die Handfläche am Dorn der Schnalle aufreißt, betäubt von den Explosionen, den Schreien, den Galoppaden, oder vielmehr gleichsam Bruchstücke wahrnimmt (hört, sieht), die aufeinanderfolgen, einander ablösen, sich enthüllen, zusammenstoßen, herumwirbeln: Pferdeflanken, Stiefel, Hufe, Kruppen, Stürze, Bruchstücke von Schreien, von Geräuschen, Luft und Raum wie zerstückelt, auch sie vom Knattern der Maschinengewehre in winzige Teile zerhackt, zerfetzt – worauf er es aufgibt, losrennt, immer noch fluchend, zwischen den wild gewordenen Pferden, den Schreien, dem Getöse, während die Stute, die er am Zügel hält, im versammelten Galopp läuft, den Sattel unter dem Bauch, dann plötzlich nichts mehr (er spürt nicht einmal den Aufprall, keinen Schmerz, nicht einmal, daß er stolpert, fällt, nichts): Dunkelheit, kein Geräusch mehr (oder vielleicht ein sich selbst neutralisierendes ohrenbetäubendes Getöse?), taub, blind, nichts, bis langsam, nach und nach em-

porsteigend wie Blasen an die Oberfläche eines trüben Wassers, schwankende, vage Flecken auftauchen, die ineinander verschwimmen, schwinden, dann von neuem auftauchen, dann deutlicher werden: Dreiecke, Vielecke, Steine, winzige Gräser, der Schotter des Wegs, auf dem er jetzt auf allen vieren steht wie ein Hund, sein Gehirn (oder etwas Lebhafteres, Schnelleres und Intelligenteres) wieder zu funktionieren beginnt: etwas, was zweifellos, in Übereinstimmung mit seiner Vierbeinerhaltung, dem Tierreich angehört, als erwache in ihm erneut, was einem Tier (Hund, Wolf oder Hase) Intelligenz und Schnelligkeit sowie Gleichgültigkeit verleiht: die völlige Gleichgültigkeit (während der tierische Teil seines Selbst mit rasender Geschwindigkeit funktionierte), mit der er den schreienden Verwundeten ansah, der ganz in seiner Nähe am Abhang der Böschung lag, den Kopf nach unten, die Arme zum Kreuz ausgebreitet, einen stupiden Ausdruck von Überraschung und Ungläubigkeit auf dem starren Gesicht, den leblosen Körper des Reiters, der noch kurz zuvor neben ihm geritten war, neben dem er seit acht Monaten gelebt, geschlafen und gegessen hatte und den er nun plötzlich nicht mehr sieht, nur noch die horizontale Linie der Hecke sieht, auf die er, den Kopf zwischen den Schultern, zurennt, so schnell, daß es ihm den Atem nimmt.
Das heftig fortgeschleuderte Schloß des Karabiners, das auf dem Höhepunkt seiner Flugbahn gleichsam innehält, dreht sich funkelnd in der Sonne, bevor es in der Ferne niederfällt, während der Karabiner selbst schlecht und recht am Fuß der Hecke im Gras versteckt wird und er, den Körper erneut zusammengekrümmt, die Hände wie die eines Affen dicht am Boden, sich notfalls mit einer von ihnen abstützend, wenn er stolpert, sich bereits rasch vorwärtsbewegt (gleich jenen Ratten, die am Fuß einer Mauer vorbeihuschen), an der Hecke entlang, dann, am Ende der Wiese angelangt, im rechten Winkel abbiegt, nun auf die-

selbe Art und Weise an der Hecke entlangläuft, die die andere Seite säumt, sich dann plötzlich der Länge nach flach auf die Erde wirft, wobei durch den Aufprall die Luft heftig aus seiner Brust entweicht, dann, ohne innezuhalten, wie ein Gummiball, der gegen eine Wand prallt und in die entgegengesetzte Richtung zurückfliegt, die Hüften verrenkend, Ellbogen und Knie zu Hilfe nehmend, überstürzt rückwärtskriecht, dann stoppt, jede Bewegung stoppt mit Ausnahme unmerklicher seitlicher Verlagerungen, unmerklicher Kontraktionen, als versuche er zu schrumpfen, dünner zu werden, sich am Fuß der Hecke unter den kleinen Weißdornblättern zusammenrollt und schließlich absolut regungslos verharrt.
Er sieht nicht die winzigen Diamantsplitter, die der Tau auf dem noch im Schatten der Hecke liegenden Teil der Wiese hinterlassen hat, er riecht nicht den frischen pflanzlichen Duft der unter seinem Gewicht zerdrückten Gräser, er riecht auch nicht den Gestank, der seinem Körper, seinen Kleidern, seiner vor Dreck, Schweiß und Müdigkeit starrenden Unterwäsche entströmt, er hört weder das Vogelgezwitscher noch das leise raschelnde Laub in der durchsichtigen Luft, er sieht weder die Blumen, die die Wiese übersäen, noch die jungen Triebe der Hecke, die in der morgendlichen Brise schaukeln, er hört nicht einmal mehr das unregelmäßige Klopfen seines Herzens und die aufeinanderfolgenden Wellen des Bluts in seinen Ohren. Das einzige, was er jetzt wahrnimmt (oder zumindest jener effiziente Teil seines Selbst, der keine Angst kennt oder vielmehr die Angst hinter sich gelassen hat, nur effizient ist, praktisch) ... das einzige, was er wahrnimmt, ist das dumpfe, kaum hörbare Brummen zu seiner Rechten, das nach und nach zunimmt, näherkommt, weiter anschwillt, und mit einemmal sieht er durch die Hecke hindurch den ersten, der bereits ganz nahe ist: etwas, was ganz und gar aus Flächen und Ecken besteht, grob aus

Blechteilen zusammengenietet, einem Krustentier ähnlich, nur daß es so groß ist wie ein Lastwagen: blind, gedrungen, gefährlich, graugrün angstrichen, entfernt auch einem Sarg ähnlich, der sich im Schnurren eines gut geölten Motors auf der Straße fortbewegt, gefolgt von einem zweiten, dann einem dritten, ungewöhnlich und irreal in der friedlichen frischen Frühlingsnatur, die drei Fahrzeuge, die in etwa zwanzig Meter Abstand voneinander langsam vorrücken, kaum schneller als ein Fußgänger, indes er sich noch tiefer duckt, sich hastig den Helm vom Kopf reißt, den unteren Teil seines Gesichts in seinem angewinkelten Arm verbirgt, nun wie über eine Brüstung hinweg den ersten Panzer lotrecht zur Hecke vorbeirollen sieht, den offenen Turm, aus dem ein schwarzbekleideter Oberkörper ragt, dessen eine Hand lässig auf dem Rand der Öffnung liegt, während die andere bisweilen eine Zigarette an die Lippen hebt, deren Rauch sich in kleinen bläulichen Wolken in der ruhigen Luft auflöst, sieht, wie die vom Laub zerfetzten Sonnensprenkel über die Panzerplatten gleiten, jäh die Ebene wechseln, sich an den Knikken dehnen oder zusammenziehen, die Türme hinaufklettern, wieder herabsteigen, als ob jedes der drei Fahrzeuge unter einem immateriellen gefleckten Teppich, einem immateriellen Tarnnetz hindurchkröche, es dabei anhöbe, dehnte, verzerrte, worauf alles wieder an seinen Platz zurückkehrt, das Schnurren der Motoren abschwillt, die Luft aufhört zu vibrieren, der mineralische Geruch nach Benzin und verbranntem Öl noch eine Weile, stinkend, in der reglosen Luft schwebt, sich dann ebenfalls auflöst, die Welt, die Natur, einen Moment gestört, wieder friedlich sind, während er, immer noch flach am Fuß der Hecke liegend, von neuem das Tosen seines Bluts wahrnimmt, seine Muskeln sich nach und nach entspannen, er sich nun behutsam aufrichtet, zuerst auf die Hände, dann auf die Knie gestützt, die Augen in die Richtung gewandt, in die

der letzte Panzer verschwunden ist, noch einmal horcht, sich dann entschließt, jetzt auf den Beinen, wieder losrennt, erneut wie eine Ratte an der Hecke entlangkriecht, seinen Lauf in dem Maße verlangsamt, wie er sich der Straße nähert, stehenbleibt, abermals horcht, sich über das Gatter beugt, das die Wiese einzäunt, die leere Straße überprüft, dann, sehr schnell, über das Gatter klettert, auf die andere Seite fällt und losstürmt.
Er versucht nicht festzustellen, wo sich das Maschinengewehr befindet, das schießt, als er die Straße überquert, über den zweiten Graben springt, immer noch rennend ein Kornfeld durchquert und sich in das dichte Unterholz wirft, das es säumt, aufhört zu rennen (oder vielmehr am Rennen gehindert wird), stolpert, von neuem laut keucht, obgleich er jetzt nicht viel schneller als im Schritt vorankommt, von den Zweigen gepeitscht, die Augen mit seinem angewinkelten Arm schützt, bedachtsam die Füße hebt, um sich nicht in den Brombeersträuchern oder den toten Zweigen zu verfangen, die unter seinem Gewicht knacken, auf dem unebenen Boden ausrutscht, eher ruckweise vorankommt als in stetem Schwung. Das Maschinengewehr hat jetzt aufgehört zu schießen, aber er hat ohnehin noch immer keine Angst. Er denkt nicht. Er verspürt auch keine Müdigkeit, keinen Hunger. Später, als er sich zu entsinnen versucht, kann er sich nicht einmal daran erinnern, ob er irgendwann das Bedürfnis hatte, sich hinter einen Busch oder in einen Graben zu hocken. Als hätten sich in dieser ganzen Zeit seine Därme niemals zu leeren brauchen, als wäre das bißchen Nahrung, das er zu sich genommen hat (kalt gewordenes, klebriges Zeug, das in den ersten Tagen von den Lastwagen gebracht wurde, dann nicht einmal mehr klebriges Zeug, keine Lastwagen mehr, nur das, was sie beim Durchwühlen der Büfetts oder der bereits geplünderten Wandschränke in den von ihren Bewohnern verlassenen Häusern auftreiben konn-

ten), vollständig assimiliert worden, ohne Reste oder Abfälle zu hinterlassen, als hätte der Körper ausschließlich das verrichtet, was man von ihm verlangte, das heißt, sich auf einem Pferd zu halten, abzuspringen, sich unter die Bomben zu legen, wieder aufzusitzen, zu galoppieren oder, wieder auf den Füßen, zu rennen, so daß es ihm so vorkommt, als sei er seit Tagen so gerannt, als habe er sozusagen nicht aufgehört zu galoppieren und zu rennen, nicht einmal während des Schlafs, machmal gezwungen (außer Atem, mit brennenden Lungen, halb erstickt), einfach nur zu gehen, wobei er hören kann, wie die Kugeln ihn suchen, den Aufprall erwartet, der ihm den Rücken zerpflügen wird, dennoch fortfährt zu gehen (oder, zu Pferd, einfach zu traben: auch die Stute ist erschöpft, sie erstickt, stolpert, strauchelt), bis er von neuem die Möglichkeit in sich spürt zu rennen (oder, die Sporen gebend, die Stute in den Galopp zu treiben), jetzt daran gewöhnt, die Luft laut und rauh durch seine Kehle (oder die Kehle der Stute) zischen zu hören, bar jeder Art Erregung, das heißt, daß er jetzt, ebensowenig wie Angst, weder Auflehnung noch Empörung, noch Verzweiflung verspürt: völlig ruhig verläßt er sich, um nachzudenken und einen Entschluß zu fassen, wieder auf jenen Teil seines Selbst, der zu List und Aufmerksamkeit fähig ist, nicht sinnlos nach dem Warum, sondern nach dem Wie des Weiterlebens fragt, erstarrt plötzlich von neuem, immer noch keuchend wie ein Tier, schiebt vorsichtig die Zweige am Rand des Dikkichts auseinander, das über einem Weg hängt, prüft mit demselben akribischen Mißtrauen den Weg, die Talmulde, deren Biegung er verfolgt, den Wasserlauf auf dem Grund der Talmulde, lauscht der Stille (er hört noch immer weder das Vogelgezwitscher noch das raschelnde Laub), schätzt die Entfernung, die den Weg von dem mit Schilf gesäumten Wasserlauf, dann den Wasserlauf vom Wald auf der entgegengesetzten Flanke der Talmulde trennt, dann, sei es, daß sein Fuß sich in einer Wurzel verfangen hat, sei es, daß er seinen Anlauf schlecht berechnet hat, wird sein Knöchel oben auf der Böschung wie von einer Hand festgehalten (als habe er nicht nur gegen Menschen, Feuerwaffen und Sprengstoffe zu kämpfen, sondern auch gegen ein Heer heimtückischer Kräfte), und das Ganze (Wald, Talmulde, Bach) kippt um, indes er kopfüber zu Boden fällt, die harte kreidige Oberfläche des Wegs auf ihn zustürzt, sich in rasender Geschwindigkeit aufrichtet, um auf ihn zu prallen oder ihn vielmehr niederzuschlagen, seinen Helm mit dem metallischen Dröhnen eines Ambosses trifft, wobei das Kinnband ihn halb erwürgt, seinen Kehlkopf abdrückt, gleichzeitig seine linke Schulter zu explodieren scheint, der Schotter des Wegs in seinen Körper eindringt, der unerbittliche Teil seines Selbst, der seine Bewegungen steuert, sich weder um den Schmerz noch um das ohrenbetäubende Glockengeläut schert, das in seinem Kopf hämmert, indes er bereits hinkend weiterrennt, eine Hand auf seiner wunden Schulter, das Schilf erreicht, die flüssige Kälte des Wassers mit einemmal in seinen Schuhen, um seine Knöchel spürt, während rings um ihn Spritzer auffliegen, dann die Kälte um seine Waden, dann bis zu den Knien: nicht ein Bach, wie er geglaubt hat, sondern, unsichtbar unter dem Schilf, die Anstauung einer kleinen Talsperre flußabwärts, so daß seine Beine jetzt gegen den starken Widerstand des Wassers ankämpfen müssen, wobei seine Füße von den Gräsern behindert werden, er einen Augenblick in Panik gerät, wild um sich schlägt, hoch die Schenkel hebt, mit den Füßen heftig den schlammigen Grund wegtritt, geräuschvoll das Wasser aufpeitscht, abwechselnd die Schultern und die Arme nach vorn stößt, als würde er boxen, ebenso wehrlos, ebenso verwundbar in diesem ungedeckten Raum wie eine in einem Spinnennetz gefangene Fliege, dann wieder auf allen vieren, am anderen Ufer, auf dem seine mit grauem Schlamm verklebten schweren Schuhe abrutschen, Hände und Knie zu Hilfe nimmt, um die feuchte Böschung hochzuklettern, als versuche er, sich von der Erde, vom Urschlamm loszureißen, dann wie eine Ente mit nach außen gedrehten Füßen läuft, um sich den Hang hinaufzuhangeln, wobei er sehen kann, wie sein schwer gewordener Schatten sich vor ihm wiegt, mit seinem triefenden langen Mantel ähnlich dem einer Frau, endlich den Saum des Waldes erreicht, in ihn eindringt und nun aufhört zu rennen.

Es dauert eine Weile, bis er den Kuckuck hört. Das heißt, bis der entsetzliche Lärm seines Atems sich legt (er geht jetzt im Schritt: zügig, aber ohne Hast, so daß sein Herz und seine Lungen allmählich zu ihrer normalen Tätigkeit zurückfinden) und er sich nun, da er in Sicherheit ist, nach und nach der Außenwelt wieder anders bewußt wird als durch die elementare Alternative des Gedeckt- oder Ungedecktseins; nun kann er die feinen Geräusche wahrnehmen, aus denen die Stille des reglosen Hochwaldes besteht: das leichte Zischeln der Luft in den Wipfeln der Bäume, das Beben eines Blatts, seinen gedämpften Schritt auf dem schwammigen Humus und, in regelmäßigen Abständen zu ihm dringend, den verdoppelten Ruf des Vogels, der zwischen den senkrechten Stämmen zurückgeworfen wird, als ob er, nachdem er ertönt ist, gerade durch seine Abwesenheit weiterexistiere, wie um die Stille zu unterstreichen, sie noch hörbarer zu machen, mit der Regelmäßigkeit einer Uhr ausgestoßen, nicht um sie zu stören, sondern zu interpunktieren, eine Anhäufung an Zeit zu befreien und es einer weiteren Menge zu ermöglichen, sich anzusammeln, zu verdichten, bis zu dem Augenblick, da sie ihrerseits durch den Schrei befreit werden wird, so daß er nicht weitergeht, regungslos dasteht unter seinem stinkenden, wasserschweren Panzer aus Tuch und Leder (aber er riecht ihn nicht, bildet mit ihm nur einen festen Klumpen aus Dreck und Müdigkeit, aus einer gleichsam undifferenzierten, erdigen Materie, als wäre auch sein Gehirn, vom Schlafmangel umnebelt, mit einer Art Schlamm angefüllt und sein Gesicht von der äußeren Welt, der Luft durch einen glühenden Film, gleich einer auf der Haut klebenden Maske, getrennt), horcht, wartet, bis der Ruf des Kuckucks ihn von neuem erreicht, jene Stille zurückfluten hört, die jetzt ein mächtiges Rumoren bevölkert: nicht das des Krieges (irgendwann, sehr weit entfernt, wie aus einer anderen Welt, sozusagen anachronistisch, lächerlich, skandalös und wild zugleich, ertönt eine Reihe von Explosionen: nicht eigentlich ein Geräusch (oder aber etwas, was sich zum Geräusch verhielte wie das Grau zur Farbe), nicht etwas Menschliches, das heißt vom Menschen Kontrollierbares, eher etwas Kosmisches, was die Luft mehrmals erschüttert, brutal komprimiert und dekomprimiert in einem riesigen wütenden Zucken, dann nichts mehr), nicht das Rascheln der sanft schaukelnden Zweige oder das schwache Zischeln des Windes im Gewölbe des Laubs, sondern, geheimer, mächtiger, ihn von allen Seiten umgebend, stetig, gleichgültig, das unsichtbare und triumphale Aufschießen des Safts, das unmerkliche, langsame Aufbrechen der Knospen im Licht, der Blumenkronen, der kompliziert gefalzten Blätter, die sich öffnen, entknittern, entfalten, bebend, zerbrechlich, unbesiegbar und zartgrün. Er setzt sich nun wieder in Bewegung (oder vielmehr, ohne daß er sich erinnert, es ihnen befohlen zu haben, bewegen sich seine Beine von neuem unter ihm, wie von allein, wie aus Gewohnheit), wobei seine Augen (ebenfalls nicht er: seine Augen) darauf achten, daß sich sein Schatten stets vor ihm und ein wenig zu seiner Rechten befindet, indes seine rechte Hand die schmerzende Schulter betastet, den Riß im Mantel, dann, nach einer Weile sich davon löst, in seiner Tasche kramt, ohne daß er aufhört zu marschieren, etwas herausholt, in das er ohne hinzuschauen zu beißen beginnt, und seine Kiefer nun etwas Hartes, Gepfeffertes und Ranziges kauen, worauf sein Daumen und sein Zeigefinger schließlich das Stück Bindfaden am Ende des Darms aus seinen Zähnen ziehen, es wegwerfen und die Hand in derselben Bewegung die Feldflasche herauszieht, während er immer noch nicht aufhört zu marschieren, einzig damit beschäftigt, der mächtigen pflanzlichen Stille aufzulauern, zu lauschen, wartet, daß der Kuckuck von neuem seinen Ruf ausstößt, die Feldflasche an seine Lippen führt, den Kopf zurücklegt, auf der Zunge kaum ein paar nach Eisen schmeckende Tropfen spürt, die Feldflasche schüttelt, sie umdreht, sie dann wieder verkorkt und verstaut, ohne Zorn und ohne Ärger, immer noch ruhig, immer noch von jener totalen Abwesenheit von Gefühlen oder Regungen erfüllt, außer jenem er weiß nicht was (er fragt es sich nicht einmal), das ihn veranlaßt, weiterzumarschieren, nur jetzt mit glühendem, vom Pfeffer verbranntem Mund, während seine betrogene Zunge wieder und wieder mechanisch über seine Lippen fährt, der Kuckuck nun hinter ihm ist, sein Ruf sich immer mehr abschwächt, sich dann nach und nach verliert, dann von einem anderen abgelöst wird (später wird er ausrechnen, daß er ungefähr eine Stunde so marschiert sein muß, nahezu vier Kilometer zurücklegend oder vielmehr, in Anbetracht der Langsamkeit des Marsches im Unterholz, des zu umgehenden Gestrüpps, drei), bis er zwischen den Baumstämmen wieder das Licht erblickt, nicht mehr zerfetzt, gefleckt, abgestuft, sondern einheitlich, homogen, als ob die Bäume plötzlich an eine Art Mauer stießen, davor haltmachten, die ihm aus dem Innern des Waldes, in dem er sich noch immer befindet, wie eine Verstofflichung der Sonne vorkommt – und jetzt liegt er auf dem Bauch, der Länge nach ausgestreckt, schiebt mit der Hand die zartgrünen kleinen Halbmonde auseinander, die sich auf der Oberfläche des Wassers drängen, senkt dann sein Gesicht in dessen Kühle, wobei er gleichzeitig auf der Zunge den Geschmack des Schlicks spüren kann, während er ungeschickt, sich verfluchend, kein Hund zu sein, bald Mund und Nase halb eingetaucht schlürft, bald das Wasser mit der hohlen Hand zu schöpfen versucht, gierig trinkt, dabei unablässig, wie ein Hund, die Umgebung beobachtet, spähend, den Geräuschen lauschend oder vielmehr jener neuen Qualität von Stille, gleichsam luftiger, in der Ferne, hinter sich, noch immer vom Ruf des Kuckucks interpunktiert, den jetzt ein kakophonisches feines Piepen von Vögeln übertönt, durch das er nun, wie durch eine zarte Stickerei, ziemlich nahe und in regelmäßigen Abständen, wie den Kuckuck, wie von der absurden Bewegung eines Uhrwerks auf die Minute genau festgelegt, sinnlos, nicht einmal bedrohlich, gewissenhaft, sozusagen friedlich in der friedlichen Natur, wie die Arbeit eines trägen Holzfällers, die vereinzelten Schüsse einer einzigen Kanone hören kann, indes er, noch immer auf dem Bauch liegend, den Oberkörper jetzt auf die Arme gestützt, mit ungläubigem Staunen den unversehrten Stacheldrahtverhau in der Sonne funkeln sieht, der sich wie ein entrollter Teppich aus metallenen Brombeersträuchern den Kurven der leeren Landschaft anschmiegt, in dem kleinen Teich verschwindet, am anderen Ufer abbricht, um der Straße Platz zu machen, an der entlang wie für eine Inspektion die spanischen Reiter aufgestellt sind, während das kühle Wasser, das er jetzt mit beiden Händen schöpft, auf ihn klatscht, über das Gesicht rinnt, die Vorderseite seines Mantels, seine Patronentaschen bespritzt (nun hat er seinen Helm abgenommen, liegt vornübergebeugt auf den Knien), seine beiden aneinandergelegten Hände mehrmals in einer Art Wut hin- und herwandern, wie die eines Automaten, sein Haar, seine Stirn, seine Wangen den Wasserschwall empfangen, ohne daß er aufhört (immer noch ruhig, kaum daß er eine dumpfe, sarkastische Entrüstung verspürt), auf den Stacheldraht, die Straße, das etwas weiter entfernte unversehrte, unbesetzte kleine Fort zu starren, bis er schließlich aufhört, sich zu besprengen, mit dem Zeigefinger seine brennenden Lider betupft, sich dann zurücklehnt, auf den Hacken sitzen bleibt, jetzt zusieht, wie die Köpfe der kleinen Frösche einer nach dem andern wieder auftauchen, den grünen Schaum auf der Oberfläche des von neuem unbewegten Wassers durchstoßend, einem von ihnen mit den Augen folgt, indes er sorgfältig seine Hände, langsam, einen Finger nach dem andern, mit dem verknüllten gräulichen, vor Rotz und Dreck gleichsam steifen Taschentuch abwischt, das er sodann sorgfältig zu einem Viereck faltet und dieses nochmal faltet, dann wieder in seine Tasche steckt, beim schwachen Brummen eines Motors den Kopf hebt, sehr hoch am Himmel nur ein silbriges Glitzern entdeckt, ihm einen Augenblick nachblickt, sich dann nicht länger dafür interessiert, seine ganze Aufmerksamkeit jetzt wieder einem der Frösche zuwendet, der sich in der schwachen Strömung treiben läßt, regungslos, wie tot, die mit Schwimmhäuten versehenen zarten Füße von sich gestreckt, während er mit einer mechanischen Geste die Lasche einer seiner Patronentaschen aufspringen läßt (wobei der Frosch seine Füße lebhaft zusammenzieht und entspannt, wie eine Feder, zweimal, und verschwindet), ein unförmiges Päckchen aus zerknautschtem Papier herausholt, aus dem er eine ebenfalls gräuliche zerknitterte Zigarette zieht, die er schlecht und recht begradigt, mit der gleichen manischen Sorgfalt eines Idioten glattstreicht, viermal ansetzen muß, bevor das Feuer aufflammt, das er an ihr Ende hält, und es ihm gelingt, bevor sie ausgeht, zwei oder drei Züge zu tun, dann kein anderes Ergebnis mehr erzielt als ein schwaches Ventilgeräusch, wobei er die ganze Zeit, ohne darauf zu achten, die regelmäßigen Schüsse der einzigen Kanone in ihrem trägen Rhythmus aufeinanderfolgen hört, worauf er die Zigarette von seinen Lippen löst, sie untersucht, den winzigen Riß entdeckt, ihn mit Speichel bestreicht, die Zigarette diesmal so hält, daß der Zeigefinger das Loch abdichtet, während die Tabakkrümel bei der Berührung mit der Flamme schwach knistern, die Zigarette dann erneut ausgeht, er sie ein weiteres Mal mit dem gleichen, sowohl gelassenen wie aufmerksamen und ernsten Blick untersucht, sie dann nicht wegwirft, sondern, die Finger spreizend, einfach fallen läßt und wieder die Frösche zu beobachten beginnt, vollkommen regungslos, in jener Haltung affenartigen Kauerns, gleichgültig gegen das Verstreichen der Zeit, der Geist leer (nicht abwesend: leer), mit Ausnahme jenes stets lauernden, wachsamen Teils seines Selbst, der ihn veranlaßt, sich jäh hinter einem Busch flach auf den Boden zu werfen, jetzt aufmerksam die beiden Reiter beobachtet, die plötzlich in der Biegung des Wegs zu seiner Rechten aufgetaucht sind und den sanften Abhang im ruhigen Schritt ihrer Pferde herunterkommen, wie auf einem sorglosen Spazierritt im funkelnden frischen Maimorgen, während ein dritter Reiter, zwei Handpferde am Zügel führend, hinter ihnen auftaucht, die beiden ersten näherkommen, jetzt stehenbleiben, ihn ihrerseits ansehen, indes er am Teich entlangrast, selber von den unartikulierten Schreien betäubt, die aus ihm hervorbrechen, eine kleine Brücke findet, sie überquert, in wenigen Sprüngen die Straße erreicht, dann keuchend strammsteht, in einem Atemzug einen nach dem andern seinen Dienstgrad, seinen Namen, die Nummer seiner Schwadron, seiner Abteilung aufzählt, worauf er, immer noch keuchend, so stehen bleibt, unter dem gleichsam zerstreuten, wie es scheint belästigten, vage tadelnden Blick, der ihn im Schatten des Helms mustert – oder vielmehr durch ihn hindurchzugehen scheint, als ob, immer noch regelmäßig von der Explosion des einzelnen Geschosses interpunktiert, die

Szene in einer Art Irrealität, wechselseitiger Unglaubwürdigkeit abliefe: auf der einen Seite er, in seinem Mantel mit der zerrissenen Schulter, den durchweichten Schößen, der wasserfleckigen Vorderseite, verdreckt, mit seinem schlammverschmierten verbeulten Helm, seinen ebenfalls schlammigen Schuhen und Gamaschen, seinen rostigen Sporen – auf der anderen Seite der Kavallerist in einem Mantel so makellos, als wäre er vor einer Stunde vom Bügeln gekommen, Stiefeln, so glänzend, als wären sie eben erst gewichst geworden, funkelnden Sporen, fünf in der Sonne funkelnden goldenen Tressen am Ärmelaufschlag, mit knochigem Gesicht, das keinerlei Ausdruck zeigt, wenn nicht den absoluter Interesselosigkeit (als wäre er schon tot, wird er später denken: als wäre er jenem Hinterhalt nur deshalb entronnen, um gezwungen zu sein, sich töten zu lassen ... Wie jemand, den ein Eindringling, ein Fremder durch das Betreten des Zimmers stören würde, in dem er bereits im Begriff ist, seinen Revolver zu laden, nachdem er gewissenhaft sein Testament aufgesetzt hat ...), so daß man sich fragen könnte, ob die Augen das Bild desjenigen ins Gehirn weiterleiten, der da auf der Straße steht, wartet, schließlich sieht, daß sich der schmallippige Mund ein wenig öffnet, wie ein Schlitz, wobei die Lippen sich schwach bewegen, die schroffe Stimme, distanziert, gelangweilt, wenn nicht gar gereizt, lediglich sagt: »Gut«, sagt: »Steigen Sie auf eines der Pferde da hinten und folgen Sie mir«, worauf die funkelnden Stiefel einen unmerklichen Druck gegen die Flanken des Pferdes ausüben, dieses sich wieder in Bewegung setzt, die beiden Offiziere sich entfernen, ohne sich umzudrehen, er sie jetzt von hinten sieht, elegant, wie in Korsetts geschnürt, könnte man meinen, die abgeschnittenen Zugriemen des Pferds, auf dem der Oberst sitzt, hinter ihm durch den Staub schleifen, dann (ohne daß er sich der Abfolge seiner Gesten deutlich bewußt ist, das heißt die Zügel ergreifen, die man ihm reicht, den Fuß in den Steigbügel sezten, sich hinaufschwingen, sich auf den Sattel setzen) wieder zu Pferd, noch immer von jenem Gefühl der Irrealität durchdrungen, schlafwandlerisch, denkt er, daß er die zu langen Steigbügel kürzer machen müßte, betrachtet noch immer fassungslos die beiden eingeschnürten Rücken, die sich schwach im Schritt ihrer Reittiere wiegen, hört dann von neuem seine eigene Stimme aus sich herauskommen, die sagt: »Mein Gott!«, sagt: »Wie hat er das bloß gemacht? Er war an der Spitze der Kolonne, als es anfing zu schie... Mein Gott: wie ...«, worauf der Führer der Handpferde (ein Kavallerist, den er noch nie gesehen hat) einen Augenblick den Kopf wendet, ihn ansieht, ebenfalls mit jenem unfreundlichen, abwesenden, sogar feindseligen Blick, so wie man einen Störenfried oder einen Idioten mustert, und sich schließlich nicht mehr für ihn interessiert, sich abwendet, ihn sich selbst überläßt, während er sich auf seinem Sattel umdreht, nach hinten blickt, in etwa fünfzig Meter Abstand nur zwei langsam in die Pedale tretende Radfahrer sieht, die ihnen folgen, auf der Straße Kurven fahren, um sich der Geschwindigkeit der im Schritt gehenden Pferde anzupassen, sich von neuem sagen hört (als erreiche ihn seine eigene Stimme durch Schichten aus Glas, unpassend, fern): »Und die andern, die andern? ... Wo sind ... Ist das alles was übr...?«, der Führer des Handpferds ihm nun einen kurzen Blick zuwirft, gleichsam entrüstet, wütend, dann zu fluchen beginnt, brutal die Zügel des Handpferds anzieht, das schräg wegzulaufen begonnen hat, wie eine Krabbe, nervös auf seinen Hufen tänzelnd, und der Führer, der ihm ruckartig im Maul reißt, schreit: »Ho la! Hoo! ... Verfluchtes Aas von einer Mähre! Hörst du endlich auf, mich zu nerven, ja? Hörst du endlich auf, hörst du endlich auf? ...«

V

1880-1914

Schon seit langem waren zwei der drei Schwestern (die älteste und die jüngste) verheiratet (die eine – die jüngste – sogar schon tot, unter einem prunkvollen Mausoleum begraben (das heißt einem wirklich prunkvollen: nicht in Form eines ägyptischen Grabmals aus maschinell geschnittenem und poliertem, dann mit goldenen Lettern beschriftetem schwarzen Marmor gebaut, sondern aus einfachem, mehr als ein Jahrhundert altem zerfressenen Stein ohne jede Inschrift, umgeben von einem Gatter und ebenfalls mehr als ein Jahrhundert alten Zypressen, wie die sehr alten Familien sie besaßen), hatte einen Witwer hinterlassen, der einmal im Monat seinen Club und seine Bridgepartie im Stich ließ, um hierher zu kommen und in dem düsteren, weiträumigen Eßzimmer zu dinieren, dessen venezianischroten Wände ein Fries schmückte, auf dem unter rankendem Blattwerk Jongleure, Troubadoure, Affen und Bärenführer endlos Kapriolen schlugen, mit der Hand gemalt von dem Großvater des jungen Mädchens zu einer Zeit, da seine romantische schwarze Mähne auf den Kragen eines eleganten senffarbenen Gehrocks fiel, dem Mann, der jetzt ein Greis mit strengem weißen Schnurrbart war, unabänderlich dunkel gekleidet, und der nicht zögern sollte, der Jüngsten in den Tod zu folgen, und nun seinerseits unter einer ebenfalls sehr alten zerfressenen Steinplatte auf dem Friedhof des Dorfs ruhte, in dem er nicht nur zwei Tonnen Granit besessen hatte, um seine Gebeine zu bedecken, sondern auch ein Haus oder vielmehr ein Agglomerat von Häusern, bewohnt von den ältesten Arbeitern sowie dem Verwalter des Gutes, das er zwei- oder dreimal im Jahr besichtigte, wozu er in einer Kalesche die Stadt verließ, bevor er, von derselben Kalesche befördert, die Nacht unter dem Dach eines zweiten

Guts an der Grenze des benachbarten Departements verbrachte und von dort aus am nächsten Tag zurückkehrte) ... schon seit langem also waren ihre beiden Schwestern verheiratet, und sie selbst ging auf die Dreißig zu, als sie ihm begegnete.

Über dem langsam in die Breite gehenden Körper und in dem schon etwas aufgedunsenen Gesicht zeugten die beiden großen friedvollen Augen, zu deren Ruhm des öfteren schmeichelhafte, geschwätzige Vierzeiler auf die Rückseite von Alpenansichten, Loire-Schlösser oder kreidige Felsenküsten darstellenden Postkarten geschrieben worden waren, noch immer von dem Glanz, dem es zu verdanken war, daß sie so viele schneeige Gipfel, Kathedralen, Angelboote und Bäuerinnen in Volkstrachten erhalten hatte, begleitet von Berichten über Ausflüge, Picknicks, Autofahrten oder Klagen über den bretonischen Nieselregen. Sie lebte jetzt allein mit ihrer Mutter, einer alten Dame mit leidendem, durch die Witwenschaft und den Verlust ihrer Jüngsten von einem Ausdruck chronischer Trauer geprägten Gesicht, ebenso alt, hätte man meinen können, wie der Patriarch, dessen Tätigkeit (er war jetzt zu alt, um Jongleure, Affen und Bären zu malen) darin bestand, sich zu seinen Gütern fahren zu lassen, nicht um sie zu beaufsichtigen (dazu war der Verwalter da), sondern um sich zu vergewissern, daß man seinen Anordnungen entsprechend seine zweihundert Hektar Weinstöcke, die gegen Ende des Jahrhunderts von der Reblaus verheert worden waren, ausriß, um neue anzupflanzen, das heißt, daß er, nachdem er unerschütterlich die sechs oder sieben Vorspeisen, gefolgt von mehreren, von der Frau des Verwalters zubereiteten Hauptgerichten und Nachspeisen verzehrt hatte (dies spielte sich rings um ein steifes, gestärktes Tischtuch ab, das so weiß war, daß es bläulich wirkte, in einem Eßzimmer mit von Salpeter zerfressenen Wänden, einem Fliesenboden mit roten und schwarzen Motiven, der zwei Jahrhunderte zuvor gelegt worden war, einem großen Feuer, das in dem mächtigen, ebenfalls zwei Jahrhunderte alten Kamin aus gemeißeltem Marmor brannte, wobei den Kopf des weißhaarigen alten Mannes ein hellgrauer Filzhut oder, wenn die Kälte zu streng war, eine Astrachankappe bedeckte, und er, ohne ihr zuzuhören, die Stimme des alten Verwalters mit dem unerbittlichen Gesicht eines Sklavenhalters unter der flachen grauen Schirmmütze vernahm, die sozusagen ein Bestandteil von ihm war, es zu vervollständigen schien (nicht wie ein beliebiges Requisit, sondern vielmehr eine Art dazugehöriger Appendix, der Schirm einem Schnabel ähnlich, während die Haut des kahlen Schädels, wenn er seine Kopfbedeckung bei der Ankunft der Kalesche einen Augenblick abnahm, fahl wirkte, etwas obszön, etwas kläglich über der erdfarbenen rissigen Maske, wie die verletzliche Membran eines kurz bloßgelegten, dann gleich wieder bedeckten inneren Organs), und die jetzt im Begriff war, ihm über die laufenden Arbeiten Bericht zu erstatten, die beiden Greise unter vier Augen in dem Raum mit den Dimensionen eines Empfangszimmers, den abgebröckelten Wänden, dem Fliesenboden und dem Kamin, für die ein Antiquitätenhändler ein Vermögen geboten hätte, ohne daß es einen von ihnen kümmerte, weil der eine nicht die Absicht hatte, sie zu verkaufen, der andere nicht, sie zu erwerben, während die Frau des Verwalters, ganz in Schwarz gekleidet, neben der Tür stand, den Tisch beaufsichtigte, sich in den Flur beugte, um der Küche die Reihenfolge der Speisen zu befehlen), daß er (der Patriarch) dann, in seiner am Rand der Wege anhaltenden Kalesche sitzend, schweigend die langen parallelen Staubfahnen betrachtete, die der Wind wie die Fumarolen am Hang eines Vulkans waagrecht verwehte hinter der Staffel von Landarbeitern oder vielmehr kleinen Silhouetten (Pferd, Pflug und Mensch) nicht größer als vielgliedrige Insekten, gleichsam an der Erde festgehakt durch die Pflugscharen, auf denen manchmal ein Sonnenstrahl blinkte, und das war alles, bis zum Herbst, wo er, von seinem Sommersitz zurückgekehrt, zur Weinlese herkam, immer in derselben Kalesche, immer im selben Gehrock mit weißer Krawatte, sich zu den Weinbergen fahren ließ, zusah, immer ohne auszusteigen, wie sich, bis zur Brust in der dichten Vegetation verschwindend, die Familien von spanischen Saisonarbeitern oder Zigeunern wirr zu schaffen machten, die mumifizierten oder elefantenartigen Frauen mit ihren von der Sonne rissig gewordenen Gesichtern, die unter dem Gewicht der Eimer taumelnden Kinder, die Männer mit ihren Würgergesichtern, dann dem Kutscher einen Befehl zurief, etwas später die Kalesche vor der weit geöffneten Tür des Kellers anhalten ließ, wo er, ohne einzutreten, im Halbdunkel undeutliche Schatten hin- und herlaufen sah, worauf er, von neuem in den salpeterzerfressenen vier Wänden, dem Kamin aus gemeißeltem Marmor gegenüber, jetzt allein, im kühlen Halbschatten vor dem Tisch saß und sorgfältig, eine nach der anderen, die Feigen schälte, die er bis zur letzten langsam kaute, nicht aus der Obstschale nahm, sondern aus der vor ihm gestapelten Pyramide, dann seine Finger abspülte, sie sowie seinen Schnurrbart mit der Damastserviette abwischte, auf die seine Initialen gestickt waren, aufstand, wieder die Kalesche bestieg, die vor der Tür auf ihn wartete, und sich in die Stadt zurückfahren ließ.

Eine ganze Abteilung des Katasteramts der Kommune trug den Namen, den an der Spitze der Armeen der Revolution, dann des Empires der Großvater des Patriarchen berühmt gemacht hatte, eine Art Koloß nicht nur von riesigem Wuchs, sondern auch so monströsem Gewicht, daß es in den Dokumenten der Epoche verzeichnet blieb: ein Mann, der im Gegensatz zu seinem Enkel, im Gegensatz zu dem dürren, hageren Greis mit der schnabelförmigen

Nase und den knochigen Händen immer nur in und durch Gewalt, Tapferkeit, Wagemut gelebt hatte, wovon jetzt nur noch verschlungene Initialen zeugten, graviert oder gestickt auf die in Schubladen oder Wäschekammern verwahrten Bestecke, Tischdecken oder Bettlaken, als wäre seit dem Empire eine unerschöpfliche Beute geduldig zusammengetragen (oder vielmehr angehäuft, gespeichert) worden, ein unerschöpflicher Vorrat an Tafelsilber, Tisch- oder Hauswäsche, dessen einzige Daseinsberechtigung nunmehr die Speicherung an sich zu sein schien sowie die Okkupierung von Kommoden, Schränken oder Tresoren.

Was das junge Mädchen mit den großen Augen betrifft, das beim Nahen der Dreißiger langsam in die Breite ging (die junge Sultanin, wie sie zu nennen die Autoren der auf die Rückseite der Gletscher und bretonischen Häfen gekritzelten Vierzeiler sich manchmal erkühnten), so hatte sie niemals (ebensowenig wie ihr Großvater, ebensowenig auch wie ihre Vettern, der eine ein junger Deputierter durch Erbfolge, gelegentlich Dichter, der andere ein Offizier der Kavallerie) in ihren Leben irgend etwas getan, außer neben der spanischen Sprache ein paar Akkorde auf dem Hals einer Gitarre greifen und die Fotografien entwickeln, dann abziehen zu lernen, die sie unermüdlich von ihrer Familie, von Stierkämpfen oder von den unschuldigen Scharaden machte, zu denen sich, zur Belustigung der jungen Mädchen, bevor sie um Mitternacht ihre ausgehaltenen Maitressen oder die Bewohnerinnen des vornehmen Bordells der Stadt aufsuchte, die Schar der liebenswürdigen jungen Männer bereitfand, die sie umringten.

Niemals, es sei denn vielleicht in der Nähstube, wo die weiblichen Personen ihres Standes Babywäsche für die Armen anfertigten, niemals hatte sie eine Nadel eingefädelt, einen Knopf angenäht, einen Strumpf gestopft, etwas

zum Kochen auf den Herd gestellt, niemals auch nur hatte sie aus einem anderen Grund das Haus verlassen, als um spazierenzugehen, Besuche zu machen, sich zu Diners oder Abendgesellschaften zu begeben, niemals (wenn sie manchmal vor einem Schaufenster stehenblieb, um eine Auslage zu betrachten) hatte sie irgendeinen Laden betreten, außer vielleicht den eines Stiefelmachers: ebenso wie die anderen Lieferanten und Dekorateure kamen auch die Schneiderinnen ins Haus, schlugen Modelle vor, schleppten schwere Bündel von Stoffmustern zur Durchsicht an, kamen wieder und knieten sich, die Münder von Stecknadeln gespickt, für die Anproben auf den Boden, trugen Kleider und Mäntel hin und her, die in an den vier Enden verknotete Tücher aus schwarzer Serge verpackt waren.
Man hätte meinen können, sie habe keine Wünsche, keine Sehnsüchte, keine Gedanken, keine Pläne. Sie war weder traurig noch melancholisch, noch verträumt. Eher vergnügt, so erzählten diejenigen, die sie zu jener Zeit kannten, naschhaft (und demnach zweifellos sinnlich). Aus Spanien, aus Barcelona, wohin sie sich manchmal zu den Festen der Merced begab – oder aus dem näheren Figueras –, hatte sie die Vorliebe für jenen mit Wasser zubereiteten Kakao mitgebracht, der so dick sein mußte, daß der in die Mitte der Tasse gesteckte Teelöffel stehenblieb, sowie gelbe Fotos, auf denen man auf der safranfarbenen leeren Fläche der Arena winzige Silhouetten von Pferden und Männern rings um die massige Form eines Stiers sah. Kaum daß man in ihren vielgepriesenen Pupillen ein kurzes Aufblitzen erkennen konnte, von dem man nicht hätte sagen können, ob seine Ursache Entsetzen oder Erregung war, wenn sie die Pferde mit den verbundenen Augen, den von Hörnern aufgeschlitzten Bäuchen beschrieb, deren Eingeweide man hastig mit Hilfe von Stroh wieder in sie hineinstopfte, bevor man sie zunähte und erneut dem Stier präsentierte. Sie schien nicht einmal zu wissen, daß sie ei-

nen Körper hatte und wozu dieser dienen mochte, außer um ihn mit Leckereien zu füttern oder mit Spitzen und gestickten Schals zu behängen, wenn sie mit ihrer Freundin, die Arme zum Korb gefügt, mit hohlem Kreuz, herausgestrecktem Hinterteil, einen Schenkel halb hochgehoben, in Stellungen falscher Kastagnettentänzerinnen posierte, von deren Laszivität sie nichts zu ahnen schien. Es sah nicht so aus, als beneide sie ihre ältere Schwester, die mit einem reichen Grundbesitzer verheiratet war (was ein weiteres Landhaus bedeutete, in dem man den Sommer verbringen konnte, diesmal am Meer) und deren vier Kinder, zwei Jungen und zwei Mädchen, sie behandelte, als wären es ihre eigenen, mit ihrer lächelnden, undurchdringlichen Freundlichkeit, so wie sie sich, wenn sie die verliebten Vierzeiler las oder den Komplimenten der jungen Leute lauschte, darauf beschränkte, leicht den Kopf zur Seite zu neigen und ihre Lippen zu einem vagen Lächeln zu verziehen, den Blick träumerisch auf irgend etwas Unformulierbares – oder Inexistentes – gerichtet. Zweimal im Jahr – im Herbst und Anfang des Sommers, zur Zeit der Pferderennen, des Prix de Diane – fuhr sie nach Paris und verbrachte drei Wochen bei ihrem Onkel, dem Senator (dem Vater des Deputierten durch Erbfolge und des Kavallerieleutnants durch Empfehlung), oder, in Begleitung des Patriarchen und der alten Dame, im Grand Hôtel, besuchte Opern, Reit- und Fahrturniere, eine Aufführung der Comédie-Française, besichtigte die großen Kaufhäuser, worauf sie in das große Haus zurückkehrte, jene Art Zitadelle aus Schweigen und Ehrbarkeit im Zentrum des Labyrinths der alten Straßen der Altstadt, auch diese einer Zitadelle ähnlich am Fuße derjenigen, die sechshundert Jahre zuvor von einem König von Aragon erbaut, von Karl V. befestigt, dann von Vauban mit gewaltigen, schwindelerregenden Mauern umgeben worden war, Mauern, die ebenso die Zigeunerviertel und die Stra-

ßen mit den Bordellen umschlossen wie die sechs oder sieben Kirchen, in denen das Gold der Barockaltäre schimmerte, die Klöster, die Paläste mit den Renaissance-Fensterkreuzen, die alte Markthalle, die mit Keramiken, Schwertlilienfrauen und Grünpflanzen dekorierten Cafés, die Plätze mit ihren Bronzestatuen, das Gerichtsgebäude mit dem korinthischen Giebel, das Ganze, Cafés, Plätze, Gerichtsgebäude, verbunden durch eine Straßenbahn, nicht viel größer als ein Kinderspielzeug, die anachronistisch und scheppernd vorbeifuhr an den gotischen Fassaden, an den mit blühenden Hortensien geschmückten Terrassen, den Eisenwarenhandlungen, den Kurzwarenläden, den Reklamen für Anis, Schokolade, Seife, Zigarren und den grellfarbigen Plakaten der Theatertourneen.
Es gab auch (jedoch außerhalb der Wallmauern) einen Park, bepflanzt mit Kamelien, Palmen, Magnolien mit gelackten Blättern und riesigen Platanen mit glatten schuppigen Stämmen, unter denen sie, in einem jener langen Jakkenkleider, deren Volant durch den Staub schleifte, mit ihrer älteren Schwester und deren Kindern spazierenging, dem Kinderwagen des Letztgeborenen folgend oder ihn selbst schiebend, während sie gleichzeitig, unter einem jener extravaganten, lampenschirmähnlichen Hüte wie eine Maske jenes unerschütterliche Gesicht mit dem heiteren Blick hinter langen schwarzen Wimpern vor sich herschob. Es sah nicht so aus, als erwartete sie etwas, zumindest nicht für die unmittelbare Zukunft. Einmal meinte die alte Dame bei ihr eine Zuneigung für einen der müßigen reichen jungen Männer zu erkennen, die ihr auf der Rückseite der malerischen Ufer des Loing oder der Ansichten von Florenz Verse schickten, aber, vorsichtig befragt, sagte sie mit amüsiertem Lächeln lediglich, daß er einen lächerlichen Namen trage. Sie hatte es nicht eilig. Als wüßte sie, so wie jene von den Stieren ferngehaltenen, nicht einmal um deren Existenz wissenden und liebevoll

für irgendein Opfer gemästeten Färsen (oder wie die Stiere selbst, deren Todeskampf sie beiwohnte, sich fächelnd und auf den Stufen der Arenen Salzmandeln knabbernd), daß sie für etwas Herrliches, Rasches und zugleich Furchtbares bestimmt war, das zu gegebener Zeit kommen würde. Sie war fromm. Zumindest begleitete sie ihre Mutter und ihre Schwester jeden Sonntag in die Kathedrale, ging regelmäßig zur Beichte – wenngleich man sich fragen konnte, welche Lappalien sie dem unsichtbaren Priester, der sich hinter dem Holzgitter befand, wohl zu gestehen hatte –, fastete freitags (was nicht viel besagte, da es an diesem Tag reichlich zartfleischigen Fisch gab, den der Fischhändler persönlich lieferte) und hielt die Fastenzeit ein, was ihr zweifellos in Anbetracht ihrer Naschhaftigkeit am schwersten fallen mußte. Sie war nicht keusch, sondern sozusagen geschlechtslos. Als wäre es ihr niemals in den Sinn gekommen, daß der Alabasterleib, den ihre Jackenkleider verbargen, und das, was das seidige Flies verhüllte, unter dem ihre Schenkel sich teilten, etwas anderem dienen könnten als den organischen Funktionen der Assimilierung und Evakuierung, ihre Brüste etwas anderem als dem Stillen. Immerhin, als einer ihrer Bewunderer (oder ein Witzbold) es wagte, ihr eine unsignierte Postkarte zu schicken, auf der im Stil der damaligen Gebrauchsgraphiker eine Frau in schwarzen Strümpfen, Spitzenhöschen und Korsett rittlings auf einem vergoldeten Stuhl abgebildet war, den Rauch einer Zigarette zur Decke blasend, hob sie auch diese auf, ebenso gewissenhaft wie das Portal der Kirche von Caudebec, eine von den Aufrührern verwüstete Straße von Limoges, das Kurhaus von Châtel-Guyon und Trafalgar Square. Als ob der enorme Appetit, mit dem sie Schokoladen, Gänseleberpasteten, Perlhühner und Sorbets bei jenen Diners vertilgte, deren beängstigende Speisekarten sie mit gieriger Sorgfalt aufbewahrte, es ihr auch ermöglichte, gleich einem friedlichen Wiederkäuer unterschiedslos die Kathedralen, die Schäfer der Landes, den Stock Exchange, die Grotte von Lourdes und die liederlichen Weiber in Unterhosen zu verschlingen und zu verdauen. Vielleicht half sie ihrer Schwester, die Kinder vor dem Schlafengehen zu baden, aber mehr bestimmt nicht. Was den Rest anging, so hätte man meinen können, ihre Hauptsorge bestünde darin, jene träge Faulheit zu verkörpern, die das Beispiel des Patriarchen und ihrer Mutter mit dem zerfurchten Gesicht sie zweifellos nicht etwa als Privileg, sondern gewissermaßen als Familientugend zu betrachten bewogen hatten, als Verpflichtung, die das Kennzeichen ihrer Kaste und ihres gesellschaftlichen Milieus bildete. Sie las. Oder besser gesagt (der falsche Montmartre-Maler hatte sie alle beide abgebildet: ihre mit einer Stickarbeit beschäftigte Schwester, sie selbst in einem Sessel sitzend, ein Buch mit gelbem Einband in der Hand, das in Höhe ihres Gesichts und in Sichtweite aufgeschlagen war), sie blätterte die Seiten von Büchern um. In den Kisten, in denen man nach ihrem Tod den Inhalt ihrer Bibliothek verstaut hatte, fand man, ohne daß man hätte sagen können, in welcher Zeit ihres Lebens sie sie gelesen hatte, die Werke der Comtesse de Ségur, von Andersen, einige Balzac, Verlaine, Albert Samain, Anatole France sowie zwei oder drei Mitglieder der Académie française. Mit ihrer besten Freundin korrespondierte sie auf Spanisch. Vielleicht wegen der natürlichen Emphase dieser Sprache (oder der Unbeholfenheit, mit der sie sich ihrer bediente) wirkte der Ton zuweilen leidenschaftlich, sogar schlüpfrig, wie zum Beispiel »te beso« statt »ich umarme dich«, und einmal ließen sie sich alle beide zum Scherz in Männerkleidern fotografieren. Aber wie ihre Schwester heiratete die Freundin. Sie zog in die Camargue, und wenngleich sie einander weiterhin schrieben, so veränderte sich doch der Ton. Diejenige, die ihre Stelle einnahm, reiste viel und begann ihre Karten meist mit derselben Formulierung: »Der faulsten aller Freundinnen sende ich herzliche Grüße aus Dieppe (oder Vichy, oder Florenz, oder Brighton) ...« Es schien, als könnte nichts ihren Geist stören, ebensowenig wie ihr Äußeres oder ihre Kleidung. Sie spielte Tennis (zumindest zeigte eine Fotografie sie auf einem Tennisplatz, einen birnenförmigen Schläger in der Hand), bekleidet mit jenen durch den Staub schleifenden Röcken und Blumenhüten. Über ihren an den Knien eng anliegenden Hosen trugen ihre Partner eine breite, in Höhe des Unterleibs und des Magens anschwellende Bauchbinde aus Stoff, wie eine Art orthopädische Bandage, vage obszön. Ihrer Faulheit schien nur noch ihr Mangel an Neugierde gleichzukommen, außer für die Toiletten, die sie in der Oper oder auf der Rennbahn von Chantilly bewundern konnte. Ansonsten schien sie sich darauf zu beschränken, einfach dazusein, in eine statische Trägheit eingeschlossen, das Gesicht ängstlich mit Schirmen vor der Sonne geschützt, milchig und vegetativ, wie die lethargische Herrscherin irgendeines fernen Reichs der Abwesenheit, in dem sie sich aufhielt – nicht einmal in Erwartung: sich einfach aufhielt. Trotz ihren vier Kindern verbrachte ihre Schwester mehrere Stunden täglich vor einem Klavier, imstande, mit erstaunlicher Virtuosität jedes beliebige Meisterstück, ob Sonate, Trio oder Konzert, zu entziffern, und das Notenregal aus Ebenholz mit den zierlich geschnitzten kleinen Säulen reichte nicht aus, all die gebundenen Partituren mit roten Saffianrücken zu fassen. Sie gab die Gitarre auf. Doch machte sie weiterhin auf der Veranda, deren Helligkeit eine gute Belichtung gestattete, Fotos von den Familiengruppen, denen der strenge Patriarch vorsaß, dann, als er gestorben war, die alte Dame mit den welken Hängebacken im Kreis ihrer Tochter und ihrer heranwachsenden Enkel, die Matrosenanzüge, dann Jacketts und Krawatten trugen, den Mädchen, deren Korkenzieherlocken auf ihre

Schultern herabfielen, Schleifen im Haar, die Beine in dunklen Strümpfen. Sie schien sich weder nach Mutterschaft zu sehnen noch ihr Zölibat zu bedauern. Es war, als hätte sie im voraus gewußt, daß es ihr genügte, die Kinder ihrer Schwester spazierenzuführen, Fotos zu machen, die Platten im roten Licht der Dunkelkammer zu entwickeln, die Negative auf sepiafarbenes Papier abzuziehen, sie dann in einer Natriumsulfatlösung zu fixieren, ihre alljährlichen zwei Reisen nach Paris anzutreten, bei Diners oder Festen ihre Schultern zu entblößen, in Scharaden mitzuwirken, ein paar Arme aufzusuchen, die ihr Beichtvater empfohlen hatte. Sie schien sich auch nicht vor dem Altern zu fürchten. Einige von denen, die ihr den Hof gemacht hatten, heirateten. Das war für sie eine Gelegenheit, ihre Toilette von der Schneiderin umarbeiten zu lassen, die auf Knien um sie herumkroch wie eine Art Zwergin, eine Amputierte, und die stets durch die Stecknadeln sprach, die zwischen ihren Lippen klemmten, und ein weiteres Exemplar für ihre Sammlung von Speisekarten zu erwerben, die für eine einzige Mahlzeit Steinbutt in holländischer Sauce, Krebsschwanzpastete, Hirschkeule, neapolitanische Cassata, Taubenmus mit feinen Zutaten, Spargeln in Schaumsauce und Eisbombe vorsahen. Sie hatte (und hatte sie noch mit vierzig) üppige Schultern, die die Schneiderin zwischen Wolken aus Seide oder Tüll entblößte. Der Ehemann der älteren Schwester hatte eines der ersten Automobile gekauft, die man in der Stadt sah, hochbeinig, gelblackiert, mit funkelnden Kupferteilen verziert, mit seinen Scheinwerfern einem Rieseninsekt ähnlich, und die Tagelöhner, die, über die Rebstöcke gebeugt, den Rücken im Wind, die Kragen ihrer geflickten Paletots hochgeschlagen, in den Weinbergen arbeiteten, richteten sich auf, um auf den schmalen Straßen den eine Staubwolke hinter sich herziehenden Riesenkäfer vorbeifahren zu sehen, der seine Käferkinder gleichsam auf dem Rücken zu tragen schien in Form von Fahrgästen, deren Gesichter große Brillen zerfraßen oder – bei den Frauen – kleine Schleier schützten, die, unter dem Kinn zusammengeknotet, pilzähnliche Hüte festhielten. Er mußte seine Geschwindigkeit auf Schrittempo drosseln und lange hupen, um die Kutscher der Pferdewagen zu wecken, die in ihren unter dem Spritzbrett aufgehängten Hängematten aus Säcken schliefen, und warten, bis sie gewandt auf die Erde sprangen und zum Zügel des Zugpferds eilten, um es zur Seite zu drücken. Die Pferde trugen schwere Joche mit hoher Spitze, auf der Nägel und ein Kupferblatt blinkten. Sie fotografierte die rastenden Gespanne, während man die Weintraubenbütten ablud, die mittels eines Systems von Ketten und Rollen zur oberen Bühne des Kellers gehievt wurden. Sie fotografierte auch Bären aus den Pyrenäen, die ihre Dompteure im Park des Sommersitzes zur Schau stellten. Sie fotografierte das stehende Automobil und die Staubwolke, die lange stagnierte, bevor sie zwischen den staubigen Lorbeerbäumen der Allee niedersank. Einmal wurde einem der Männer, die im Keller arbeiteten, von einer Bütte der Fuß zerquetscht, und sie leistete ihm erste Hilfe, kniete vor einer Wanne, deren Wasser sich rasch mit dem Blut aus dem zerquetschten Fleisch färbte, als sie die verdreckten Leinenschuhe aufschnürte, die Wunde auswusch, einen knotigen Fuß mit gebogenen gelben Nägeln unter der hochgekrempelten Hose vor Augen, ein behaartes fahles Bein, das dem eines Tieres oder eines mythologischen Wesens glich. Sowenig es sie kümmerte, daß ihre Taille in die Breite ging und ihr Gesicht aufquoll, sowenig schien sie sich um die Leere ihres Lebens Gedanken zu machen. Sie fotografierte die lustigen Vettern und deren Freunde, auf eigene Kosten verlegte Dichter, ewige Studenten der Jurisprudenz oder falsche Montmartre-Maler mit langer Künstlermähne und Halsbinden mit großer Schleife. Sie machte das letzte Foto von dem Patriarchen in seinem ewigen Gehrock eines anglikanischen Pastors, mit seiner unveränderlichen weißen Krawatte, seinem strengen knochigen Gesicht, seinem strengen Buffalo-Bill-Kinnbart, steif, sehr gerade, vor einem Vorhang aus Lorbeerbäumen, den gleichbleibenden perlgrauen Hut sowie den Stock aus Ebenholz in der Hand. Und in dieser ganzen Zeit fuhr sie fort, auf nichts zu warten, ebensowenig wie ein Reisender auf den Zug wartet, von dem er weiß, daß er zu dem vom Fahrplan festgelegten Zeitpunkt abfahren muß, und den er lediglich zwei Sekunden vor dem Pfeifen der Lokomotive zu besteigen braucht, als ob, ohne daß sie es für sich selbst in Worte faßte, ohne daß sie sich eine auch nur undeutliche Vorstellung davon machte, etwas auf sie wartete, was einer Levitation gliche, einer Apotheose, bei der sie, verklärt und entrückt, auf einer von kleinen Engeln getragenen Wolke läge, von der sie dann gewaltsam ins Nichts gestürzt würde. Der alten Dame, die sich Sorgen machte, die sie mit verdeckten Worten aushorchte, ängstlich beobachtete, antwortete sie stets mit demselben rätselhaften Lächeln, das sie auch ihren Bewunderern entgegensetzte. Es war weder Geringschätzung noch Verachtung: sie sah es gern, wenn ihre Vettern und deren lärmende Freundesschar zur Zeit des Karnevals oder der Ferien eintrafen. Sie akzeptierte sofort, ohne Zögern oder Hintergedanken, die pittoresken Gefährten, die sie mitbrachten und die den Patriarchen manchmal die Stirn runzeln ließen, wie in einem Jahr zum Beispiel ein aus Saloniki stammender türkischer kleiner Jude, ein Millionär, der ihr zu ihrer großen Belustigung ebenfalls den Hof machte, oder der Geiger eines Kaffeehausorchesters. Sie amüsierte sich von ganzem Herzen, wenn sie für sie und die anderen jungen Mädchen die priapischen Saturnalien des Künstler- oder Ärzteballs in harmlose, läppische Scharaden umsetzten, wirkte als Druidin verkleidet in lebenden Bildern mit, keusch in ein

Bettlaken gehüllt, eine Binde um die Stirn, wobei ihr gelöstes schwarzes Haar bis zur Taille herabfiel. Eine Zeitlang verlangte sie, daß der junge Dichter-Deputierte ihr während einer ganzen Reise täglich ein paar geistreiche Zeilen auf die Rückseite einer Postkarte schrieb. Er wurde es überdrüssig. Andere, die weniger Geist hatten, traten an seine Stelle. Es war dies keine mehr oder weniger perverse Koketterie, kein mehr oder weniger grausames Spiel. Nicht eine Minute wäre es ihr in den Sinn gekommen, ihren Scherz mit ihnen zu treiben. Sie mochte sie alle. Nur für das, weswegen die alte Dame sich in dem Maße, wie die Jahre ins Land gingen, beunruhigte, existierten sie nicht.

Ausgerechnet anläßlich einer Hochzeit saß sie eines Tages bei Tisch neben einem Mann, wie sie noch keinem je begegnet war, sich nicht einmal vorgestellt hatte, daß es einen solchen geben könnte: einem der Brautführer, einem Offizier, angetan mit einem nachtblauen Waffenrock, auf dessen Kragen sich, rotgestickt, zwei Marineanker abhoben, der (mit seinem eckigen Bart, seinem gezwirbelten Schnurrbart, seinen durchsichtigen, wäßrigen, fayencefarbenen Augen in dem sonnenverbrannten Gesicht, seinen nicht wortkargen, sondern zurückhaltenden, gesetzten Manieren) den Eindruck etwa eines gesitteten Barbaren erweckte, eine ruhige Selbstsicherheit ausstrahlte, die ebenfalls das Gegenteil dessen war, was die auf die Rückseite jener Postkarten gekritzelten Galanterien und Vierzeiler verrieten, die sie weniger mit der Genugtuung eines hofierten jungen Mädchens sammelte als vielmehr so, wie andere Briefmarken oder Streichholzschachteln sammeln. Später, als auch er ihr aus fast allen Teilen der Welt solche zukommen ließ, begnügte er sich schlicht damit, seinen Namen unter die drei Zahlen zu schreiben, die den Tag, den Monat und das Jahr angaben – als wüßte er bereits um die Sinnlosigkeit, wenn nicht Anstößigkeit jeder Rede, als hätten zweifellos sowohl sie als auch er bereits jenes Stadium erreicht, wo ein Datum und ein Name (die ersten Karten ließen, der Form halber, der Unterschrift noch »beste Empfehlungen«, dann »beste Grüße«, dann »beste Wünsche« vorausgehen, dann gab es nur noch den Namen ...) ausreichten – so wie sie einander bei jenem ersten Mal sicher nicht viel sagten, über Beliebiges sprachen, nur nicht über sich selbst, obendrein beide nicht hörten, was sie sagten, es vielleicht sogar vermieden, sich anzuschauen, während sie, betäubt vom undeutlichen Lärm der Unterhaltungen und vom Klirren des Kristalls, das sie umgab, sehen konnte, wie die braunen, muskulösen, aus makellosen Manschetten ragenden Hände Messer und Gabel handhabten, das Brot brachen – später eine Zigarette anzündeten –, und sofort begriff, ohne daß er es ihr zu sagen brauchte, daß er außer seiner Uniform und seinem Leutnantssold nichts besaß, es sei denn vielleicht Schulden – obgleich sie auch in diesem Punkt vielleicht sofort begriff, daß sie in jener Art Panzer aus Höflichkeit und lächelnder Wohlanständigkeit, in dem er sich vorsichtig verschanzt hielt, keinen Riß würde entdecken können (sie, die periodisch, von dramatischen Telegrammen angekündigt, den prächtigen Senator aus Paris eintreffen sah, der sich trotz seiner prächtigen parlamentarischen Vergütung, trotz den Einkünften aus zwei Fabriken und zahlreichen Meiereien nicht scheute, insgesamt, hin und zurück, fast zweitausend Kilometer zurückzulegen, um dem empörten, protestierenden und schließlich unter Selbstmorddrohungen nachgebenden Patriarchen ein paar Hundert Louisdor abzutrotzen, die jener nie wiedersah); dies also: etwas, wo es Blumen auf dem Tisch gab, Champagner in den Kelchen, Parfüms, Seidenroben, schwarze Fräcke, Uniformen, Gelächter, wirre Stimmen, vielleicht ein Orchester, vielleicht einen Walzer, und vielleicht nicht ein Rendezvous, sondern einige zufällige, beim Spaziergang oder auf irgendeinem Reitturnier von gefälligen Freunden arrangierte Begegnungen, danach nichts weiter als vier Jahre, in denen sie aus Port-Said, Aden, Colombo, Diego-Suarez, aus jedem Hafen auf den Seewegen, welche die Afrika oder Asien anlaufenden Passagierschiffe zurücklegten, die grauen oder grob kolorierten Postkarten erhielt, die einen Monat brauchten, bis sie zu ihr gelangten, und die sie sorgfältig gesondert aufbewahrte, während sie weiterhin ihre lässige Existenz einer Zierpflanze führte, in ihren Kleidern mit Spitzeneinsatz und jenen unglaublichen Hüten gleich Blumensträußen oder vielmehr Gärten, unter denen sich jetzt, so wie hinter den großen schwarzen Augen, eine stählerne Entschlossenheit festgesetzt hatte – nicht, daß sie nicht bereits davon durchdrungen gewesen wäre, wie man es sich aufgrund jenes endlosen und beharrlichen Zölibats und der lächelnden Ablehnung, die sie allen Avancen entgegensetzte, hatte denken können (und wie sie sie später unter Beweis stellen sollte, als schließlich die Krankheit ihr zu Leibe rückte und die Chirurgen nach und nach begannen, sie sachkundig in Stücke zu schneiden), aber mit dem Unterschied, daß er (der Stahl) jetzt wußte, worauf er sich stützen konnte, daß dieses »Wohin«, in dessen Voraussicht (oder Hoffnung) sie sich bewahrt hatte, eine reale Konsistenz, ein Gesicht, einen Körper angenommen hatte, und nun dies: auf der einen Seite der Urgroßneffe des Kriegsdienstverweigerers, des Bauern, der sich vier Jahre lang auf einem Heuboden oder in Waldhütten versteckt gehalten hatte, um den Häschern des menschenfressenden Ungeheuers zu entgehen, auf der anderen Seite die Urenkelin des Empire-Generals, dessen monumentale, marmordrapierte Büste mit ihrer marmornen Löwenmähne, ihren buschigen Marmorbrauen, ihrem Marmorblick, kolossal, ironisch und streng, in einer Ecke des Familienwohnzimmers stand, und wie läßt sich abschätzen, welche Ausdauer, welche Beharrlichkeit sie alle beide aufbieten mußten, sie getreu jenen strengen Prinzipien, nach denen sie erzogen worden war, jenem hochmütigen Klassen- oder vielmehr Kastenstolz, den sie jetzt gewissermaßen gegen diese Prinzipien selbst wendete, er, der die Erde umgegraben und Mist gekarrt hatte, der sich nicht scheute (sich sogar darin gefiel), wenn er im Urlaub zu seiner Familie fuhr, erneut in die alte Hose und die geflickte Joppe zu schlüpfen, um bei den schwersten Arbeiten zu helfen, und gleichzeitig mit Umsicht die Belagerung jener Art Festung aus Vorurteilen, Trägheit, Oberflächlichkeit und Überheblichkeit führte, in welcher, vor den Stürmen der äußeren Welt geschützt, von dem Gespenst des Patriarchen und einer alten verängstigten Frau strenger bewacht, als eine ganze Armee von Eunuchen es vermocht hätte, passiv und zustimmend die unerreichbare Prinzessin auf ihn wartete, deren üppige milchige Schultern, deren vor der Sonne bewahrter Teint und deren allmählich schwer werdende Formen ihm zweifellos auch als Antithese nicht nur der rauhen harten Welt, in der er großgeworden war, erscheinen mußte, sondern auch als das Gegenteil der geschmeidigen, fügsamen Nacktheiten mit kupferner oder goldener Haut, die an seine Seite glitten und sich ihm unter den Moskitonetzen in der Feuchtigkeit der tropischen Nächte öffneten: etwas, was einer Herausforderung glich, einer Wette, die er mit sich selbst und gleichzeitig mit jener Ordnung der Dinge abschloß, über die er bereits gesiegt hatte, indem er sich aus eigener Kraft über den Stand des Bauern – bestenfalls des Schulmeisters – erhoben hatte, oder als hätte er in einer Art Vorahnung, von der Zeit gedrängt, beschlossen, vor dem Sterben seinen Samen in eines jener Weibchen zu senken und sich in ihm zu überleben, deren Bestimmung es ist, kraft ihrer Fähigkeit zur Trägheit, Fülle und Fruchtbarkeit die Fortpflanzung der Art zu garantieren: zweifellos war es alles zusammen, Bedürfnis, Notwendigkeit,

Dringlichkeit, wie in jenem Verdämmern einer Welt, die zur gleichen Zeit sterben sollte wie Millionen unter dem Schlamm begrabener junger Menschen und in der sich die paradoxen und grotesken, erstarrten oder flackernden Bilder von Militärparaden, engen Röcken, Staatsmännern in Kaleschen, Blumenhüten, Helmen mit Federbüschen, French cancan, beschwipsten Fürsten und komischen Landsern vermischten.

Vier Jahre also, in denen er von der einzigen Waffe Gebrauch machte, die ihm zur Verfügung stand: Geduld, Hartnäckigkeit, zweifellos ohne zu wissen, daß ihm noch jener andere entscheidende und kostbare Trumpf der Verführung zugute kam, nämlich die Abwesenheit, jene erzwungene Trennung, die er wahrscheinlich verfluchte, gegen die er kein anderes Mittel fand als, von Hafen zu Hafen, während der Überseedampfer, seine sich schlängelnde Rauchfahne hinter sich herziehend, ihn davontrug, den ganzen schwülen Erdgürtel entlang, jene Postkarten zu verschicken, die aufeinanderfolgenden (alternierenden, sich vermischenden, gleich Zeugnissen einer Welt der Gewalt, der Ehrbarkeit und der Raffgier) Bilder von unverändert aus ihren regnerischen, nebligen Ländern transportierten, mitten in Wüsten oder Urwäldern Stein für Stein wieder aufgebauten, Grashalm für Grashalm wieder eingepflanzten presbyterianischen Kirchen, grünen Rasen, Banken, sowie Bilder von Gruppen, struppig, halb nackt, in Lumpen gekleidet und verhöhnt, geradewegs der Vorgeschichte entsprungen mit ihrer verbrannten Haut, ihren lächerlichen Pfeilen und Bögen, die ihre Empfängerin mit demselben rätselhaften, scheinbar gleichgültigen Blick anschaute, mit dem sie die Bäuerinnen in der Tracht des Limousin, die Ansichten von Chambord oder Pornichet betrachtete, stets unverändert ruhig, lächelnd, unerschütterlich (obgleich sicher irgendwann etwas mehr als bloße Begegnungen beim Spaziergang, bloße Blicke, bloße Banalitäten zwischen ihnen vorgefallen, ausgetauscht, gesagt worden sein mußte – etwas, was es ihm erlaubt hatte, die konventionellen Höflichkeitsfloskeln durch seine lakonische und beredte Unterschrift zu ersetzen), ohne mit der Wimper zu zucken, wenn sie auf dem Tablett, das die Hausangestellte brachte, eines jener Rechtecke mit blaßgrüner oder rosa Briefmarke sah, einen Blick darauf warf, es fast sofort der ihr am Frühstückstisch gegenübersitzenden alten Dame weiterreichte, einfach sagte (die ersten Karten kamen aus einem grünenden Land mit Wasserfällen, Felsen, alten Häusern – dann eine aus Marseille – dann nacheinander aus Port-Said, Suez, Aden, Colombo) ... zuerst also einfach sagte: »Das ist von dem Leutnant, der Brautführer war bei der Hochzeit von ...«, dann: »Das ist von Leutnant ...« und den Namen hinzusetzte, dann den Vornamen zu dem Namen, dann den Dienstgrad wegließ, dann nur noch den Vornamen sagte, wobei die alte Dame, anfangs zerstreut, dann neugierig, dann beunruhigt vielleicht dachte: »Endlich! Endlich! ...«, gleichwohl bestürzt, als sie eines Tages die Lawine von Postkarten eintreffen sah, die alle dasselbe Datum (12/7/08) und dieselbe Briefmarke mit dem kahlen, bärtigen und gekrönten, von jadegrünen Palmen eingerahmten Profil trugen unter dem Vermerk »Straits Settlements«, sie unfreiwillig zählte (es waren genau neunzehn – zweifellos zu verschiedenen Tageszeiten und in verschiedenen Stadtteilen aufgegeben, denn sie hatten nicht dasselbe Schiff genommen, trafen mit zwei verschiedenen Zustellungen ein, in zwei Partien, zuerst: Singapore: Boat Quay – Singapore: Club and Post Office – Singapore: College Quay – Singapore: Presbyterian Church – Singapore: Group of Boyanese – Singapore: Botanical Gardens – Singapore: Battery Road – Singapore: Indians Jugglers – Singapore: Botanical Gardens (andere Ansicht) – Singapore: Raffles Place – Singapore: St. Andrew's Cathedral – Singapore: Maley Women – Singapore: Hong-Kong and Shanghai's Bank, dann: Singapore: Botanical Gardens (wieder eine andere Ansicht) – Singapore: Chinese Temple – Singapore: Street Scene – Singapore: Tanyung Katong – Singapore: Group of Sakais – Singapore: St. James), dann war sie (die alte Dame) noch bestürzter, wenn nicht sogar erschrocken, mußte eine Bewegung des Mißfallens unterdrücken (obwohl ihre Tochter ihr Möglichstes getan hatte, sie vorzubereiten), als sie beide nach einer Nacht in der Eisenbahn (es war etwa zwei Jahre nach der ersten Begegnung) auf dem Bahnsteig eines kleinen Bahnhofs ausstiegen, wo in unelegantem Zivilanzug, einer Hose, die in Wildhüterschnürstiefeln steckte, der Mann mit dem eckigen Bart und dem gezwirbelten Schnurrbart sie erwartete, von welchen Attributen sie bisher gedacht hatte, sie seien unzertrennlich mit einer Uniform verbunden (das heißt durch den beruhigenden Anblick einer dekorativen Bekleidung verbürgt, die alles in allem dazu angetan ist, einen Salon zu zieren, gleichgültig, welcher Kopf darauf sitzt), und die unerwartete Person sich eigenhändig ihrer Koffer bemächtigte, sie zu einer Mietdroschke trug, einem nach Schimmel riechenden engen Holzkasten, der sich, gelenkt von einem Kutscher mit Lackledermütze und fremdartigem Hochlandakzent, in Bewegung setzte, von einem Klepper gezogen durch Wasserlachen holperte (sie sollte die Erinnerung an ein regnerisches Land bewahren, an Hänge mit Rebstöcken an Eisendrähten und an bewaldete Berge mit hohen Kalksteinfelsen), bis das magere Pferd, als die lange Straße anzusteigen begann, wieder in Schritt fiel, während sie (die alte Dame), auf einer Roßhaarbank sitzend und von den Pflastersteinen gerüttelt, im betäubenden Lärm der in ihrem Rahmen klappernden Fensterscheiben die kalten Steinfassaden vorüberziehen sah, steile Dächer, über denen hier und da der Wipfel einer Tanne auftauchte, von deren schwarzen nassen Zweigen das

Wasser tropfte, und als der Wagen (der Kasten) schließlich anhielt, half der Mann im Wildhüteranzug, den der Kutscher duzte, ihnen beim Aussteigen, trug von neuem die Koffer, überquerte den Gehsteig (er war es gewesen, der trotz der Angst, die er vor einer derartigen Begegnung haben mochte, unnachgiebig auf dieser Reise, diesem Besuch bestanden hatte), ging auf eine Schwelle zu, auf der zwei Frauen weit über die Vierzig mit eckigen, nicht eben harten, sondern verbrauchten Gesichtern standen, männlich wirkende Frauen mit eckigen Händen, in Kleidern, die zu tragen sie sichtlich nicht gewohnt waren (das heißt, daß sie (die Kleider), so neu und steif wie sie waren, gleichsam gestärkt, eher den Körper, den sie umhüllten, zu tragen schienen), so daß die alte Dame beim Anblick ihrer Haltung, dieser Steifheit, dieser Gesichter, sie einen Augenblick für die Dienstboten hielt, bis sie begriff, daß es sich um die beiden Schwestern handelte, nun wie im Traum die schwieligen Hände schüttelte, stammelte, wobei ihr Gesicht mehr denn je den Ausdruck von Panik, verstörter, fassungsloser Verblüffung zeigte: Frauen, Leute, die ihr wahrscheinlich so vorkommen mußten, als stünden sie nicht nur unter dem, was sie stets für die Ebene gehalten hatte (was sie gewöhnt worden war, dafür zu halten), die zwei Gesellschaftsklassen trennte, sondern als gehörten sie zu einer anderen Art der Menschheit: denn er (der bärtige, jetzt wie ein Wildhüter gekleidete Mann) bestand darauf, ihnen alles zu zeigen, nicht nur die beiden alten Jungfern mit den aufgesprungenen Händen, nicht nur die in einem Alkoven am Leben erhaltene Mumie, das Haus, das gerade erst begann, nicht mehr nur das Gerippe eines Hauses zu sein, sondern auch die im Weiler gebliebene, halb blinde alte Tante, die den kaputten Kinderwagen, in den sie das Grünzeug für ihre Kaninchen stopfte, durch die Feldwege schob, eine Art gelblichen Brei aß, ähnlich dem, den sie an die Hühner verfütterte. Und danach vergingen noch einmal zwei Jahre, in denen (vielleicht war dies die Bedingung, die sie (die alte Dame) für ihre Zustimmung gestellt hatte – oder die er selbst sich auferlegt hatte) er auf jene dritte Tresse wartete, die es ihm ermöglichen würde, in ein Land geschickt zu werden, in dem die weißen Frauen nicht an fünfundzwanzig von dreißig Tagen bluteten und in das er ohne Angst vor einem Unglück diejenige mitnehmen könnte, die er erwählt hatte, um sich einen Sohn zu schenken, zwei Jahre, in denen die nun seltener werdenden Postkarten (aber zweifellos schrieben sie sich jetzt Briefe, denn einige Karten trugen über der Unterschrift des bloßen Namens den Vermerk »Brief folgt«) von den äußersten Grenzen Chinas kamen: aus einem Ort, wo die Zivilisation eine Brücke mit Eisenträgern über einen Fluß geschlagen hatte, in dem Büffel badeten, dazu etwa fünzig Häuser und eine Kaserne neben einigen Strohhütten errichtet hatte vor einem Hintergrund aus Hügeln, die eine höhere Erhebung in Form eines Zuckerhuts überragte, und der Text lautete: »Der Mao-Son ist der große Berg rechts im Hintergrund neben dem Kreuz, das ich eingezeichnet habe. Ganz der Ihre«, und endlich (nachdem die vier Jahre verstrichen waren, die Hochzeit gefeiert war: er in seiner Uniform mit den schweren goldbefransten Epauletten, sie in einem Kleid ganz aus Spitzen, die Fotos auf jener Veranda gemacht worden waren, wo sie selbst so viele Male die Bilder ihrer Familie und ihres Jungmädchenlebens festgehalten hatte, und beide vier Jahre älter waren als zur Zeit ihrer ersten Begegnung, sie, deren schöne große Augen, die so viele schlechte Verse angeregt hatten, jetzt ein wenig kugelig waren und hervortraten, mit schwerem Kinn, auch schwerem Oberkörper, und die sich strahlend oder vielmehr matt auf jenen Arm stützte, den vor allen zu drücken sie nun endlich das Recht hatte, er sehr groß, kräftig, mit einem Gesicht, das zu verwittern, die Spur der Klimas zu zeigen begann, die er hatte ertragen müssen, mit seinem gut geschnittenen Bart, seinem ruhigen Fayence-Blick, und der die Gruppe der Vettern und Freunde in Frack und weißer Krawatte, die sie umgab, um Hauptеslänge überragte) ... endlich also war sie es, die nun ihrerseits Postkarten verschickte, sie, die nie sehr viel weiter gekommen war als bis Barcelona, Paris oder Bordeaux, die, was Ortsveränderung, Aufregung, Exotik betrifft, lediglich die Rennbahn von Chantilly, die Stierkämpfe oder ein paar Abende in der Oper erlebt hatte, sie, deren Lippen vermutlich kein Mann je geküßt, ja nicht einmal berührt hatte, fand sich mit einemmal aus ihrem wohlanständigen pflanzlichen Dasein gerissen, auf dem Höhepunkt der gierigen Dreißiger in eine Art schwindelerregenden Malstrom geschleudert oder vielmehr katapultiert, dessen Mittelpunkt ihr Unterleib war, aus dem in wilden Wogen etwas aufschäumte, was sich zu den Freuden, die sie bisher gekannt hatte, etwa so verhielt wie Schnaps zu Orangensirup, nicht einmal an den Grenzen ihres Körpers haltmachte, sich außerhalb seiner fortsetzte, falls sie überhaupt noch imstande war, zwischen Innen und Außen zu unterscheiden, wenn sie, von ihrem Sonnenschirm geschützt, noch keuchend und feucht, erneut auf jenen Arm gestützt, dessen Muskeln sie durch den leichten Leinenstoff hindurch spüren konnte, erschöpft (oder vielmehr gefüllt, satt, stumpfsinnig), die Gangway hinunterging, in den Zwischenhäfen flanierte (oder vielmehr schlaff dahintrieb, wie in einem Rausch, schlafwandlerisch), an den Auslagen der Suks oder der Eingeborenenmärkte entlang, wie in einem ständigen Orgasmus jene Häfen, Städte, Pyramiden, Kamele, jene barbarischen, zerlumpten Menschenmengen wahrnahm, über die sie der alten Dame schrieb: »... man fragt sich, ob es menschliche Geschöpfe sind wie wir; wir sind seit sechs Uhr heute morgen an Land, es ist neun Uhr und die *Adour* fährt um zehn weiter, wir sitzen im Café und trinken eisgekühlte Getränke. Ich umarme dich«, auf einer Postkarte, die drei Schwarze, vielmehr drei Skelette (oder Bohnenstangen oder Vogelscheuchen) zeigte, drei Zwitterwesen, auf halbem Weg zwischen dem Pflanzlichen und dem Menschlichen, das heißt, bei denen nicht genau zu unterscheiden war, was dem einen oder dem anderen Reich angehörte, auch nicht die Stelle, wo die beiden Reiche sich trennten, oder vielmehr was die dürrem Holz ähnelnden Glieder von den herabhängenden Fasern unterschied, die sie zur Hälfte bedeckten und aufgetriebene Bäuche sehen ließen, vorstehende Nabel in Form von Kegeln, vorstehende Rippen (einer von ihnen versteckte – oder hielt? – mit einer Hand seine Genitalien), wobei auf jeder der drei Bohnenstangen ein kahlgeschorener Kopf mit halbgeschlossenen Augen gleich Kaffeebohnen, enormen wulstigen Lippen saß und auf einem der Schienbeine eine lange offene Wunde mit aufgeplatzten Lippen klaffte, wie eine Narbe in einer Baumrinde, ausgetrocknet, ohne sich geschlossen zu haben, oder auch wie die ausgesparten Öffnungen in den Gliedern jener Statuen von Heiligen oder Märtyrern, die hinter einer Glasscheibe ein Stück Knochen sehen lassen: »Burogas« – die rosa Briefmarke war noch immer mit dem unvermeidlichen kahlen und gekrönten Profil verziert, klebte diesmal jedoch über der Inschrift »India Postage & Revenue«, und ein wenig später schrieb sie (anscheinend immer noch im gleichen Zustand der Verblüffung, fauler Sattheit) auf die Rückseite einer anderen Karte (mehrere Männer diesmal, immer noch genauso schwarz, genauso skelettartig, deren obere Schneidezähne vorstanden wie die von Totenschädeln oder Nagetieren, Männer mit krausem, gebauschtem Haar, in so etwas wie Peplons gehüllt wie in Schweißtücher, biblisch, ein paar ebenfalls skelettartige Ziegen vor sich hertreibend: »Somalis«): »Ich habe dem langen Brief, den (hier der Name desjenigen, dem sie infolge jener grundlegenden

Unfähigkeit zu irgendeiner Anstrengung jetzt – wie dreißig Jahre lang dem Patirarchen und der alten Dame – alles zuschob, was eine Last oder eine Verantwortung bedeuten konnte) dir gestern geschrieben hat, nicht viel hinzuzufügen. Ich habe nur ...« – denn selbst darin, selbst in ihrem Verhältnis zu ihrer Mutter verließ sie sich nun auf ihn, begnügte sich damit, weiterhin auf ihrem orgastischen lauen Ozean der Glückseligkeit dahinzutreiben, während er in seiner gedrungenen, deutlichen Handschrift mit den getrennten Buchstaben, wie dazu geschaffen, Befehle oder Anordnungen aufzusetzen, die Seiten gewissenhaft mit jenen Einzelheiten füllte, die geeignet sind, eine alte Dame zufriedenzustellen und zu beruhigen, wie zum Beispiel Lage und Aufteilung der Zimmer im Haus, Zahl der Dienstboten, deren Qualifikation, Auskünfte über das Klima, die Tages- und Nachttemperaturen, die Qualität des Wassers, die sanitären Verhältnisse des Landes (und, als das Kind auf die Welt kam, die Qualität der Milch, die Möglichkeit einer Nurse – oder zumindest einer eigens ihm zugeteilten Hausangestellten), gewissermaßen Bericht erstattete, so wie er es für einen Vorgesetzten im Zusammenhang mit der Errichtung eines Lagers, eines Postens im Busch oder eines Quartiers getan hätte, und er unterschrieb vielleicht mit: »Ihr Sohn« oder »Verehrungsvoll Ihr Sohn« oder »In Verehrung Ihr« oder einer anderen Floskel dieser Art, wobei die alte Dame nach und nach das Bild des Wildhüters vergaß, der auf dem Bahnsteig eines regnerischen, verlassenen kleinen Bahnhofs gestanden hatte, um es unmerklich durch das sowohl ornamentale (Uniform, Epauletten) wie affektive Bild des Sohnes zu ersetzen, den sie sich vielleicht gewünscht hatte, ihn vielleicht sogar auf Kosten ihrer anderen Schwiegersöhne bevorzugte wegen dieser Heirat, die sie schon fast nicht mehr für möglich gehalten hatte, ihn adoptierte, ihn zu dem ihrigen machte wie einen verspäteten, unerwarteten

Jüngsten, so wie ihn auch die Vettern und die fröhliche Schar der Freunde adoptierten, nicht nur aus Zuneigung zu ihr (vielleicht von einer gewissen Neugier getrieben, einem gewisse Respekt und einer gewissen Bewunderung gegenüber demjenigen, der es verstanden hatte, jene uneinnehmbare Festung der Leblosigkeit zu besiegen), sondern auch mit jener bedingungslosen Begeisterung einer müßiggehenden *jeunesse dorée* für alles, was als marginal, exzentrisch gelten kann, wie beispielsweise der türkische Jude oder der Kaffeehausgeiger, so wie sie mit Begeisterung in der gleichen Rolle des Verführers der unerreichbaren faulen Sultanin auch einen Bariton aus Toulouse oder einen polnischen Grafen adoptiert hätten, ganz zu schweigen davon, daß ein Mann, der seine Stellung weder seiner Geburt noch seinem Vermögen, noch irgendeinem glücklichen Zufall verdankte, in ihren Augen zweifellos ein besonders erstaunliches und attraktives Exemplar darstellte, sie, von denen der einzige, der eine Uniform trug (und zwar die in ihren Kreisen einzig schickliche Uniform, nämlich die der Kavallerie), seine Tressen allein dem mächtigen senatorischen Einfluß des Vaters verdankte: ein etwas fetter junger Mann (er teilte mit seiner Kusine den Hang zur Trägheit und Körperfülle), für den nach Meinung aller (angefangen mit seiner eigenen) die Aufnahmeprüfung für Saint-Cyr ganz offenkundig eine so unüberwindliche Hürde darstellte, daß er schließlich mit Gewalt, hätte man sagen können, dienstverpflichtet worden war, wenn sein Widerwille gegen jegliche Anstrengung es ihm nicht auch verboten hätte, sich einer für ihn getroffenen Entscheidung zu widersetzen, der dann (wieder mit Gewalt: kraft vieler Diners, vieler Zigarren, vieler Briefe an viele Generäle und Minister) aus der Stellung eines einfachen Kavalleristen in die eines Dragonerleutnants gehievt worden war, der Form halber nach einem Abstecher in Saumur, wo er sich, wie auch anderswo, darauf beschränkt hatte, passiv zu warten, wie jene Kinder, die man in den Wartezimmern der Zahnärzte sitzen sieht (mit dem Unterschied, daß er auf einem Pferd saß und, statt in zerfledderten Zeitschriften zu blättern, seinen Kameraden Champagner spendierte), während die väterliche Allmacht fortfuhr, auf parlamentarischem Wege die Gefreitertressen durch die des Feldwebels, dann des Offiziersanwärters, dann des Leutnants zu ersetzen, und er zusah, wie sie auf den Ärmeln seiner Waffenröcke aufeinanderfolgten, mit derselben Gleichgültigkeit wie gegenüber dem Geld, mit dem er die Champagnerflaschen und die Bewohnerinnen der Luxusbordelle bezahlte, wo ihn seine Faulheit (sicher auch aus Faulheit war er einer der wenigen, der seiner Kusine niemals irgendeine gereimte Artigkeit gewidmet hatte: vielleicht war er es gewesen, der ihr, aus Mangel an Geist, ohne Unterschrift die kleine Frau in Unterhosen und schwarzen Strümpfen geschickt hatte, die Rauchkringel blies?) die am wenigsten ermüdende Lösung für seine Probleme als junger Hengst hatte finden lassen, indem er phlegmatisch auf irgendeiner gepolsterten Bank saß, sich mit dem Phlegma eines etwas fetten, von Gouvernanten erzogenen Kindes von dem auf seinen Knien sitzenden Mädchen unter Gelächter den Kragen seines Rocks aufhaken, dann einen nach dem andern die vergoldeten Kupferknöpfe aufmachen und schließlich aus seiner seidenen Unterwäsche jenen aus ihm herausgewachsenen Schaft mit der durchsichtigen, blaugeäderten Haut freilegen ließ, jene schwellende rosa Knospe, die er mit der gleichen phlegmatischen, passiven Bewunderung, einer Art naiven Befriedigung betrachtete, in die Kissen gesunken, seinen dünnen Schnurrbart mit Champagner benetzte und zusah, wie sie abermals im Gelächter unter irgendeiner sachkundigen Zunge noch weiter anschwoll, schließlich verschwand, verschlungen wurde, während seine freie Hand sich ein wenig verkrampfte in der Flut einer braunen, blonden oder roten Mähne, die sich langsam hob und senkte: später dieselbe zarte Knospe, dasselbe Organ, auch dieselbe phallische rituelle Flasche mit dem von Goldpapier umkleideten Hals (als verkörperten für ihn das eine wie das andere, einander ergänzend, die männlichen Tugenden, die er zu seinem Credo erhoben hatte: die zweite (die Champagnerflasche) als obligatorisches Requisit jeder Zeremonie, das erste, je nach seinem Zustand und der Art der ausgestoßenen Flüssigkeit priapisch oder schlaff, in letzterem Fall schmählich zur Schau gestellt in jener gemeinen Geste, die gewöhnlich die lakkierten Wände der Pissoirs widerspiegeln) ... dasselbe Organ also, jedoch zusammengezogen, geschrumpft, mühsam aus der eleganten Reithose herausgeholt von seiner enthandschuhten Hand mit ihren tauben, eiskalten Fingern, während er, das Gesicht von demselben undurchdringlichen Phlegma, derselben tierischen und kindlichen Befriedigung geprägt, den Körper zu drei Vierteln aus der engen Kanzel aus Leinen und Holz geschoben, mit einer Hand an ein Halteseil oder einen Querholm geklammert, mit über der Brust hängendem Fernglas zusah, wie die Schnur aus goldenen Tröpfchen, vom Wind des Propellers verweht, auseinanderstob und zwischen den schwarzen Flocken der Explosionen verschwand, wonach er am Abend seinen ersten Dienstauftrag und die vollbrachte Tat (einen Akt nicht der Bravour, sondern kalten Ingrimms) vor der oder vielmehr den sakralen Flaschen feierte (er hatte im voraus eine Kiste davon kaltstellen lassen, mit dem Vermerk: »Trinken, auch wenn ich nicht zurückkomme«), mit dem Unterschied, daß die goldumkleideten Flaschenhälse aus einem Kücheneimer ragten, den ein Mechaniker mit abgebrochenen schwarzen Fingernägeln gebracht hatte, und daß er, statt bequem auf einer samtenen Bank zu liegen, jetzt auf einer Holzbank (bestenfalls auf einem Stuhl ohne Strohgeflecht) vor einem plumpen Tisch saß, den dünnen blonden Schnurrbart erneut von Perlen benetzt, auf denen der Schein von Kerzen glitzerte, erneut das Monokel ins Auge geklemmt, die gierigen Lippen erneut zu demselben vagen Lächeln der Befriedigung und Euphorie verzogen, außer daß in dem fröhlichen Geschrei und dem gröhlenden Gelächter, das den Bericht des Piloten begrüßte, sein Blick, seine Hunde- oder vielmehr Robbenaugen jetzt von etwas verschleiert waren, was keine sachkundige Zunge, keine geschickte parfümierte Hand je wieder würde entfernen können, als wäre er in diesem verrauchten Kasino anwesend und abwesend zugleich, auf jenem alten Stuhl oder vielleicht nur auf einer umgedrehten Kiste sitzend, in seinen der Sporen beraubten Stiefeln, seiner eleganten, maßgeschneiderten Hose, seinem Dragonerrock, den zu ersetzen er noch keine Zeit gehabt hatte, in seiner dickhäutigen Leibesfülle ein weiteres Mal auf senatorische Empfehlung hin hier gelandet, außer (während eines kurzen Urlaubs hatte er mit seinem Vater, der Trauerkleidung trug, lediglich eine kurze Unterredung gehabt, nach welcher der zusammengebrochene Senator abermals die nötigen Briefe geschrieben hatte) ... außer daß es diesmal nicht darum ging, den vielen Tressen, die die Ärmel seines Rocks bereits zierten, eine weitere hinzuzufügen, sondern darum, an die Stelle, wo es nunmehr getragen wurde, auf die ehemalige Uniform des Kavalleristen, Artilleristen oder Infanteristen das mit Flügeln versehene Abzeichen zu heften, das zu tragen in etwa einer Fahrkarte in den Tod gleichkam. Als hätte etwas, was man bei dem phlegmatischen dicken Knaben, Stammgast geschlossener Häuser, nie vermutet hätte, etwas, was seinen Sitz vielleicht auch in jenem erektionsfähigen Teil seines Körpers hatte, jenem gewissermaßen für jeden Gebrauch und alle Funktionen geschaffenen Organ (falls es erlaubt ist, Haß und Abscheu als eine Funktion des Körpers zu betrachten), ihn veranlaßt, seinem Vater den oder die allmächtigen Briefe zu diktieren und, ein wenig später, jene Postkarte zu kaufen, nicht eine jener kolorierten, patriotischen und sentimentalen Karten, wie der Handel sie damals herstellte, sondern eine, die er noch nicht einmal so sehr aus Gefallen auswählte – was Schönheiten betraf, so genügten ihm diejenigen, die er in den Freudenhäusern fand – als vielmehr deshalb, weil es die Art von Postkarten war, die sie, wie er wußte, gewöhnlich erhielt – oder vielleicht noch einfacher, weil sich das Ausbildungslager, wo er seinen neuen Beruf als Aufklärer erlernte (er war schon zu alt, um Pilot zu werden), in der Gegend befand, jene Postkarte, die in Sepia das berühmte engelgleiche Lächeln einer beschädigten Kathedrale wiedergab und auf deren Rückseite er Namen und Adresse seiner Kusine und, auf den der Korrespondenz vorbehaltenen linken Teil, lediglich die Worte schrieb: »Ich werde sie rächen. Gruß und Kuß«, gefolgt von seiner Unterschrift. Denn wenn ihn der Tod letztlich verschmähte (schlecht und recht gelang es dem Piloten, auf einem mit Granatsplittern übersäten Acker jene offenbar mit Hilfe von Messing- und Perkaldrähten hergestellte Art Hirschkäfer oder, wenn man lieber will, Libelle aufzusetzen, auf die (man konnte kaum sagen »in« die) er jeden Tag stieg, um mit einem Fernglas und einem Revolver bewaffnet in den Schrapnellexplosionen herumzukurven – und er schaffte es noch, sie in Brand zu stecken, bevor die Patrouille der Feldgendarmerie aufkreuzte) ... wenn ihn der Tod verschmähte (durch eine jener Ironien des Schicksals sollte er erst zwanzig Jahre später sterben – oder vielmehr langsam verenden, langsam erdrosselt werden –, einsam, robbenähnlicher und dickhäutiger denn je, wobei er das monströse Ödem, das seinen Hals auftrieb, unter einem eleganten Schal verhüllte, von Hustenanfällen geschüttelt wurde, die einem Brüllen glichen, seinen körperlichen Verfall in dem von Magnolien umgebenen alten Familienhaus inmitten der kleinen Stadt verbarg, wo die Leute ihn vorübergehen sahen, wie er, gleich seinem Großvater einen perlgrauen Filzhut auf dem Kopf, in Anzügen, die ein Schneidermeister nach den Maßen jener zweifellos von dem kolossalen Empire-General geerbten Fettleibigkeit angefertigt hatten, behende einen Spazierstock mit Elfenbeinknauf schwang, und wo er sich bis zum Abend vor seinem Tod in den Teestuben oder Konditoreien herumtrieb, in deren Hinterzimmern die willfährigen Kellnerinnen (oder die alten Wirtinnen) kniend jenem phallischen Organ, das sozusagen der Angelpunkt seines Daseins gewesen war, ihre erkauften oralen Huldigungen erwiesen, während er sich, in irgendeinen Lehnsessel gesunken und mit einer Hand unter einem Rock fummelnd, unter Qualen bemühte, mit Hilfe kleiner Schlücke Portwein Buttercremegebäck durch seine gemarterte Kehle zu würgen)... wenn ihn der Tod also damals verschmähte, so waren dagegen von drei Familienmitgliedern, die eingerückt waren, bereits zwei in weniger als einem Monat Abstand getötet worden, der erste an einem schönen Augusttag, während wenig später eine andere Kugel die Halsschlagader des Dichter-Deputierten durchschlug, der freilich schon seit einigen Jahren nicht mehr Deputierter war, nicht wiedergewählt worden war (im übrigen auch nichts getan hatte, um wiedergewählt zu werden, die Briefe der Bittsteller sich auf seinem Schreibtisch anhäufen ließ und sich darauf beschränkte, dem Senator zu applaudieren, der auf öffentlichen Versammlungen für ihn sprach), und der seine wiedergewonnene Freiheit darauf verwandte, Verse zu schreiben, den Mont Blanc zu besteigen, New York zu besichtigen, den Winter in Mallorca zu verbringen, Aquarelle zu malen und weiterhin von fast überall jene Postkarten zu verschicken, auf deren Rückseite er sich, im Gegensatz zu seinem Bruder, dem dicken Knaben mit der schamhaften militärischen Wortkargheit und den Champagnerflaschen, befleißigte (vielleicht in Erinnerung an die Zeit, da das launische junge Mädchen ihm auferlegte – wettete, daß er es nicht könne –, sie jeden Morgen brieflich zum Lachen zu bringen; vielleicht auch infolge einer anderen Art vom Schamhaftigkeit), sogar noch unter dem bedrohlichen Schatten, der sie bereits alle umhüllte, jenen Ton unbekümmerten Leichtsinns beizubehalten, in dem sich die Schar der falschen Montmartre-Maler und der liebenswürdigen Söhne aus guter Familie so gefiel, indem er auf die Rückseite einer Karte, auf der eine Kaserne zu sehen war, vor der die Wache sowie ein paar Kinder bereitwillig für den Fotografen posierten, schrieb: »Magnac-Laval, den 18. April 1912 – Herr Hauptmann, Ich habe die Ehre, Ihnen mitzuteilen, daß ich mich in dem lebhaftesten Wunsch, wieder zu meinem Regiment zu stoßen, von dem ich Ihnen umseitig eine herrliche Ansicht schicke, als Adjutant verpflichtet habe. Ich hoffe, daß wir in den Krieg ziehen werden und daß ich Gelegenheit haben werde, für die Fahne zu sterben. Hochachtungsvoll. Untertänigst. Adjutant C...«, welche Karte der Mann mit dem gegerbten Gesicht und dem eckigen Bart rasch gelesen und dann mit einem fröhlichen (allzu fröhlichen?) Lachen über den Tisch gereicht hatte, jener Mann, dessen strahlend weißen Waffenrock goldene Schulterklappen schmückten und dem gegenüber sie nun ihr Frühstück einzunehmen pflegte, bedient von der jungen Negerin, die sie nicht nur mit gestärkten Schürzen ausstaffierte, sondern der sie auch beigebracht hatte, jene dicke Schokolade auf spanische Art zuzubereiten, die sie weiterhin jeden Morgen trank, so wie sie weiterhin unter der Tropensonne Hüte in Form eines Lampenschirms oder einer Blumenschau sowie die strengen, hochgeschlossenen Blusen trug, die ihren Hals verkürzten, während die Fensterläden des Eßzimmers ungeachtet der morgendlichen Stunde bereits geschlossen waren, gleichsam um den äußeren Ansturm von etwas Kompaktem, Fe-

stem und Gleißendem abzuwehren, einzudämmen, das sich durch die Schlitze der Jalousien schob in Form von ausgewalzten, starren Platten, in denen ungreifbare Lichtatome langsam kreisten, wobei auch das Foto, auf dessen Rückseite die Erklärungen für die alte Dame standen (»... unten das Fenster des Eßzimmers, dann die Balustrade, die die Terrasse säumt, schließlich weiter links das geschlossene Fenster des kleinen Salons, aus dem ich dir schreibe, und ...«), gleichsam vom Licht zerfressen war, verblichen, blaß, von einheitlicher Schwefel- oder Safranfarbe, als ob ein unerbittlicher Staubfilm, eine staubige gelbe Schicht aus Zeit das Haus unter sich begrübe, das kleine Stück Garten, das zu sehen war, die Terrasse, von der aus sie jetzt, an die Backsteinbalustrade gelehnt, dem weißleinenen Waffenrock nachblickte, der durch den Garten ging, hinter dem Bambusstrauch vorbei, schraffiert von den Zacken der trockenen spitzen Blättchen, und verschwand – die Karte noch immer in den Händen hielt, mit plötzlich nachdenklichem, angespanntem Gesicht, und das papierne Rascheln der Blätter hören konnte, die leise bebten und dann in ihre Reglosigkeit zurücksanken.
Oder vielleicht auch nicht. Vielleicht trieb sie, unverwundbar, unangreifbar, weiterhin in jener Art Lethargie dahin, jenem lauen Nirwana, jenem orgastischen Zustand pflanzlichen Aufblühens, in jener ganz anderen, irgendwie märchenhaften Welt, wo der Waffenlärm, das Kriegsgetöse nur gedämpft zu ihr drang, entfernt, unglaubwürdig. Später erzählte sie, daß die Leute dort unten in ihren Gärten eine Boa zu halten pflegten, wie in Europa einen Hund oder eine Katze, weil sie (die Boa) das beste Mittel war, sich der Ratten zu erwehren, daß sie selbst jedoch keine haben wollte, zuerst aus instinktivem Widerwillen, dann, als sie sich nach und nach an ihren Anblick gewöhnt hatte, aus Angst, wegen des Kindes. Mit dem während der feuchten Jahreszeit regelmäßig einsetzenden Regen (sie er-

zählte, daß er jeden Tag um Punkt fünf Uhr fiel, daß man bis viertel vor fünf Tennis spielen konnte – denn auch dort spielte sie Tennis, zumindest bewahrte sie Fotografien auf, wo sie wieder mit einem Tennisschläger in der Hand zu sehen war, stets einen jener erdrückenden Hüte auf dem Kopf und in jenen Röcken, die durch den Staub schleiften, stumm aus der Ferne beobachtet, sie und ihre sportlich gekleideten männlichen Partner, von einem bewegungslosen Fries weißumhüllter Silhouetten mit undurchdringlichen Ebenholzgesichtern – und daß man gerade noch Zeit hatte, zurückzukehren und Schutz zu suchen, bevor die dichten Fluten lauen Wassers die Straßen in Sturzbäche und den Garten in einen See verwandelten), auch mit der Kürze der Abenddämmerung, in der die Nacht übergangslos den Tag ablöste, schienen die Sänften, in denen sie sich befördern ließ, sanft geschaukelt im Schritt der schwarzen Träger, die Hausboas und die märchenhaften Speisekarten der Diners beim Gouverneur nahezu das einzige zu sein, was sie im Gedächtnis behalten hatte, oder vielmehr alles, was von der Außenwelt durch die schützenden Hüllen jener Glückseligkeit zu ihr durchgedrungen war, in der sie, unwägbar, in einem gewissermaßen fötalen Zustand schwamm und bald selber im warmen Dunkel ihres Bauchs ein embryonäres oder vielmehr elementares Leben tragen sollte. Als wäre sie (obgleich sie fortfuhr, sonntags in die Kirche der Mission zu gehen, auf ihren strengen, hochgeschlossenen Blusen ein Granatkreuz zu tragen, mechanisch ihre Gebete aufzusagen und Romane mit gelbem Einband zu lesen) auf schwindelerregende Weise zum Anfang der Zeit zurückgekehrt, in ein ursprüngliches Eden, einen ursprünglichen Naturzustand entrückt worden, an der Seite des Mannes mit dem wilden Bart, umgeben von domestizierten Schlangen und ebenfalls domestizierten Wilden: außer der Ordonnanz besaß sie deren drei, zwei männliche und ein weibliches Wesen, deren schwarze Gesichter im Schatten der Galerie schimmerten, wo sie, hinter ihr stehend, posierten, während sie in einem Korbsessel saß, die Hand auf dem Rücken des Haushundes, lächelnd, als hätte der Fotograf jenen flüchtigen Augenblick der Reglosigkeit, des Gleichgewichts eingefangen, in dem sich die Trapezkünstlerin, auf dem Höhepunkt ihrer Flugbahn angelangt und bevor die Gesetze der Schwerkraft von neuem von ihr Besitz ergreifen, gewissermaßen in einem Zustand der Schwerelosigkeit befindet, befreit von den Zwängen der Materie, so daß sie einen Augenblick lang glauben kann, sie werde nie wieder hinunterfallen und bleibe für immer so hängen im gleißenden Licht der Scheinwerfer über der Leere, über dem Dunkel. Und vielleicht glaubte sie dies auch, glückte es ihr, dies zu glauben, sich einzureden, oder vielleicht gelang es ihm, ihr dies auch dann noch einzureden, als die Kurve der Flugbahn bereits zu kippen, sich dann zu neigen, dann endgültig zu fallen begann und sie im selben schwindelerregenden Tempo nach unten schleuderte, das ihren Aufstieg bestimmt hatte, obgleich alles noch eine Weile so weiterging, als hätte nichts sich geändert: die gleichen Toiletten, die gleichen hellen Kleider mit Spitzeneinsätzen, die gleichen Hüte, die sie jetzt mit einem unter dem Kinn verknoteten kleinen Schleier befestigte, während sie in Begleitung der Negerin, die das Kind trug, ihre Röcke über das Promenadendeck des Schiffs schleifte, das sie nach Europa zurückbrachte, die gleichen fliegenden Fische, die gleichen seichten Galanterien am Tisch des Kapitäns, die gleichen Negerkinder, die in den Zwischenhäfen nach den Bronzemünzen tauchten, das gleiche beruhigende Lächeln an ihrer Seite, vielleicht derselbe tief im Wasser liegende Überseedampfer mit den von Zeltbahnen geschützten Decks, der sie vor vier Jahren über denselben Ozean getragen hatte, ihn jetzt in umgekehrter Richtung überquerte, jenes Schiff, dessen eine der letzten Fahrten mit Frauen und Kindern an Bord es sein sollte und das, falls es nicht torpediert wurde, vier lange Jahre hindurch nur noch, zusammen mit Kanonen, wie Vieh auf den Zwischendecks zusammengepferchte Männer befördern sollte, die sterben würden, sich bald zwischen den ausgeglühten Ufern der beiden wilden Kontinente hindurchschob und sich danach in jenem Meer oder vielmehr jenem Binnensee wiederfand, in jener Lache, jener flüssigen Keimschicht von Alphabeten, Zahlen und kannelierten Marmorsäulen, während gleichzeitig die Hitze allmählich nachließ, die Namen der in der Ferne erblickten Inseln, Kaps, Meerengen und Berge ihre bizarren oder barbarischen Klänge verloren, man in den Kabinen bereits die Leinenanzüge und die zu leichten Kleider in den Koffer packte, die Morgenstunden kühler wurden, man ein Halstuch, einen Schal brauchte, wenn man nachts an Deck stieg, auf dem sie beide vielleicht spazierengingen, mit langsamen Schritten, stehenblieben, sich vielleicht Seite an Seite mit den Ellbogen auf die Reling stützten, hörten, wie unter dem Bug regelmäßig die phosphoreszierende Gischt aufschäumte, die rasch unter ihnen enteilte, das dumpfe Stampfen der Maschinen hörten, indes auch die Zeit enteilte und Tag um Tag, Stunde um Stunde, bei jeder Umdrehung der Schiffsschraube jene Wasserfläche schrumpfte, auf der sie sich vage noch in Sicherheit wähnen konnte, beide schweigsam, oder vielleicht flüsternd, er zumindest, sie dagegen die im Zwischenhafen gekaufte Zeitung mit den dicken Schlagzeilen in ihren Händen zerknüllte, während die Spitzen der Masten unter den gleichgültigen Sternen langsam schwankten und er sich wieder zu ihr beugte, ihr wieder sein abgemagertes oder vielmehr ausgezehrtes, glühendes Gesicht zuwandte, mit seinem Bart, den er jetzt kurz schnitt, der ihm, schwarz in der Nacht, die Wangen zerfraß wie jener, den die Kranken wachsen lassen, der durchsichtige Fayence-

Blick schon gleichsam abwesend, anderswo war, seine Worte gleichsam Lügen strafte, und bisweilen stiebt eine Garbe rotglühender Funken aus dem Schornstein über ihnen auf, wirbelnd, zuckend, erlöschend, in den schwarzen Rauchspiralen weggerissen, und immer das unerbittliche dumpfe Stampfen der Maschinen, die reglosen kalten Sternbilder, das vergebliche heiße Flüstern, dem sie zweifellos nicht zuhört, sowenig wie sie sich der nervösen Bewegungen ihrer Hände bewußt ist, die weiterhin die Zeitung zerknüllen, sicher weiß sie nicht einmal mehr, daß sie sie hält, betrachtet nur vor sich in der Finsternis die schwachen Lichtreflexe, die auf der bewegten, glänzenden Fläche des Meeres tanzen, angespannt, versteift, das bleiche, in der Nacht bläuliche Profil marmorgleich, die Augen trocken und starr, und sie antwortet nicht einmal, sagt nicht einmal: »Ein Regiment wie deines! Glaubst du, ich wüßte nicht, ich ...«: sie schweigt, sie denkt: »Aber ich wußte es, ich habe es immer gewußt, ich habe immer gewußt, daß es das war, was ich heiratete ...«, während die Wellen sich weiterhin regelmäßig am Bug brechen, explodieren, aufschäumen, als Regen niedersinken, die Gischt enteilt, sich verdrehend, verschwindend, immer wieder aufs neue: als könnte sie spüren, wie die Wasserfläche sich zusammenzieht, schrumpft wie ein Chagrinleder, immer kleiner, immer unsicherer, lächerlicher wird; dann der letzte Tag, die letzten Stunden, die jetzt verschnürten Koffer in der Kabine, die zugeschnallten Riemen der Offizierskiste, die reglose dünne Linie des Lands am Horizont, die nach und nach dicker wird, unerbittlich, unerbittlich reglos, sich nähert, ein Leuchtturm zur Rechten, die friedlich an seinem Fuß aufschlagende Gischt, graue Felsen, eine Uferstraße, Wagen, Häuser, Molen ...
Eine Menschenmenge drängt sich an die Zollgitter, und Hände schwenken Taschentücher. Sie sieht die Menschenmenge nicht. Sie sieht einen wirren Haufen bunter

Partikel, hell oder dunkel, zusammengeballt und wogend. Die Häuser, die Kais, die Kräne gleiten jetzt immer langsamer an ihr vorbei. Sie kann das Klingeln eines Läutwerks hören und spüren, wie die Spanten des Schiffs unter dem entgegengesetzten Schub der Schiffsschraube beben. Sie kann das aufgewühlte Wasser in dicken Blasen brodeln sehen, während ihm gleichzeitig ein schwacher Geruch nach Moder und Schlick entströmt. Sie kann spüren, wie das Deck zu beben aufhört. Sie betrachtet die einen Winkel bildende Wasserfläche, die die Bordwand des jetzt stehenden Überseedampfers noch vom Kai trennt. Sie kann sehen, wie die beschwerte Leine vom Heck ausgeworfen wird, die rasch festgezurrte Trosse sich krümmt, sich ins Becken senkt, dann wieder auftaucht, sich nach und nach spannt, triefend, mit Tropfen gefranst, die in der Sonne glitzern, während der Motor des Spills schnurrt. Langsam dreht sich das lange Schiff um sich selbst, und die Seiten des Winkels nähern sich einander an. Einen Augenblick lang spiegeln sich die Sonnenstrahlen auf der schwarzgestrichenen Bordwand, auf der sich eine bronzefarbene Zone verschiebt. Jetzt kann sie sehen, wie sich der Schatten des Schornsteins und des Oberdecks auf dem Kai dehnt. Der Schatten erreicht die Zollgitter und legt sich auf die dagegen drängende Menschenmenge. Sie kann einen Druck gegen ihre Ellbogen spüren, und sie hebt die Hand. Sie kann die verbrauchten Gesichter der beiden dunkel gekleideten Frauen erkennen, die mit ihren Taschentüchern winken. Die Wasserfläche zwischen dem Schiff und dem Kai bildet jetzt einen spitzen Winkel. Sie spürt das auf den Armen hochgehobene Kind über ihr zappeln, das seine Beine im Leeren anzieht und streckt. Sie fährt fort, zu winken. Sie versucht zu lächeln. Sie weint. Das Schnurren des Spills hört auf. Freudenschreie, Rufe dringen aus den Decks des Überseedampfers und der sich hinter den Zollgittern stauenden Menschenmenge. Die

Tränen rinnen langsam über ihre Wangen. Zwischen der schwarzen Bordwand des jetzt völlig bewegungslosen Schiffs und dem Kai bleibt auf dem Grund des tiefen Grabens nur noch ein schmaler Streifen schmutzigen Wassers, auf dem Abfälle schwimmen.

VI

27. August 1939

Luftig und monumental zugleich, in verlangsamtem Tempo, wie auf einer Wolke getragen von den Dampfstrahlen, die zwischen den mit gelblichem Öl überzogenen Pleuelstangen hervorzischten, den Boden unter ihrer Masse erschütternd, eine Reihe von Waggons hinter sich herziehend, Wagen eines alten Modells, ausgegraben aus den Depots, in denen man sie zweifellos in Vorhersehung dieses Tages aufbewahrt hatte (Wagen aus Holz mit schuppig abblätterndem, kastanienbrauem Anstrich und an jedem ihrer Enden mit einer Plattform versehen), schob sich die Lokomotive mit dumpfem Getöse unter das Glasdach des Bahnhofs, wo sich auf dem Bahnsteig eine dichte Menschenmenge drängte, deren erste Reihe bei ihrem Nahen einen Schritt zurückwich, nicht so sehr aus Angst, vom Dampf verbrüht zu werden oder unter die Räder zu stolpern, als aus einer Art instinktivem Schrecken, intuitivem Widerwillen, der ihr gebot, so lange wie möglich zwischen sich und der senkrechten Wand der immer langsamer vorbeiziehenden Waggons einen letzten, illusorischen leeren Zwischenraum bestehen zu lassen, wie einen Graben, ein schmales Cañon oder vielmehr eine unsichtbare Mauer, einen unsichtbaren Wall, hinter dem, wäre er erst einmal überstiegen, etwas Unwiderrufliches, Endgültiges und Furchtbares besiegelt wäre.
Mit den Ellbogen auf das Geländer ihrer Plattform gestützt, sahen der Maschinist und der Heizer, die Brille auf die Stirn geschoben, Kleider und Wangen rußgeschwärzt, mit ihren rotumrandeten Augen zu, wie unter ihnen das Menschengewimmel vorbeiglitt, dann, als die Reihe der alten Waggons in einem langen Quietschen anhielt, auch das Gewimmel aus Männern und Frauen anhielt, die ihre Gesichter zu ihnen emporreckten, manche mit Kindern

auf den Armen, und die, noch lange nachdem der Zug zum Stillstand gekommen war, statt ihn wie gewohnt zu stürmen, fortfuhren, die bräunlichen Wände der Waggons mit so etwas wie ungläubiger Bestürzung, ungläubiger Verstörung anzustarren. Eine Weile noch standen die beiden Wände des Grabens (jene, die aus mit Farbschuppen gemasertem Holz bestand, und jene, die die sich auf dem Bahnsteig drängenden Körper bildeten) sich gegenüber, in einem Schweigen, das lediglich ganz vorn, jenseits des Glasdachs, unter dem sich die Rauchspiralen auflösten, vom rhythmischen Keuchen der Lokomotive unterbrochen wurde, die in regelmäßigen Abständen ihre in der Sonne hochsteigenden grauweißen und sich verflüchtigenden Dampfstrahlen entweichen ließ. Dann plötzlich, während sich hier und da einige Gestalten aus der Menge lösten und die Trittbretter der Waggons zu erklimmen begannen (zweifellos solche von Männern, die fremd in der Stadt waren oder keine Familie hatten oder es abgelehnt hatten, sich begleiten zu lassen), erhob sich unter dem Glasdach ein wirrer Lärm, nicht Schreie oder Proteste, eher eine Art Klage, ein Stöhnen, zaghaft, unaufdringlich und monumental zugleich, bestehend aus Hunderten von Gebeten, Hunderten von Schluchzern und Hunderten von ohnmächtigen Verwünschungen. Es war der Bahnhof einer mittelgroßen Stadt des Südens, ein Gebäude aus rosa Backstein, von denen sich das steinerne Mauerwerk der Eingangstüren zu den Bahnsteigen, dem Wartesaal, der Gaststätte und den Büros abhob. Es war Sommer, und die Frauen, die ein verknülltes Taschentuch unter ihre Augen hielten, hatten meist nackte Arme und trugen helle Kleider, manche sogar, wie auch einige Männer, Strandanzüge. Man hätte sie für Leute halten können, die von einem Gewitter oder irgendeiner Katastrophe mitten in einer Hochzeitsfeier oder einer Landpartie überrascht worden waren, sowohl sonntäglich wie nachlässig gekleidet, und unter denen sich, anachronistisch neben den leichten Gewändern und in der Hitze des zu Ende gehenden Sommers, einige aus den Nachbardörfern oder den Elendsvierteln der Stadt gekommene alte Frauen befanden, gebrechlich, stumm, von oben bis unten in ihre unwandelbaren schwarzen Kleider gehüllt, mit ihren unter dem Kinn zusammengebundenen schwarzen Kopftüchern, die ihre von Runzeln zerklüfteten Gesichter einrahmten, gelbe Gesichter, die gleichgültig waren gegen die Tränen, die sie benetzten, geprägt von jenem beständigen Ausdruck von Stumpfheit, Entsetzen und Resignation der Schwachen und Armen. Und jetzt, als hätte, mehr noch als die Einfahrt des Zuges in den Bahnhof, der Anblick der ersten, die sich entschlossen hatten, in die Waggons zu steigen, das Signal des Unwiderruflichen ausgelöst, jetzt schien sich die Menge oder vielmehr das Menschenkonglomerat, dem sich nacheinander weitere Gestalten entrissen, die sich auf die Trittbretter hievten, nicht etwa zu lichten, sondern noch enger zusammenzurücken, als ob es sich nicht nur weigerte, sich aufzulösen, sich angreifen zu lassen, sondern sich überdies gewissermaßen in sich selbst zusammenzöge, als wären die Teilchen, aus denen es bestand, gleichsam verschweißt, in einer Art Kristallisation, einer unentwirrbaren Masse von Umarmungen meist nicht nur zweier, sondern mehrerer Körper, kranzförmig um Mittelpunkte versammelt, aus denen erstickte Frauenstimmen oder das Weinen von Kindern drangen, so daß diejenigen, die sich von ihm losrissen und den Zug zu erreichen versuchten, meist gefolgt von einem sich allmählich verringernden, hinter ihnen sich auseinanderziehenden Geleitzug, noch zurückgehalten, am Weitergehen gehindert oder manchmal sogar zurückgestoßen, von den Trittbrettern abgedrängt wurden von irgendeinem Schub, einer Zuckung oder Ausdehnung des bunten, zusammenhanglosen, von unvorhersehbaren Strömungen, unvor-

hersehbarem Zurückfluten durchzogenen Gewimmels. Und schließlich, wie zum Hohn oder um die Verwirrung noch zu steigern, fuhr ein zweiter Zug ein und blieb auf der anderen Seite des Bahnsteigs stehen, wo, von der Menge sofort verschluckt, die Mitglieder einer Boule-Mannschaft ausstiegen: Männer in mittlerem Alter, manche dickleibig, in mehr oder weniger sportlicher Kleidung und weißen Mützen, die, rasch zerstreut, ihrerseits abtrieben und, makellos, auf der Oberfläche der Menschenflut zu schwimmen schienen, die sich jetzt, so wie sie sich kurz zuvor von ihnen entfernt hatte, in einer entgegengesetzten Bewegung zornig, halsstarrig und klebrig an die Wände der Waggons drückte oder vielmehr an ihnen haften blieb, zu deren Fenster sie Arme reckten, Babys hochhoben oder Brotbeutel und Körbe reichten, manchmal nur ein Brot, und sich trotz den Pfiffen und Rufen der Beamten weiterhin an sie klammerten, selbst dann noch, als das Signal der Lokomotive ertönt war und als, ruckweise, in einem Getöse aneinanderstoßender Puffer und Kupplungen und während die Zugkraft sich von Waggon zu Waggon fortpflanzte, so als versuchte er, gleich einem von Ungeziefer befallenen Tier, die an seinen Wänden klebenden Menschentrauben abzuschütteln, der Zug sich in Bewegung setzte.
So daß es einen Moment so aussah, als könnte er (der Zug) sich nicht befreien (sei es, daß sie begonnen hatten, ihm auf dem Bahnsteig nachzulaufen, erst im Schritt, dann rennend, sei es, daß einige noch immer auf den Trittbrettern standen) von dem zusammengewürfelten Konglomerat aus Männern und Frauen in widersinnigen Festtagsgewändern, mit verkrampften oder tränenüberströmten Gesichtern, die in ihrem Lauf gleich Föten oder bloßen Abfällen auf der Oberfläche eines trüben Wassers die vertrockneten Masken der schwarz gekleideten alten Frauen mit sich rissen oder vielmehr trugen, Masken von der

Farbe toten Holzes, Toten ähnlich, während der Zug nach und nach schneller wurde, die Menschentrauben sich eine nach der andern von ihm ablösten, bis auf dem Trittbrett einer der Plattformen, nicht angeklammert, sondern von Armen umschlungen, nur noch die schlanke Gestalt einer jungen Frau übrigblieb, Oberkörper und Kopf zurückgebogen, beide Arme um die Schultern des Mannes gelegt, dessen Lippen auf ihren Mund gepreßt waren, wobei ihr leichtes Sommerkleid aus grellem, billigem, mit roten Blumen bedrucktem Stoff, von dem ihre Taille umfangenden Arm hochgezogen, die Kniekehlen entblößte, zu flattern begann, dann vom Luftzug in die Höhe gehoben wurde, dann auf die Schenkel klatschte und Schreckensschreie ertönten, und einen Augenblick schien sie sozusagen im Leeren zu hängen, nur noch wie durch einen Saugnapf an der Stelle, an der die beiden Münder sich trafen, mit dem Mann verbunden, wie in einer Art Koitus in der Luft, gleich jenen Vögeln, die imstande sind, mitten im Flug zu kopulieren, einzig durch ihre Geschlechtsorgane miteinander verbunden und wie Steine durch die Luft schießend, während eine Garbe von Händen sich ihr entgegenstreckte, sie herabzog (oder sie auffing), der Zug jetzt etwa die Geschwindigkeit eines im Laufschritt rennenden Menschen erreicht hatte, die schlanke Gestalt sich losriß, in Höhe des sich noch immer aus dem Waggon lehnenden Mannes nun ebenfalls zu rennen begann, wobei sie, ohne sie zu beachten, mit der Kraft eines wilden Tieres die Körper beiseitestieß, die ihr im Weg standen, und die Entfernung, die sie von dem Mann trennte, allmählich wuchs, sie jetzt auf dem noch zementierten Teil des Bahnsteigs jenseits des Glasdachs, dann, sich die Füße verrenkend, auf dem Bahndamm rannte, strauchelte, einen Schuh verlor, auf einem Bein hüpfte, schließlich aufhörte zu rennen und inmitten der Gleise stehenblieb, immer noch schreiend, und die aus den Fenstern lehnenden Fahrgäste konnten sehen, wie sich die schlanke Gestalt im roten Kleid mit dem angemalten Gesicht einer Hure (oder einer Stenotypistin oder einer schlecht geschminkten Verkäuferin) entfernte, jetzt rasch immer kleiner wurde, weiterschrie, bis sie nur noch eine in der Augustsonne verlorene Silhouette war inmitten der Weichen, der funkelnden Gleise, jetzt winzig neben dem Lagerschuppen, der ebenfalls immer schneller schrumpfte.

Dann bog der Zug in eine Kurve, und alles verschwand: die Frau, die gähnende Öffnung des Glasdachs hinter ihr, der Lagerschuppen, die Baracke des Lampenraums, das Stellwerk, der Fluß und sein Bett aus Kieselsteinen, seine schilfbewachsenen Ufer: jetzt fuhr der Zug auf einem Erdwall oberhalb der von Zypressen- oder Lorbeerhecken geschützten Gemüsegärten rings um Häuser mit Ziegeldächern und mit von Feigenbäumen beschatteten Höfen voller Lattenkisten, blaubestäubten Spritzmaschinen, Fässern und ausgespannten Karren, all dies gleichsam überstürzt im Stich gelassen beim Nahen eines lautlosen Zyklons, der eine unversehrte, aber leere, unbewohnte Welt zurückgelassen hätte, in der hier und dort nur ein paar Hühner, wie blind, geschäftig und unbeholfen zwischen den Deichseln der gestrandeten Karren und Pflugscharen umherirrten. Bald wichen die Obstgärten den mit Rebstöcken bepflanzten weiten Flächen, durch die sich ab und zu Platanenreihen zogen, die die Landstraßen säumten. Etwas später verlief das Gleis zwischen Salzteichen, unweit des Meeres, dessen hohe Wellen man sah, wie sie sich wölbten, langsam umkippten, sich brachen und langgestreckt wieder zurückrollten und hinter denen im Morgenlicht ein schmaler Silberstreif schimmerte.

Der Zug hielt an allen Bahnhöfen, sogar an den kleinsten, und von neuem konnte man das Keuchen der Lokomotive hören, die in regelmäßigen Abständen ihre Dampfstrahlen hinaufschickte in eine Stille, die nur gestört wurde vom

Bimmeln einer Glocke und dem Zischeln des Windes in einigen Pinien am Rand des durchsonnten Bahnsteigs (Bahnsteige, die nicht einmal zementiert waren, Bahnhöfe nicht größer als kleine Häuser, mit nichts anderem ausgestattet als einer doppelseitigen Uhr, zwei Bänken und einem Gärtchen), auf dem kleine Menschenmengen standen – manchmal nur ein oder zwei Gruppen, alle, hätte man meinen können, irgendwie im Sonntagsstaat, die seit unvordenklichen Zeiten schwarz gekleideten alten Frauen, hier von Männern in Hemdsärmeln und von Frauen in Arbeitskitteln umringt, die zusahen, wie sich die scheppernde Reihe der alten Waggons, ruckweise aneinanderstoßend, erneut in Bewegung setzte, und auf dem Bahnsteig stehenblieben, aneinandergedrängt, als könnten sie sich nicht aufraffen, wegzugehen, noch lange nachdem die abgeblätterte Wand des letzten Waggons plötzlich verschwunden war, stumm dem sich entfernenden Zug nachblickten, die rissigen Gesichter von dem gleichen Ausdruck der Bestürzung, Ungläubigkeit und Verzweiflung geprägt – dann nicht einmal mehr Gesichter: Flecken – dann nicht einmal mehr Flecken: Punkte – dann nicht einmal mehr Punkte: nichts weiter als ein undeutliches dunkles Aggregat auf dem Bahnsteig des Miniaturbahnhofs, der sich inmitten des Ozeans der Weinberge im gleißenden Augustlicht verlor, nach hinten weggezogen, sich entfernte, immer kleiner wurde, bis auch er, wie kurz zuvor das gähnende Glasdach, das schreiende Mädchen in Rot, die letzten Häuser der Stadt, verschwand.

Von einem bestimmten Moment an – in den etwas größeren, wieder mit Glas überdachten Bahnhöfen, deren Bahnsteige von dichten Menschenmengen überquollen, denen ein unsichtbares langes Stöhnen entstieg (oder vielmehr wie ein unsichtbarer Nebel über ihnen hing), das gleiche Rumoren nicht des Aufbegehrens oder des Zorns, sondern klagender Bestürzung – wechselten die Waggons ständig ihre Insassen, wobei die mit den gleichen Brotbeuteln – manchmal kleinen Koffern – beladenen Neuankömmlinge mit den gleichen unausgeschlafen wirkenden Gesichtern (obgleich der Tag nach und nach fortschritt) diejenigen ersetzten, die ausstiegen und abermals kämpfen mußten, um sich einen Weg zum Ausgang zu bahnen, neben dem bewaffnete und behelmte Wachtposten standen.

Zwischen den Aufenthalten, während der Zug von neuem durch die weiten Flächen der Weinberge fuhr, sprachen die meisten Fahrgäste wenig, abgesehen von ein paar Besoffenen, die an den Fenstern sangen und Flaschen zückten. Manchmal bückte sich einer von ihnen mechanisch und hob das zerknitterte Exemplar einer Tageszeitung vom Fußboden auf (bis auf wenige Ausnahmen trugen alle die gleiche Schlagzeile in riesigen Lettern (die Schlagzeilen, gewissermaßen nur eine typographische Dehnung von Wörtern, die die Zeitungen bereits gedruckt hatten oder die die Gesamtheit der von den Zeitungen (jedoch in kleineren Lettern) gedruckten Wörtern bereits seit mehreren Wochen postulierte – tatsächlich seit mehreren Monaten – tatsächlich seit mehreren Jahren), als hätten die anderen (die anderen Wörter: jene, von denen sie gewöhnlich umgeben waren) zusammen mit den Regeln der Syntax, die ihnen eine Ordnung sozusagen wohlanständiger und beruhigender Immunität verlieh, plötzlich jede Daseinsberechtigung verloren, nachdem auch die Syntax vertrieben war, sich die Überschriften (die Überschriften, denen in den folgenden Tagen mehrere andere, jedesmal größere folgen sollten, bis die Lettern schließlich die halbe Seite ausfüllten) auf die Verbindung von zwei oder drei vereinzelten und übermäßig vergrößerten Substantiven beschränkten – auch die Lettern selbst hatten sich vereinfacht: dick, ohne Grundstriche und Haarstriche, einfach fett, massiv – wie für Kurzsichtige oder Idioten), worauf der Mann, einen Augenblick passiv von den Stößen geschüttelt, die Vorderarme auf die gespreizten Schenkel stützte, die Zeitung aufschlug und mit starren Augen die gedruckten Buchstaben sowie die ebenfalls übermäßig vergrößerten Fotografien betrachtete, ohne sie zu sehen, dann alles fallen ließ. Einer der Bahnhöfe war mitten in der Stadt auf einem Viadukt erbaut worden, und als der Zug langsam wieder anfuhr, konnten die Fahrgäste unter dem Laubwerk eines unter ihnen liegenden Boulevards eine große Ansammlung von Pferden sehen, ihre Besitzer, die neben ihnen standen, die Peitsche in die Beuge des Ellbogens geklemmt, während die andere Hand den Zügel oder die Leine der schweren Percheronpferde mit grauscheckigen oder orangeroten Kruppen hielt, manchmal den Bügel eines Futtersacks über ihre Ohren streifte, aus dem die Tiere, auf dem Grund angelangt, unter lebhaftem Kopfschütteln die letzten Körner schnappten. Unter der Sonne wirkte das Ganze wie ein Markt, außer daß uniformierte Unteroffiziere mit Käppis, auf Kartons geklammerte Blätter in der Hand, von einer Pferdegruppe zur andern gingen und sich versammelten, um ihre Listen zu vergleichen. Dann fuhr der Zug wieder schneller, und alles (die friedlichen Pferde mit ihren halb in den Futtersäcken vergrabenen Köpfen, ihre neben ihnen stehenden Besitzer, die Männer in Käppis mit ihren Listen) verschwand. Nach und nach wurde die lethargische Betäubung, die in den Waggons herrschte (es waren Waggons ohne Abteile und ohne Zwischenwände, mit Holzbänken, die lediglich durch ihre Rückenlehnen voneinander getrennt waren, wie sie früher auf kleinen lokalen Bahnlinien verkehrten) noch lastender, kaum unterbrochen von irgendeiner weinseligen Stimme, deren Echo in die vom Hämmern der Räder an den Nahtstellen der Schienen skandierte Stille sank. Durch die ständigen Aufenthalte kam der Zug nur sehr langsam voran, und die Nacht begann heraufzuziehen.

Mit ihrem Einbruch schienen auch die Lieder der Betrunkenen zu verklingen, während die quälende Dämmerung immer dichter wurde, bis sich in den hochgezogenen Fensterscheiben (es war plötzlich kühl geworden), zuerst von den dunklen Silhouetten von Bäumen, Häusern und Hügeln zerfetzt, die einander folgten, enteilten und sich von neuem auf die lackartige Fläche legten, der düstere Widerschein des Innern der von gelbem Licht erleuchteten Waggons zu zeigen begann, als würden draußen (zum Schluß war im Osten alles schwarz) in der nächtlichen Landschaft, in der manchmal ein oder zwei Lichter langsam abtrieben, parallel die immateriellen und bewegungslosen Doppelgänger der auf den Bänken sitzenden oder liegenden Fahrgäste davongetragen sowie die zerrissenen Zeitungen mit den dicken Schlagzeilen, die sich unter ihnen ausbreiteten.

Und jetzt würde er sterben. Es war schon spät, als der Zug in Lyon hielt. Beamte kamen auf dem Bahnsteig vorbei und riefen, daß er nicht weiterfahre und daß diejenigen, die er hergebracht hatte, umsteigen müßten. Man hatte in aller Eile die Bahnhofsbeleuchtung abgedunkelt, und hier und dort schimmerten karge Lichter, die die Dunkelheit noch undurchdringlicher zu machen schienen. Das riesige Dach aus rauchgeschwärztem Eisen und Glas, dessen Gewölbe sich in der Nacht verlor, warf das Echo aneinanderstoßender Puffer und quietschender Bremsen zurück in einer paradoxen Stille, in der, wie von den Wänden der parallel stehenden Züge eingedämmt, eine undeutliche Menschenmenge trieb, aus der sich jetzt, im Gegensatz zu jener, die sich morgens in den Bahnhöfen drängte, kein Schrei, keine schallende Stimme, kaum ein wirres Rumoren erhob: lediglich das Geräusch, das leise, harmlose, wenngleich vage bedrohliche Scharren, das Hunderte von

Füßen, Hunderte von Menschen machen können, wenn sie gleichsam ziellos umherirren, von einem Bahnsteig zum andern verwiesen, sich kreuzen, kehrtmachen, die Schritte beschleunigen, manchmal sogar rennen, sich in der Dunkelheit anrempeln, ihren Weg wieder fortsetzen, in einer Art trübsinnigem, stummem, fügsamem Gedränge: keine Frauen mehr, keine Tränen mehr, keine Umarmungen mehr, keine auf den Armen hochgehobenen Kinder mehr: als hätte innerhalb eines einzigen Tages so etwas wie eine Mutation stattgefunden, das heißt, als wären, obwohl umgeben von der schlafenden Stadt (oder vielleicht der aufgewachten Stadt, außerstande, hinter den Fassaden und den geschlossenen Fenstern Schlaf zu finden), diejenigen, die sich jetzt hier befanden, bereits verworfen, ausgeschlossen, zurückgelassen worden in der Nacht, die jenes vielfüßige, unsichtbare Getrappel erfüllte gleich einem flüchtigen Hintergrundgeräusch, über dem weiterhin, von überall und nirgends in der Dunkelheit, sporadisch vom hämmernden Getöse der Puffer interpunktiert, die Geräusche rangierender Lokomotiven, klirrender Kupplungen und zischenden Dampfs ertönten.
Nun lag er ausgestreckt in der Dunkelheit (vielleicht war das Beleuchtungssystem noch nicht angeschlossen – oder vielleicht war es defekt – oder vielleicht war es absichtlich ausgeschaltet worden, obgleich die Erste-Klasse-Wagen im Prinzip den Offizieren vorbehalten waren, aber der andere Reservist (ein Junge, der eine Mütze trug und aussah wie ein Autoschlosser, ein Metzgergehilfe oder ein Lebensmittellieferant) hatte gesagt, die Offiziere könnten einem heute gestohlen bleiben und was ihnen überhaupt Schlimmeres passieren könne als was sie allesamt erwartete, also? ...), regungslos, die Augen offen, atmete langsam den scharfen Geruch nach kaltem Schweiß und Dreck ein, der den Polstern entströmte, gleich dem giftigen, anonymen und brandigen Geruch jeder Entwurzelung und

jeden Unheils, und konnte unter sich das leblose, schwere Metallgefüge spüren (Räder, Achsen, Drehgestelle), auch dieses regungslos und wie verschweißt, aber bedrohlich, als wäre ihm zum ersten Mal seit dem Morgen noch einen Augenblick lang eine Art Rast vergönnt, eine ungewisse Frist (der Beamte, der auf die dunkle Reihe der entlang des Bahnsteigs stehenden Waggons gedeutet hatte, hatte keine Uhrzeit genannt, nur die Achseln gezuckt und den Rükken gekehrt, einfach gereizt), während der er in einer teleskopischen Perspektive (so wie er, den Kopf leicht erhöht, den Nacken auf seine verschränkten Hände gelegt, seinen ganzen flach auf der Bank liegenden Körper sehen konnte, von den im Schatten schwach glänzenden Schuhen bis hin zu den Falten seiner Joppe, die sich im Rhythmus seiner Atmung hob und senkte) die sechsundzwanzig Jahre überblicken konnte, die aller Wahrscheinlichkeit nach jetzt ein Ende finden würden: sechsundzwanzig Jahre, in deren Verlauf er, noch ein Kind, auf der Suche nach einem unauffindbaren Skelett durch eine apokalyptische Landschaft geschleppt worden war, darauf mit dem gleichen folgsamen Erstaunen, ohne recht zu verstehen, zuerst gesehen hatte, wie die stets schwarz gekleidete Frau, die seine Mutter war, nach und nach zusammenschmolz, eintrocknete, ihr bourbonisches Gesicht gegen das eines Stelzvogels, dann einer Mumie vertauschte, dann (dank den Skalpells, die wieder und wieder im Körper herumschnippelten) nicht einmal mehr das einer Mumie: etwas, was selber einem Skalpell glich, einer Messerklinge, eine Art lebendiges Schreckgespenst, dessen ausgemergelter Vogelkopf aus Schals ragte, die etwas Flaches verhüllten, das anfangs auf Decken, dann auf Diwans, dann in einem Bett lag, immer flacher wurde, kaum das Laken wölbte, dann ganz verschwand, nichts anderes zurückließ als einen Kasten aus polierter Eiche unter einem Berg von Blumen, deren starker Duft sich mit dem Geruch der Kerzen vermischte, und sonst nichts, ebenso wie, dachte er, als er jetzt wie in einem Kasten in einem Eisenbahnabteil auf einer nach erkalteter Kohle riechenden Bank lag, von ihm nichts anderes mehr übrig war als der unbedeutende Rückstand nicht einmal irgendeiner heftigen chemischen Reaktion, irgendeines schwefligen Brodelns antagonistischer und widerstreitender Materien, sondern der Rückstand von sechsundzwanzig Jahren Faulheit und lässiger Untätigkeit – bestenfalls zögernder Hoffnung, enttäuschten Wartens auf etwas, was nie eingetreten war (oder was vielleicht, dachte er auch, jetzt einzutreten im Begriff war) und was keine der aufgezwungenen oder ausprobierten Verkleidungen hervorzurufen (oder zu täuschen) vermocht hatte, angefangen mit der militärisch geschnittenen steifen Uniform, in die man, nachdem der Eichenkasten verschwunden war, das elfjährige Kind gesteckt hatte, mit einem Kragen gleich einem Halseisen, vergoldeten Knöpfen und einer Mütze mit einem Schirm aus Lackleder, bis hin zu der letzten, zu der als Requisiten die Pinsel und der Malkasten eines kubistischen Malers gehörten, nachdem er es zwischenzeitlich mit einer Anarchistenjacke versucht hatte, dann, stets mit der gleichen ungläubigen Trägheit, dem gleichen ungläubigen Staunen, in Tweed und Flanell gekleidet, rings um einen zu alten, kranken Kontinent, der von knallenden Stiefeln und Ehrensalven widerhallte, dem Koffer gefolgt war, auf den Hotelportiers, einer nach dem anderen, bunte Etiketten klebten, während er nichts anderes zu tun hatte, als seine Unterschrift auf kleine Papierrechtecke zu setzen, auf denen, zusammen mit dem Datum, die auszuzahlende Summe stand, und zu einer Bank oder irgendeinem Reisebüro zu gehen, in der Tasche den in Geld umgesetzten Schweiß der Menschen und Pferde, die für ihn viele Hektar Weinberge durchschritten, von denen er nicht einmal wußte, wo genau sie lagen, allenfalls annährend (der alte Verwalter mit dem Negerkopf war tot, war durch einen anderen, jüngeren ersetzt worden, der jedoch, wenn er seine Mütze abnahm, den gleichen weißen oder vielmehr fahlen, von seinem gebräunten Gesicht abstechenden kahlen Schädel entblößte), die (die Hektar Weinberge) er nach unwandelbarem Familienbrauch vier- oder fünfmal im Jahr von ferne, sozusagen zerstreut oder vielmehr gelangweilt besichtigte (und irgendwann hörte man einen Koffer gegen die Wände des Gangs stoßen, sich nähern, dann schob jemand heftig die Tür des Abteils auf, tastete nach dem Lichtschalter, gab es auf, während eine schroffe, harte Stimme sagte Wer sind Sie was machen Sie hier die Erste Klasse ist für Offiziere reserviert verschwinden Sie!, und der andere Junge sagte, ohne aufzustehen, Ach nein, wirklich?, und die schroffe Stimme wiederholte Wer sind Sie zeigen Sie Ihre Papiere wohin fahren Sie?, und der andere Junge antwortete, immer noch ohne aufzustehen, Wir fahren alle zum selben Ort: an die Front, und die harte Stimme sagte Verschwinden Sie auf der Stelle oder ..., und der Junge sagte Oder was?, und die schroffe Stimme sagte Ich bin Offizier ich befehle Ihnen aufzustehen und auf der Stelle das Abteil zu verlassen das ist ein Befehl, und der Junge sagte Können uns wohl nicht schlafen lassen was?, und die schroffe, wütende, entrüstete Stimme sagte Schlaf... Schla... Unerhört, unerh... Das werden wir ja sehen, das werden ..., und die Schiebetür blieb offen, die wütende Stimme und die polternden Koffer entfernten sich auf dem Gang, die zornige Stimme kehrte einen Moment später wieder, diesmal jedoch von draußen und rief Wache! Wache! ..., und der Junge sagte Nur zu!, während sie beide aufstanden, die Fensterscheibe herunterschoben, sich hinauslehnten, zusahen, wie auf dem Bahnsteig die schmale Gestalt sich durch das dunkle und trübsinnige Wogen umherirrender Schatten einen Weg bahnte und sich entfernte, einen Filzhut auf dem Kopf, mit einem kurzen Regenmantel bekleidet, der in Gamaschen steckende Waden sehen ließ: in der Ferne sah man auf einer Gruppe von Helmen Lichtreflexe schimmern, Wache! rief erneut die immer schwächer werdende Stimme: sie sahen, wie er vor einer kleinen Abteilung von Männern in schwarzen Uniformen stehenblieb und mit ihnen sprach, dabei mit dem Arm auf ihren Waggon deutete, aber keiner rührte sich: Arschloch! sagte der bemützte Junge; er schob die Fensterscheibe hoch und legte sich wieder auf die Bank) – und auch er lag wieder reglos in dem in Finsternis getauchten stillen Zug (abgesehen von dem Eindringen des Offiziers, dessen Koffer sie irgendwann von neuem im Gang gleichsam beleidigt, wütend poltern und, ohne innezuhalten, draußen an ihnen vorbeikommen hörten, dann, etwas weiter entfernt das Geräusch einer heftig aufgeschobenen und wieder geschlossenen Tür, schien der Zug leer, unbesetzt zu sein, als wäre er auf einem Abstellgleis zurückgelassen, vergessen worden, abgeschnitten von der Außenwelt durch die Dicke der wieder hochgezogenen Fensterscheiben, durch die nur noch das vage, irreale Getrappel umherirrender Füße drang), außerstande (oder sich weigernd), Schlaf zu finden (im Dunkel konnte er jetzt den regelmäßigen, etwas unruhigen Atem seines eingeschlafenen Gefährten hören) – und irgendwann gab es einen Stoß oder vielmehr die kurze Rückwirkung eines Stoßes (als würde die Reihe der Waggons von einem Schluckauf geschüttelt, der sich von Wagen zu Wagen fortpflanzte), sehr weit entfernt, wahrscheinlich an der Spitze des Zuges, und danach, obgleich der Zug immer noch stand und in Dunkel getaucht war, schien es, als hätte man ihn sozusagen wieder mit der Außenwelt verbunden, und er dachte nun, daß sechsundzwanzig Jahre von etwas, was noch nicht wirklich zu existieren begonnen hatte, endgültig zu existieren aufhörten, so daß er sich vernünftigerweise nur noch fragen konnte, nach wie vielen Nullen hinter dem Komma rechts neben der ersten Null die Zahl der Dezimalziffern begann, mit denen zu multiplizieren (das heißt zu dividieren, auf seine wahren Dimensionen zu reduzieren) war, was sich für ihn in diesen sechsundzwanzig Jahren ereignet hatte, dachte (jetzt fuhr der Zug, das heißt, daß zuerst einige wenige fahle Lichter langsam, dann schneller, durch das Abteil strichen, fächerförmig, so daß er sehen konnte, daß sein Gefährte zum Schlafen seine Mütze aufbehalten und nur den Schirm über die Augen geschoben hatte, dann war alles wieder dunkel) ... dachte an all die Züge, die in eben diesem Augenblick durch die Nacht rollten mit ihrer Fracht aus Angst (jetzt war es, als fühlte er, wie er sich zusammenzog: Wie eine Auster unter der Zitrone, dachte er, als bemühte er sich verzweifelt, kleiner zu werden, sich in sich selbst zu verkriechen, seine verwundbare Oberfläche zu verringern, von einem freudlosen Lachen durchzuckt), dachte (immer noch wütend passiv, während sein waagrechter Körper von den leichten Stößen geschüttelt wurde), daß er, wenn er sein Ohr an das Tuch der Bank pressen würde (aber er rührte sich nicht: stur verharrte er in derselben Position, in der ihn die Unmöglichkeit – oder die Weigerung – zu schlafen erstarren ließ, die Hände noch immer hinter dem Nacken verschränkt, die Augen weit offen), zweifellos durch das Getöse der Räder unter ihm und ihre regelmäßigen Erschütterungen bei jeder Schienenfuge hindurch gleichsam ein mächtiges dumpfes Grollen hören könnte, das unmittelbar dem Boden entstiege, als ob die finstere Erde von einem Ende Europas zum andern bebte unter den zahllosen durch die Nacht rollenden Wagenkolonnen, die Stille mit einem einzigen, unhörbaren und beängstigenden Donner erfüllend, der auch die Bewohner der in der Landschaft verstreuten Gehöfte, Weiler und erloschenen Städte in ihren Betten wachhielt, Menschen, die ebenfalls mit weit offenen Augen unruhig und stumpfsinnig in die Nacht spähten: als wären die Tränen, die nassen Gesichter, die sich von den Bahnhöfen abwandten, zurückgeströmt, zuerst in trübseligen Scharen, dann sich trennend, sich teilend, sich verzweigend wie ein Fluß, der zu seinen Quellen zurückkehrte, dann versickernd, bis schließlich ein jeder Schutz gefunden hätte in den Zimmern mit ihren verwaisten kalten Betten (wobei die Tränen jetzt versiegt, die Augen trocken wären, nur gerötet), und wieder fluchte er leise, dachte: Es ist dieses Papier; wenn sie es wenigstens nicht in dieses verdammte Seidenpapier oder Reispapier oder wie das heißt eingewickelt hätte! ..., spürte, wie die Hälfte des Sandwiches, in das er gebissen hatte, das er endlos gekaut hatte, bevor es ihm gelungen war, es herunterzuwürgen, ihm wie ein Stein im Magen lag, worauf er hastig die zweite Hälfte (und die beiden anderen, die er nicht angerührt hatte) wieder in jenes halb durchsichtige Papier packte, in das die Frau sie sorgfältig eingewickelt hatte: die Frau – fast noch ein junges Mädchen –, die an seiner Seite schlief, sich an seiner Seite aufhielt, ein Buch lesend – oder sich gehorsam auszog, nackt ausharrte, geduldig und regungslos, mit ihren weißen und rosigen Brüsten, ihrem perlmuttschimmernden Bauch, ihrer durchsichtigen Haut – während er versuchte, gemäß den Lektionen des Professors der kubistischen Akademie, Farben auf etwas zu verteilen, was er Gemälde nannte (oder sich einzureden versuchte, daß man es Gemälde nennen konnte), und die Segelschiffe, die Boote und die Felsen des Fischerhafens, in dem sie den Sommer verbrachten (oder die Brüste, den Bauch, das atmende zarte Fleisch), in alberne Dreiecke, alberne Vierecke oder alberne Pyramiden (oder Kegel, oder Kreise, oder Zylinder) zu verwandeln – und die (die Frau) später dann Schreibmaschinenkurse nahm, um die Seiten dessen abzutippen, was seiner Vorstellung nach ein Roman sein sollte, und die jetzt zweifellos ebenfalls den Zügen in der Ebene lauschte – und wieder fluchte er leise, dachte: Seidenpapier, was bildet sie sich bloß ..., während die teigige, klebrige Kugel aus zerkautem Brot und Schinken, die jetzt die Konsistenz von fließendem Zement hatte, hinunterzurutschen sich weigerte: Sogar wenn ich mir die Finger in den Hals stecken würde, dachte er, immer noch fluchend, als wäre der Zorn (oder vielmehr die Vortäuschung von Zorn und Vulgarität) jetzt die einzige Zuflucht, faßte dennoch den Entschluß, sich zu bewegen, nahm seine Hände auseinander, senkte sie bis zu seinem Bauch, schnallte seinen Gürtel auf, bemerkte, daß der Zug von neuem hielt, stand jedoch nicht einmal auf, um den Namen des Bahnhofs zu lesen, dachte, daß er jetzt dringend an etwas anderes denken sollte ...

In Polen waren sie alle aus Holz gebaut, tauchten ganz plötzlich auf, scheinbar ohne Grund (der Zug drosselte einfach die Geschwindigkeit, wurde immer langsamer, blieb dann stehen, ohne daß es irgend etwas anderes gab: weder Vorstädte noch die Spur irgendeines Wohnhauses) in der Ebene ohne Ende (oder ohne Grund auch sie – das heißt, daß kein Grund dafür zu erkennen war, warum eine völlig nackte Ebene einen Bahnhof umgab oder warum ein Bahnhof mitten in einer völlig nackten Ebene stand), einsam neben einer Gruppe von Birken, deren Blätter sich unablässig bewegten, wie von selber, ebenfalls ohne Grund, da der Rauch der Lokomotive kerzengerade aufstieg, und nur ein paar blonde Kinder, barfüßig, die Mädchen mit Zöpfen, sowie niedrige Karren, bespannt mit drei Pferden nebeneinander, die in verschiedene Richtungen lostrabten, riesige Staubwolken in der platten Ebene aufwirbelnd, in der man, soweit das Auge reichte, kein einziges Haus sah, und sonst nichts: die bezopften Kinder, die unruhigen Birken, der Bahnhof aus Holz, die von den Troikas aufgewirbelten Staubwolken, die in der reglosen Luft nur langsam herabsanken, während die Troikas immer kleiner wurden, bis sie nur noch einen Punkt am

Horizont bildeten, dann nicht einmal mehr einen Punkt, noch bevor der Zug endgültig stehenblieb. Oder vielmehr nein: als er sich in der kühlen Luft (es wurde Abend) aus dem Fenster lehnte, sah er zuerst, wie der Heizer und der Maschinist aus der Lokomotive stiegen, die in der Verlängerung dessen stehengeblieben war, was dieselbe endlose Ebene (oder dieselbe Steppe) zu sein schien, außer daß sich quer über dem Gleis ein Triumphbogen erhob (oder vielmehr das Gerippe eines Triumphbogens), auf dessen Giebel sich eine Inschrift mit hohen, aus Blech (oder Sperrholz) geschnittenen kyrillischen Lettern befand, überragt von einem Hammer und einer Sichel, die verkreuzt waren, diese wiederum überragt von einem fünfzackigen Stern, das Ganze (kyrillische Lettern, Arbeitsgeräte und Stern) rot angestrichen (und er konnte sich an dies erinnern: die graue Steppe am Ende des Tages, das triumphale Gerippe, die Inschrift, das Siegel und der blutrote Stern), während die Dampfspindeln regelmäßig der Lokomotive entwichen, auf die, ausgehend von dem mitten aus der nackten Steppe ragenden triumphalen Gerippe, zwei Gestalten zumarschierten, genau denen gleich, die ihr soeben entstiegen waren, eingerahmt von einem Trupp bewaffneter Männer, worauf die beiden Gestalten die Leiter des Tenders hinaufkletterten, ein Pfiff ertönte, der fast leere Zug sich langsam wieder in Bewegung setzte, unter dem emphatischen Wahrzeichen hindurchkroch, mit den Augen verfolgt von den vier Männern des Begleitschutzes, die lange graue Paletots trugen, dann fast sofort wieder langsamer wurde, diesmal endgültig anhielt, an einem Ort, der eher einer kleinen Rangierstation als einem richtigen Bahnhof ähnelte (denn auch hier waren weder eine Stadt noch ein Dorf zu sehen: lediglich ein paar niedrige Gebäude – oder vielmehr Baracken –, anscheinend Lagerhallen, Lampenräume oder Kasernen), und wo man sie diesmal aufforderte, auszusteigen, ihn und seinen Reisegefährten (ein kubistischer Maler auch er, der nicht nur ebenfalls Englisch, sondern auch Spanisch sprach – und zwar ohne daß er sich die Mühe hatte machen müssen, sie zu erlernen, da er sie sozusagen seit seiner Geburt in Mexico City sprach, so daß er außer dem Kubismus noch Zeit gehabt hatte (wenigstens behauptete er es), die in deutscher Sprache abgefaßten Prinzipien der Philosophie der Materie zu studieren, was es ihm, in Verbindung mit denen der geometrischen Malerei und einer profunden Kenntnis der diversen Whiskymarken, ermöglichte, unwiderlegbare Reden zu halten): entlang dem Bahnsteig, an dem der Zug stand, verlief ein Barackenbau, in dem sich, hinter einem Tisch sitzend, der austauschbare Beamte befand, der an allen Grenzen der Welt Dienst tut, ausgestattet mit dem gleichen austauschbaren, sowohl gelangweilten wie affektierten und vor lauter Ausdruckslosigkeit ausdrucksvollen Gesicht, und der, während seine Untergebenen den Inhalt der Koffer inventarisierten, ausführlich die Papiere und Fotografien prüfte, die die beiden Studenten ihm vorlegten, letztere (das heißt die letzte Serie von Fotos: man benötigte ein gutes Dutzend, die er (der Beamte) eines nach dem andern an diverse Formulare heftete) aufgenommen von einem Kunstfotografen mit langem Haar und langem Überrock, der mit Hilfe eines Apparats mit Balg und eines schwarzen Tuchs über dem Kopf in einem Atelier arbeitete, das Porträts anderer Personen mit dem gleichen Haarwuchs und den gleichen Gewändern schmückten, jenen ähnlich, die in dem Viertel umhergingen, in dem sich der Laden befand, einem von einer Vielzahl von Repliken des gleichen Typs bevölkerten Viertel (Greise, erwachsene Männer oder Knaben): schwarz gekleidet, wenn es ein Erwachsener war, bärtig, das Gesicht von kleinen Zöpfen umrahmt, die unter einem schwarzen Hut hervorquollen, mit zwölf, dreizehn oder vierzehn Jahren schon (sogar wenn sie rannten, Ball spielten oder in den Anlagen einander nachliefen: einheitlich in jene Art Kleid oder vielmehr Etui gehüllt, das gegen ihre Absätze schlug) wie Seminaristen aussehend, wie Ordensbrüder mit nachdenklichen, traurigen, sanften Gesichtern, gleichsam Trauer tragend, gleichsam dazu verurteilt, in alle Ewigkeit nicht nur um sich selbst zu trauern, sondern auch um irgendein fernes Eden, irgendein gelobtes, dann geraubtes Land, seither dem Gebet geweiht, dem rituellen Fleisch, dem Pelzhandel und dem Wehklagen – ein Viertel (oder Refugium, oder Konservatorium, oder Reservat, oder Phanlansterium), das wie eine Stadt innerhalb einer anderen wirkte, der letzten Hautpstadt, in der sie (die beiden Studenten) sich aufgehalten hatten, bevor sie in den Zug stiegen, der sie zu dem Triumphbogen bringen sollte und den ihnen angeekelt (es war ein religiöser Feiertag – das heißt in der Religion des Portiers) der betreßte Riese genannt hatte, der am Eingang des Hotels stand, wo eine Tafel daran erinnerte, daß hier Kaiser Napoleon I. (zwischen zwei Schlachten, zwei jener unverbrüchlichen Verträge unverbrüchlicher Freundschaft, in denen er Europa aufteilte, wie man eine Karte aus Papier zerreißt) die blonden Gräfinnen, zart errötend und nackt, oder die dreisten Intrigantinnen beherbergt, in seinem Bett empfangen hatte, die seine Kammerdiener ihm zuführten, wobei der Ekel des Portiers (er verkniff es sich gerade noch, auf den Boden zu spucken und das Trinkgeld zurückzugeben, um das seine Faust sich geschlossen hatte) noch wuchs, als er erfuhr, welchem Zweck die Fotografien dienen sollten, weil ein ehrbarer, bis zum Ellbogen betreßter und bis zum Kinn dekorierter polnischer Hotelportier zwar ohne Verlust seines Seelenheils jemandem eine Karte mit der Adresse eines Bordells zustecken konnte (was er kurz zuvor getan hatte), notfalls auch die eines jüdischen Fotografen nennen konnte, der am jungfräulichen Tag der Himmelfahrt arbeitete (was offenkundig auch den polnischen Huren nicht widerstrebte – und der Mexikaner hatte gesagt, daß sie hätten hingehen sollen, nur um zu sehen, ob sie es mit einem kleinen Kreuz um den Hals machen ...), es aber nicht zu ertragen vermochte, daß zwei reiche kubistische Maler, von denen der eine überdies wie ein wilder Indianer aussah, den Zug nehmen, um sich auf die andere Seite des Stacheldrahts zu begeben, der das von einem roten Stern überragte Gerippe eines Triumphbogens einzäunte – und davor die Städte mit den Namen aus Eisen, Kohle, Stahl, Preßlufthämmern, dem mit Fabrikschloten wie mit Waldbäumen gespickten Horizont, den sorgfältig gekehrten eisengrauen Bahnsteigen (das heißt Bahnsteigen aus Zement, wie überall, jedoch zweifellos einem besonderen Zement, der Eisen glich), auf denen Reisende warteten, geordnet aus dem Zug stiegen oder ihn bestiegen, Männer und Frauen, die nicht gerade gezwungen oder steif oder streng oder traurig wirkten, sondern (Überzieher, Regenmäntel, Hüte, Gesichter, Koffer oder Aktentasche) wie aus Holz (oder vielleicht auch aus Stahl) geschnitten, und unter ihnen manchmal, auch sie aus Holz (oder vielleicht aus Stahl), in braune oder schwarze Uniformen gezwängte Männer mit Gesichtern wie aus Stahl – oder wie von Schweinen –, in ausgebauchten Reithosen, glänzenden Stiefeln, eine rote Binde am Ärmel, auf der sich, in der Mitte einer weißen Scheibe, etwas befand, was einer fetten schwarzen Spinne glich –, und jene gleichsam aufgedunsene Hauptstadt mit ihren Museen voller Stein um Stein hierher transportierten griechischen Tempeln, ihren Lindenalleen, ihren schwerfälligen Kuppeln, ihren Barockpalästen, ihren mit griechischer Philosophie vollgesogenen Philosophen, ihren Säulen und von eisernen Tieren überragten Triumphbögen, ihrer Oper, ihrem philharmonischen Orchester, den nächtlichen Terrassen ihrer von kleinen rosa Lampenschirmen beleuchteten Restaurants, wo Frauen, die eisernen Blumen glichen, vorsichtig jene, wie heißen sie doch, etwas weichen, gallertartigen, aus rosa-, creme- und malvenfarbenen Schichten bestehenden wackelnden Kuchen aßen, »Bavaroises«, hatte der Mexikaner gesagt – »Genau, das ist das Wort, das ich suchte! ... Wie gut, wenn man sich in Philosophie auskennt wie du! Danke! Berlinerinnen, die sich an Bayerinnen delektieren. Ha, ha! ... Nein, pardon, das ist nicht sehr witzig. Verzeih mir. Es ist sogar erbärmlich. Ich versuche bloß, komisch zu sein. Weil ich vor diesen Typen mit ihren Spinnen verdammt Schiß habe ...« (und er dachte, als er in jenem Waggon mit dem scharfen Geruch nach erkaltetem Schweiß lag, der durch die Nacht rollte – die Nacht, durch die im selben Augenblick in einem bedrohlichen, unhörbaren Grollen alle Züge des alten Europas rollten, angefüllt mit jugendlichem Fleisch: »Mein Gott, wie jung wir waren, wie jung wir waren! ...«, als ob ihn jetzt nicht nur zwei Jahre, sondern so etwas wie eine unsichtbare Mauer, ein unwiderruflicher Einschnitt von jenem Frühjahr trennte – es war fast Sommer –, in dem sie auf jener von kleinen rosa Lampenschirmen beleuchteten, von bezaubernden Frauen aus rosa Stahl bevölkerten Terrasse saßen, in jener sowohl strengen wie frivolen Stadt, die wie das Produkt einer Reihe von komplizierten Beischläfen zwischen dem Rokoko-Stil, der dorischen Ordnung, der Gehrock-Philosophie und der Wagner-Oper wirkte: »Eine alte Dame«, hatte er gesagt, »eine etwas füllige, affektierte alte Dame ...« (»Ja, eine alte Vettel!«, hatte der Mexikaner gesagt, »wulstig wie eine Wurst!«) – »Schön: eine alte Vettel, wulstig wie ein Wurst, behängt mit Schmuck, Kuppeln, Giebeln, umringt von einem Schwarm zauberhafter Vorleserinnen, oder Soubretten, oder Erbinnen, wie man sie in Romanen antrifft: die alte Witwe eines eisernen Generals, hingerissen von den Reizen ... (»Du könntest ein anderes Wort finden«, sagte der Mexikaner) ... ihres ersten Kammerdieners oder des zweiten Kutschers ...« – »Eher des Wildhüters«, hatte der Mexikaner gesagt, »also so etwas wie eine Chatterly, verführt von ihrem Vorreiter oder besser Stallknecht, entsetzt und verzückt zugleich ...« (dachte erneut: »Wie jung wir doch waren, wie jung wir waren! ...«) »Und jetzt«, hatte er ein wenig später gesagt (zu dem Zeitpunkt hatte der Beamte mit seinem vor lauter Neutralität ausdrucksvollen Gesicht ihnen ihre Pässe zurückgegeben, die Untergebenen hatten ihre Koffer wieder geschlossen, und sie saßen erneut in dem fahrenden Waggon), »... jetzt haben wir soeben das Privileg gehabt, die Philosophie der Materie (oder, wenn Du lieber willst, die philosophische Materie) zu sehen, materialisiert in Form eines mitten in der Steppe errichteten Gerippes eines Triumphbogens ... Zieh nicht so ein Gesicht: ich versuche mal wieder komisch zu sein. Auch vor diesem Fotosammler habe ich Schiß ...« (erinnerte sich an das gleichmütige Gesicht des Indianers mit den halbgeschlossenen Kaffeebohnenaugen, der sich abwandte, so tat, als blickte er durch die Fensterscheibe, wo es nichts zu sehen gab (die Nacht war hereingebrochen) als sein eigenes Spiegelbild mit jener sowohl wilden wie verschlafenen Miene, seiner Adlernase mit den breiten Nasenlöchern, seinem glatten schwarzen Haar, das den Frauen gefiel), und war dann fortgefahren: »Nochmal Pardon, Verzeihung ... Einverstanden: der da war Jude. Aber trotzdem auch Deutscher, oder? ...«, sagte weiter: »Schön. Ausgezeichnet. Das liegt wohl daran, daß ich nicht Philosophie studiert habe. Jedenfalls mußt du zugeben, daß sie alle dieselbe frenetische Leidenschaft für Stiefel und Uniformen haben, dieselbe kackfarbene Ästhetik. Ganz zu schweigen von ihrer gemeinsamen und ebenso frenetischen Leidenschaft für das Rot. Außer daß sie hier hübsche blaue und grüne Mützen tragen. Wahrscheinlich macht das den Unterschied aus. Aber du, der du dich in Philosophie auskennst, sag mir: sind die der Polypen nun die blauen oder die grünen? ...«, dachte jetzt immer noch: »Mein Gott, mein Gott! Wie jung wir doch waren! ...«, als wären Jahre vergangen, seit er seinen Reisegefährten in einem Zug geneckt hatte, der durch die Finsternis jener endlosen Ebene rollte, in der außer dem Gerippe eines Triumphbogens, das sie hinter sich gelassen hatten, nichts die Grenze zwischen Europa und Asien oder vielmehr dem markierte, was schon nicht mehr ganz Europa, aber auch noch nicht ganz Asien war.

In den russischen Zügen konnten sich nachts alle Reisenden ausstrecken, sogar in der dritten Klasse, wo sich die Holzbänke in Liegen umwandeln ließen. Es waren alte Waggons, die noch aus der Zeit der Zaren stammten, aber unendlich bequemer als ihre französischen Entsprechungen. Bei Zahlung eines Aufpreises hatte man Recht auf eine dünne Matratze und ein Kopfkissen. Die Abteile waren nicht geschlossen, und tagsüber kamen und gingen die Leute ununterbrochen, begaben sich ans Ende des Waggons, wo es einen Samowar gab, kamen mit großen Gläsern heißem Tee zurück, den sie lange schlürften, plaudernd, in kleinen Schlücken, und ließen sie dann wieder auffüllen. Er erinnerte sich an die langen knochigen Finger eines Greises, die ungeschickt auf dem Grund eines leeren Teeglases herumtasteten, um eine durchweichte und festgeklebte bräunliche Zitronenscheibe zu angeln und in seinen Mund zu schieben. Unablässig Tee trinkend betrachteten die Reisenden neugierig die beiden Fremden, von denen der eine aussah wie ein gezähmter Wilder mit seinem öligen schwarzen Haar und jenem Gesicht, das einer Terrakottamaske glich und aus einem makellosen Hemdkragen mit Querbinder ragte. Durch Handzeichen, an den Fingern zählend und ohne aufzuhören, die Tweedjacken und Flanellhosen zu betrachten, gaben sie ihnen zu verstehen, daß der Greis über hundert Jahre alt war. Noch mehr als für ihre Jacken und Hosen, deren Stoff einige von ihnen befühlten, schienen sie sich für ihre Schuhe zu interessieren. Wiederum durch Zeichen gab einer ihrer Nachbarn ihnen zu verstehen, daß es ratsam wäre, sie unter ihre Kissen zu schieben, wenn sie sich zum Schlafen hinlegen würden. Aber es war nicht nur die Sprache – obgleich der Mexikaner (oder besser der Indianer) eine Gabe, einen sechsten Sinn besaß, wie es schien (er behauptete, von europäischen Eltern abzustammen – aber jemand (ein anderer Kubismus-Student, ein anderer von denen, die die teure Schule (die »Akademie«) besuchten, wo ein findiger Professor ihnen beibrachte, die zarten und blassen Nacktheiten, die auf dem Modelltisch saßen oder lagerten, in Zusammensetzungen aus Stahlrohren, Kegeln oder Kugeln zu verwandeln) hatte eines Tages gesagt, dann müsse seine ehrenwerte europäische Mutter zur Kategorie der Museumsfanatikerinnen gehören und es müsse sich wohl um einen Fall von Mimikry handeln – archäologischer Mimikry, wie man es nennen könnte, hatte er gesagt) ... einen von seinen Vorfahren geerbten Sinn für Ideogramme, der es ihm trotz seiner schläfrigen Miene zu ermöglichen schien, sich, ohne Wörter zu benötigen, mit jedem beliebigen Fremden in jedem beliebigen Land eingehend zu unterhalten; sondern da war noch etwa anderes: gleichsam etwas Undurchsichtiges, etwas, was allem widerstand, passiv, geduldig, naiv, hätte man meinen können, etwas, was es (auch bei geschickter Handhabung jenes ideographischen Idioms) nicht erlaubte, hinauszugehen über die elementaren und pittoresken Informationen bezüglich des Alters eines Hundertjährigen oder die Vorsichtsmaßnahmen, die man ergreifen muß, um zu verhindern, daß einem die Schuhe gestohlen werden, als ob sie, in ihren nicht gerade ärmlichen, aber (wie soll man es ausdrücken?) einheitlich verblichenen, einheitlich abgetragenen Kleidern (auch wenn diese offenkundig neu waren), die immer zu eng oder zu weit, zu kurz oder zu lang wirkten (was aus den Kaufhäusern kam – den staatlichen Kaufhäusern –, wo sie sie gekauft hatten, schien bereits abgetragen und zerknittert zu sein (und sich nie wieder glätten zu lassen), noch bevor es getragen worden war), ... als ob die mitteilsamen und zuvorkommenden Reisenden, die man im Zug traf (oder die weniger mitteilsamen Passanten, denen man auf der Straße begegnete – freilich starrten auch diese beharrlich auf ihre Schuhe), nicht nur dazu verurteilt wären, innerhalb eines Stacheldrahtgeflechts zu leben, das zu überschreiten ihnen verboten war und dem sich der Heizer und der Maschinist der Eisenbahnzüge aus den Nachbarländern nicht mehr als auf zwanzig Meter nähern durften, sondern als wäre das ein ganz normaler Zustand, den schon ihre Großväter und die Großväter ihrer Großväter gekannt hatten: etwas Undurchsichtiges also, eine Abschirmung, wie bei der Verkäuferin des Kaufhauses – des staatlichen Kaufhauses –, wo sie jene bestickten Käppchen hatten kaufen wollen, die einige Passanten trugen (Passanten mit runzligen gelben Köpfen, wüstenfarben, mit Schlitzaugen und den undurchdringlichen Gesichtern von Bergbewohnern oder Hirten, auch sie, abgesehen von den blumenbunten Käppchen, mit den gleichen abgetragenen und zerknitterten, unförmigen Gewändern bekleidet, aus irgendeiner fernen Provinz gekommen, irgendeiner fernen philosophischen Republik, die so runzlig, gelb und undurchdringlich war wie sie: manchmal sah man auch welche, die lange Kleider und einen dünnen Mandarinenspitzbart trugen und die wie Ölgötzen, wie auf jenen Seidenmalereien, unerschütterlich, wartend, in den Sesseln der Halle des Hotels oder vielmehr der Karawanserei saßen: eine lange Galerie mit Portieren aus Orientteppichen, angefüllt vom unablässigen Klappern der Rechenbretter), als die Verkäuferin sich darauf beschränkte, eines nach dem andern immer das gleiche Käppchen auf die Theke zu legen und dabei das vorherige flugs verschwinden zu lassen, das Ganze auf mechanische Weise mit abweisender Miene, weder Gereiztheit noch Ungeduld, noch Interesse zeigend, weder für das, was sie tat, noch für die Käufer, so wenig wie ein Münzapparat oder ein Verkaufsautomat es tun würde, einzig darauf bedacht, das Käppchen, das sie gerade vorlegte, nicht loszulassen und die Hände der beiden Kunden im Auge zu behalten, bis zwei Männer (junge Männer, etwa in ihrem Alter), aus dem Nichts aufgetaucht, hätte man meinen können, mit einem Schlag materialisiert, ihr in ihrer farbigen Sprache etwas zuflüsterten, worauf sie sich bereitfand, die Auswahl zwischen mehreren Käppchen zu gestatten, die jetzt in einer Reihe auf der Theke lagen, freilich in unmittelbarer Reichweite ihrer Hand und ohne daß sie aufhörte, mit erhöhter Wachsamkeit die Hände derjenigen im Auge zu behalten, die sich auf der anderen Seite befanden, während die beiden Neuankömmlinge sich auf Französisch vorstellten, lächelnd, herzlich: Studenten, hatten sie gesagt, froh, ein wenig Französisch sprechen zu können, auch wenn sie mit Studenten soviel Ähnlichkeit hatten wie ein Fuchs mit einem Huhn, in Kleidern, die zwar nicht ansehnlich, aber doch nicht ganz so abgenutzt waren wie die der Leute, die man auf der Straße oder in den Zügen sah, zunehmend zuvorkommend, höflich, amüsant und bestrebt, ihren neuen Freunden die Dinge zu erleichtern, so wie sie es soeben beim Kauf der bestickten Käppchen getan hatten, ihnen bei anderen Einkäufen behilflich zu sein, da man sich ja denken konnte, daß zwei Studenten, auch wenn sie bequeme Tweeds, sogar Querbinder trugen, nicht allzu viele Souvenirs kaufen konnten in Anbetracht des ungebührlichen (das durfte man durchaus zugeben unter Freunden, das heißt, seit der Mexikaner ihnen seinen Wunsch gestanden hatte, den anderen Freunden, die er in seinem Land hatte, eine einheimische rote Fahne mitzubringen, mit goldgestickten Arbeitsgeräten, Stern und kyrillischen Lettern) offiziellen Wechselkurses, während es ihnen, wenn sie beispielsweise eine einzige ihrer Armbanduhren verkauften (sie – die aus dem Nichts materialisierten neuen Freunde – wußten, wo das zu bewerkstelligen war), möglich wäre, ihre Kaufkraft durch vier zu invertieren (auf diese Weise mit sechzehn zu multiplizieren) – was wenig später auch geschah, indem einer der liebenswürdigen Unbekannten einige Augenblicke mit der Uhr des Mexikaners verschwand und fast sofort mit einem Bündel schmieriger rosa, organefarbener oder grüner Banknoten von fasriger Konsistenz zurückkam, so dick (das Bündel), daß sie (die beiden Kubisten) nicht wußten, wo sie es verstauen sollten, selbst wenn sie es in zwei Hälften teilten, und der Mexikaner sagte: »Ich habe es dir ja gesagt, das sind weder Diebe noch Polypen. Wenn es Polypen wären, dann hätten sie uns verhaften lassen«, und er: »Und wenn es Diebe wären, dann hätten sie sich aus dem Staub gemacht. Na schön! Diese günstige Wechselstube gibt es offensichtlich an jeder Straßenecke. Weil er bloß um diesen Häuserblock gegangen und gleich wieder zurückgekommen ist. Und was diese zuvorkommende Verkäuferin angeht, so brauchten sie ihr bloß zwei Worte zuzuflüstern, und schon hat sie uns in Windeseile ihr gesamtes Sortiment an Käppchen rausgeholt. Wirklich nützliche, wirklich sympathische Typen! ...«, und der Mexikaner antwortete nicht, schaute beflissen anderswohin, mit seinem Gesicht eines schlafenden Gottes, seinen dicken Lippen, seiner Maske mit den halbgeschlossenen Augen, die mehr denn je einer jener Terrakotten glich, wie man sie in den Museen sieht: dann hatte die Uhr der monumentalen Tür in der Backsteinmauer zu schlagen begonnen, und drei Wachsoldaten waren erschienen, sehr jung, blond, grau gekleidet, mit blaßgelben Gürteln, die das Gewehr senkrecht in der linken Hand balancierten, im Gleichschritt marschierten wie mechanisches Spielzeug, ihr gestrecktes gestiefeltes

Bein sehr hoch nach vorn warfen, und er: »Zieh doch nicht so ein Gesicht. Jeder weiß, daß es in diesem Land keine Polypen gibt. Nur diese hübschen mechanischen kleinen Soldaten, die man mit einem Schlüssel am Rücken aufzieht. Dein bärtiger jüdischer Philosoph hatte entschieden auch eine solide Grundlage deutscher Kultur! ... Na, komm schon, unsere charmante Führerin winkt ...« (es war eine alte Frau oder vielmehr eine alte Dame – und vielleicht war sie in Wirklichkeit gar nicht so alt – mit müdem, grauem Gesicht, verwelkter Würde, die mit matter, ebenfalls mechanischer Stimme sprach): als Fremde, die reich genug waren, um lediglich Papierrechtecke unterschreiben zu müssen, ließ sie sie die lange Schlange der Männer und Frauen durchbrechen, die sich, ohne vom Fleck zu kommen, am Fuß des roten Marmorkubus wand, dessen Tür die beiden neuen Wachsoldaten mit den wie Spiegel blankgeputzten Gewehren einrahmten, regungslos, als wären sie in Wachs gegossen, mit dem Unterschied, daß dieses (das Wachs) unmerklich atmete, während das, vor dem sie Wache standen, nichts anderes zu sein schien als eine vertrocknete Mumie mit einem kleinen gelben Kopf, abgeflacht wie ein Mongolenschädel, dessen kurzer Spitzbart sicherlich jeden Morgen von den Einbalsamierern gekämmt wurde, einem Gymnasialdirektor ähnlich und gleichzeitig einem orientalischen Satrapen, barbarisch, pedantisch und erbarmungslos, unter einem Scheinwerfer ruhte wie in einem Reliquienschrein, in einer Grabesstille, die durch das andächtige Scharren der über den Marmorboden schleifenden Füße noch stiller wurde, während im Halbdunkel, ektoplasmatisch, fasziniert und ängstlich die breiten Gesichter mit den vorstehenden Backenknochen vorüberzogen, Mützen auf dem Kopf oder in einen Schal gehüllt, die runzligen Masken von der Farbe gekochter Äpfel, aus dem tiefsten Asien gekommen, die blonden Kinderköpfe, langsam aufeinanderfolgten, wie an einem unsichtbaren Faden hängend, lauwarme und muffige Gerüche nach saurem Kohl, ranzigem Öl und ungewaschenen Körpern mit sich schleppend, und er erinnerte sich, daß er am Ausgang, als er wieder im Freien, im Licht war, gesagt hatte: »Das liegt bestimmt daran, daß ich nicht Philosophie studiert habe. Und jetzt, bitte, hör endlich auf, so ein Gesicht zu ziehen! Heute abend gehen wir uns amüsieren! Jetzt, wo wir die Taschen voll Polente – ich meine: Moneten haben, werden wir die Fürsten spielen! ...«: und ihre neuen Freunde hatten sie im Hotel abgeholt, in Begleitung zweier Mädchen in frisch gebügelten – oder zumindest geglätteten – Röcken und Blusen, wobei die Mädchen selbst freilich weniger frisch waren, aber nicht, was ihre Schminke hätte vermuten lassen, einfach auch sie gleichsam zerknittert, obgleich jung, nicht verwelkt: verblüht, bereits mit fast unsichtbaren kleinen Falten, aber dennoch Falten um die Mundwinkel: eher wie Sekretärinnen oder Stenotypistinnen der Sorte, die sich mittags mit einem Sandwich auf einer Parkbank begnügen muß, »Vorausgesetzt«, hatte er gedacht, »daß es ein bißchen Speck oder Schweineschmalz zwischen den beiden Scheiben Brot gibt. Von Schinken nicht zu reden. Vorausgesetzt daß es überhaupt Brotscheiben gibt. Wie das berühmte Messer ohne Griff, das keine Klinge hat ...«, und laut sagte er (und verachtete sich fast sofort dafür, es gesagt zu haben): »Weil sie vielleicht genauso mit ihnen sprechen könnten wie mit der Verkäuferin und sie dann ihr Sortiment vor uns ausbreiten würden? ...«, und der Mexikaner sagte: »Halt doch endlich die Klappe! Scheiße!«, und er hatte gesagt: »Verzeih mir. Ehrlich, verzeih mir diesmal wirklich ...«; aber es gab keine Fürsten, kein Spiel, nicht einmal, so schien es, Freude (nur Tischgäste, deren Kleidung nicht zerknittert war, Gäste mit etwas breiten, etwas schweren, etwas gezwungenen Gesichtern, begleitet von Frauen von unbeholfener Eleganz – oder nicht begleitet:

zu mehreren schweigend oder wortkarg rings um einen Champagnerkübel, wie jene Männer, die eine Versammlung, eine geschäftliche Besprechung hinter sich haben) in jenem Restaurant, wo man Schaschliks mit parfümierten rohen Zwiebeln aß wie wie in allen russischen Restaurants oder kaukasischen Kellern der Welt, und auch hier gab es Orientteppichportieren, Kandelaber und brennende Kerzen auf den Tischen, ein Balalaika-Orchester und einen Tänzer in Kosakenkostüm mit Astrachanmütze, weichen Stiefeln und schwarzem Umhang, dessen Falten wie die eines Röckchens um ihn flatterten, wenn er herumwirbelte und sagenhaft hohe Sprünge machte, zwei Fackeln (oder waren es flambierte Bratspieße?) in Händen, während die Balalaikas immer lauter und immer schneller spielten, die russischen (oder kosakischen, oder Zigeuner-) Stimmen der Sänger immer lauter sangen (mehrere Baßstimmen und eine Frauenstimme), ernst, tief, herzzerreißend, die Stimmen einiger Tischgäste (Gäste, deren Kleidung nicht zerknittert war, eher stattlich, sogar diejenigen, die keine Krawatte trugen, deren Hemdkragen nur mit einem Knopf geschlossen waren) sie begleiteten, einige von ihnen in immer schnellerem Rhythmus in die Hände klatschten, der Mexikaner ebenfalls in die Hände klatschte, eine weitere Flasche Wodka bestellte, die Gläser füllte (und zur selben Stunde, am selben Abend – aber das erfuhren sie erst bei ihrer Rückkehr nach Europa – erschoß man (oder erledigte man mit einem Revolverschuß in der Tiefe eines Kellers) den Oberbefehlshaber der Armee, und wie jeden Tag, wie jede Nacht krachten in Hunderten von Häusern, Wohnungen oder einfachen Gehöften Fußtritte gegen die Türen – und vielleicht auch gegen die einiger der gezwungen lächelnden Tischgäste oder die des Kosakentänzers oder eines Kellners, oder von irgendwem), und etwas später saßen die vier Männer und die beiden Mädchen zusammengepfercht in einem Taxi, das durch die Schlaglöcher der ausgefahrenen Chausseen holperte, dann nicht einmal mehr Chausseen: zu lange, zu breite morastige Flächen (gleich Baustellen), die sich im kargen Licht einer Laterne zwischen Wohnblocks erstreckten, von denen einige ganz neu waren, aus nacktem Zement, andere zweifellos im Vorjahr ganz neu gewesen waren, jetzt aber schon baufällig, gleichsam verwittert, abgebröckelt, stiegen dann aus dem Taxi, überquerten, in den Schlaglöchern stolpernd, einen schlammigen Platz, gingen unter einem Torbogen hindurch, stolperten erneut durch einen dunklen Hof, gingen dann unter einem zweiten Torbogen hindurch und saßen dann alle sechs in einem Zimmer: aber zweifellos war er zu diesem Zeitpunkt schon betrunken, und er konnte sich an nichts anderes erinnern als an gelbliche Wände, wie in einer Kaserne (oder vielleicht war es das gelbe Licht der Küche, die sie durchquert hatten und deren Tür offenstand und Geräusche wie von auf einem Herd hin- und hergeschobenen Töpfen durchließ), an ein mit kastanienbraunem Stoff bezogenes Sofa, Stühle – jedenfalls Sitzmöbel –, jedoch in nicht ausreichender Zahl, denn jetzt schienen sie nicht mehr sechs zu sein, sondern zehn oder zwölf, oder fünfzehn, und nie dieselben: unbekannte Gesichter, die sich in der Tür drängten, mit kindlicher Neugier die Querbinder und die Schuhe anschauten, einander ablösten in der Tür zur Küche, die offensichtlich mehreren Wohnungen gemeinsam war, so wie offensichtlich nicht nur die Mieter desselben Flurs, sondern des ganzen Wohnhauses, Frauen, Männer und Kinder, aufeinanderzufolgen und sich abzuwechseln schienen, das Zimmer betraten, es verließen, es erneut betraten, ohne daß es dessen Bewohner zu stören schien, als wäre auch dies ein normaler Zustand, als wäre es normal, daß zu dieser nächtlichen Stunde niemand schlief und daß in der Küche jemand Dinge kochte (Dinge, die nach Kohl und nach ranzigem Fett rochen), während der Mexikaner noch immer die Wodkaflasche in der Hand hielt, die er beim Verlassen des Restaurants gekauft hatte, und über philosophische Probleme sprach mit den beiden (»Also nehmen wir an: Devisenagenten«, hatte er gesagt, »da es so aussieht, als kümmerten sich die Beamten der Polizei um diese Fragen. Gut, sagen wir: Agenten der Vorsehung, aber mein Gott hör endlich auf so ein Gesicht zu ziehen!«) und er im Augenblick auf dem zu niedrigen Sofa saß und, von einem entsetzlichen Schlafbedürfnis überwältigt, schlecht und recht zwei kleine Kissen zwischen seinen Rücken und die Wand zu klemmen versuchte, bestürzt das Gesicht eines der beiden Mädchen ansah, das auf ihn einredete, die Stimme eines der beiden Russen hörte, der die philosophische Diskussion kurz unterbrach, um ihm zu sagen: »Sie fragt dich« (denn sie duzten sich jetzt) »... sie fragt dich, ob du dich mit ihr verheiraten willst«, und er: »Mich verheiraten? Mich ... Aber ...«, wobei er sich, zu betrunken, zu müde, immer noch abmühte, die beiden Kissen hinter seinen Rücken zu klemmen, und später war er allein mit dem Mädchen, das ihn gebeten hatte, sie zu heiraten, und den beiden Russen, während die Mieter des Hauses immer noch ein- und ausgingen und ihm neugierige Blicke zuwarfen, das Mädchen jetzt am anderen Ende des Sofas saß und eine Zigarette aus dem Päckchen rauchte, das er ihr gegeben hatte, und ihn offensichtlich vergessen hatte, denn sie schien sich nun für die Diskussion zu interessieren, die auf russisch zwischen den beiden Devisenagenten, wie er sie genannt hatte, weiterging, nachdem der Mexikaner mit dem anderen Mädchen ins Nebenzimmer verschwunden war, dessen Tür sie abgeschlossen hatte, was vermuten ließ, daß sich einige Zimmer des Hauses – oder der Wohnung – immerhin abschließen ließen, jedenfalls dieses Zimmer, wo sie nicht gestört werden wollte, solange sie in das Futter der Jacke, die der Mexikaner trug, die berühmte goldbestickte rote

Fahne einnähte (er hatte darauf verzichtet, eine mit (ebenfalls goldenen) Fransen zu kaufen, da deren Dicke im Futter die Aufmerksamkeit der Zöllner (oder der Polizisten) an den Grenzen der feindlichen Länder hätten erregen können, die der Mexikaner noch durchqueren mußte, bevor er in seine Heimat zurückkehrte), das Mädchen, das Zigaretten rauchte (lange Zigaretten, zur Hälfte Papp-röhrchen, die man zweimal zusammendrückte, so daß sie als Filter fungierten), unterdessen den beiden Devisenagenten, wie er sie genannt hatte, zuhörte und der größere von beiden, der sich als Litauer ausgab, immer öfter zu der abgeschlossenen Tür blickte, die Leute immer noch ein- und ausgingen, als wären sie in diesem Zimmer zu Hause (und vielleicht waren sie es ja), das Gesicht des Litauers sich aushöhlte, nach und nach zerfiel, auch die Unterhaltung sich aushöhlte, von Lücken und Pausen durchsetzt, das Gesicht des Litauers immer angespannter wurde, jetzt entstellt war, tragisch, und er selbst lag jetzt auch nicht mehr auf dem unbequemen Sofa, sondern auf der Bank eines Waggons in einem jener Eisenbahnzüge, die alle zur gleichen Zeit über Brücken donnerten, durch Tunnels rollten, Flüsse überquerten, schauerlich pfiffen, durch die Ebenen eines Kontinents keuchten, der von Narben verschrammt war, schlecht und recht immer wieder zusammengenäht, so wie man schlecht und recht den Bauch oder die Brust der von den Hörnern des Stiers aufgeschlitzten Pferde zusammennäht, um sie ihm erneut zu präsentieren, und er dachte: »Ganz klar, sie waren von der Polizei! Ganz klar! ... Und die Mädchen wahrscheinlich auch. Aber es war nicht nur das ... Nein. Noch etwas anderes. Etwas viel Komplizierteres, viel ...«, dachte wieder: »Aber wie jung wir doch waren! Gott, wie jung wir waren! ...«

Und jetzt war das alles weit weg, aus, und er würde sterben: dabei war es kaum mehr als zwei Jahre her – zwei Jahre in dem Versuch zu glauben, daß das, was man zwischen den Zeilen der Zeitungsartikel lesen konnte, nicht eintreten werde, und dem Wissen, daß es eintreten mußte – kaum mehr als zwei Jahre, daß er dort gewesen war, inmitten einer Nacht, die sich selber inmitten einer Vorstadt voller Schlaglöcher befand und diese wiederum fast am Ende Europas, fast an den Grenzen eines anderen Kontinents, wo er unbequem in einem abbröckelnden Betonklotz auf einem unbequemen Sofa saß, neben einer Frau – einem verblühten jungen Mädchen –, die er verletzt hatte, ohne es zu wollen, halb betrunken, zum Umfallen müde, zwei Leute diskutieren (oder scheinbar diskutieren) hörte (aber zwei was?: Spitzel, Polizeispione? – doch um was zu bespitzeln? wen auszuspionieren?: zwei Müßiggänger, zwei Kubismus-Studenten, die mit ihren Querbindern, ihren Tweedjacken und ihren Kalbslederschuhen hierhergekommen waren, wie man in einen zoologischen Garten geht, um seltsame Tiere anzuschauen, und zwar ohne mehr Schamgefühl zu zeigen als die Besucher eines Zoos, sie, die nur ihre Armbanduhren viermal teurer zu verkaufen brauchten, als sie gekostet hatten, um Schaschliks mit Zwiebeln und Wodkaflaschen sechzehnmal billiger zu kaufen und sich dabei einen als Kosaken verkleideten, herumwirbelnden Tänzer anzusehen) – und nicht einmal drei Jahre seit jenem Tag, an dem er diesmal ohne Querbinder und Tweed, sondern mit einer alten Joppe bekleidet (oder vielmehr verkleidet) – der Joppe, die er zum Angeln anzuziehen pflegte: derselben übrigens, die er jetzt trug, während er, ausgestreckt wie ein Leichnam, aber mit weit geöffneten Augen, horizontal durch die Nacht glitt, auf der gepolsterten Bank eines den Offizieren vorbehaltenen Abteils, in dem er sich nicht befinden durfte –, damals auf einer Holzbank in einem Abteil dritter Klasse fuhr, in dem er sich jedoch in Wahrheit (oder moralisch, oder geziemenderweise) ebensowenig befinden durfte, wobei er, um hineinzugelangen, etwas vorgelegt hatte, was man wieder einmal als Urkundenfälschung hätte bezeichnen können, das heißt die betrügerische Konjunktion seines Namens (desselben, der auf den kleinen Papierrechtecken stand, die er immer nur mit seiner Unterschrift hatte versehen müssen, damit ein zuvorkommender Kassierer ihm ein Bündel Banknoten abzählte), sowie die Karte einer politischen Partei, deren erklärtes Ziel es war, die Banken samt ihren Kunden abzuschaffen, die Karte (vollgeklebt mit Beitragsmarken, die seinen festen Glauben an Ideen (insbesondere diejenige, die Banken abzuschaffen) bekundeten, von denen er selbst nicht mit Sicherheit wußte, ob er sie billigte), die er sich besorgt hatte (er hatte die Marken auf einen Schlag bezahlt, alle auf einmal – allerdings nicht mit einem Scheck – und erst am Tag zuvor), sozusagen durch Mogelei, geschickte Überredung, Prahlen, lautes Ausposaunen seiner Zustimmung zu jenen Plänen zur Schließung der Banken, die damals bei einem Kubismus-Studenten hochangesehen (wenn nicht obligatorisch) waren, sich also auch selbst bemogelte (das heißt nur halb mogelte, das heißt in dem Maße, in dem dieses philosophische Programm zur Abschaffung der Banken ihn nur halb verlockte), und nun dastand, während diejenigen, die sie (die Fälschung) auf dem Bahnsteig (oder war es in einem Büro?) des Grenzbahnhofs in Augenschein nahmen, auch ihn in Augenschein nahmen: sie waren zu zweit, paradoxerweise zwei Fremde in dem Land, in das er einzureisen (oder vielmehr sich einzuschleichen) versuchte: ein Amerikaner in Hemdsärmeln und mit einer Pistole so groß wie eine Kanone im Gürtel seiner Hose, der genauso aussah wie ein Bankräuber (was er aller Wahrscheinlichkeit nach auch war – oder gewesen war – oder in Übereinstimmung mit seinen Überzeugungen sein wollte), und ein Italiener, völlig nackt unter einem Overall, mit einem Gewehr, das größer war als er, der Amerikaner unwirsch, mißtrauisch, unfreundlich, sogar verachtungsvoll, für den die Karte und die Marken, die sie bedeckten, keine sonderlich gute Empfehlung zu sein schienen (wenn nicht gar eine hundsmäßige – nicht, daß er eine Fälschung witterte, sondern gerade weil sie alle Zeichen der Echtheit aufzuweisen schien), der Italiener dagegen herzlich, brüderlich: ein Mörder oder vielmehr ein Pistolero, der mitten in Paris, am Tisch eines Restaurants, einen der politischen Führer seines Landes niedergestreckt hatte (er erzählte die Geschichte zwischen der Grenze und Barcelona in dem Zug, in den der Amerikaner, von ihm überredet, den Neuling schließlich hatte einsteigen lassen und in den er mit ihm eingestiegen war – ein Zug, in dem sie anscheinend die beiden einzigen Reisenden waren, so daß er, obgleich er ausschließlich aus Dritte-Klasse-Wagen mit kastanienbraunen Holzbänken bestand und fast pünktlich abfuhr (oder vielleicht auf Anordnung des Italieners, der nach Hause fuhr – falls er überhaupt ein Zuhause hatte –, nachdem sein Arbeitstag zu Ende war), sozusagen als Sonderzug zu fungieren schien, wie jene, die man für Staatsoberhäupter mietet: die Nacht war hereingebrochen, und während er redete, konnte man auf der dunklen Fensterscheibe des Abteils seinen Kopf sich spiegeln sehen: ein Gesicht nicht größer als eine Faust, überragt (oder wie von einem Heiligenschein umgeben) von einer voluminösen Kugel krausen, abstehenden schwarzen Haars, wie man es bei Geigenvirtuosen und Zulukriegern sieht), der Italiener also weitschweifig, brüderlich und mit dem Gehirn eines etwa zwölfjährigen Kindes ausgestattet – dann, von neuem (der Reisende mit seinem echten falschen Ausweis hatte nur wenige Tage gebraucht, um zu sehen, was er sehen wollte, um zu erfahren, was er erfahren wollte: es war rührend, naiv, grimmig und betrüblich zugleich), von neuem durch List, zum Preis einer abermaligen, sozusagen moralischen Bestechung (diesmal galt sie der Person eines Österreichers mit verquollenem, furchtbarem Gesicht (er war in seinem Land grausam geschlagen worden), der ebenfalls völlig nackt war unter einem Overall, als einziges eine Baskenmütze besaß, ein Paar schiefgetretene Schuhe, ein Gewehr sowie Beziehungen bei der Polizei), von neuem also befand er sich in einem ganz ähnlichen Zug, der ihn dorthin zurückbrachte, von wo er gekommen war, ebenfalls an den kleinsten Stationen hielt, in Bahnhöfen, deren Wände mit triumphalistischen Inschriften und Sigeln beschmiert und schlecht beleuchtet waren und wo man auf den Bahnsteigen, abgesehen von ein paar mit langen Gewehren bewaffneten Gestalten in braunen Mechanikeranzügen, hier und da nur Gruppen von Leuten sah, die wie Bauern gekleidet waren, um unbestimmbare Gepäckstücke geschart, auf irgend etwas Unerfindliches warteten, da praktisch niemand (außer mit dem notwendigen Papier versehen) den Zug besteigen durfte: auf einem der Bahnhöfe, am Ende des Bahnsteigs, etwa gegenüber der Stelle, wo der Waggon zum Stehen gekommen war, hing eine vom Regen durchweichte Fahne; es hätte eine jener roten Fahnen sein können, die die Bahnbeamten zusammengerollt unter dem Arm tragen und die sie im Augenblick der Abfahrt schwenken, aber sie steckte unter niemandes Arm, wurde von niemandem geschwenkt, hing einfach da, an der Ecke des Daches eines Lampenraums, an einem schrägen Schaft, der sich unter ihrem Gewicht bog, nicht rot, sondern (soweit man die Farben in dem Zustand, in dem sie sich jetzt befand, mit Wasser vollgesogen und schwer herabhängend, überhaupt erkennen konnte) zur Hälfte rot und zur Hälfte schwarz, gemäß der Diagonale des Rechtecks (das Schwarz der Trauer, der Verzweiflung, des Todes); im Licht der nahen Laterne war es lediglich ein dunkler Fetzen, um den herum in dünnen Striemen der stäubende Regen glitzerte, der ununterbrochen fiel: sie war zu sehr mit Wasser getränkt, als daß der Wind, der den Regen manchmal gegen die Fensterscheibe des Waggons drückte, mehr bewirken konnte, als sie schwach hin- und herschwingen zu lassen, und an ihrem Ende bildeten sich dicke Tropfen, die man nach und nach anschwellen, sich birnenförmig in die Länge ziehen, diamanten im Licht der Laterne, und sich einen nach dem andern regelmäßig ablösen sah; bevor die Lokomotive sich in Bewegung setzte, ließ ihre Pfeife eine Art klagendes, schauerliches, zweimal wiederholtes Heulen vernehmen, das an den Ton der Lokomotiven in Westernfilmen erinnerte.

Drei Jahre. Und jetzt war er wohl trotz allem endlich eingeschlafen, denn er schreckte auf, als die Tür des Abteils plötzlich krachend geöffnet wurde und das Licht ihn überflutete, wild, blendend, während sie einer nach dem andern in den engen Raum drangen (aber das geschah so abrupt, daß sie alle auf einmal hereinzukommen, schon dagewesen zu sein schienen, als das Licht angegangen war, riesig, so schien es (vielleicht wegen der Beengtheit des Ortes), in ihren schwarzen Uniformen, ihrem Lederzeug), wie von der Nacht und vom Krieg geboren, gleichzeitig mit der kühlen Luft von draußen einen Geruch von Unheil mitbrachten (den Geruch von Stiefelwichse, Waffenfett und wohlgenährten Leibern), laut sprachen, sich mit rüden Stimmen anfuhren, während sie harte Gegenstände in die Gepäcknetze warfen, die mit metallischem Geräusch aneinanderstießen, ihre Koppel aufschnallten, sie zu den Helmen und Karabinern warfen (der Zug stand jetzt, und der ganze Waggon hallte wider vom Getrappel genagelter Schuhe, von in die Netze geworfenen und gegen die Wände schlagenden Dingen), und dann saßen sie auch schon, die Waffenröcke aufgeknöpft (der Zug fuhr jetzt wieder), und holten aus ihren Beuteln gipsartigen Käse, der, auf den Brotscheiben verteilt, zerkrümelte, bevor sie zu kauen begannen – wobei das Ganze (hereinplatzen, die Ausrüstung ablegen, sich niederlassen, die Käseschachteln öffnen und kauen) mit einer Art ruhiger, angeborener, gewissermaßen mechanischer Gewaltsamkeit vor sich ging, das heißt, daß ihre natürliche Gewaltsamkeit als ehemalige Bauernknechte, Landarbeiter oder Tagelöhner (alle hatten die gleichen roten und runden Gesichter, die gleichen vorstehenden Muskeln in den kauenden Kiefern, die gleichen Hände mit den eckigen Fingernägeln, die gleiche Art, die Käsestücke mit dem Daumen auf der Messerklinge festzuhalten, wenn sie sie zum Mund führten) gleichsam gezähmt war, so wie das in eine Patronenhülse gestopfte Pulver gezähmt ist, solange der Schlagbolzen nicht gegen die Sprengkapsel schlägt, und sie ebenso friedfertig, ebenso harmlos waren wie eine nicht geladene Pistole oder Flinte – deren Kolben freilich durch eine Metallplatte verstärkt ist, dazu bestimmt, eine Rippe zu brechen oder einen Fuß (oder ein Gesicht) zu zerquetschen –, während die beiden jäh aufgewachten Reservisten, jetzt in eine Ecke der Bänke gedrängt, auf denen sie kurz zuvor gelegen hatten, im Licht gequält blinzelten – doch keiner der Neuankömmlinge schien sie zu beachten, machte Miene, sie zu vertreiben, schien sie überhaupt zu sehen (es gab einfach zwei Plätze weniger in dem Abteil, in das man sie geschickt hatte), ebensowenig wie sie sonderlich interessiert oder betroffen zu sein schienen von den Ereignissen (den verängstigten Menschenmengen, den weinenden Frauen, den verkrampften Gesichtern, den dicken schwarzen Schlagzeilen auf den Seiten der Zeitungen, in die ihr Imbiß eingewickelt war), außer daß sie (die Ereignisse) sie zwangen, mitten in der Nacht in Züge zu steigen, um wieder auszusteigen (wahrscheinlich abermals mitten in der Nacht), wenn man es ihnen befahl, und sie nutzten jeden günstigen Augenblick, um ihren Käse, ihr Brot oder ihre Wurst hervorzuholen, erzählten sich mit vollem Mund Witze, nicht Soldaten-, sondern Schülerwitze, spielten einander Schülerstreiche, redeten sich mit Toto oder Charlot an, als gäbe es unter ihnen nicht so sehr eine geheime als vielmehr eine besondere, elementare Sprache, die aus einer begrenzten Anzahl von Wörtern und Witzen bestand, als gehörten sie einer anderen Welt an, einer Welt am Rande der stöhnenden und furchtsamen Menschheit, und sie ähnelten (mit ihren aufgeknöpften Uniformjacken, die zwischen den dunklen Bahnen paradoxe Modehemden in lieblichen Farben sehen ließen, lilagestreift, oder gepunktet, mit den Taschentüchern, ebenfalls in lieblichen Farben, die um ihre Stiernacken geknotet waren) Geschöpfen auf halbem Wege zwischen dem Menschen (oder vielmehr dem Lastenträger, dem Pferdehändler) und jenen Panzertieren, die, innen violett, aus einem rudimentären Verdauungssystem und einem rudimentären Neuronennetz bestehen: auf einen Befehl vom Gang her und mit derselben Gewaltsamkeit, derselben wilden Gefügigkeit hörten sie auf zu essen, ließen ihren Käse verschwinden, knöpften ihre Waffenröcke wieder zu, legten ihre Koppel an, und von neuem gerüstet, behelmt, den Sturmriemen wie eine Art Maulkorb um das Kinn, den Karabiner an der Hüfte, sich in einem erneuten Klirren von Metall hintereinander drängend, verließen sie im Gänsemarsch das Abteil, während der Zug bremste und an einer weiteren Station hielt.

Kurz darauf hörte man, wie sie sich auf der Schlacke des leeren Bahnsteigs, mit den Füßen stampfend, in einem Geräusch von Gewehrkolben in Reihen aufstellten. Das schwache Licht einer Laterne schimmerte auf ihren schwarzen Helmen wie auf einer Reihe von Schildkröten. Es war wieder ein kleiner Bahnhof, und von der Stelle aus, wo der Waggon stand, konnte man nichts anderes sehen als schimmernde Gleise und Güterwagen. Nach einer Weile fuhr der Zug wieder an, wurde langsam schneller, und auf einem Emailleschild an einem Pfosten konnte der Reservist (sein Gefährte mit der Lederjacke hatte sich bereits wieder auf die Bank gelegt) lesen: CULMONT-CHALINDREY, ein Name, der plötzlich aus der Nacht auftauchte, rasch an seinen Augen vorbeiglitt und wieder versank, als wäre er, so wie die Mobilgarde, von der Finsternis geboren, eigens hergestellt worden, vage bedrohlich mit seinen schweren Klängen nach Amboß und zischendem Dampf, um hier zu hängen, fern von allem (vom Licht, von den Meeren, den bewohnten Gegenden), in der Tiefe jener Zeit ohne Dimensionen, durch die der Zug weiterhin fuhr. Er (der Reservist) mochte seine Augen noch so sehr anstrengen: er sah weder Häuser noch Fluß, weder Hügel noch Himmel. Als wären die Wiesen, die Wälder, die Hügel, der Himmel ununterscheidbar zu einer undurchdringlichen Schwärze verschweißt, in der einzig, von einigen gelblichen Glühbirnen beleuchtet, ein sternförmiges Gebäude abdriftete, dessen Zacken in Schuppen endeten, in denen, wie im Innern einer Höhle, Lokomotiven zu erahnen waren. Zwei oder drei davon ragten zur Hälfte ins Freie. Unter den Rädern einer weiteren, die bewegungslos auf der Drehscheibe in der Mitte des Sterns stand, sprühten graue Dampfstrahlen empor. Dann, so wie ein Sternbild oder die Lichter eines Hafens verblassen, verschwand alles, und es herrschte wieder Dunkelheit. Als dränge der Zug, nachdem er angehalten hatte, um sich an die Vorschriften des Fahrplans zu halten, nun in eine Welt ein, in der die Nacht niemals enden würde, eine Welt, nur hier und dort beleuchtet vom ungewöhnlichen Schein einer Schmiede oder eines Lokomotivdepots, bewacht von den Mobilgarden, die mit ihren modischen Hemden, dem in ihren Patronentaschen verstauten Käse, ihren gelackten Helmen, ihrem glänzenden

Lederzeug, ihren schweren Schuhen und ihren Gewehrläufen aus brüniertem Stahl gleichsam mythischen, fabelartigen Wesen ähnelten, schwarz gekleidet und geschirrt wie Pferde.

Beim nächsten Halt wurden sie durch etwas ersetzt, was in der Dunkelheit (sie machten das Licht nicht an, ließen die Türen offenstehen, redeten laut mit denjenigen, die im Gang stehenblieben, da sie keinen Platz gefunden hatten) einem jener Schwärme piepsender kleiner Vögel glich, die sich jählings auf einem Dach oder in der Ecke eines Gartens niederlassen, außer daß sie sich nicht zankten, sich damit begnügten zu kreischen, wie Kinder es im Dunkeln tun, um sich Mut zu machen, wobei sich in ihre frischen Stimmen mit dem Vorstadtakzent eine gekünstelte Lustigkeit und Grobheit mischte, großmäulig, prahlerisch, die Staatsoberhäupter und Bahnbeamten verwünschten, die sie in diese Nacht geschickt hatten, in der sie wie Blinde von einem Anschluß zum nächsten irrten, wieder Züge in die entgegengesetzte Richtung nahmen, erschöpft, noch halb betrunken, in der Dunkelheit dreiviertelleere Weinflaschen kreisen ließen, protestierend, fluchend, dann alle zusammen beim nächsten Halt hinausstürmten und verschwanden, von der Nacht geboren und von ihr verschluckt wie vor ihnen die Mobilgarden. Man hörte ihre schrillen Stimmen am Ende eines der schlecht beleuchteten Bahnsteige verklingen. In der wiedergekehrten Stille vernahm man zwischen den Dampfstrahlen, die die stehende Lokomotive ausstieß, das frische Geräusch des Überlaufs einer Schleuse und, unsichtbar, ganz in der Nähe, wie einen Schauer, das majestätische Rauschen eines Baumvorhangs, vergleichbar irgendeinem mächtigen, verstörten Rumoren, diskret, nicht zu besänftigen und bedrohlich. Er zog den Fensterrahmen hoch und legte sich wieder hin.

Als er aufwachte, war er allein im Abteil, und es begann zu

tagen. Das heißt, daß er auf der anderen Seite der Fensterscheibe einen hellgrauen Nebel sehen konnte, durch den undeutliche Formen glitten. Als er aus dem Zug stieg, begann er draußen sofort vor Kälte zu schlottern. Über seinem Hemd trug er nur eine leichte Sommerjacke, und er ging in den kleinen Bahnhof, um sich einen Pullover überzuziehen, stand dann da, entgeistert, sah sich in dem leeren, kalten Saal um, der beschädigt wirkte, obgleich nichts darin zerstört oder zerbrochen war, während die Zeitungsverkäuferin die schwarzen Vorhänge hochzog, die die Fenster verdunkelten, schon gewohnheitsgemäßig, so schien es, als wäre er in weniger als vierundzwanzig Stunden unvermittelt nicht nur aus der Sonne in die Kälte geraten, sondern aus einem normalen Universum (einschließlich der Menschenmenge und der weinenden Frauen) in eine trauernde, strenge, kategorische Welt, als die Tür, die nach draußen führte, plötzlich aufging und in einem Knirschen genagelter Schuhe zwei Landstürmer hereinließ, zwei schon ältere Männer in alten, himmelblauen Überröcken, einen Helm auf dem Kopf, eine Gasmaske in ihrem Stoffbeutel um den Hals gehängt. Bei ihrem Anblick setzte eine der beiden auf der Holzbank liegenden Formen sich auf und schüttelte ihren Gefährten. Wie die Neuankömmlinge trugen auch diese alte Militärmäntel, und sie setzten gähnend ihre Helme auf. Es waren ebenfalls ältere Männer, und über das Gesicht des einen zog sich eine tiefe Narbe von lebhaftem Rosa, die seine Nase in zwei Teile schnitt. Er rieb sich diese Nase und die Augen, sagte Wird auch Zeit Jetzt auf zum Kaffee, rückte seine Gasmaske zurecht, während sein Gefährte mit denen, die sie ablösen kamen, ein paar Worte wechselte, und sie verließen den Saal. Über den Lampen befanden sich kegelförmige Schirme aus schwarzer Pappe, die erst kürzlich angebracht worden waren. Zerknitterte schmutzige Papiere übersäten den Boden. Der Reservist näherte sich der Auslage, deren

Vorhang die Zeitungsverkäuferin hochgezogen hatte, und sah sich die Überschriften an, aber es waren dieselben wie am Vortag. Dann ging er hinaus auf den Bahnsteig, wo er eine Zeitlang stehenblieb, während zwei halbleere Schnellzüge ohne zu halten vorbeifuhren. Schließlich kam ein Omnibus, und er bestieg ihn. Auch der Omnibus war praktisch leer. Nach einer Weile löste sich der Nebel vollends auf. Am Horizont hoben sich von einem weißen Himmel graue Silhouetten von Hochöfen und Fabrikschloten ab, manchmal von einem mit barocken Ornamenten überladenen hohen Kirchturm.

VII

1982-1914

Auf der ganzen Strecke war er sehr langsam gefahren, hatte sogar einmal angehalten und seinen Wagen auf dem Seitenstreifen geparkt, den Motor ausgeschaltet, eine seiner kleinen Zigarren angezündet und war so sitzengeblieben, die Hände auf dem Lenkrad, und hatte zugesehen, wie hinter der Kette der schon vom ersten Schnee bedeckten, vereisten Bergspitzen nach und nach die letzten Strahlen der Sonne verschwanden, bis in einem Einschnitt nur noch wie in einem Tiegel ein winziges Brodeln schmelzenden Goldes übrigblieb, das schrumpfte oder sich vielmehr zusammenzog, an Glanz zunahm, hätte man meinen können, dann nichts mehr, während das noch einen Augenblick geblendete Auge weiter auf die sich verfinsternden, jetzt vor dem am absinthfarbenen Himmel grellblauen, zum Meer hin schon grauen Gipfel starrte und eine nach der andern (wie in einem Theater, in dem die Bühnenarbeiter die aufeinanderfolgenden Rampenlichter eingeschaltet und moduliert hätten, als entzündete sich nach und nach der ganze Himmel) die verstreuten, jetzt von den letzten Strahlen der Sonne getroffenen Wolken sich hellgelb, dann bronzen, dann kupfern färbten, sich dann, an einem sich verdüsternden immergrünfarbenen Himmel, in langen schrägen Streifen dehnten, ihre rosa Fransen wie Gaze über der Ebene schweben ließen, in der die Weinberge ihre letzten Blätter verloren, die Wintererde nackt zurückließen, gleichsam entblößt, entkräftet, der Nacht, der Stille und dem Schlaf ausgeliefert.

Ein Lichtfluß verharrte noch zwischen den dunklen Ufern des Kanals, als er ihn überquerte, glitzernd, silbrig, mit Jadetönen, vom reglosen Schein der elektrischen Kugellampen abstechend, die sich, am Kai entlang aufgereiht, entzündeten, die schuppigen Stämme der Plantanen mit

Gelb bespritzten, über dem schwindelerregenden, aggressiven Karussell der Scheinwerfer und Rücklichter stagnierten, über dem trägen, ohnmächtigen Konglomerat ineinander verkeilter Wagen, die, ohne vom Fleck zu kommen, hintereinander herfuhren, um dekorative Palmen herum, unter den Neonlichtern der Kinos und Kaufhäuser, wie ein steriles, blindes und zusammenhangloses Gewoge, während über den Dächern, kaum erkennbar am immer dunkler werdenden Himmel, die Starenschwärme ihre Schärpen dehnten, sich im Kreis drehten, sich versammelten, sich zu brandigen Sonnen verdichteten, dann gleichsam explodierten, sich erneut in Myriaden winziger, zuckender Partikel zerteilten.

Dann von neuem die Stille, der Friede. Als ob im Herzen der Altstadt (mit ihren jetzt von Autos verstopften, von Abgasen verpesteten Straßen, den ausgeschlachteten Erdgeschossen ihrer alten Gebäude, die hellerleuchteten Schaufenstern hatten weichen müssen, mit Talmipuppen bevölkert, so wie auch die Palmen gewissermaßen künstlich waren, ebenfalls importiert, passend zum Talmi einer falschen Riviera, zur Talmikonservenmusik, die aus den Türen drang, zu den Talmiverkäufern oder -verkäuferinnen, fix und fertig angezogen aus Konservendosen entsprungen, die bestückt waren mit amerikanischen Überschüssen, mit Trapperjacken oder Pelzen, zur gleichen Zeit aus Chicago und Hongkong importiert wie die verlockenden Plakate für Reisen nach Chicago und Hongkong) das Haus gleichsam ein Eiland bildete, eine Art Reservat, geschützt in Raum und Zeit (das Haus, in dem, als junges Mädchen, die Frau gewohnt hatte, die ihn später in ihrem Schoß tragen sollte, und in dem er selbst, als Kind, aufgewachsen war, unter den fünf Meter hohen Zimmerdecken zwischen zwei Witwen, von denen die eine stets hartnäckig schwarz gekleidet war, die andere eine sehr alte Dame, deren eingefallenes Gesicht einer immerwährenden Maske aus Trübsal glich, bestehend aus erstarrten Wachstränen, so schien es, zwischen zwei Frauen (Tochter und Mutter), die sich in ihrer Witwenschaft sozusagen zum Verwechseln ähnelten und mit wilder, besitzergreifender Leidenschaft über das Kind wachten, bis die Tochter (die verwitwete Tochter) ihrer Mutter unter die von Zypressen umgebene Tonne Stein gefolgt war, wonach er (zuerst in der strengen Uniform der strengen religiösen Anstalt, dann in Jacketts und langen Hosen, die auf aggressive Weise das Gegenteil einer Uniform sein wollten: die schlampige, sorgfältig durchdachte Nonchalance (Tweed und Flanell) eines falschen Oxfordstudenten oder Kubistenlehrlings) nur noch gelegentlich zurückgekehrt war, nur auf der Durchreise, fast als Fremder, die Hälfte des Hauses bewohnte, die er geerbt hatte (das heißt die Hälfte von etwa tausend Quadratmetern Gebäuden (Wagenschuppen, Pferdestall, Keller, Treppe, Veranda, Salons, Speisezimmer, Schlafräume, Flure, Küchen, Wäschekammern, Speisekammern, Dachstuben), die einen Hof, einen Garten und eine Terrasse umgaben) – und gegenwärtig war er seinerseits ein alter Mann, hatte seine Hälfte des Mausoleums verkauft, war vor der nicht aufzuhaltenden Flut der Jukeboxen und der Verkäufer amerikanischer Bekleidung geflohen, um auf dem Land ein anderes der Häuser, die er geerbt hatte, zu bewohnen, dieses ganz: das Haus mit dem mit roten und schwarzen Blumen gemusterten Fliesenboden und dem Kamin aus gemeißeltem Marmor, vor den sich der alte Patriarch zu setzen pflegte, um gemächlich die Feigenpyramiden zu verzehren), und jetzt waren von all denen, die einst hier gewohnt hatten, nur noch zwei alte Damen übrig, wiederum zwei Witwen, mit elfenbeinernen Gesichtern und weißen Haaren, die zu der Zeit, als er noch nicht laufen konnte und von einer Negerin getragen wurde, die man von der Insel mit den Boas hergebracht hatte, bereits in Kleidern mit

Plisséröcken und Matrosenkragen steckten, auf die ihre Locken fielen, ganz junge, gerade in die Pubertät gekommene Mädchen, mit noch nackten Knien, schwarzen Wadenstrümpfen, aber damals doch schon alt genug, um sich erinnern zu können (und nicht nur sie: es war, als ob auch das Haus selbst, die riesige Masse des Mauerwerks, das Zimmer (jenes, in das sich vor hundert Jahren, am Abend einer verlorenen Schlacht, ein ferner Vorfahre zurückgezogen hatte, um sich eine Kugel durch den Kopf zu jagen), in dem sie sich jetzt alle drei befanden, er in einem harten Gobelinsessel neben dem kleinen Tisch, auf den sie die Kristallkaraffe und den Teller mit Biskuits gestellt hatten, die vier Wände, Backsteine, Mörtel, Quadersteine, der Kamin aus weißem Marmor, auf den sich, so sagte man, der besiegte General gestützt hatte, um sich die Pistole an die Schläfe zu setzen, die achteckigen Fliesen, als ob sie alle, gleich jenen schweren Mahagonikästen, jenen Schreinen, in denen als Vertiefungen noch die Formen der Waffen oder der Schmuckstücke abzulesen sind, die ihnen entnommen wurden, die Erinnerung bewahrten) an das, was sich vor achtundsechzig Jahren hier abgespielt hatte: das Bild, die Szene, den Auftakt für das brutale Eindringen – in das Lachen, die Freudenausbrüche und die Düfte der Buketts – jener Gewalt, die von außen über sie hereingebrochen war, eingedrungen war in das Leben junger Mädchen, für die der Tod bisher, auf sanfte und gedämpfte Weise, nur alte oder kranke Personen geholt hatte: jene Sache, die sie in all ihrer Nacktheit, all ihrer Brutalität überfallen hatte, dafür gesorgt hatte, daß die jüngere wegrannte, am Meer entlanglief, von grenzenloser kindlicher Verzweiflung gepackt, das Gesicht in den Händen, die Schultern von Schluchzern geschüttelt.

Und sie erzählten dies, wobei sie ihn manchmal seine Fragen wiederholen ließen, das Ohr neigten, die aufmerksamen elfenbeinernen Gesichter vor lauter Nachdenken in

Falten legten, indes sie sich zu erinnern suchten, abwechselnd redeten mit ihren versonnenen, ein wenig abwesenden, gleichsam entfernten Stimmen, die nicht mehr Kummer prägte – es war jetzt zu lange her –, sondern Mitleid, Anteilnahme: kaum drei Wochen nachdem sie in eben diesem Zimmer auf Nimmerwiedersehen den Mann hatten abreisen sehen, der sozusagen durch Einbruch, durch eine Art Raub in die Familie gelangt war: als er mit seinem Bart, seiner nachtfarbenen Uniform und seinen Stiefeln aus fernen Ländern auftauchte, ein wenig märchenhaft, um eine träge Färse zu verführen, zu heiraten, sie mitzunehmen über die Ozeane, die warmen Meere auf eine von wilden Negern bevölkerte Insel, sie zurückzubringen mit dem Kind, das er ihr gemacht hatte, sie wieder in jener Zitadelle, jener Festung schläfriger Achtbarkeit abzusetzen und zu verlassen, um irgendwo vor einem Wald oder auf einem Rübenacker einem Stück Metall entgegenzugehen; dies also: der sengende Nachmittag des endenden Sommers, der Strand (er hatte ihn noch ungefähr so gekannt, wie er damals war, das heißt noch nicht ebenfalls gesäumt von ohrenbetäubenden Jukeboxen, vielschichtigen Betonbauten, Schnellimbissen, domestizierten Palmen, Boutiquen, die Badeanzüge aus Goldlamé oder Yachtzubehör feilboten, Neonlichtern, reißerischen Aushängeschildern, einem Forum, Parkplätzen und Bars: nichts weiter als eine lange Sandwüste, auf der die heranrollenden Wellen verebbten, und, geschützt von niedrigen Dünen, von ihren Terrassen und ihren halb versandeten Erdgeschossen, etwa zwanzig oder dreißig Villen mit unsinnigen Giebeln und unsinnigen Türmchen, zu beiden Seiten der Endstation einer Trambahnlinie aneinandergereiht, eines einfachen Bretterschuppens, wie man sie auf Güterbahnhöfen sieht, bräunlich, mit vom Salz zerfressenem Anstrich – die Gleise endeten an einem ebenfalls halb versandeten Prellbock –, nichts weiter als ein Brettersteg zu einer Badeanstalt oder vielmehr zu einem Komplex von Baracken aus Abbruchholz, die die drei Seiten eines Quadrats bildeten, aus dem sonntags, bei entsprechendem Wind, das Echo einer Kapelle schallte, zu dessen Klängen die Ladenschwengel und Angestellten der Kaufhäuser der Stadt tanzten, während es den Rest der Woche leer war) ... der Strand, der in jenem Sommer (oder vielmehr am Ende des Sommers) nicht einfach leer, sondern verlassen war, so wie die meisten Villen überstürzt verlassen worden waren, und nur sechs oder sieben Gruppen auf der riesigen Fläche, außer den fünf oder sechs an Land gezogenen Booten, in deren Schatten schwarz gekleidete Frauen Netze flickten, und sie (die beiden alten Damen, die jetzt sprachen), in jenen Badeanzügen, die damals Kleidern glichen, streng bis zum Hals zugeknöpft, mit bauschigen Oberteilen und unterhalb des Knies eng anliegenden Hosen, mit Festons gesäumte Hauben auf dem Kopf, hielten sich an der Hand, sprangen hoch bei jeder der Wellen, die auf sie zurollten, aufbrandeten, sich auf ihrem Rücken brachen, sie manchmal umwarfen, sie halb überfluteten, so daß sie, von dem mächtigen Brausen des Meeres betäubt, zuerst nichts anderes sahen (eine von ihnen wurde vielleicht von einem Wirbel erfaßt, richtete sich hustend auf, benommen) als oberhalb der Linie der Dünen, zwischen zwei Villendächern, den Sonnenschirm, dann den Hut, der selber einem Sonnenschirm oder einem Lampenschirm glich, dann den Kopf, den Oberkörper, dann die ganze Frau, die so schnell lief, wie ihre Straßenschuhe es ihr erlaubten, gerade aus der Straßenbahn gestiegen war, mit den Absätzen im Sand umknickte und in dem Maße größer und deutlicher wurde, wie sie den Strand der Breite nach überquerte, von etwas gepackt, was sie wie einen Hampelmann gestikulieren, ihren Sonnenschirm wie ein Signal heben und senken ließ, und die vielleicht schon schrie (aber ihre Stimme verlor sich im Getöse der heran-

rollenden Wellen, in den Gischtkaskaden, in der Weite) und, als sie am Rand des Wassers angekommen war, immer noch ihren Sonnenschirm in der Hand, auf einem Bein hüpfte, ihre Schuhe auszog, einen nach dem andern hinter sich warf und, in Strümpfen, ihrerseits ins Wasser stieg, den langen Rock schürzte, der Spritzer nicht achtend, immer weiterging, obgleich der Saum ihres Kleides schon naß war, immer noch schrie, während die Badenden näherkamen, bis sie verstehen konnten, was sie zweifellos schon schrie, seit sie die Dünen heruntergeklettert war, was sie die ganze Zeit geschrien hatte, als sie mit den Bewegungen einer Hinkenden, den Gesten einer Irren, eines Hampelmanns über den Strand gelaufen war, jetzt, da die vor lauter Schreien heisere Stimme das gleichgültige Tosen der Brandung, der Gischt, des Windes übertönte und vielleicht zum hundertsten Mal die Nachricht wiederholte, entsetzt, erregt und unheimlich zugleich, den Satz, den achtundsechzig Jahre später diejenigen, die damals im Wasser spielten, noch immer zu hören schienen: »Man sagt in der Stadt, daß der Hauptmann ...« (und im Getöse der aufschäumenden Wellen, der schrillen Schreie der Möwen brauchten sie den Namen nicht zu verstehen, wußten ihn schon, hatten die Fortsetzung bereits verstanden:) »... getötet worden ist!«
Derselbe Raum also, dasselbe Zimmer, in dem sie jetzt alle drei saßen (und eine von ihnen sagte Möchtest du noch ein wenig Grenache? Nimm doch noch einen Biskuit, und er: Einen Bisk ...? Nein, danke. Nein. Ich ... Und ihr ... Und die jüngere sagte: Am nächsten Tag hat Papa das Telegramm erhalten. Und er: Das Telegramm? Von wo?, und sie: Vom Rathaus. Oder ich weiß nicht mehr. Oder er ist hingegangen und dort hat man es ihm gesagt. Alle in der Stadt sprachen schon davon. Deine Mutter und unsere Großmutter hatten dich zur Kur in die Berge gebracht. Du konntest die Hitze schlecht vertragen, du littest an ...,

und er: Und dann?, und sie: Dann hat Papa das Auto genommen und ist hingefahren, um es ihnen zu sagen ...): dasselbe Zimmer, derselbe Kamin und im Abstand von hundertzwanzig Jahren die dreifache Agonie, die der Frau, die schon an jenem Tag begriff, daß sie tot war, und die zweier Männer: der erste mit Perücke (oder vielleicht ohne Perücke, ohne den extravaganten Zweispitz mit Federschmuck, mit zerzaustem Haar, schmutzig, das Gesicht verstört, die Uniform mit Schlamm oder Staub besudelt), der andere mit seinem eckigen Bart, seinem gezwirbelten Schnurrbart, seinem sorgfältig gekämmten kurzen Haar, seinen Fayence-Augen, bereits gerüstet, der wahrscheinlich nur noch sein Koppel umzuschnallen, seine Pistole zurechtzurücken, seinen Feldstecher und seine Kartentasche umzuhängen brauchte, und im Hof das erste entkräftete, kotige, ebenfalls staubige Pferd mit seinen von den Sporen aufgerissenen Flanken, die dem Stallknecht zugeworfenen Zügel (vielleicht wurde die Szene von einer Laterne beleuchtet, während die gestiefelte Silhouette bereits, ohne sich umzudrehen, im Treppenhaus verschwand, dann der undeutliche Schein einer Fackel (vielleicht nur einer Kerze) hinter den Fenstern, der hin- und herwanderte, stehenblieb, dann zweifellos etwas später in der Nacht (die Zeit, die nötig war, um ein paar Zeilen auf ein Blatt zu kritzeln – oder Papiere zu verbrennen – oder einfach nur dazustehen, regungslos neben dem Kamin ohne Feuer, und vielleicht ins Leere, ins Nichts zu starren – oder vielleicht fast sofort, in derselben Bewegung, nach dem Augenblick, der nötig ist, um die Waffe zu laden, da die Tat, als er noch galoppierte, bereits beschlossen, schon begonnen, schon fast vollbracht war) der Schuß, dann andere Lichter, schlagende Türen, Schreie ...), das zweite Pferd (das Pferd, das sich knapp drei Wochen später ebenfalls dahinschleppen sollte, zum Skelett abgemagert, schmutzig, entkräftet, unter der Last nicht seines Reiters, sondern von Ausrüstungen, Tornistern, Waffen toter Soldaten gekrümmt – oder vielleicht selber schon tot), das noch frisch war, soeben aus dem Stall geholt, mit glänzendem Fell und ebenfalls glänzendem Sattel, den funkelnden Korb des Säbels an seiner Seite: und in beiden Fällen das vom Torbogen zurückgeworfene dröhnende Hämmern der Hufeisen auf dem Pflaster, wie das Prasseln von Funken, das Geräusch, das eine Handvoll Murmeln machen kann, die zufällig auf Blech fallen, und das, so sagten sie, als es zu ihnen drang (das heißt, als es zu denjenigen drang, die sich in dem Zimmer um das Paar und das Kind scharten: sie erzählten, es sei wie bei jenen russischen Familien gewesen, von denen sie gelesen hatten, wo, wenn eines ihrer Mitglieder eine Reise unternimmt, alle Verwandten und sogar die Dienstboten – zumindest die vertrauten, wie in diesem Fall die schwarze Frau – sich in einem Zimmer versammeln, sich hinsetzen und so auf den Augenblick der Abreise warten), sie zusammenzucken, erzittern ließ, während er schon stand, mit munterer, ruhiger Stimme einfach sagte, als werde er gleich den Zug oder den Omnibus nehmen: »Also dann! Es ist Zeit. Gehen wir ...«, der schwarzen Frau das Kind reichte, das er auf seinem Schenkel gehalten hatte, sich rüstete, vielleicht unterstützt von derjenigen, mit der er jene letzte Nacht verbracht hatte – oder vielleicht nur einige Stunden: spät aus der Kaserne gekommen war nach einer letzten Inspektion, sich entkleidet, sich neben sie gelegt, sie an sich gedrückt hatte, und sie ganz steif, ohne Stimme, zu Eis erstarrt war – oder ihn vielleicht ein letztes Mal in einer Art wilden Gier auf sich gezogen, sich ihm geöffnet, ihn empfangen hatte, sich festklammernd, schon wahnsinnig, röchelnd, in rasendem Protest, in einer rasenden, herzzerreißenden letzten Umarmung, und die jetzt, von neuem starr, trockenen Auges, nacheinander das Koppel, die Waffe, den Feldstecher vom Bett nahm und sie ihm

reichte, ohne den Blick von jenem Gesicht, jenen Lippen abzuwenden, ihm dann folgte, als er durch eben jene Glastür ging, vor der sie vor vier Jahren gestanden hatte, schwach vor Glück, wie berauscht, auf seinen Arm gestützt, in ihrem Brautkleid für den Fotografen posierend, inmitten ihrer fröhlichen Vettern mit den weißen Krawatten, im Getöse der Stimmen und im Klirren der Champagnerkelche, das aus dem Salon drang, und als auch alle anderen durch die Tür gingen, dann stehenblieben, als er sich umdrehte, sie nacheinander umarmte, sich niederbeugte, dem jüngeren der beiden Mädchen (jetzt der beiden alten Damen) in ihren Kleidern mit Matrosenkragen halb scheltend, halb scherzhaft sagte: »Du bist ja kreidebleich!«, ihr die Wange tätschelte, lächelte, auf diese Weise die Veranda der ganzen Länge nach durchschritt, dann vor dem starren Gespenst mit dem blutleeren Gesicht stehenblieb, das zwischen ihm und der Tür des Treppenflurs stand und lediglich sagte: »Der letzte ist für mich.«
Vielleicht winkte er nur. Oder vielleicht hatte er es nicht einmal nötig. Zweifellos stand die schwarze Frau solchen Dingen noch ziemlich nahe, das heißt, sie stammte aus einem Teil der Welt oder besser aus einem Universum, in dem der Kampf, der Tod, das Unglück ebenso vertraut sind wie die Lust, der Hunger oder der Schlaf. Wie dem auch sei, als er auf den Hof trat, erneut auftauchte (jetzt hatten sie die beiden Fensterflügel in der Mitte der Veranda geöffnet und standen dort alle in ihren hellen Sommerkleidern, die Kinder mit ernsten, erschrockenen, sonnengebräunten Gesichtern, die Frauen mit ihren komplizierten Haarknoten, der Mann, der zu alt war, um in den Krieg zu ziehen, an den Balkon mit den eleganten gußeisernen Schnörkeln gepreßt), ging die schwarze Frau unmittelbar hinter ihm her, im gleichen raschen, entschlossenen, geschmeidigen, animalischen Schritt, mit ihrem ge-

heimnisvollen Ebenholzgesicht, den beiden Ebenholzhänden, die das Kind trugen, und ihrer langen drapierten Toga, die bei jedem Schritt um ihre Fersen flatterte, einer Statue gleich, die der Tiefe der Zeiten, dem Schoß der Welt entstiegen wäre, und sie (die beiden alten Damen, die jetzt sprachen) erzählten, daß sie zur selben Zeit stehenblieb wie er: wobei ihre Hände jetzt leer waren, ihre Arme am Körper herabhingen, die geöffneten Handflächen die helle Haut von bräunlichem Rosa sehen ließen, während der Mann das Kind ergriff, es einen Augenblick umschlungen hielt, bevor er es ihr von neuem reichte, die beiden Arme, die beiden Hände aus Holz sich wieder um das Kind schlossen, und sie so verharrte, in den langen senkrechten Falten jener Art Toga noch immer einer Marmorsäule gleich; und dies: die Gruppe: die Ordonnanz, die noch immer am Kopf des Pferdes stand, es unterhalb der Kandare am Zügel hielt, das Pferd, das vielleicht nervös war und auf der Stelle stampfte, einen nach dem andern die Hufe hob und wieder aufsetzte, wobei in der Stille die Eisen auf dem Pflaster klirrten, und einen kurzen Augenblick lang (zwei, vielleicht drei Sekunden – und keiner konnte sehen, ob sich in dem Bart oder dem düsteren Gesicht die Lippen des einen oder des anderen bewegten) der für den Krieg gerüstete Mann, barbarisch, in seinem dunklen Waffenrock, gestiefelt, in Leder gegürtet, der seine Hand auf die Schulter jener Statue, jener Säule legte, die eine gleichmütige rituelle Maske krönte und die genau in dem Augenblick, da sein Leben umkippte, hierher gesandt zu sein schien von jenen Ländern, jenen fernen, wilden Kontinenten, aus denen er sie geholt hatte, wie um stumm, fügsam, dienstbar und schauerlich zugleich irgendeine Zeremonie zu leiten: das fällige Ende, den Zielpunkt jener zwanzig Jahre, während derer der ehemalige Kleinbauer, der Kartoffeln hackte, die Tiere zur Tränke führte (oder vielmehr das Tier: sie (seine Familie) hatten nie mehr als eine einzige Kuh besessen), später die Sense schwang, Mistkarren schob, zwischen zwei über Büchern verbrachten Nächten Holz hackte, nicht nach Reichtum gestrebt hatte (unter seiner Uniform trug er die groben Leinenhemden, die seine Schwestern für ihn nähten, schlief unter den stickigen Moskitonetzen in den Pyjamas, die sie ihm ebenfalls nach seinen Maßen schneiderten – oder nackt, wenn er den Körper irgendeines Naturkinds umfing –, ließ sich für irgendeinen mageren zusätzlichen Sold an entlegene Posten im Busch schicken, wo er für Monate von der zivilisierten Welt abgeschnitten war, dem Fieber trotzte, modriges Wasser trank, jeden Pfennig sparte – vielleicht borgte –, bis er am Ende dieser Askese (er wußte, daß es keine Frage des Geldes war, daß nur diese lange Feuerprobe es ihm ermöglichen konnte, in jene Kaste, jene Zitadelle einzudringen) den Ring, den Diamanten, den magischen Stein kaufen konnte), nicht nach Reichtum also, sondern gewissermaßen nach der Vollmacht, dem Passierschein, der Empfehlung in Form von Schulterstücken mit Fransen, Sporen sowie der Paradeuniform, die ihm Zugang verschaffen würden zu der unzugänglichen Prinzessin, der schläfrigen, untätigen Sultanin, in die er seinen Samen würde legen können, ihr einen Sohn entlockend, um danach, wie jene männlichen Insekten nach Erfüllung ihrer Funktionen, fortzugehen und zu sterben: und nun löste er seine Hand von der Schulter, kehrte den Rücken (seine Gesten hatten jetzt etwas Gewaltsames, Hastiges, wenngleich Präzises), setzte den Fuß in den Steigbügel, nahm dann, im Sattel, die Zügel in eine Hand, brachte rasch die Falten seines Waffenrocks in Ordnung, während die Ordonnanz das Halfter losließ, zur Seite trat, und schon dröhnte das Pflaster des Hofs unter dem Schritt des Pferdes, entfernte sich der breite Rücken, auf dem die beiden Riemen sich kreuzten, und dann, unter dem Torbogen angekommen, drehte sich

der Oberkörper auf dem Sattel, und alles, was man für den Bruchteil einer Sekunde noch sehen konnte, war das Profil, der eckige Bart, der zu einem letzten Gruß erhobene Arm, worauf das Pferd und sein Reiter rechts abbogen, und dann nur noch die leere Straße, auf der einige stehengebliebene Passanten einen neugierigen Blick durch das Tor warfen, das wie für einen Empfang, eine Hochzeit offenstand, wie früher nach der Abfahrt der Kalesche, in der der Greis mit dem Spitzbart, der letzte männliche Nachfahre eines kolossalen Empire-Generals, viermal im Jahr seine Güter besichtigte: der leere Hof mit seinen beiden Zwergpalmen in ihren Kübeln, seinen Magnolien, seinen beiden Reihen Zierpflanzen, der Efeuranke, die von der Veranda herabhing, und in der Mitte, dort, wo er sie zurückgelassen hatte, die fremde, barbarische, in blütenweißes Linnen gehüllte Gottheit, die ein Kind in ihren schwarzen Händen hielt.
Dann regte sie sich, verschwand, tauchte einen Augenblick später auf der linken Seite der Veranda wieder auf, trat wieder zu der Gruppe der Personen rings um die Frau, die ebenfalls dort stehengeblieben war, die Hände um das Geländer des Balkons geklammert, und immer noch auf das offene Tor, die Straße, die Neugierigen starrte, ohne sie zu sehen, bis jemand aus der Gruppe sich vorbeugte, etwas rief, und die Pförtnerin auf das Tor zuging. Es war eine hagere Frau mit einem halb unter einem Kopftuch aus schwarzer Serge verborgenen Kropf, einem gelben Vogelkopf, einer schnabelförmigen Nase, erloschenen, reptilienartigen Augen zwischen Wülsten rosa Fleisches. Sie überquerte den Hof mit schlurfenden Schritten, stemmte ihren schmächtigen Körper gegen die riesigen Torflügel, um sie eine nach der anderen zuzudrücken, klappte den schweren Drehriegel herunter, der sie verschloß, worauf sie den Durchlaß im linken Flügel zumachte. Das Ganze war massiv, dunkelgrün gestrichen, mit dicken Balken

und Eisenbeschlägen verstärkt. Das Törchen ließ sich mittels einer Fallklinke schließen. Unter dem Druck der Frau und von seiner eigenen Masse gezogen, krachte es zu. Als die Pförtnerin sich umdrehte, um in ihre Loge zurückzukehren, konnte sie sehen, daß man sich auf der Veranda bemühte, die Frau, die das Spitzenpaket wieder aus den Armen der Negerin genommen hatte, sanft in ihr Zimmer zu drängen. Die Veranda blieb einen Augenblick leer. Etwas später verließ jemand wieder das Zimmer, ging von rechts nach links bis in die Mitte der Galerie, wobei der linke Arm im Vorbeigehen den Flügel des offen gebliebenen Mittelfensters ergriff, der rechte Arm sich streckte, um den anderen Flügel zu erreichen, so daß die Silhouette mit ihren ausgebreiteten Armen für den Bruchteil einer Sekunde wie gekreuzigt wirkte, dann schloß sich das Fenster.

VIII

1939-1940

Eine kleine Menschenmenge drängte sich am Gitter der stillgelegten Fabrik, etwas hinter den Bordellen, in der die Sammelstelle der Kavallerie untergebracht worden war: etwa zweihundert Männer mit Handgepäck oder Rucksäcken, zum größten Teil junge Männer, in nichts jedoch denjenigen ähnlich, die tags zuvor oder in der Nacht den Zug bestiegen hatten; als ob – so wie der kleine Bahnhof mit den von schwarzen Vorhängen verdunkelten Fenstern – der Morgennebel, die feuchten Wäldchen, die triste Landschaft mit den schwachen Erhebungen diese schon aufgedunsenen, manchmal schon verbrauchten Gesichter sozusagen bedingten, die fast alle den gleichen Helm trugen, unter dem unbeholfen geschnittenes Haar hervorkam, während die Körper alle in den gleichen zu engen Jacken steckten, den gleichen Hemden mit streng zugeknöpften Kragen ohne Krawatten, oder unsinnigerweise sonntäglich gekleidet waren, mit Krawatten in schreienden Farben, und dem gleichen, vage beunruhigten, vage elenden Ausdruck, wie Gruppen, die sich nach irgendeiner Naturkatastrophe, Hagelschlag oder Überschwemmung, auf dem Dorfplatz versammeln oder, anläßlich einer Beerdigung, vor der Kirche, stumm oder sich leise unterhaltend in einem wirren Gemurmel.

Von Zeit zu Zeit öffnete eine Ordonnanz in Uniform das Gitter ein wenig und ließ etwa zwanzig Männer ein, während die anderen ein paar Meter vorrückten, mit den Füßen stampften, ihre Koffer in die Hand nahmen oder sie mit dem Bein auf dem schwarzen Schlackenboden vor sich herschoben, dann ihre Gespräche wieder aufnahmen, das bescheidene, passive Gemurmel, die bescheidenen, passiven Berechnungen über auf dem Halm zurückgelassene

Ernten, Feldarbeiten, auszugrabende Rüben und beschlagnahmtes Vieh.

Der Nebel war wieder gefallen und legte sich jetzt mit unhörbarem Rauschen in winzigen gräulichen Tröpfchen, wie Schimmel, auf die Kleider, die Mützen, die Jacken der Bauern, die Blousons einiger stutzerhafter Städter, die hin und wieder einen Witz riskierten, laut einen Bekannten ansprachen, worauf die schallenden Stimmen wieder absanken, wie von selbst, wie vom Nebel geschluckt, im Geflüster der bestürzten, geduldigen Stimmen verlöschten. Der starke Geruch der benachbarten Gasfabrik erfüllte die Luft. Im Innern der Halle standen auf Böcken lange, mit Karteikästen, Registern und Aktenordnern bedeckte Tische, hinter denen uniformierte Offiziere saßen, deren Handschuhe aus ihren neben den Registern liegenden Käppis ragten.

Vierundzwanzig Stunden später (das Wetter war jetzt schön: die untergehende Spätsommersonne glitzerte auf dem Gras, auf den noch grünen Blättern der Bäume, ein bläulicher Dunst verschleierte in der Ferne die sich sanft wellenden Hügel) war der Reservist oder vielmehr der Gefreite (da mit einer neuen Uniform bekleidet – alles war neu: die Uniform, die Schuhe, die frisch gegerbten, noch fasrigen Ledergamaschen, die aus den Fabrikkisten ausgepackten öligen schwarzen Waffen, und die mit der Axt zerhackten tiefgefrorenen Rinderstücke trugen den violetten Stempel, den die argentinischen Gesundheitsbehörden vor drei oder vier Jahren auf sie gedrückt hatten, und auch der klebrige Reis, der dazu gereicht wurde, lagerte zweifellos schon seit Jahren zu Tausenden von Tonnen, in Voraussehung dessen, was sich derzeit ereignete) im Begriff, auf die Ärmel seiner Militärjacke die beiden Uniformwinkel aus blauer Wolle zu nähen, die man ihm zwangsweise zugeteilt hatte und die ihm das Recht verliehen (oder ihn vielmehr zwangen), die Futterdienste einzuteilen, die Stallwachen, die Stubenkehrer und die Essensträger zu benennen – das heißt, mit den fünf Kavalleristen, die er befehligen sollte, mit denen er im Stroh der Scheunen schlief, den klebrigen Reis teilte, in die Kneipen ging, auf gütlichem Wege die prosaische Aufteilung der täglichen Arbeiten auszuhandeln, und weiter nichts: drei also, die im Gras eines Obstgartens saßen, er und zwei andere (ein schmächtiger Jude, Laufbursche (oder Kommis, oder Buchhalter) in einem Tuchladen der Rue des Francs-Bourgeois, und ein Jockei: ein Italiener – zumindest trug er einen italienischen Namen, obgleich er in die französische Armee eingezogen worden war –, der Hindernisrennen ritt: das heißt nicht einer jener Zwerge, jener kleinen Affen, wie man sie, zusammengekrümmt, fahl und winzig, auf dem Rücken von Rennpferden sehen kann: ein Junge von normaler Größe mit dem eckigen Gesicht eines Condottiere oder Raufbolds, geradewegs dem Rahmen eines Museumsgemäldes entstiegen, blatternarbig, mit einem versonnenen Blick, den schmalen Lippen jener Herzöge oder Grafen, wie sie im Profil und rotgewandet vor einem Hintergrund aus perlfarbenen, mit Büschen gesprenkelten Hügeln porträtiert sind), die ihm zusahen, wie er mehrmals von vorn anfangen mußte (den Faden abriß oder verlor, ihn anfeuchtete, ihn blinzelnd durch das Nadelöhr schob, ihn erneut verlor, wieder von vorn begann), um die betrügerischen Tressen anzunähen, alle drei mit der gleichen erdfarbenen Uniform bekleidet, in der der Jude (er war so schmächtig, daß ein Fremder, der sich der Gruppe genähert hätte, ihn für den Jockei gehalten hätte) mit seinem kurzgeschnittenen Haar, seinen abstehenden Ohren, seinem mageren Hals, der aus dem zu weiten Kragen seiner Jacke ragte, aussah wie ein gerupftes Huhn oder wie eine als Soldat verkleidete Maus, und wie zum Spott mit zu großen Stiefeln ausstaffiert, in denen er ebenfalls zu schwimmen schien, jedoch für diensttauglich erachtet worden war nach einer letzten Untersuchung, das heißt, nachdem er in der Schlange der Einberufenen gewartet hatte, dann seinerseits unbeholfen vorgetreten war, die Knie von der heruntergelassenen Unterhose behindert, mit herabhängenden Hosenträgern, in dem winzigen ländlichen Rathaussaal, wo der Arzt im Rang eines Leutnants nacheinander die Hoden der Bauernknechte und Rübenanbauer abtastete (wobei der vielleicht nicht ohne Zögern, gleichsam widerwillig ausgesprochenen Empfehlung, einen Juden (wovon sich der Sanitätsoffizier nicht nur aufgrund der Laute des Namens, den der das Register in Händen haltende Krankenpfleger rief, sondern auch mit eigenen Augen unter dem brutal weggezogenen Hemd hatte überzeugen können) einer solchen Waffengattung (der Kavallerie) zuzuteilen, nur eine Verirrung zugrunde liegen konnte (dachte zweifellos der Offizier), wenn nicht irgendeine sardonische und possenhafte Gehässigkeit (das heißt Gehässigkeit gegenüber der Waffengattung, dem gesamten Korps der Kavallerie) oder gar eine vorsätzliche Beleidigung seitens der Mobilisationsbehörde): der einzige der drei Reservisten (oder vielmehr bereits Kavalleristen, von denen der eine den Rang eines Gefreiten einnehmen würde, sobald er mit seiner heiklen Näharbeit fertig wäre), der einzige der drei, um die Wahrheit zu sagen, der nicht verkleidet wirkte (das heißt, der die Reithose, sogar die schlecht geschnittene, die die Indentantur verteilt hatte, ebenso die Gamaschen und die Sporen ungezwungen trug, als wäre er gestiefelt und gespornt aus dem Leib seiner Mutter gekommen oder vielmehr als gehörte er einer besonderen Gattung, einer besonderen Rasse an, halb Pferd halb Mensch, statt mit Beinen mit so etwas wie Pferdefesseln und Hufen versehen wie die Faune oder die Satyrn), war der Italiener, der gerade erzählte, wobei er mit ernster Miene das ungeschickte Hin und Her der Nadel beobachtete, wie er für seinen ersten Sieg im Alter von dreizehn Jahren mit zwei gewaltigen Ohrfeigen und einem schrecklichen Fußtritt, der ihm fast den Steiß brach, belohnt worden war, ausgeteilt von dem Trainer, der das fatalerweise gewinnende Pferd nur deshalb eingesetzt hatte, um dessen Kurs im Hinblick auf ein nächstes Rennen zu drücken: er sprach, ohne die Stimme zu erheben (eine etwas heisere Stimme mit einem ganz leichten schurkischen Akzent), und nur dann, wenn man insistierte: die Insistenz des Gefreiten, der nicht nur mit seiner mühsamen Näharbeit rang, sondern auch mit dem Bewußtsein der Leere seiner in Wahrheit nicht ganz sechsundzwanzig Jahre, da man die seiner Kindheit sowie diejenigen davon abziehen mußte, die er in der religiösen Anstalt in der strengen, bereits militärischen Uniform verbracht hatte, sondern, richtig gezählt, der gut zehn Jahre oder, anders gerechnet, hundertzwanzig Monate des Müßiggangs, der Heuchelei und der Albernheiten, um sich seine Nichtexistenz vor sich selber zu verbergen (und er konnte sich erinnern: Berlin, Bahnhof Friedrichstraße, am Abend oder vielmehr schon in der Nacht, als der Mexikaner und er sich bereits in ihrem Schlafwagen eingerichtet hatten, ihr Zug nach Warschau noch am Bahnsteig stand, und auf einem weiter entfernten Bahnsteig eine wimmelnde Menschenmenge, mit Ballen beladene Männer, Frauen und Kinder, die darauf warteten, in einen Zug zu steigen, der nur aus Dritte-Klasse-Wagen bestand, und sie beide, die beiden nonchalanten Touristen, die zuerst einfach mit der Neugier von Touristen in einem fremden Land, dann mit wachsendem Unbehagen zuschauten, dann (als sie sahen, wie einige uniformierte Gestalten zwischen den Ballen, den Koffern und den Kindern herumliefen und sie schoben – ohne besondere Brutalität, sogar mit Geduld, aber unerbittlich, in aller Ruhe, so wie Maschinen es hätten tun können –, manchmal sogar mithalfen, sie und ihr Gepäck in die Waggons zu hieven, und schließlich die Türen schlossen, hier und da auf dem leeren Bahnsteig stehenblieben) begriffen, der Mexikaner einen Fluch ausstieß, beide in der gleichen Bewegung den Vorhang herunterzogen und, außerstande, ein Wort zu wechseln, Seite an Seite auf der schon vorbereiteten Liege in dem Abteil mit den kleinen rosa Lampenschirmen und der Mahagonitäfelung saßen, sogar außerstande, einander anzusehen) – zehn Jahre also (hinzugefügt zu den im gepolsterten Konkon der Kindheit verbrachten sechzehn anderen), die jetzt ihre Vollendung fanden (ihre Strafe? dachte er: aber der Jockei und der schmächtige kleine Jude hatten sie auch auf dem Buckel) in Form einer mit einem Kettchen an seinem Handgelenk befestigten ovalen Messingplakette, die der Länge nach mit kleinen Löchern versehen war und die, auf beiden Seiten dieser leicht auseinanderzubrechenden Mittellinie eingestanzt, seine Kennummer und seinen Namen trug: »So daß sie«, sagte der Jockei, »die eine Hälfte davon behalten können, um ihr Mannschaftsverzeichnis auf dem laufenden zu halten, und die andere deiner Familie schikken können. Und vielleicht«, fügte er hinzu, »schicken sie auch einen Orden mit. Ich glaube, posthum geht das automatisch. Manche lassen sie sich einrahmen. Die Pferde haben keinen Anspruch drauf. Abgesehen davon, daß man den Huf, auf den ihre Kennummer eingebrannt ist, abhakken und in einem Sack an die Buchhaltung schicken muß. Damit sie sicher sind, daß man das Pferd nicht geklaut hat. Aber wer hätte Lust, Typen wie dich und mich zu beklauen? Oder einen Itzig, der aufs Pferd steigt wie ein Pimmel auf ein Stück Seife? Nimm's nicht krumm, Lévy: wir hocken alle im selben Boot.« Er sagte nicht »Boot«, sondern ein anderes Wort. »Ich heiße nicht Lévy«, sagte der kleine Jude. »Und ich heiße nicht Macaroni. Trotzdem haben mich die Gören aus der Nachbarschaft so gerufen, als ich klein war. Aber das hat mich nicht dran gehindert, ein Jahr beim Militärdienst den Hanswurst zu spielen und mich heute hier zu befinden. Wo sie uns jetzt hinschicken, Lévy, Isaak, Abraham, Blum, Macaroni oder Mohammed, ist das wurscht; wir sind abgeschrieben. Freilich braucht man uns dank dem Kettchen nicht die Hand abzuhacken. Ein Glück, daß sie nicht auf die Idee gekommen sind, uns diese Nummer auf den Handrücken zu tätowieren wie den Zossen. Irre! Stell dir die Schreibstuben voll abgehackter Hände vor! Ganz zu schweigen, wie das auf die Familien wirkt, wenn sie eine kleine Schachtel geschickt kriegen, wo das drin ist, in Watte gepackt ...« Er sagte nie »die Pferde« oder »das Pferd«, sondern »die Zossen« oder »dieser Zosse« (manchmal »diese Mähre«, wenn es sich um eine Stute handelte), sprach immer, ohne die Stimme zu erheben, als richtete er sich an ein nervöses Pferd (oder als müßte er mit einem nervösen Trainer – oder Besitzer – sprechen), das heißt so, wie er mit wem auch immer zu sprechen gelernt hatte seit seinem elften Lebensjahr, als ihn sein mit einer kinderreichen Familie aus Italien gekommener Vater, ein Maurer, als Lehrling untergebracht hatte: mit jener etwas heiseren Stimme, die er der brutalen, falschen Welt verdankte, in der er mit der Peitsche erzogen worden war, neben den Pferden im Stroh schlief, mit ihnen aufwachte, sich mit ihnen niederlegte und sozusagen auch mit ihnen aß (genauer gesagt, nachdem er sie gefüttert hatte), mit dem Unterschied, daß er statt gehaltvoller Haferrationen kalt gewordenen Dreck aus Blechnäpfen verschlang, so daß er im selben Tonfall, weder spöttisch noch aggressiv, aber auch ohne besondere Herzlichkeit, einfach so, als hätte er dem Besitzer zu verstehen gegeben, daß sein Gaul lahmte oder die Strecke nicht durchstehen würde (wobei der Besitzer kein Maharadscha war, kein Presse- oder Variététheatermagnat in perlgrauem Zylinder und Gehrock, wie man sie auf den Fotografien der Modejournale sehen kann: sondern Metzger, Pferdehändler oder schäbige Krautjunker aus der

Provinz, in der Bretagne oder im Südwesten, und er auf Rennbahnen mit Holztribünen aufs Pferd stieg, oder manchmal ohne Tribüne, und manchmal nicht einmal Rennbahnen: einfache Parcours auf freiem Feld, eingegrenzt von Bändern oder Seilen, die an Pfosten befestigt waren, mit einer Holzbaracke für die Wetten, einem Publikum aus Viehhändlern, die mit rötlichen Gummibändern zusammengehaltene dicke Bündel Banknoten aus ihren Taschen zogen, so wie sie sie am Morgen auf einem lokalen Markt eingenommen hatten; und manchmal gezwungen, querfeldein die Flucht zu ergreifen, verfolgt von wütenden Wettern – falls man ihn nicht mit gebrochenem Handgelenk, Arm oder Bein auf einer Trage wegtrug – im Alter von sechsundzwanzig Jahren hatte er es bereits auf fünf Frakturen gebracht, deren Schwielen man unter seinen harten Muskeln spüren konnte), mit eintöniger, gelassener Stimme, nicht einmal mit einem Hauch von Spott zu dem jüdischen Buchhalter aus der Rue des Francs-Bourgeois sagte: »Mit einem Namen wie deinem und so wie die Typen da drüben sind, gibst du besser acht, daß du nicht in Gefangenschaft kommst«, und die Art Maus, die als Kavallerist verkleidete Mickey Mouse sagte: »Ich weiß. Danke. Ich werde aufpassen« (tatsächlich sollte es so kommen, und zwar auf die absurdeste Weise: als der Zug, der die eilends zurückbeorderten Urlauber zurückbrachte, am Bestimmungsbahnhof ankam, wurden die Türen der Waggons brutal geöffnet von lachenden Burschen mit runden Helmen, resedagrün gekleidet, Maschinenpistolen unter dem Arm, die mit ihren gutturalen fidelen Stimmen brüllten: »Halé! Raus! Tout le bonde tescend! ... Tehors! Los, los! ...« – und dann dies: der dunkle stickige Waggon, bestimmt für acht Pferde und vierzig Personen, in dem bereits seit zwei Stunden, zusammen mit fünfundsiebzig anderen, der Gefreite eingesperrt war (es war Nacht, auf einem Rangiergleis des Bahnhofs einer kleinen belgischen Stadt, in der alle Balkone heiter die peinigende rote Flamme mit dem peinigenden schwarzen Sigel hißten und in der er am Abend vorher eingetroffen war, nachdem er ein erstes Mal die Hälfte Südbelgiens zu Pferd durchquert hatte, sie dann erneut, immer noch zu Pferd (aber manchmal im Galopp, von Bomben oder von den Kugeln der Maschinengewehre verfolgt), in entgegengesetzter Richtung durchquert hatte, dann noch einmal (ungefähr auf demselben Weg, aber diesmal zu Fuß, von Bewaffneten eskortiert, halbtot vor Durst, den Magen von Krämpfen zerrissen), dann (Gras fressend, eines abends, auf einer Wiese, wo man sie die Nacht über abgestellt hatte) der Strecke folgend, die er beim ersten Mal zu Pferd nicht mehr geschafft hatte, dann einen ganzen Tag in der Schule der rotbeflaggten Stadt eingesperrt, und jetzt hier in diesem Waggon, wo er kein Glied rühren konnte, ohne daß zehn oder zwölf andere ineinanderverschlungene Glieder, die zu anderen Körpern gehörten, gezwungen waren, sich in einer Kettenreaktion ebenfalls zu rühren, in einem Konzert aus Flüchen, Obszönitäten und Verwünschungen, als plötzlich die Schiebetür von außen geöffnet wurde und zur gleichen Zeit, wie die kühle Nachtluft hereindrang und mit dem klebrigen Gestank der verknäulten Körper kämpfte, sich schwarz auf dem Schwarz der Türöffnung eine Form abhob, und dann war es wie ein Kampf, als wiederholten in einer Art gestikulierender Pantomime menschliche Schatten den Zusammenprall, den Konflikt, das Gefecht zwischen dem erstickenden Gestank im Innern und der frischen Reinheit der Außenluft, und eine Stimme, die er (der Gefreite) sofort wiedererkannte, eher müde als resigniert, eher unwillig als klagend, immer noch klangvoll, sagte, ohne daß man wußte, ob sie sich an die Silhouetten wandte, die von außen schoben, oder an die wütenden Schatten, die in umgekehrter Richtung kämpften, sagte: »Ihr braucht mich nicht zu schlagen! Ich ... Ihr braucht ...«, und das Konzert der zeternden Stimmen brüllte, sie übertönend, erstickend: »Wir sind schon fünfundsiebzig hier drin, wir krepieren noch, wir sind schon ...«, dann das Krachen der sich wieder schließenden Schiebetür, das Dunkel, das Klicken der Verriegelung von außen, die gutturalen Stimmen, die sich draußen entfernten, während im Innern wieder Stille einkehrte, obgleich weiterhin ein gedämpftes Geräusch von Schlägen und Flüchen von der Tür herüberdrang, und da rief der Gefreite den Vornamen (nur den Vornamen), rief seinen eigenen Namen, rief: »Hierher! Hierher! Laßt ihn durch, Herrgott! Laßt ihn durch, Scheiße, wir sind vom selben Reg ... Wir sind Kameraden ..., wir ...«, brüllte weiter, schlug um sich, während die Schläge auf ihn niederprasselten und er blitzartig dachte Mein Gott das sind ja keine Menschen! Das ist eine Ladung Maultiere! ..., dann, ohne daß einer von beiden hätte sagen können, wie sie es geschafft hatten, waren sie beisammen, betasteten sich, umarmten sich, während der Gefreite immer wieder sagte: »Herrgott! Herrgott! Wie bist du bloß ... Herrgott ...«, und etwas Klebriges, Lauwarmes über die beiden Körper rann, beide keuchend nach Luft schnappten, die beiden im Dunkeln unsichtbaren Gesichter etwas Flüssiges, Salziges benetzte ...).

Aber soweit war es noch nicht: im Augenblick hob er (der Gefreite) die Jacke am Kragen hoch, an deren Ärmel er endlich die zwei Winkel angenäht hatte, wobei er dem Tuch und den Tressen leichte Schläge versetzte, um sie flachzuklopfen, und der Jockei sagte: »Bravo! Du hast es ja geschafft! ...«, sich dann ins Gras sinken ließ, sich reckte, den Arm zu einer der Pflaumen ausstreckte, die ringsum den Boden des Obstgartens übersäten, ohne daß jemand sie auflesen kam (am ersten Tag hatten die Frauen und die Kinder, die auf dem Hof geblieben waren, ihre Körbe – so groß wie Waschkörbe – wieder genauso voll

aus der Stadt zurückgebracht, wie sie es bei ihrem Aufbruch gewesen waren, und ihren Inhalt am Fuß eines Baums ausgeleert), während der Gefreite, jetzt stehend, seine Jacke anzog, sein Koppel umschnallte, sagte: »Mal sehen, ob die gute Frau in der Kneipe uns ein Omelett oder sonstwas Eßbares machen kann, ich lade euch ein ...«
Und vier Tage später stand er (der Gefreite) wieder, mit der Schulter an den Rahmen der weit geöffneten Tür eines Güterwagens gelehnt, während der Jockei mit den Pferden der Schwadron in demjenigen am Ende des Zugs geblieben war, in den man sie verfrachtet hatte, und der Jude neben ihm auf dem Boden kauerte, die Knie angewinkelt, an die Wand des Waggons gelehnt, stumm, und hin und wieder einen Blick nach draußen warf, zwischen den Beinen des Gefreiten und den Oberkörpern der vier oder fünf Kavalleristen hindurch, die mit im Leeren baumelnden Beinen dasaßen und die seit dem Morgen, seit der Zug fuhr, unentwegt geschrien und gesungen hatten, die Bauern auf den Feldern anbrüllten (der Zug bewegte sich nicht viel schneller als ein galoppierendes Pferd), die Bahnbeamten, die Mädchen und die Leute, die an den Bahnübergängen oder auf den Bahnsteigen der durchquerten Bahnhöfe standen und sie anschauten, und dabei Flaschen schwenkten und, wenn sie nicht wirklich betrunken waren, sich an ihren Gesängen und an ihren Schreien berauschten. Als hätten innerhalb von vier Tagen (den vier Tagen, die sie, in dem Dorf mit den von unverkauften Pflaumen übersäten Obstgärten einquartiert, damit zugebracht hatten, ihre Ausrüstungen und ihre Waffen in Empfang zu nehmen, sich wieder an die Befehle und an die Pferde zu gewöhnen) die friedlichen und furchtsamen Bauern oder die friedlichen Kaufhausangestellten, die sich gehorsam am Gitter der Gasfabrik gedrängt hatten, ihre Koffer in der Hand, gleich den Überlebenden irgendeines Unheils, einer kosmischen Katastrophe, leise sprechend, besorgt, ängstliche

Blicke um sich werfend, als hätten sie, indem sie die Uniform anlegten und ihre Sporen anschnallten, gleichzeitig so etwas wie eine anonyme und männliche Verkleidung angelegt, in deren Schutz sie jetzt eine aggressive Wut, einen aggressiven Groll austobten, jener Welt Trotz bietend, die noch vor einer Woche die ihre war und die sie jetzt ausschloß, sie verurteilte, sie nicht anders als Vieh zu irgendeinem unabwendbaren Schicksal karrte, gegen das sie in Form von Pöbeleien und obszönen Gesängen einen letzten ohnmächtigen Protest erhoben.
Es wurde Abend, und niedrige Wolken von kaltem, metallischem Grau zogen über die Tannen rings um den Bahnhof hinweg, auf dem seit einer Weile der endlose Konvoi erdigrosafarbener Waggons an einem Bahnsteig stand, auf dessen anderer Seite ein Zivilzug anhielt, ein Schnellzug mit langen grünen Wagen, hinter dessen Fensterscheiben sich die Gesichter der Reisenden zeigten, die mit stummer Bestürzung die schlampigen Gruppen betrachteten, die sich in den Öffnungen der Schiebetüren drängten und deren Gesten und Gesänge, nachdem sie schon begonnen hatten, sich zu erschöpfen und abzuflauen, gerade durch diese Bestürzung wiederbelebt, angefacht oder vielmehr angestachelt zu werden schienen, gleichsam unter dem Eindruck einer Herausforderung, einer Provokation, einer karnevalesken, unerträglichen Parodie, beim Anblick der Gasmasken, welche, als würden sie Kescher oder Angelruten tragen, die Mitglieder einer Kleinfamilie umhängen hatten, die aus dem Schnellzug gestiegen war und hastig der Unterführung zustrebte, gleichsam verfolgt, gejagt von dem immer wieder von neuem einsetzenden Gejohle, Vater und Mutter mit Koffern beladen, in wilder Flucht die beiden sich ständig umdrehenden kleinen Mädchen vor sich herschiebend, wie um sie vor dem Anblick einer peinlichen, schockierenden Szene zu bewahren, und dann dies: einer der Reisenden, der ebenfalls

aus dem Schnellzug gestiegen war und dem Ausgang zustrebte, blieb plötzlich vor der Öffnung stehen, in der der Gefreite, an den Türrahmen gelehnt, über der zu seinen Füßen zappelnden, weinseligen Gruppe stand, und streckte den Gröhlenden mit beiden Händen die erste Seite einer entfalteten Zeitung entgegen, deren Schlagzeile diesmal in Lettern, die so groß waren, daß jedes der beiden Wörter die gesamte Breite (und beide zusammen fast die gesamte Höhe) der Seite einnahmen: ALLGEMEINE MOBILMACHUNG.

Noch lange danach sollte er (der Gefreite) sich an diesen Mann erinnern, der einfach dastand, die entfaltete Zeitung in Händen, die sein Gesicht verbarg und über der Schlagzeile lediglich die beiden Augen sehen ließ, die ihn mit einer Art Wut, Vorwurf und rachsüchtiger Bosheit anblickten. Kurz darauf fuhren der Zivilzug und der Militärkonvoi fast gleichzeitig in entgegengesetzte Richtungen ab. Bald brach auch die Nacht herein und mit ihr, obwohl es erst Anfang September war, eine jähe Kühle, als wäre irgendwo ein Gewitter niedergegangen. Im Waggon war die Erregung einer trübsinnigen Stille gewichen, und diejenigen, die den ganzen Tag mit im Leeren baumelnden Beinen an der Tür gegessen hatten, gingen in den Wagen zurück und setzten sich hin wie die anderen, den Rücken an die Wand gelehnt, die Knie halb angewinkelt, und schweigsam. Jemand hatte eine auf dem Boden stehende Laterne angezündet, die die etwa dreißig, jetzt regungslosen und stimmlosen Männer von unten beleuchtete. Im Rechteck der Tür, die man nach einer Weile der Kälte wegen halb geschlossen hatte, konnte man sehen, wie sich auf einem fast schwarzen Himmel die gezackte und jetzt völlig dunkle Linie der Tannen wellte.

Es fiel ein feiner Regen, als der Zug spät in der Nacht anhielt, auf freiem Feld, wie es schien, denn man sah weder Gebäude noch Lichter, nur die einiger Sturmlampen oder die schmaleren von Taschenlampen, die wie Glühwürmchen umherschwirrten, durch die Finsternis huschten, je nach dem Hin und Her ihrer unsichtbaren Träger. Eine Zeitlang gab es nur kurze Befehle, Rufe, dann hörte man das Donnern der aufgestoßenen Schiebetüren, dann die Schreie und Rufe der Männer, die sich unter dem Gewicht der schweren Bretter der Rampen krümmten, dann tauchten eine nach der anderen die gespenstischen und wiehernden Silhouetten der Pferde auf, die sich einen Augenblick, schwarz im Gegenlicht, vom glitzernden Hintergrund des Regens rings um eine Lampe abhoben, zuerst Widerstand leisteten, auf die Hinterbeine gestemmt an der Trense zerrten, dann plötzlich losstürzten, rasch die schiefe Ebene hinuntertrabten, im kurzen Trommeln ihrer Hufe auf der Rampe, einen Augenblick von Lichtkegeln umgeben, die wie die Speichen eines Rades kreisten, dann erneut von der Finsternis verschluckt. Im Dunkeln tastend begannen die Kavalleristen, die vom Gewicht des Gepäcks und der Säbel schweren Sättel wieder auf den Rücken der Pferde zu legen. Jetzt hantierten sie stumm, manchmal einen Fluch unterdrückend, wenn einer von ihnen sich in den Gurten verfing oder sich am Dorn einer Schnalle einen Finger aufriß.
Als alles fertig war, standen sie in einer Reihe am Kopf ihrer Reittiere im zerstampftem Schlamm der Schlacke und begannen den langsam erkaltenden Schweiß auf ihren Schultern und auf ihrem Rücken zu spüren. Mit den Visieren ihrer Helme, die im noch immer fallenden Regen schwach glänzten, ihren unsichtbaren Gesichtern, ihren in langen Mänteln steckenden dunklen Gestalten und ihren Sporen, an denen schwache Lichtreflexe hafteten, ähnelten sie Vögeln mit durchnäßtem Gefieder, mit eisernem

Schnabel und Sporn, die man hier in regelmäßigen Reihen wie auf einem Schachbrett aufgestellt hätte, neben ihren apokalyptischen Tieren mit den langen, herabhängenden Hälsen, als wären sie erdrückt vom Gewicht des Regens, der das Fell nach und nach auf beiden Seiten der geschorenen Mähnen sowie auf den Kruppen zu dunklen, sich langsam vergrößernden Flecken verklebte. Von Zeit zu Zeit ließ das Licht einer Lampe die kleinen silbrigen Kreise erkennen, die auf der Oberfläche der Pfützen aus schwarzem Wasser unaufhörlich aufzuplatzen schienen, verschwanden und sich neu bildeten.

Bislang hatten sie (die Kavalleristen), damit beschäftigt, die Pferde aus den Waggons zu holen, zusammenzutreiben und zu satteln, den Regen nicht bemerkt. Oder zumindest hatten sie sich seinetwegen keine Sorgen gemacht. Jetzt, in der Stille und in der Dunkelheit, konnten sie ihn hören, wie er ununterbrochen auf die Dächer der leeren Waggons fiel, auf die Helme, auf das Leder der Sättel und Satteltaschen. Nicht, daß er streng genommen zur Sorge Anlaß gab: sie nahmen ihn einfach zur Kenntnis. Aber wie alles andere akzeptierten sie ihn. Als wäre er in ihren Augen unvermeidlich ein Teil dessen, dem sie bereits von dem Moment an zugestimmt hatten, als sie ihre Häuser und Höfe verlassen und sich dann ihrer Kleider entledigt hatten, wobei sie zusammen mit denjenigen, welche die Armee lieferte (und bis hin zu den intimsten – Unterhemden und Unterhosen – jetzt in Berührung mit ihrem Fleisch und ihrem Schweiß (wie um deutlich zu machen, daß ihnen von diesem Moment an ihr Fleisch, sogar ihr Schweiß nicht mehr gehörten) mit pingeliger, manischer Kleinigkeitskrämerei in die Register der Intendantur ebenso eintrug, wie die zur Ernährung eben dieser Körper nötigen Brote und die Patronen, die andere Körper zerfetzten sollten), etwas übernommen hatten, was der Besorgnis, der Erstarrung gefolgt war und jetzt nur noch

passive Empörung war, das bloße Registrieren des Unabwendbaren und der vollendeten Tatsache, so wie sie leicht verwirrt, aber nicht wirklich überrascht, vielleicht sogar ohne ihren Sinn ganz zu verstehen, die riesige Schlagzeile in Trauerlettern, wie ein Anzeige (die ihres eigenen Todes), registriert hatten, die sich über die gesamte erste Seite der Zeitung erstreckte, die vor ein paar Stunden vor ihren Augen entfaltet worden war.
Und jetzt war es einfach so, als müßte auch er zur Stelle sein bei dieser Zusammenkunft, zu der er, damit alles seine Ordnung hätte, mit dem Dunkel bestellt worden war, das heißt nicht der Regen, den man auf der anderen Seite einer Fensterscheibe fallen sieht oder auf ein Dach trommeln hört, sondern derjenige, unter dem man still verharrt, auf den Beinen oder auf einem Pferd, solange es ihm beliebt zu fallen, und genauso, als ob er nicht fiele. Nach einem kurzen Pfeifen der Lokomotive, das die Finsternis zerriß (gleichsam bösartig, ironisch und verächtlich), war der leere Zug im Lärm seiner aneinanderstoßenden Kupplungen wieder abgefahren, sie unwiderruflich zurücklassend, einsam und elend, als hätte sich der letzte Abschnitt der Kette (oder vielmehr der Nabelschnur), der sie noch mit ihrem vergangenen Leben verband, von ihnen gelöst, und es kam ihnen jetzt so vor, als wären sie schon seit Stunden hier, allem Anschein nach dazu verurteilt, für immer hierzubleiben, langsam zu schmelzen, sich aufzulösen, immer im Stehen (es wäre, bei den Füßen angefangen, nur eine Frage der Zeit, dachte er; er sollte dies lernen: daß die Zeit von nun an ein sinnloser Begriff war, daß man zu jeder Tages- oder Nachtzeit und in jeder Situation schlafen, wachbleiben oder stillstehen, marschieren oder essen konnte: im Finstern, unter der Sonne, im Schnee, im Dunkeln, im Morgengrauen, in der Abenddämmerung, im Trocknen oder durchnäßt – oder durchfroren – bis auf die Knochen), bis zu dem Augenblick, da von ihnen und ihren

anachronistischen Reittieren nur noch zum Urschlamm zurückgekehrte kleine Haufen übrig wären, die sich hier und da auf der Schlacke zwischen den Pfützen erhöben.
Dann schließlich doch wieder zu Pferd, während der Regen immer noch fiel, genauso dicht, beständig, erbarmungslos, aber immerhin waren jetzt (dachte der Gefreite) die Füße im Trocknen (obwohl er bald merken sollte, wo der perverse, heimtückische Regen von neuem angreifen würde, das heißt etwas weiter oben: am Knie, das zwischen den Futtersäcken und dem Sattel klemmte, am Winkel der beiden Flächen, wo sich ein feines Rinnsal einen Weg bahnte, so daß das saugfähige Tuch der Hose sehr rasch durchnäßt und eiskalt war), und kaum hatten sie begonnen, sich in Bewegung zu setzen, hörte der Gefreite das Geräusch: unvordenklich, wie aus den Tiefen der Geschichte steigend, anfangs schwach, hinterhältig, wie das leise Knabbern von Ratten, ein Knistern, das zuerst, als die ersten Pferde (die an der Spitze der Kolonne) die asphaltierte Straße betraten, einfach zu dem des Regens hinzukam, dann anschwoll, in dem Maße zunahm, wie die anderen Reiter, die ihm vorausritten, ihrerseits die Straße betraten, dann ganz nahe, und dann konnte er die vier Hufeisen seines eigenen Reittiers hören, die jetzt unter ihm auf den Asphalt hämmerten, das Geräusch, das Knattern, das er jetzt in eine Vielzahl naher oder ferner Aufschläge zerlegen konnte, nicht nur vor ihm, sondern rings um ihn, das weiter anschwoll, wuchs, so daß er am Ende völlig überflutet war von diesem alarmierenden, ruhigen Lärm Hunderter von Hufen mit Hunderten von Eisen, die sich hoben und senkten, auf den Boden schlugen in einem harten und mannigfaltigen, beständigen Knattern, das die ganze Nacht zu erfüllen, sich auszubreiten schien, gewaltig, unheilvoll und statisch.
Denn in der dichten Dunkelheit, die sie umhüllte, bedingte das Geräusch weder Ortswechsel noch Weiter-

kommen in welcher Geschwindigkeit und welcher Richtung auch immer. Genausogut (passiv, den Rücken unter dem Regen und der Müdigkeit gekrümmt) hätten die Reiter auf jenen künstlichen, auf ein Brett geschraubten Pferden sitzen können, die mittels eines ausgeklügelten Mechanismus die etwas staksigen Bewegungen eines im Schritt gehenden Pferdes nachahmen. Kein Windhauch, keine Luftbewegung (nur der Regen fiel weiterhin, senkrecht, dicht, nicht einmal hartnäckig oder verbissen, begnügte sich damit, einfach zu fallen), keine wahrnehmbare Veränderung der Szenerie um sie herum (alles war schwarz, opak, undurchdringlich, und nichts erlaubte zu hoffen, daß es früher oder später wieder Tag werden würde) ließ ein Vorankommen oder auch nur die Absicht eines Vorankommens erkennen. Sie waren einfach da, nahezu bewegungslos, auf unsichtbaren Tieren sitzend, unternahmen selbst keinerlei Anstrengung (es sei denn diejenige, die Müdigkeit zu ertragen und gegen den Schlaf zu kämpfen), umgeben von dem, was vielleicht Felder, Wiesen, bestellte Äcker oder Haine waren (manchmal veränderte sich der Klang des Knatterns ein wenig, als ob sie durch etwas Enges, Gedrängtes ritten (durch ein Wäldchen oder einen Weiler?), normalisierte sich dann wieder, breitete sich von neuem aus), gleichförmig in jene tintenschwarze Finsternis getaucht, die jenes gewaltige Getrappel, oder Knattern, oder Prasseln erfüllte, vergleichbar (manchmal hörte man einige klickende, klingelnde Geräusche, ein leichtes Reiben von aneinanderstoßendem Metall, wie das Reiben von Elytren, das Knacken von Brustschilden oder Kiefern) dem wirren Rauschen von Myriaden Insekten, die in dunklen Wolken herabstürzen, das Land kahlfressen oder, dachte der Gefreite, übereinanderkrabbeln, auf irgendein schon stinkendes Aas gepreßt: nicht die Gebärmutter, sondern (als enthielte diese sowohl ihren Ursprung wie ihr Ende) der schwarze Leichnam der Geschichte. Dann dachte er, daß es umgekehrt wäre, daß die Geschichte im Begriff war, sie zu fressen, Pferde und Menschen wahllos bei lebendigem Leib zu verschlingen, ganz zu schweigen von den Geschirren, den Sätteln, den Waffen, sogar den Sporen, in ihren unempfindlichen, unverwüstlichen Straußenmagen aufzunehmen, in dem die Verdauungssäfte und der Rost es übernähmen, alles, einschließlich der Sporenrädchen mit den spitzen Zähnen, in einen gelblichen klebrigen Brei von der Farbe ihrer Uniformen zu verwandeln, der nach und nach assimiliert und am Ende in Form von Exkrementen ausgeschieden würde durch ihren runzligen After einer alten Menschenfresserin.

Später hörte der Regen auf, aber er hätte nicht sagen können, in welchem Augenblick oder seit wann (er hatte nicht mehr auf ihn geachtet: wahrscheinlich ließ er allmählich nach), und, noch später, zeigte sich sogar der Mond, nicht sehr hell, verschleiert, ohne Relief und ohne Glanz, eine seitlich etwas abgeflachte Scheibe, einfach fahl, wie mit Milchglas bedeckt, was jedoch ausreichte, daß die Reiter jetzt undeutliche, wulstige schwarze Klumpen erkennen konnten (Büsche, Hecken, Baumgruppen?), die, auf die sowohl milchige wie dunkle Fläche der Landschaft gesetzt, zu beiden Seiten der Straße langsam vorbeiglitten, auch die Silhouetten des Reiters erkennen konnten, der vor ihnen ritt, sowie ein Gewoge blasser Lichtschimmer auf den beiden Helmreihen und plötzlich merkten, daß sie der Bewegung und der Aktion zurückgegeben waren. So verging noch etwa eine Stunde, während der, so schien es, dieselben wulstigen Silhouetten von Bäumen und Büschen fast unmerklich vorbeiglitten, sich verhüllend und enthüllend, vereinzelt oder in Gruppen, als trieben sie gewichtslos, von irgendeiner trägen Strömung mitgezogen, auf der Oberfläche eines stillen Wassers, oder wie bizarre mineralische Gebilde auf der grauen, leblosen Kruste eines toten

Sterns. Noch später gab es an der Spitze geschriene Befehle, die sich allmählich fortpflanzten: Befehle, die die Pferde zweifellos noch vor den somnambulen Schatten verstanden, die auf ihnen saßen; sie (die Pferde) wichen von allein zur Seite, und obwohl sie noch immer im Schritt gingen, kam es den Reitern plötzlich so vor, als verdoppelte sich ihr Tempo, denn was jetzt in entgegengesetzter Richtung auf der anderen Seite der Chaussee vorbeidefilierte, das waren nicht mehr nur die verschwommenen Silhouetten von Bäumen und Büschen, sondern, scherenschnittartig, ein Zug von Wagen, Tieren, Männern und Frauen, die einen zu Fuß, die Gespanne am Zaum führend, die anderen zusammengekauert auf den Karren, auf denen sich, so schien es, ein Durcheinander von Gegenständen türmte, Büffets, Tische, Stühle, zerlegte Betten, Matratzen, Hühnerkäfige (oder einfach an den Beinen zusammengebundene Hühner und Hähne, wie es gerade kam zwischen die Packen geworfen und stumm vor Entsetzen), oder auch pralle Ballen, die Riesentomaten oder Riesenkürbissen ähnelten und, als hafteten noch Blätterbüschel an ihnen, von den Ohren der verknoteten Enden einer Decke überragt waren.

Jetzt mischte sich unter des Klappern der Hufe das Quietschen schlecht geölter Achsen und das leise Knacken des Splitts unter den Rädern. Und nichts weiter, nichts als dieser doppelte Strom, diese doppelte Prozession, die in entgegengesetzte Richtungen zog, die Köpfe der Reiter, die sich alle in derselben Bewegung nach links drehten, ihre schläfrigen Augen, die zusahen, wie unter ihnen mit jener düsteren Niedergeschlagenheit der Protagonisten einer Katastrophe (Erdbeben, Wirbelsturm, Überschwemmung) etwas vorüberglitt, was sozusagen sowohl das Negativ wie die Ergänzung ihrer selbst bildete: auf der einen Seite also die lange dunkle Kolonne von Pferden und bewaffneten Männern, die wie von einer unheilvollen Aura vom apokalyptischen Klappern der Hufe und dem Klirren von Stahl umgeben oder vielmehr umflossen war – auf der anderen die langsame Aufeinanderfolge bizarrer Fuhrwerke (Heuwagen, Karren, Kippwagen), erdfarben (das war etwas, was man sogar im Halbdunkel sehen konnte, so wie man im Finstern einen Geruch wahrnehmen kann; etwas, was den Wagen, den aufgestapelten Ballen, den Kleidern anhaftete: das matte Braun der Decken, des an den Rädern klebenden Schlamms, der auf den Beinen der Kühe und Kälber abbröckelnden Kruste – manchmal verriet nur ein schwarzer Fleck das Rot eines Federbetts oder einer Steppdecke), mit ihrer festgezurrten, überquellenden Fracht, den am hinteren Ende an eine Leine gebundenen Tieren, den zwischen den Paketen sitzenden Frauen, selber Paketen gleich (sie – die Reiter – konnten manchmal ein starres, hartes Profil sehen, aus leblosem Material gemeißelt, wie das Unglück), den Männern, die die Tiere führten, auch sie im Profil, auch sie in einer Art wilder Sturheit geradeaus in die Dunkelheit starrend, düster, Frauen, Männer, Kinder – zumindest jene, die nicht schliefen, vergraben unter Wollsachen inmitten der Kartons und der hastig zusammengebundenen Küchengeräte – vom gleichen Stupor befallen, so hätte man meinen können, im Bann jenes Fluchs, der sie aus ihren Häusern vertrieb und sie mitten in der Nacht auf die Straße warf, ihren Wust an Hausrat, Federbetten, Nähmaschinen und Kaffeemühlen mit sich schleppend, das Ganze gekrönt von alten Zweirädern, Skeletten gleich, Gerippen von Insekten von komplizierter spinnenartiger, gehörnter Morphologie.

Und irgendwann (als flösse all das in ihr Unglück ein, was, mit Papieren bewehrt, ein Käppi oder einen Helm auf dem Kopf, sie auf diese oder jene Weise aus ihrem Haus vertrieben hatte: die Rathaussekretäre oder die Gendarmen, die vor wenigen Stunden, zur gleichen Zeit wie die Zeitungen ihre riesigen Schlagzeilen druckten, an ihre Türen geklopft hatten) begann ein Mann, der einen der Karren lenkte, den Reitern irgend etwas zuzuschreien, ohne dabei stehenzubleiben, mit erhobenem Kopf, in einer rauhen, gutturalen Sprache Wörter zu artikulieren, die sie nicht verstanden. Es konnte sich um eine Warnung handeln, um Drohungen oder Beschimpfungen oder um alles zugleich. Dann schrie in derselben Sprache auch einer von denen, die ihm folgten – aber diesmal auf den Mann gemünzt –, wieder in derselben rauhen, wilden Sprache, und er (der erste Mann) verstummte, reihte seinen Karren wieder in den Zug ein. Bei der Geschwindigkeit, mit der die beiden Kolonnen einander kreuzten (das heißt der doppelten Geschwindigkeit eines im Schritt gehenden Pferdes), konnten die Reiter kaum mehr als ein paar Wörter verstehen oder vielmehr ein paar artikulierte Laute, die ebenfalls etwas Schlammigem, Primitivem, Schwerfälligem ähnelten, das heißt gleichsam der Andeutung einer Sprache, einer Mundart, oder vielmehr dem Verfall einer Sprache, einem jener Dialekte, mit denen sich die Bewohner von Grenzgebieten verständigen und die zwar auf beiden Seiten nicht genau gleich sind, aber von ihrem ursprünglichen Lehm und Schlamm soviel bewahrt haben, daß sich Vettern am Sonntag gemeinsam vor eine Flasche setzen können oder daß sich auf den Dorfbällen Jungen und Mädchen darüber verständigen, was sie wollen, mit oder ohne Grenzen. Hinter dem letzten Karren lief keine angeseilte Kuh, nur ein mit einer Schnur am Spritzbrett angebundener Hund, auf leisen Sohlen, dessen Wolfssilhouette von den Speichen der Räder schraffiert wurde. Zweifellos hing eine schlecht verstaute Pfanne herab, baumelte und erzeugte bei jedem Stoß ein schepperndes Geräusch, das näherkam, sich verstärkte, vorbeiglitt, abnahm. Eine Zeitlang hörte man sie noch bimmeln wie eine Glocke, während sich das Quietschen der Achsen nach und nach entfernte, wie ein

letzter Protest, ein eigensinniges Stöhnen, immer schwächer, dünn, schließlich übertönt, überschwemmt vom monotonen Klappern der Hufe, das erneut allein die Nacht erfüllte.
Als wären sie (die Reiter) ein zweites Mal verlassen, verleugnet worden (das erste Mal von der Lokomotive mit ihrem höhnischen Pfeifen, dem Symbol der mechanischen und zivilisierten Welt, als sie die Waggons mit sich fortzog, aus denen sie mitten in der Nacht unter dem Regen herausgerissen worden waren, um an einem Ort abgesetzt zu werden, dessen Namen sie nicht einmal kannnten, das zweite Mal von den Bewohnern, die aus einem Ort vertrieben worden waren, dem sie selber zusteuerten und dessen Namen sie ebensowenig kannten) und sogar verflucht worden (denn ganz offensichtlich hatte ihnen der Mann, der den Karren lenkte, etwas Gehässiges zugerufen), was (nach dem Mann, der ihnen auf dem Bahnhof die entfaltete Zeitung vor die Nase gehalten und sie über der riesigen Schlagzeile mit seinen düsteren und zugleich wütenden Augen angestarrt hatte) die zweite Verwünschung des Tages war oder vielmehr (denn der Stellung des Mondes nach zu urteilen, war bereits ein neuer Tag angebrochen) ihrer Reise.
Als ob die Gemeinschaft, die sie ausersehen hatte (wie man das Vieh oder die Zugtiere auswählt und nach denselben Kriterien: wegen ihrer Jugend und ihrer Kraft), sich ihrer bereits entledigt hätte, sie voll Entsetzen aus sich herausrisse, sie ausschlösse, sie an ihrer Peripherie auf den äußersten Rand des Stammesgebiets würfe, dessen Bewohner man bei ihrem Nahen vertriebe: der letzte Karren entfernte sich unwiderruflich und ließ, so wie die Luft nach dem Ende des Glockenschlags weiterschwingt (schon seit langem war die wütende Stimme verstummt, schon seit langem hörten die Reiter nicht mehr die stöhnenden Achsen, den unter den Rädern knirschenden

Splitt, nicht einmal das blecherne Bimmeln der Pfannne), die Spur seines passiven Abscheus hinter sich zurück. Und nun konnten sie, gegen den Schlaf kämpfend, mit schmerzendem Rücken und schmerzenden Knien, bei jedem Schritt ihrer Pferde spüren, wie sich hinter ihnen jene Kluft verbreiterte (oder jene Wand: so wie der Mann mit der Zeitung zwischen sich und ihnen, gleich einem Urteil, um ihnen ihre Verbannung mitzuteilen, das dünne Blatt Papier mit den monumentalen, sozusagen gemauerten Lettern ohne Zwischenräume und Ritzen auseinandergefaltet hatte), die sie fortan vom Rest der zivilisierten Welt trennen würde, sie abschob – sie, ihre Wallache und ihre zum Zölibat verurteilten Stuten – in ein Universum behelmter Eunuchen, an die Grenzen entvölkerter Gegenden verbannte, aus der Ferne überwachen ließ von den Gendarmen und den eigens aus dem tiefsten Afrika hergeholten riesigen Negern mit ihren blendend weißen Zähnen, ihren von rituellen Narben verschrammten Wangen, ihren Gewehren mit aufgepflanzten Bajonetten, um hinter ihnen einen zweiten Verteidigungsring (oder vielmehr eine Art Sperrgürtel) zu schließen, mit dem Auftrag, die Welt, von der sie jetzt unwiderruflich abgeschnitten waren, nicht so sehr vor unwahrscheinlichen Anwandlungen der Meuterei als vielmehr vor ihrer eigenen Schuld zu schützen. Dann verschwand der Mond. Jedenfalls verloren sie ihn aus den Augen, eine Weile unschlüssig, denn das Licht (oder besser der weißliche Schein über der Landschaft, in der noch immer dieselben Inseln wulstiger schwarzer Formen zu treiben schienen) dauerte an, ebenfalls eine Weile unschlüssig, so schien es, was seine Herkunft betraf, gewann dann an Stärke, nicht mehr kraft des Mondes, sondern aus eigenem Antrieb, wobei die Wiesen nun wie mit Reif bedeckt waren, und dann (während sie gleichzeitig die Farbe des vor ihnen gehenden Pferdes zu erkennen begannen) gewahrten sie, daß es kein Reif war, erkannten nach und nach auch bestellte Äcker, abgeerntete Felder, Weiden – und nicht mehr schwarze Formen, sondern Hecken, Sträucher, Bäume, die sich nach und nach zu schütteln schienen (obgleich kein Wind wehte), schwach bebten, wie um sich der klebrigen Finsternis zu entreißen, die sich, zur selben Zeit, wie der Regen der Nacht von den Blättern tropfte, von ihnen zurückzog wie eine Ebbe, ein dunkler Nebel, stellenweise noch hängenblieb, unter den Zweigen, im Innern eines Wäldchens verharrte, indes die noch eine Weile graue Landschaft allmählich vielfältiger wurde (als ob bunte Pigmente an die Oberfläche einer trüben Flüssigkeit stiegen, sich trennten, sich verteilten), die Wiesen nun von zartem, durch den Regen aufgefrischtem Grün, die Äcker braun, die Hecken von dunklerem Grün, das hier und da ein vorzeitig vom Herbst berührter fuchsroter Busch oder Baum fleckte, und dann, in einer Biegung, konnten sie vor sich, angeführt von dem fabelhaften Rittmeister auf seinem fabelhaften Ebenholzroß mit dem wallenden Ebenholzschweif und der Ebenholzmähne, die lange Kolonne der Reiter in ihren schlammfarbenen Uniformen sehen, die lange Wiederholung des gleichen Rückens, quer durchschnitten von dem gleichen Karabiner, überragt von dem gleichen Helm, die lange Wiederholung des gleichen lederumspannten Beins, darüber der gleiche, fächerartig aufspringende Mantel, der fast bis zu dem im gleichen Steigbügel steckenden Fuß reichte, an dessen Absatz wie ein winziger Silbersplitter der gleiche Sporn glitzerte, und darunter das unermüdliche Hin und Her von Hunderten unermüdlicher Beine, die sich gleichsam unter einer langen Raupe mit ockerfarbenem Rücken und mahagonifarbenem Bauch bewegten, sich kreuzten, sich trennten, sich erneut kreuzten, wie Zirkel, grazil, leicht, elegant über ihrem Widerschein auf dem Asphalt der nassen Straße, die Landschaft mit jenem knatternden Getrappel erfüllten, das nicht verstummt war, auch wenn sie aufgehört hatten, es zu vernehmen (oder zumindest darauf zu achten), jetzt aber anders klang, nicht mehr diffus, bedrohlich, sondern gleichsam triumphierend, hell in der gereinigten Luft, anscheinend auch schneller, als hätten selbst die Pferde die zwischen zwei Hügeln jenseits der Hecken und Baumgruppen geklemmten großen Dächer aus malvenfarbenen Ziegeln erblickt, den Kirchturm, die ersten Häuser des Dorfs, auf dessen Scheunentore mit Kreide die Nummern der Züge, der Gruppen, der Schwadrone geschrieben standen: es war Tag.

Und kaum daß sich am nächsten Tag der Morgenappell von den anderen unterschied: die Schwadron, wie immer an den drei Seiten eines Vierecks aufgereiht, der Rittmeister, der in der Mitte der freigelassenen vierten Seite stand, die vier Leutnants, ein wenig nach hinten versetzt, und, etwas abseits und noch weiter nach hinten versetzt, der Sanitätsoffizier und der diensthabendende Feldwebel, in sein Lederzeug gezwängt, das Kinn vom Sturmriemen seines Helms durchschnitten, den Korb seines Säbels in der Beuge des Ellbogens, der zuhörte (oder zuzuhören vorgab), wie die Unteroffiziere kurz die Stallwachen, die Arbeitsdienste und die Kranken der einzelnen Züge aufzählten, dann eine Vierteldrehung vollführte, auf den Rittmeister zuging, drei Schritte vor ihm haltmachte, die Hacken zusammenschlug in einem Klirren von Stahl, das in jenem von einer Scheune gesäumten bäuerlichen Hinterhof mit schwachem, vom leisen Rauschen der abtropfenden Bäume verschlucktem Klicken widerhallte. In der Nacht hatte es wieder geregnet: jetzt nieselte es nur noch, oder es sank vielmehr, in der frischen Morgenluft schwebend, ein Schleier winziger Tröpfchen herab, die noch nicht einmal naß machten, nur den Glanz der Blätter erhöhten, sich als grauer Staub, wie ungreifbare Quecksilbertropfen, auf das Tuch der Uniformen legten – und den Mündern der Unteroffiziere, dann dem des diensthabenden Feldwebels, dann des Rittmeisters, als er sprach, entwich jedesmal ein schwacher Dunst, nicht einmal von der Konsistenz von Zigarettenrauch, der sich sofort auflöste, als spielte sich der kurze Austausch der vorgeschriebenen Formeln in einer Art Aquarium ab, in dem sich die Mäuler der Fische geräuschlos öffnen und schließen, manchmal silbrige Schnüre aus Blasen entweichen lassend, ohne daß er mehr Realität oder Bedeutung besaß als ein x-beliebiges, ein für allemal geregeltes Ritual, von dem keiner der Mitwirkenden etwas anderes erwartete, als daß sich die Münder einer nach dem andern öffnen, um kleine, sofort wieder verschwindende Dunstwolken entweichen zu lassen; worauf der Rittmeister dem diensthabenden Feldwebel dankte, indem er die Hand an seine Polizeimütze hob, aber der Feldwebel salutierte nicht, da er unter Waffen stand, vollführte einfach eine Vierteldrehung, machte drei Schritte nach vorn, vollführte eine zweite Vierteldrehung, wodurch er rechts neben den Rittmeister zu stehen kam, auf dessen Höhe, blieb dann, nach einer halben Drehung, regungslos stehen, erstarrt, die Hacken aneinander, während der blankgeputzte Korb des Säbels noch immer in der Beuge des Ellbogens funkelte, verharrte so, auch nachdem die Stimme des Rittmeisters die beiden Silben »Rührt euch« artikuliert hatte, worauf an den drei Seiten des Vierecks eine konfuse Erschlaffung eintrat und dann die Kavalleristen von neuem stillstanden, während er (der Rittmeister) sich räusperte und sein kupfriges, dickes, fleischiges, sanguinisches Gesicht lediglich noch etwas röter wurde, als er zu sprechen begann und seine Stimme nun klar und deutlich durch die Stille ertönte, bei jeder Artikulierung der Vokale, Diphtonge oder Konsonanten die kleinen, sich sofort wieder auflösenden Dunstwolken vor sich herschiebend, so daß es den Kavalleristen so vorkam, als hätte das, was sie jetzt hören konnten (das heißt einfach, daß der Krieg begonnen hatte), keine größere Bedeutung und keine konkretere Realität als kurz zuvor der Austausch der vorgeschriebenen Formeln zwischen dem Rittmeister und dem diensthabenden Feldwebel, den das unvermeidliche Sporenklirren beschloß. Noch einige Sekunden nachdem er zu Ende gesprochen hatte, blieb er (der Rittmeister) in derselben Haltung stehen, und sein dickes fleischiges Gesicht war jetzt noch röter, purpurfarben, mit gerunzelten Brauen, sorgenvoller oder vielmehr verlegener Miene, sei es, daß ihn die Tatsache, die wenigen Worte, die sich zur gleichen Stunde in den Schlagzeilen der Zeitungen der ganzen Welt in riesigen Lettern breitmachten, selbst artikuliert zu haben, deren Bedeutung noch deutlicher hatte spüren lassen, sei es, daß er, um sie zu begleiten, irgendeine gründlich überlegte Formulierung einstudiert hatte, die ihm jetzt, vor der regungslosen und stummen Schwadron, plötzlich nicht männlich genug (oder zu männlich) oder nicht väterlich genug (oder zu väterlich) vorkam, denn er zögerte, das Gesicht jetzt blaurot, und wandte dann mit einemmal in seiner Not, gleichsam ungeduldig (oder wie um ihn um Hilfe zu bitten) den Kopf in Richtung des diensthabenden Feldwebels, und ohne daß sich der Feldwebel nicht des Befehls, sondern der geäußerten Bitte überhaupt bewußt geworden zu sein schien, brüllte die Stimme (die des Feldwebels) jetzt: von neuem ein unartikulierter, rauher, kurzer Schrei, wie Tiere ihn ausstoßen, obgleich er weder Entsetzen noch Wut ausdrückte (wie ein mit einer Stimme begabtes Uhrwerk ihn von sich geben könnte), dem das silbrige Klirren von dreihundert gleichzeitig zusammenschlagender Sporen antwortete, worauf die drei Seiten des von den Reihen der Kavalleristen gebildeten Vierecks plötzlich erneut erstarrten, der Rittmeister die Hand an seine Polizeimütze hob, salutierte, dann, noch bevor die Stimme (der Schrei) ein zweites Mal ertönt war, jäh den Rücken kehrte, mit weit ausholenden Schritten bereits auf die offene Hintertür des Hauses zuging, zu dem der Hof gehörte, und durch sie hindurchschritt, wobei die Öffnung einen Augenblick fast ganz von seinem breiten Rükken versperrt war, gefolgt von der Reihe der vier Leutnants, hinter denen noch einen Augenblick, gleich der Kappe des mit dem Gepäck beladenen und den Zug beschließenden Grooms in einer Drehtür, das granatrote Samtkäppi des Santitätsoffiziers, der als letzter kam, zu sehen war, worauf die Tür (eine jener Türen, deren verglasten Teil Netzvorhänge schmücken und dekorative Schmiedearbeiten schützen) sich wieder schloß.

Und sonst nichts: die Kavalleristen traten weg, begaben sich wieder in die Scheunen und Ställe, wo ihre Pferde sie erwarteten, wobei zwei oder drei (Städter, Kaufhausverkäufer oder Büroangestellte), ohne Anklang zu finden, einige jener großmäuligen oder makabren Witze riskierten, ihre spöttischen, unsicheren Stimmen sich im Leeren verloren, verstummten, und den ganzen Vormittag warteten sie mit starrem, abwesendem Blick, während sie mit ungewohnter, akribischer und wilder Konzentration ihre bereits gefegten Quartiere fegten, ihre Ausrüstung reinigten, mit Verbissenheit einen bereits polierten Steigbügel polierten, einen schon eingefetteten Zügel einfetteten, auf die Befehle, bis genau wie tags zuvor lediglich der Befehl kam, die Pferde zu satteln, um sie genau wie tags zuvor mit blankem Sattel einfach spazierenzuführen, und sie dann in raschem Tempo durch die schlammigen Wege, das noch regennasse Unterholz trabten, wobei sie es immer noch vermieden, zu sprechen oder einander anzuschauen, sich mechanisch auf den Sätteln hoben und senkten, manchmal verstohlen den Kopf wandten oder das Ohr gen Osten richteten, aber außer dem Schnaufen der Tiere oder dem

Aufprall eines Hufeisens auf einem Stein nur eine monumentale, ungewöhnliche Stille vernahmen, und sonst nichts, und das gleiche am nächsten Tag und wieder das gleiche am Tag darauf und die Woche darauf, und auch den Monat darauf sowie die Monate, die noch folgen sollten: einzig die melancholische, leere Landschaft, die melancholischen Wäldchen, deren Blätter nach und nach gelb wurden, abfielen und die sich nach und nach in der glühenden Pracht des Herbstes entblößten, das feuchte, dunstige Licht unter den Regenfällen, die Winde, die allmählich immer kühler, dann endgültig kalt, dann eisig wurden, dann nicht mehr die perfiden Rinnsale, die in Höhe des Knies zwischen die Satteltaschen und das Tuch der Hosen sickerten, sondern der schmelzende Schnee, das Land und die ganze Welt, so schien es, wie begraben, gelähmt unter einer einförmigen und stillen Schicht Weiß, mit den jetzt malvenbraunen oder schwarzen Wäldchen und Hecken, und sie noch immer auf ihren anachronistischen Pferden: die Fuchsstute, das elegante Vollblut, die er (der Gefreite) zugeteilt bekommen hatte, verendete nach einem Monat, zum Skelett abgemagert, von den endlosen Etappen so erschöpft, daß sie nicht einmal bockte, sich aufbäumte oder ausschlug, wenn er den Fuß in den Steigbügel setzte (und wie sie verschwand auch der Jockei mit dem italienischen Namen: nach einem Unfall, am Tag nachdem der Rittmeister der versammelten Schwadron die Kriegserklärung mitgeteilt hatte, indem er fatalerweise mit den Knöcheln in den Sprossen der Leiter hängenblieb, die zu der Scheune führte, in der sie (die sechs Männer der Schwadron) schliefen, aber, wie er selbst gesagt hatte, kam es ihm auf eine Fraktur mehr oder weniger nicht an, und als er auf der Trage lag, man diese in den Krankenwagen schob, der ihn wegbringen sollte, und er ihm zum Abschied zuwinkte, hätte er (der Gefreite) nicht sagen können, ob in dem gleichmütigen Condottiere-Gesicht nicht eines der beiden Augen, die seinen Abschiedsgruß erwiderten, ein wenig geblinzelt hatte), und der Gefreite hatte die Fuchsstute durch eine reizlose, aber robuste Stute ersetzt, die imstande war (sie bewies es, als es nötig war, während die Sporen ihre Flanken aufrissen und das vom Säbel gelöste Portepée ihre Kruppe peitschte), fast ohne Verschnaufpause fünfzehn Kilometer zu galoppieren – wonach er auch sie aufgeben mußte.

Man sah auf diese Weise kräftige Bauern, herkulische Rübenanbauer nach und nach abmagern, sich dann krankmelden, dann verschwinden, indes der schmächtige kleine Jude mit seinen abstehenden Ohren, seinem Hühnerhals und seinem leidenden Aussehen eines Ladenschwengels von Tag zu Tag unzerstörbarer wirkte, mit immer der gleichen entrüsteten, unerschütterlichen Miene die zu Fuß oder zu Pferd zurückgelegten Kilometer ebenso ertrug wie die Stallwachen und die Ernährung, die aus dem Reis der Bank von Indochina und dem Rindfleisch der argentinischen Milliardäre bestand: meistens schliefen sie in Scheunen, manchmal, wenn sie Glück hatten, in evakuierten Bauernhäusern, wo sie die Holzstöße plünderten oder die Möbel zerschlugen; zu Pferd oder in Züge verfrachtet (keiner gestikulierte oder sang jetzt mehr, mit baumelnden Beinen in den Türöffnungen sitzend: diese waren der Kälte wegen zu drei Vierteln – oder ganz – geschlossen, kaum daß einer von ihnen während der Aufenthalte das schwere Paneel ein wenig aufschob und den Namen eines Bahnhofs, einer Stadt zu lesen versuchte (meist nur ein Gewirr von Rangiergleisen und endlosen Reihen von Viehwagen gleich dem ihren entdeckte, mit Planen bespannte Flachwagen oder jene kuriosen Kohlewagen, die wie Särge aussahen, die Schienen, die Wagen, die Planen, die fahl unter dem Regen glänzten), ihn (den Namen des Bahnhofs) über seine Schultern hinweg den dreißig oder vierzig schweigenden, gleichgültigen und trübsinnigen, in ihren Mänteln zusammengekrümmten Männern zurief), zogen sie zuerst gen Süden, des Nachts durch Berge, nahmen Quartier in Weilern, in denen ungesellige Bauern lebten, brachen wieder auf, folgten Schluchten, überquerten unsichere Brücken, auf denen das Klappern der Hufe noch lauter dröhnte, ritten an niedrigen Flüssen entlang, die im Dunkeln vage phosphoreszierten, landeten in einer tristen Stadt mit grauen Dächern, Kasernen, kleinen Plätzen, deren Boden vergilbte Kastanienblätter bedeckten (und es war Sedan: im Osten verlief unabsehbar wie eine Mauer, vom Herbst vergoldet, der gewaltige Saum eines gewaltigen Waldes; im Verlauf einer Übung kamen sie an einem kleinen Haus mit grauem Verputz vorbei, das am Fuß eines Hanges am Ende einer Ortschaft lag: es befand sich eine Tafel an dem Haus, der Ort hieß Bazeilles, und auf der an der grau verputzten Wand angebrachten Marmortafel stand geschrieben: »Die Letzten Patronen«). Bei den ersten großen Kälteeinbrüchen machten sie endlich halt: es war ein Dorf, dessen Bewohner fast alle evakuiert worden waren und in dem es eine Tränke in der Mitte eines schlammigen Platzes, Misthaufen vor den Häusern und eine Kneipe gab. Zu Weihnachten organisierten die Offiziere ein Fest: man servierte ihnen Dosenpastete, Huhn, Sekt. Es gab eine Tombola, wo jeder etwas gewann, einen Füllfederhalter, ein Feuerzeug oder eine Uhr, die sofort kaputtging. Wenig später, als er (der Gefreite) aus dem Urlaub zurückkam, fand er die Schwadron mitten in der Nacht in Alarmzustand, die Pferde bereits gesattelt, die Flammen zweier brennender Scheunen spiegelten sich auf dem Lederzeug, den Satteltaschen, den glänzenden Kruppen der Pferde: mit Eimern bildeten sie eine Kette, um die Brände zu löschen, zogen dann in der Nacht in ein Wäldchen, wo man sie mit dem Befehl, ihre Waffen bei sich zu behalten, absitzen ließ; es waren zwanzig Grad unter Null, und sie schliefen schlecht und recht auf dem Schnee, eng aneinandergedrängt, nachdem sie ihre Pferde festgebunden hatten. Aber diesmal war es noch nicht soweit: am Morgen kam der Befehl, ins Quartier zurückzukehren.

Als der Winter zu Ende ging, biwakierten sie an der Grenze in einem Wald, der einen Teich säumte. An einem seiner Enden befand sich ein kleines Strandbad mit Kabinen, einem Sprungbrett und Holztischen unter einer Pergola. Die Kabinen mit ihren weit offenstehenden Türen, die Pergola mit der abgeblätterten Farbe boten jenen üblichen Anblick von Zerfall und Verwahrlosung, den derartige Einrichtungen in der toten Jahreszeit annehmen, nur daß das Ganze überstürzt verlassen worden zu sein schien, wie in Panik, wie bei den ersten Tropfen eines Sommergewitters, wenn die Mütter ihre Kinder herbeirufen, ihre Handarbeiten und das Vesperbrot einpacken, der Pächter den Inhalt seiner Kasse in einen Beutel leert und weggeht, es sogar versäumt, die Küche abzuschließen, alles war in dem Zustand, in dem die Flüchtenden es zurückgelassen hatten, zudem von den Wintermonaten zerfressen, in denen der Regen, die Kälte, der Wind nach und nach den Anstrich angegriffen, die in der Nacht klappernden Türen aus den Angeln gehoben hatten.

Der Teich war meist von mattem, metallischem Grau. Zwischen diesem Grau und dem des Himmels erstreckte sich ein waagrechter gelber Streifen, gebildet vom Schilf, das an den Ufern wuchs, sowie ein weiterer Streifen von violettem Braun: der Wald. Der Winter war zu Ende gegangen, aber die Bäume waren noch kahl und wiegten steif ihre kralligen Zweige vor dem Himmel. Zwischen ihren Stämmen staffelten sich auf dem abschüssigen Erdboden die khakifarbenen kleinen Zelte und die mahagonibraunen Flecken der Felle der Pferde, die mit ihren Halftern an den zwischen den Stämmen gespannten Stricken angebunden waren. Von Zeit zu Zeit erklangen die Töne einer Trom-

pete, deren kupfernes Echo im Wald widerhallte. Nach einer Woche hatten die Pferdehufe im durchnäßten weichen Boden die Erde so stark durchgeknetet, daß man an einigen Stellen bis zu den Knöcheln einsank. Die Disziplin hatte spürbar nachgelassen, und die Arbeit beschränkte sich auf die unabdingbaren Lagerdienste. Jeden Tag bewegte man die Pferde im Wald, und am Abend brachten die Reiter sie zur Tränke an den Teich, ohne Sattel reitend, fröhlich durch den Schlamm galoppierend, ein oder zwei Handpferde am Zügel führend. Am Ufer des Teichs, dort, wo sich das kleine Strandbad mit den Kabinen und der Pergola, deren weißer Anstrich abblätterte, befunden hatte, war der zerstampfte schwärzliche Schlick übersät mit den tiefen Abdrücken der Hufeisen in Form von Halbmonden, die einander überlappten und in denen sich graues Wasser sammelte. Während des Tages konnte man in der Ferne, auf dem Hügel, der sich auf der anderen Seite des Teichs erhob, die Männer eines einheimischen Regiments sehen, in hellen Drillich gekleidet, die hackend und Schubkarren schiebend wie Ameisen hin und her liefen, damit beschäftigt, einen breiten Graben auszuheben und Stacheldrahtverhaue anzubringen.
Nach und nach überzieht sich das Dickicht unmerklich mit winzigen grünen Punkten, zuerst wie Staub, Nebel, dann mit Blättern. Diejenigen der Weißbuchen sind zu beiden Seiten der Mittelrippe mit zarten, von ihren gezackten Rändern ausgehenden Falzen geriefelt. Allmählich wird das Wetter schön, und der Schlamm beginnt zu trocknen. Später wird er (der Gefreite) sich an die Ritte ohne Sattel erinnern, an das Echo der Trompete, die zum Zapfenstreich blies, an die orangefarbenen Lagerfeuer im sich verfinsternden Wald, an die Humusgerüche, an das unwiderstehliche, unsichtbare Steigen der Säfte ringsum in der Dunkelheit, als ob man es hätte hören können, das Wiehern eines Kampfes unter Pferden zuweilen mitten in

der Nacht, die Schreie der Wache, die herbeigeeilt war, um sie zu trennen, die mildere Luft. Die Männer der Gruppen haben in der kleinen Lichtung einen Tisch und Bänke aus Holz gezimmert (oder im Strandbad gestohlen?), auf die sie sich setzen, um ihre Mahlzeiten einzunehmen. Eines Morgens, als der Zug sich anschickt, sich zu den Duschen zu begeben, die Pferde schon gesattelt sind, ohne Gepäck, ist der Gefreite im Begriff, seine Gamaschen zu wichsen, und hört drei Männer mit dem Feldwebel über Feldarbeiten diskutieren, als der Alarmbefehl kommt. Das Wetter ist sehr schön, und die Sonne spielt zwischen den schon großen zartgrünen, smaragdfarbenen, zitronengelben, glitzernden Blättern. Flugzeuge fliegen hin und wieder vorbei, sehr hoch am Himmel, fast unsichtbar. Der Gefreite bleibt einen Augenblick regungslos stehen, die Bürste in der Hand, betrachtet die fettrote Schuhwichse in der runden Dose, den Deckel der Dose, auf dem, schwarz auf rotem Grund, der Kopf des Löwen abgebildet ist, den mit kleinen, abwechselnd schwarzen und roten Schraffierungen verzierten Rand des Deckels. Er denkt Jetzt, jetzt ... Er hört nicht die in kurzen, trockenen, hastigen Tönen mehrfach wiederholten Signale der Trompete, er hört nicht die Befehle, die der in der Mitte der Lichtung stehende Feldwebel bereits schreit, er nimmt undeutlich die jähe Bewegung des Biwaks, das Hin und Her der Kavalleristen wahr, die sich zu schaffen machen. Sein Herz schlägt vielleicht ein wenig schneller. Er fühlt sich leicht, erregt. Er denkt an den Tod, aber er ist zu erregt: er hat zuviel zu tun und rennt ebenfalls zu seinem Zelt.

IX

1914

Es war die Zeit, da der Sommer sich zurückzuziehen, umzukippen, sozusagen unter seinem eigenen Gewicht niederzusinken beginnt, mit jener drückenden, unerbittlichen, ihrer selbst überdrüssigen Schwere, und in jenem Jahr, in dem Maße wie die Tage kürzer wurden, jeder Abend ein wenig mehr von der wehmütigen Enttäuschung des Lichts mit sich brachte und die Hitze sich Grad um Grad besänftigte, ließ er (der Sommer) jenes monströse Etwas hinter sich, mit dem er sich aufgebläht, das er ausgetragen hatte wie eine schwangere Frau, mit der gleichen Betäubung, dem gleichen stumpfsinnigen Stolz, entband sich von ihm beim Klang der Trompeten und im Gejohle von Betrunkenen, schickte sich bereits an, von Grauen gepackt, es im Stich zu lassen, um es ein Jahr später wiederzufinden, erwachsen geworden, schlammbedeckt und selbst in Schlamm verwandelt, bis zum Hals lebendig begraben oder unter der wiedergekehrten Sonne verfaulend in einem Gestank von Exkrementen, Schwären und verwestem Aas.

Aber vorerst war man noch ganz am Anfang. Es war sogar noch keinen Monat her, daß die Sache begonnen hatte, die Oberkellner mit den gekrümmten Rücken gingen jetzt melancholisch zwischen den verwaisten Tischen umher (keine – oder fast keine – Gäste mehr, keine Tennisspieler, keine Ausflügler mit genagelten Schuhen mehr, die abends lärmend die Halle durchquerten, niemand mehr, der sich um den stummen Musikpavillon drängte, keine Spieler mehr, keine nackten Schultern mehr, weder Taft noch weiße Nelken rings um die grünen Teppiche, die jetzt Schutzhüllen aus Serge bedeckten), und zwischen den jungen Grooms (Burschen aus dem Nachbardorf, die in aller Eile angeworben worden waren, nutzlos, mit zu großen, schlecht und recht umgearbeiteten Uniformen ausstaffiert) und den Gärtnern, die weiterhin die den Rasen zierenden Blumenbeete instand hielten, hatte sich gleichsam eine Art Zäsur, eine Art Kluft herausgebildet, als bestünde die männliche Welt jetzt nur noch aus Kindern und Greisen. Man hätte meinen können, es habe sich nichts verändert in dem kleinen Kurort am Fuß der Berge, wo die wohlhabenden Leute aus der Stadt vor den schwülen Sommern Zuflucht suchten: die gleiche Kühle in den schattigen Parks, das gleiche allgegenwärtige Murmeln der Bäche, die gleichen Augustgewitter, die sich an manchen Nachmittagen hoch oben um die Bergspitzen zusammenbrauten und, während das ruhige majestätische Echo des Donnergrollens in den Tälern widerhallte, losbrachen an den von Baumstümpfen und Felssplittern zerrissenen kahlen, dann sich nach und nach bewaldenden Hängen, in dem Maße wie das Auge hinabglitt zu der üppigen Vegetation aus Kastanien und Platanen, deren üppiges Laub über den Rasenflächen abtropfte und in deren Mitte sich gleich einem Baumkuchen auf einem Polster von Riesenhortensien das ungewöhnliche, riesige Bauwerk erhob, dessen Namenszug (HOTEL IBRAHIM PACHA) sich in goldenen Lettern um die Kurven der fächerförmigen Markisen mit ihren Elytren aus Glas und Eisen schmiegte und seinen unpassenden, paradoxen Charakter nur noch verstärkte, als ob es, mit seiner Schlagsahnekonsistenz und seiner mittels der Hortensienbeete sozusagen mit blaßblauen und rosa Bändern geschmückten Weiße jenen Zuckerdekorationen ähnlich, welche die Meisterwerke der Feinbäckerei zieren, in diesem Tal der Pyrenäen errichtet worden wäre von der Laune (oder zur Huldigung) irgendeines fetten Bakkaraspielers mit olivfarbenem, von einem Fes gekröntem Gesicht und speckigen, beringten Fingern, der von den Ufern des Nils oder des Bosporus gekommen wäre, um es mit seiner Klientel, seinen Trinkgeldern und seinem leicht verfälschten Prunk zu beehren oder einfach (vielleicht einfach irgendein Schwindler, den man in irgendeinem Kasino mit einer Spielkarte im Ärmel erwischt und gewaltsam, unter Zwang, hierhergebracht hätte mit dem Auftrag, jeden Abend die Marken und Jetons auf das grüne Tuch zu werfen, die er abends der Direktion zurückerstattete) um gewissermaßen als Attraktion zu fungieren und damit das Gesamtbild abzurunden, als erforderte die Ehrbarkeit des schwerfälligen Bauwerks, die mit Grünpflanzen garnierte Halle die Würze einer exotischen und leicht liederlichen Note: den roten Fleck des Fes, den mit dem Brenneisen gekräuselten schwarzen Schnurrbart, das ölige runde Gesicht, um der Stätte den unerläßlichen kosmopolitischen und leicht zweideutigen Status zu verleihen, den jeder Kurort sich schuldig ist (die Torte, der Baumkuchen, von dem sechsundzwanzig Jahre später das Kind, das die Negerin, die alte Dame mit den viktorianischen Hängebacken und die noch junge Frau in den leeren Alleen des Parks spazierenführten – das Kind, das in der Folgezeit ein kleiner Junge wurde, dann ein Erwachsener, dann erneut eine Kreatur oder vielmehr ein lebender Organismus, den ausschließlich tierische Sorgen beherrschten, einzig darauf bedacht, zu essen und zu trinken, und der durch die Stimme eines Lautsprechers auf dem Platz eines Gefangenenlagers erfahren sollte, daß er (der Baumkuchen) mit einem Schlag ausgelöscht, innerhalb einer einzigen Nacht wie unter einem Zauberstab von der Oberfläche der Welt verschwunden war, als sollten im Abstand von sechsundzwanzig Jahren Unheil und Verwüstung erneut an denselben Stätten zuschlagen und diesmal nicht nur eine einfache Spaziergängerin in Trauer versetzen, zerreißen, tödlich verwunden, die hinter einem von einer Negerin geschobenen Kinderwagen herging, sondern den Ort selbst (und zwar noch radikaler, als die Granaten oder Bomben es vermocht hätten, die tausend Kilometer ent-

fernt im Norden explodierten), indem sie die murmelnden Bäche von einem Augenblick zum andern in einen reißenden, brüllenden Storm verwandelten, der (es dauerte nur wenige Stunden) von den Terrassen, der Markise, den Balkons, den Rasenflächen, den Hortensienbeeten und der Erinnerung an den orientalischen Pascha nur eine zweihundert Meter breite Steinwüste zurückließ, die die Einwohner des auf einem Felsvorsprung errichteten Dorfs voller Bestürzung entdeckten, als die Sonne wieder aufging).
Und vielleicht, nachdem die ersten Tage verstrichen waren (die drei oder vier, die sie benötigten, um sich einzurichten, die Koffer auszupacken, die Kleider in die Schränke zu hängen und die Möbel nach ihrem Geschmack in der Wohnung aufzustellen, die die alte Dame im ersten Stock des Hotels gemietet hatte, die Negerin und die Köchin, die sie mitgebracht hatten, unterzubringen – denn es gab auch eine Köchin, sei es, weil das Haus letztendlich darauf verzichtet hatte, die alten Oberkellner dafür zu bezahlen, daß sie, runzlig, krumm und melancholisch in ihren schwarzen Fräcken, zwischen den Reihen von Tischen ohne Gäste herumstanden, sei es, weil die alte Dame und ihre Tochter es vorgezogen hatten, sich nicht zu zeigen, da sie bei den Mahlzeiten die unschickliche Nachbarschaft junger Leute oder gleichgültiger Fremder fürchteten, und abgeschlossen lebten, nur ausgingen, um das Kind spazierenzuführen), vielleicht schickte sie damals jener Jugendfreundin (der sie weiterhin, aus träger, lächerlicher Koketterie, in Erinnerung an ihre jungfräulichen Jahre auf Spanisch schrieb) eine Karte, auf der das seltsame Bauwerk zu sehen war sowie, vor der Freitreppe unter der Markise mit den gläsernen Elytren aufgereiht, der Direktor mit seinem Stab an Oberkellnern und Küchenchefs, und auf deren Rückseite (beginnend mit dem üblichen »Ninita querida«) sie einfach ihre neue Adresse mitteilte, diese lediglich mit der Gesundheit des Kindes

begründete, den Rest schamhaft (oder hochmütig) verschwieg, das, was vorausgegangen war, den wahren Grund für diesen Aufenthalt – oder vielmehr diese Flucht, diesen freiwilligen, strengen, hoheitsvollen Rückzug aus der Welt: die Trennung, die Abreise, das Pferd im Hof, den für den Krieg herausgeputzten Mann, die Familie auf dem Balkon der Veranda – und sie mitten in der ersten Reihe wie in einer Theaterloge, so wie damals, als sie in Barcelona jenen blutigen, grausamen Spielen beiwohnte, auf die sie so lüstern war, diesmal jedoch blaß, aber ohne Tränen, mit zusammengebissenen Zähnen zusah, wie der Krieger das Kind ergriff, das die Negerin ihm entgegenstreckte, es küßte, es einen Augenblick an seine umgürtete Brust drückte, es wieder der Negerin reichte, sich auf das Pferd schwang, ihm die Sporen gab und verschwand, während sie stehenblieb, an das Geländer geklammert, mit weißen Gelenken, weiterhin auf die klaffende Öffnung der Einfahrt starrte, in der sich ein letztes Mal die Reitersilhouette abgezeichnet hatte, der Mann, auf den sie bis zu ihrem fünfundzwanzigsten Lebensjahr gewartet hatte und noch einmal im Laufe jener kein Ende nehmenden heimlichen Verlobung vier weitere Jahre gewartet, allen Vorurteilen standgehalten, dem Skandal, dem untröstlichen Gesicht der alten Dame (ihren Vorhaltungen, vielleicht ihren Zurechtweisungen), allen Einwänden jene passive Standhaftigkeit einer Statue, jene freundliche, lächelnde, jedoch unbeugsame Trägheit entgegengesetzt hatte; vier Jahre, in denen sie nichts anderes von ihm besaß als jene Postkarten aus fernen Ländern, die Pagoden, Reisfelder, Überseedampfer, Pyramiden, Kamele, mit Assagais bewehrte Wilde, ausgeglühte oder mit Urwäldern bedeckte Berge zeigten und auf deren Rückseite in zierlicher Handschrift lediglich ein Name und ein Datum stand, und die unverbrüchliche Entschlossenheit schließlich gesiegt hatte: dann jene vier Lichtjahre auf der mit Negern in Peplons und zahmen Boas bevölkerten Insel, der Hochzeitsflug, die Befreiung, die Verzückung: während gleichzeitig ihr lange gefangengehaltenes Fleisch sich öffnete, sich weitete, denjenigen in sich aufnahm, der sie sozusagen durch legalen Raub entführt hatte, die jähe Offenbarung oder vielmehr der Einbruch der großen, unerschöpflichen, bunten, von Menschen, wilden Tieren, unbekannten Blumen wimmelnden Welt in ihr Leben, in die sie eindrang, leichtsinnig, vielleicht erschöpft (in jenem Augenblick, da die zum Schmetterling gewordene Chrysalide, der es gelungen ist, sich ruckweise aus ihrem Panzer zu befreien, wieder zu Atem kommt, noch klebrig von den Nährsäften, noch erschrocken über ihre Verwandlung, bevor sie ihre Flügel ausbreitet und sich in die Lüfte schwingt), noch nicht ganz von jener schützenden Hülle aus Albernheiten und abgeschmacktem Getue befreit, mit der sie sich umgeben hatte (oder in die ihre Geburt, ihr Milieu, ihre Erziehung sie sozusagen eingeschnürt hatten), und nun sah sie voll Entzücken zu, wie die Negerlein nach den billigen Münzen tauchten, die sie ihnen zuwarf, ließ sich auf den Schultern schwarzer Sklaven tragen, schrieb genüßlich die endlosen Aufzählungen von Bouillons, Pasteten, Gänselebern, Perlhühnern, Geflügelbrüstchen und Eisbomben, aus denen die Speisekarten der Diners beim Gouverneur bestanden, ab, um sie ihrer Mutter zu schikken, verschickte Fotografien, auf denen sie selbst zu sehen war, strahlend, hartnäckig extravagante Hüte und enge Röcke tragend (als teilten die Frauen mit den Architekten jene Fähigkeit, unter jedem beliebigen Breitengrad unerschütterlich die Moden von Chantilly oder den architekturalen Stil der Cafés von Agen oder der Kasinos von Kurorten mit sich zu schleppen), unter der Galerie ihres Bungalows sitzend, umgeben von ihrer Dienerschar, an der Seite des Mannes, der, ohne Käppi oder Helm, in seiner weißleinenen Uniform wie ein fünfter Dienstbote (oder der Haushofmeister) wirkte, das Gesicht geprägt von jenem rätselhaften, sowohl nachsichtigen wie belustigten Ausdruck des ersten Oberkellners oder des Chefpikörs für die unausstehliche Erbin mit den kindischen Launen und den kindischen Verzückungen – er, der nach seinen Jahren im Busch, seinen geodätischen Aufstellungen, seinen Sümpfen der Frauen müde, wenn nicht überdrüssig war, jener gefügigen zärtlichen Leiber mit kupferner oder safranfarbener Haut, die ihn umarmt hatten, die erlesenen Gesichter von einem Turban gekrönt oder schlitzäugig, deren Fotografien er zuweilen (wenn es sich nicht nur um den Zufall einer Zwischenlandung, einer Etappe handelte, wenn die exotische Orchidee nicht nur seine Nächte, sondern auch seine Tage ausfüllte, ihm seine Mahlzeiten servierte, vielleicht die anderen Dienstboten beaufsichtigte, ihn mit ihrem Vogelgeplapper zerstreute) seinen Schwestern schickte – den puritanischen jungfräulichen Bergbewohnerinnen in ihrem schneeigen und regnerischen Land, die ihr Leben als Lehrerinnen und Bäuerinnen fristeten, Turbane und Blumenmädchen auf Pappseiten in das Familienalbum klebten, in dem, mit einem Goldrand umgeben, die steifen Porträts von Kusinen und Tanten mit straff nach hinten gekämmtem Haar, Fischbeinkorsagen, bis zum Hals zugeknöpft, und sonntäglich gekleidete Männer abwechselten mit den Porträts von Kreolinnen oder halb nackt zum Fotografen geschleppten Naturkindern, der, bevor er sie an irgendeine Konsole vor einer täuschend echt gemalten Balustrade lehnte, ihnen (zumindest was die Vorderseite betraf) mit Hilfe von Stecknadeln und einigen Metern Taft die Robe einer Kaiserin von Westindien oder einer Gräfin Castiglione fertigte.

Jetzt begleitete er sie jeden Sonntag (sie schickte auch das Foto von der Kirche der Mission: ein scheußlicher, pseudogotischer Backsteinbau, ungewöhnlich oder besser unschicklich unter der Tropensonne) zur Messe, sie mit einem ihrer Chantilly-Hüte auf dem Kopf, er einen jener Melonenglocken ähnelnden Tropenhelme unter dem Arm, er, der bis dahin niemals den Fuß in eine Kirche gesetzt hatte, dessen Familie, von Generation zu Generation, sich in jener prinzipientreuen Tradition der Bergbewohner hinter einer strengen, einer unbeugsamen Ablehnung all dessen verschanzt hatte, was einem Priester oder einem Gebet glich und für die das Betreten einer jener Stätten einfach als Zeichen von Unredlichkeit galt. Und zweifellos war es das einzige Mal, daß er offen mit jenen Frauen aneinandergeriet, die ihn in allen Bedeutungen des Worts großgezogen hatten, sich seinetwegen aus der Welt zurückgezogen, freiwillig ausradiert hatten, so wie man früher die jüngeren Schwestern des männlichen Erben, der dazu ausersehen war, seinen Weg bei Hof oder Karriere in der Armee zu machen, mit Gewalt in ein Kloster sperrte: die einzige Meinungsverschiedenheit, die einzige Gelegenheit, bei der er sich der puritanischen Unnachgiebigkeit stellen mußte, das erste Mal, daß eine von ihnen (wahrscheinlich die ältere – sie, die wie selbstverständlich die Mulattinnen mit Turban und die kindlichen Annamiterinnen adoptiert und dem Familienalbum einverleibt hatten) es sich erlaubte, die Stimme zu heben, um zu sagen: »Sie ist nicht aus unserem Milieu!«, der gleiche Einwand, wenn auch anders ausgedrückt (»Er ist nicht aus unserer Welt«), den ihrer Tochter die alte Dame entgegengehalten hatte, da sich die Welt für sie auf diejenigen beschränkte, die sich wie sie auf eine endlose Reihe kostümierter Ahnen berufen konnten, und da auch sie klösterlich in ihren Vorurteilen und dem alten Familienhaus eingeschlossen war, jenem Mausoleum vergangenen Ruhms; aber vielleicht hätten sie das (den Unterschied der gesellschaftlichen Stellungen, der Milieus) ja noch hingenommen, wenn dieser Unterschied nicht etwas postuliert oder vielmehr beinhaltet hätte, was für sie ein unüberwindliches Hindernis dar-

stellte, das Wort (»gläubig«), das allein als solches einer Beleidigung ihrer Würde gleichkam, das, als sie den Brief erhielten, in dem er ihnen seine Absichten mitteilte, diejenige, die ihn vorlas (nicht der Mutter: jener verschrumpelten, erdfarbenen Sache (eher denn eine Person), zusammengeschnurrt auf die Größe eines Apfels unter einer Haube mit Volants, die aus dem bis zum Kinn hochgezogenen Laken herausragte und Nacht und Tag denselben Platz auf dem Kissen einnahm, außer wenn sie sie umdrehten, um dem Mund ein wenig gezuckerte Milch einzuflößen oder den Körper, der nicht einmal die Decken wölbte, von seinen Auswürfen zu säubern), zweifellos auszusprechen zögerte, so daß sie die Stimme senkte, das Wort schließlich doch, zweifellos bestürzt, fallen ließ, so wie wenn man von einem Laster spricht, von einem Makel, einer schändlichen Krankheit, von etwas Anstößigem, als ob alle Hoffnungen, die sie in ihn gesetzt hatten (in diese stellvertretend mit ihrem Stolz und ihrem Ehrgeiz betraute Abordnung ihrer selbst, mittels derer sie nicht so sehr irgendeinen gesellschaftlichen Aufstieg der Familie erreichen würden als vielmehr deren Flucht, deren Befreiung aus der Lage eines Lasttiers), mit einem Schlag zusammenbräche, als ob alles verleugnet würde, was ihre Sippe aus Bauern, Brettschneidern und Winzern sie als den Kampf des Guten gegen das Böse zu betrachten gelehrt hatte, eine Familie, in der die Stelle der Bibel jene Broschüren mit grauem Einband und allegorischen Zeichnungen einnahmen, die einen Landmann oder einen Schmied vor dem Hintergrund einer aufgehenden Sonne mit einem Kranz ebenfalls grauer Strahlen darstellten.
Und vielleicht konnte eine von ihnen (wiederum die ältere?) nicht an sich halten, sagte – oder schrieb – ihm, was sie unter sich, in ihrer Niedergeschlagenheit, einander anzusehen vermeidend, nur mit halblauter Stimme zu formulieren gewagt hatten, gab ihre Zurückhaltung auf, tat

ihrem Schamgefühl, ihrem Stolz, ihrer Zärtlichkeit Gewalt an, wartete dann (und falls es ein Brief war, so konnte er anhand des Papiers und der beflissenen Lehrerinnenhandschrift wahrscheinlich ihr Gesicht oder vielmehr ihre beiden schon verbrauchten, ein wenig eckigen Gesichter vor sich sehen, deren Fleisch sich zu zerfurchen begann, die ihn ängstlich, betrübt, fast erschreckt anschauten), worauf er ihnen antwortete, sie mit jener nachsichtigen Gutmütigkeit, jenem selben Lächeln beschwichtigte, das er seit der Grundschule, dann dem Gymnasium, der Vorbereitungsklasse, in seinen abgewetzten Stipendiatenkleidern, dann in Saint-Cyr den Hindernissen entgegenzusetzen gelernt hatte, dem gleichen, das er den Kränkungen seiner Mitschüler, die den Titel eines Marquis oder eines Barons trugen, hatte entgegensetzen müssen (jenen, für die das Tragen eines Käppis mit Federn, weißer Handschuhe und eines Degens keinen gesellschaftlichen Aufstieg bedeutete, sondern ein Recht, etwas Geschuldetes, einfache Requisiten, die ihnen schon in die Wiege gelegt worden waren), erneut auf ihre Einwände, ihr verstocktes Schweigen antwortete, mit der gleichen munteren, einschmeichelnden Miene, als ob er zu Kindern gesprochen hätte (zu ihnen, von denen die jüngere zehn Jahre älter war als er), seine Worte vielleicht mit einem Augenzwinkern unterstrich, als wollte er sie zu Komplizinnen machen, mit einer Handbewegung (wobei er ihnen erklärte, daß es sich nur um eine Formalität handelte, um Fisimatenten, Konzessionen an lächerliche Bräuche) die allzu unerträglichen Wörter oder Bilder abtat (denn immerhin mußte er sich taufen lassen, vor einem jener Männer niederknien, deren Gewänder in ihren Augen Bosheit und Ruchlosigkeit verkörperten) und sie am Ende auch bezwang, ihnen ihre Einwilligung abtrotzte, ohne die (mochte sie auch nur widerstrebend gegeben sein, unter an den Wimpern zitternden Tränen) er vielleicht verzichtet, seine Verlobung

gelöst hätte, ans andere Ende der Welt gereist wäre, in irgendeinen Dschungel, in Wüsten oder ausgeglühte Berge.
Und auf der anderen Seite (während er sich vier Jahre lang bemühte, die strenge, abergläubische Voreingenommenheit der beiden Schwestern zu besiegen, der beiden Schwestern in jenen kartonähnlichen Kleidern, die ihnen mit Hilfe abgetragener diejenige anfertigte, die die Männerrolle innehatte – denn auch das konnte sie, und sogar Hüte, samt Vögeln mit Flügeln aus Jett, mittels drapiertem Samt, etwas Tüll und billiger Perlen) der andere, symmetrische Zusammenstoß: die alte Dame, die regelmäßig, bald aus Kairo, bald aus Ceylon, Aden, Singapur, aus Orten, deren gutturale Namen sie noch nie gehört hatte, wie Lang Song oder Loc Binh, vergleichbar (die Namen) Jadesteinen oder Opiumauswürfen, die Postkarten eintreffen sah und sie wortlos, vielleicht einen Seufzer unterdrückend, dem jungen Mädchen reichte, das schon nicht mehr jung war, immer noch unerschütterlich heiter, gehorsam, verschlossen, und das sie mit lässiger Geste in Empfang nahm, einen Augenblick den Kamelmarkt, den mit Kokospalmen gesäumten Strand oder das Dorf aus Strohhütten betrachtete, sie vielleicht sogar, ohne zu lesen, was auf der Rückseite geschrieben stand, auf den Tisch legte, an dem sie gemeinsam das Frühstück einnahmen, ohne ihnen mehr Aufmerksamkeit zu schenken als der übrigen Post (einer anderen Karte vielleicht, die die alte Dame ihr gleichzeitig, jedoch mit einer geheimen Hoffnung, gereicht hatte, auf deren Rückseite eine jener fröhlichen Galanterien – zuweilen in Versen – gekritzelt war, wie sie irgendein Freund der Vettern zu drechseln verstand, der durch die Alpen reiste, ein neues Automobil ausprobierte oder mit seinem Kavallerieregiment an einem Manöver teilnahm), stets mit der gleichen lässigen, abwesenden Miene, hinter der sich eine passive, ungeheure Entschlossenheit verbarg, bis

schließlich, siebenhundert Kilometer voneinander entfernt, die beiden Laienschwestern mit den sparsamen Kleidern und die viktorianische alte Dame, deren Zimmer ein Kruzifix zierte, aufgaben, sich fügten, sich geschlagen erklärten.

Jene vier Jahre also, jene Insel, jenes abgetrennte Stück Afrika in einem von Haien und fliegenden Fischen bevölkerten Ozean, jene biblischen Menschenmengen mit schwarzen Gesichtern unter Strohhüten und in Togen gehüllten Körpern, jene Märkte, wo sie, erschlafft, mit befriedigtem Leib (und bald schwerem, denn ein neues Leben regte sich in ihm), von einem Sonnenschirm geschützt, auf den Arm des Mannes gestützt, auf den sie vier Jahre gewartet hatte, Früchte von bizarren Formen und bizarrem Geschmack, Stickereien, nutzlose Korbwaren kaufte, sich zu jenen provinziellen, steifen und zugleich leicht verfälschten Geselligkeiten in die Präfektur begab und dort, unter den Frauen von Verwaltungsangestellten, Beamten und Plantagenbesitzern, in einem der von geschickten schwarzen Händen nach den letzten Journalen aus der Metropole kopierten Kleidern, zum ersten Mal in ihrem Leben mit Leuten zusammenkam, denen die alte Dame um nichts auf der Welt ihre Tür geöffnet hätte, leichtsinnig, mit belustigter Nachsicht den unbeholfen mondänen, mehr oder weniger schlüpfrigen oder mehr oder weniger plumpen Reden dieser gemischten Gesellschaft lauschte, wie sie in solchem Klima gedeiht, und wo sich im Mahagonirahmen des mit Spiegeln geschmückten Grand Café oder in den Gärten der Residenz mit der Fassade eines Kurhauses die Freimaurer-Gouverneure, die Ordensbrüder der Mission, habgierige Kaufleute und, in ihren weißleinenen Uniformen mit von den Wüstenwinden oder der klammen Feuchtigkeit der Sümpfe etwas trüb gewordenen Tressen, die Männer mit den strengen Gesichtern, den fiebrigen Blicken, von Chinin und Absinth ernährten Körpern trafen, sich zum Handkuß vor den Damen verneigten, die, unter blumenfarbenen Sonnenschirmen, zusahen, wie sie (die Männer) bei den Paraden in ihren gebürsteten, geschniegelten Waffenröcken erstickten, regungslos unter der schrecklichen Tropensonne, schnurgerade aufgereiht, mit blankem Säbel mühsam ihre von Fliegen gepeinigten Pferde ruhighielten, blind unter jenen Melonenglocken, die gerade noch die Spitzen der starren Schnurrbärte oder der Landsknechtbärte herausragen ließen.

Vier Jahre also (und vorher die neunundzwanzig anderen – oder vielmehr die vierzehn (oder sechzehn) anderen, wenn es stimmt, daß junge Mädchen im Alter von fünfzehn oder dreizehn Jahren von demjenigen zu träumen beginnen, der ihre Korsage aufhaken wird, jene heimlich in den Spiegeln der Badezimmer betrachteten Teile ihres Körpers berühren und in sie eindringen wird), und plötzlich, als wäre alles nur ein Zwischenspiel ohne Realität gewesen, ein ephemärer Flug von Schmetterlingen (oder vielmehr Nachtfaltern, die geblendet, blind, ihre Flügel am Glas einer Lampe, einer Nachtlaterne verbrennen), jählings, ohne Übergang (denn vielleicht gelang es ihm ja noch, sie zu täuschen, in die Irre zu führen, sie bis zum letzten Augenblick zu schonen, indem er unvermittelt die besorgten (oder wer weiß: stürmischen, ungeduldigen? ...) geheimen Zusammenkünfte unterbrach, die sie zu dritt oder zu viert (stets in ihren weißleinenen Uniformen, während der Überseedampfer langsam seine Bahn durch die Wasser der warmen Ozeane zog, das schmale, von ausgeglühten Bergen gesäumte Meer nach Norden hinauffuhr) in der Ecke eines Gangs abhielten, oder, wenn er sich im Rauchsalon verspätet hatte, plötzlich das Thema wechselte, auf sie zuging und ihr dabei das gleiche lächelnde, beruhigende Gesicht zeigte, oder vielleicht spielte in stillschweigender Übereinkunft, stillschweigender Zurückhaltung jeder – sie und er – dieses Spiel (auch wenn sie sich in den

Zwischenhäfen allzu nervös auf die Zeitungen stürzte – oder vielleicht hinter seinem Rücken alle Mittel ihrer Koketterie aufbot, scherzte, falsche Sorglosigkeit an den Tag legte in dem Versuch, dem Funkoffizier an Bord zu entlocken, was sie wissen wollte), und dann ein weiteres Mal – das letzte Mal, sozusagen gegen den Strich – der Tisch des Kommandanten, die den Negerlein mechanisch zugeworfenen Münzen, die orientalischen Buden der Basare, die Käufe nutzloser Nippsachen, als sie einander (oder bereits dem Phantom des anderen) nutzlose Pfeifennecessaires oder nutzlose Toilettengarnituren schenkten, dazu bestimmt, in den Schachteln und Kisten zu bleiben, die sie erst zehn Jahre später öffnen würde, auszupacken sich entschließen sollte, kurz bevor sie selber starb, das Gesicht verwüstet, mit trockenen, leeren Augen die Emaillearbeiten, die mit blau- und rosagefiederten Vögeln und exotischen Blumen verzierten Tabakdosen oder die gehämmerten Tabletts betrachtete), ohne Übergang also, von neuem in jenen apathischen Zustand gesunken oder vielmehr geschleudert, zum Warten zurückgekehrt, im schläfrigen Refugium des überstürzt verlassenen Kurorts mit seinem unwandelbaren Dekor aus Bergspitzen, Wäldern, Rasenflächen, seinen alten Gärtnern mit den verschlafenen Bewegungen, die sich über die Hortensienbeete beugten, dem allgegenwärtigen Murmeln der das Gebirge herabschießenden Bäche, den kühlen Schatten, unter denen man sie, stets wie aus Trotz mit einem jener verblüffenden Hüte und (ebenfalls aus Trotz gegen das Schicksal, aus Eigensinn) in einem jener hellen Kleider, die sie unter der Tropensonne getragen hatte, mit langsamen Schritten wandeln sehen konnte, als ob sie, mit ihrem starren, abwesenden Blick, ihrer ein wenig fetten Maske mit dem versteinerten Ausdruck, über ihren langen Röcken eine jener naiv gemeißelten, auf Tragen befestigten, bei Votivfesten von Büßern auf ihren Schultern getragenen

Büsten spazierenführte, die von goldenen Strahlen gekrönt sind und zwischen deren Brüsten, im ausgehöhlten Leib, durch eine kleine Luke hinter einer Glasscheibe irgendeine Reliquie, irgendein gebräunter Knochensplitter zu sehen ist – sie, die später nicht einmal den kleinsten Knochen, keinen Wirbel, keine Rippe würde auffinden können und die statt eines Grabsteins für denjenigen, der sie in Armen gehalten, seine Glieder mit den ihren vermengt hatte, nichts anderes würde tun können, als ein Rechteck aus Karton drucken zu lassen, diskret schwarz umrandet, geschmückt mit einem dünnen schwarzen Kreuz über dem Namen, dem Datum (dem Datum eines jener Tage, an denen sie regelmäßig, immer zur gleichen Stunde, mit der Negerin ausging und diese in einem Wagen das Kind schob, das sie vor weniger als einem Jahr noch in ihrem Leib getragen hatte), kurzen Versen von Ozanam oder Hiob und dem Satz (dem Schrei), der ihr vielleicht in die Kehle stieg, sie würgte, erstickte, als ihr, unter dem durch die Kiesallee schleifenden langen Rock, die Beine versagten, sie dennoch weiterging, die Augen starr auf das Automobil geheftet, eine Art Monstrum, eine Art Käfer mit Flügeln aus Blech, hervorquellenden Augen, gelben Kupferbeschlägen, das vor der Freitreppe des Hotels hielt, samt seinem Chauffeur, der, noch mit einem Staubmantel bekleidet, seine dicke Fahrerbrille in der Hand, sie herankommen sah, neben der alten Dame stehend, die an einem Gartentisch saß und sie ebenfalls ansah – falls sie (die alte Dame) durch den glänzenden Film, der ihre plötzlich eingefallenen alten Wangen wie ein Firniß überzog, durch den stummen Schleier der Tränen überhaupt etwas anderes erkennen konnte als zwei helle Formen vor dem dunklen Hintergrund des Laubwerks, zerfließend, größer werdend, und es gelang ihr (der alten Dame), sich zu erheben und der Toten mit den vergrößerten Augen, den stummen Lippen entgegenzugehen, die sich mechanisch bewegten, außerstande, einen Laut hervorzubringen, sich öffneten und schlossen über den Wörtern, deren Sinn diejenige, die sie zu sagen versuchte (oder vielleicht nicht einmal versuchte: die sie mechanisch erinnerte, so wie ein Fisch auf dem Trockenen, halb erstickt, weiterhin im Leeren den Mund öffnet und schließt), vielleicht nicht mehr (oder noch nicht) zu verstehen vermochte, Wörtern, die unhörbar waren unter den ebenfalls sinnentleerten Geräuschen (dem Zischeln des Windes in den schaukelnden Blättern, dem Murmeln sprudelnder Wasser, dem Piepen von Vögeln): nur aneinandergereihte, durch Zwischenräume getrennte Buchstaben, so wie sie später nicht in Marmor oder Stein eingraviert, sondern einfach auf die Rückseite jener grauen Anzeige gedruckt erscheinen sollten, die nicht größer und nicht gewichtiger war als eine Spielkarte, während die Lippen sich weiterhin von selbst bewegten, schwach, wie in einem nervösen Tick, einem Zittern, ohne Ende denselben Satz bildeten, denselben stummen, herzzerreißenden Schrei, ohne ein Echo außer dem gleichgültigen Beben der Zweige, dem monotonen Schrei immer desselben Vogels, dem monotonen Scharren der Hacke in der Hand des lethargischen Gärtners, als ob das ganze lethargische Universum, die Erde, die ihre langsame Rundreise fortsetzte, die krallige Wolke, die fortfuhr, sich zu zerklüften, sich zusammenzuballen, sich erneut zu zerklüften rings um die zerklüfteten Felsspitzen, die Berge, das Tal, als ob sie alle die Reihe der Wörter, kaum gehaucht, auflösten, verschluckten, tilgten, Wörter, die nicht die Kraft hatten, die Kehle zu verlassen, die stolperten, sich zersetzten, immer wiederkehrten wie eine Litanei, das Gebrabbel einer Verrückten, einer Schwachsinnigen: Dein Wille geschehe ... dein Wille geschehe ... dein Wille geschehe ...

X

1940

Es geschah ganz plötzlich, von dem Augenblick an, da er sich auf jenem Pferd wiederfand (demjenigen, dessen Zügel der wütende Kavallerist ihm gereicht hatte), als ob der klebrige, lauwarme Film, den er von seinem Gesicht zu entfernen versucht hatte, indem er es mit kaltem Wasser besprengte, sich augenblicklich neugebildet hätte, noch undurchlässiger, ihn von der Außenwelt trennte, etwa so dick wie eine Glasscheibe, schätzte er, falls es überhaupt möglich ist, Erschöpfung, Dreck und Mangel an Schlaf mittels einer Glasscheibe zu schätzen: trotzdem unternahm er den Versuch, das heißt, daß er in einem bestimmten Moment eine Hand an sein Gesicht hob und sie ihm näherte, ohne es berühren zu können, als schöbe sich zwischen die Haut seiner Finger und die der Wange, die sie zu erreichen suchten, eine Schicht unsichtbarer Materie oder als wären die beiden Hautflächen (die seiner Fingerkuppen und die seines Gesichts) fühllos geworden: allenfalls spürten seine Finger, daß sie auf etwas Kompaktes trafen, das ebensogut das Tuch seiner Jacke oder der Sturmriemen seines Helms sein konnte, und spürte die Wange so etwas wie einen vagen, aber fernen Druck – und einen Augenblick später durchfuhr ihn der Wunsch, seine Steigbügel zu verkürzen (wobei er gleichzeitig dachte, daß er alles in allem erst zum zweitenmal innerhalb von vier Tagen auf dem Pferd eines Toten saß, das heißt, daß er innerhalb von vier Tagen zwei Pfede eingebüßt hatte oder daß umgekehrt die beiden Pferde in derselben Zeit ihre Reiter eingebüßt hatten oder daß er offensichtlich ausersehen war, den Platz der Toten einzunehmen auf verschiedenen Pferden, dem ersten mit einem zu langen Sattelgurt (oder vielmehr hatte der Sattel, den er von seiner entkräfteten Stute auf das erste Ersatzpferd gewechselt hatte, einen für dieses zu langen Gurt, so daß, als er inmitten der Explosionen, der Schreie, der Unordnung, des Gewiehers, der Galoppaden, der Flüche seinen Fuß in den Steigbügel gesetzt hatte, die ganze Ausrüstung – Packen, Sattel, Säbel, zusammengerollte Decke und Satteltaschen – weggerutscht war, und das war ungefähr alles, woran er sich erinnerte, bevor er vom Schlag eines Knüppels niedergestreckt worden, dann inmitten von Leibern erschlagener Männer und Pferde wieder zu sich gekommen und dann losgerannt war), diesem zweiten Pferd nun mit zu langen Steigbügeln, und er dachte, daß man letztlich nur ein Pferd gegen ein anderes unter ihm ausgetauscht hatte oder daß man umgekehrt, wenn man es aus der Sicht der Reittiere betrachtete, ein Gesicht durch ein anderes ersetzt hatte, wie jene ein für allemal in derselben Haltung gegossenen Reiter mit bogenförmig abgespreizten Beinen, die man unverändert samt Helm, Lederzeug und Sporen (außer, dachte er noch, daß ich jetzt den verdammten Karabiner los bin) von einem Bleipferd aufs andere setzen kann, erneut in jenem Zustand passiven Dösens, aus dem ihn die Alarmrufe gerissen hatten, fast augenblicklich gefolgt von den ersten Feuerstößen, die die Schwadron überrascht hatten (als wären danach sein Lauf zu den schützenden Hecken, zwischen den Panzern hindurch, sein Marsch durch den Wald gewissermaßen nur eine Paranthese gewesen, die schon wieder geschlossen war, schon nicht mehr ganz real, wenn nicht imaginär, jedenfalls völlig belanglos in den Augen des Obersten, nach dem Blick zu urteilen, mit dem er ihn angesehen hatte (oder eben nicht angesehen hatte: durch ihn hindurchgesehen hatte, sogar mit leicht ungehaltener, wenn nicht gereizter, verärgerter Miene), als er sich vorgestellt hatte), und in dem er sich jetzt genau wie vor ein paar Stunden auf einem Pferd wiederfand, vom monotonen Geräusch der Hufe gewiegt), da die Länge der Steigbügel, dem getöteten Reiter angemessen, im Augenblick seine Hauptsorge war, aber dazu hätte man die Schenkel einen nach dem anderen heben und sich hinabbeugen müssen, um die Steigbügel zu verkürzen, und allein schon die Vorstellung der Reihe der dazu erforderlichen Bewegungen war zu ermüdend, so daß er einfach weiterritt mit seinen Sohlen, die nur knapp die Steigbügel berührten, und das genügte, da er nichts anderes zu tun hatte (gegenwärtig brauchte er keine Entscheidung mehr zu treffen, sondern nur den beiden Offizieren zu folgen, deren dunkle Oberkörper er im blendenden Gegenlicht einige Meter vor sich über den beiden Zwillingskruppen elegant sich wiegen sah), als seinen eigenen Oberkörper ungefähr in der Senkrechten auf dem Sattel zu halten, wie ein Paket vor- und zurückschwankend, gänzlich eingehüllt von der Art verdrecktem Glas oder vielmehr gelbem Zellophan (wie das Papier, in das Bananen- oder Zitronenbonbons eingewickelt sind, dachte er), dessen Knicke er in jeder Falte seiner Haut spüren konnte, so wie bei jedem Wimpernschlag etwas Brennendes und Schmerzendes rasch vor seinen Augen vorbeiglitt, wobei er sich trotzdem bemühte, sie offenzuhalten, blinzelte, was zur Folge hatte, daß das Zellophan, ein Fächer mit rasiermesserscharfen Stäben zu beiden Seiten seiner Schläfen, noch mehr Falten zog, das Ganze (gelbe Verpackung, Bruchstellen des Glases und lauwarme Klebrigkeit) sich zusammen mit ihm auf dem Sattel drehte, eine Anstrengung, die ihm die scharfen Falze des Paraffinpapiers schräg in die Taille und die Rippen drückte, während er sah, wie sich hinter ihnen zwischen den blühenden Wiesen das gewundene, leere Band der Straße langsam zusammenzog, auf der er in ihrem Gefolge nichts anderes entdeckte als zwei Melder, die träge in die Pedale traten, S-Kurven fuhren, um sich dem Tempo der im Schritt gehenden Pferde anzupassen, wie zwei betrunkene Radrennfahrer, schwankend, oder vielmehr auch sie gleichsam dösend, als ob sich alles in Zeitlupe abspielte, so daß er später, als er diese Dinge zu erzählen versuchte, merkte, daß er anstelle des Unförmigen, Wirbellosen eine Beziehung von Geschehnissen hergestellt hatte, so wie ein normaler Geist (das heißt der von jemandem, der in einem Bett geschlafen, sich erhoben, gewaschen, angekleidet, ernährt hat) sie nachträglich herstellen konnte, mit kühlem Kopf, gemäß einem feststehenden Brauch vereinbarter Laute und Zeichen, das heißt, die einigermaßen deutliche, geordnete, voneinander unterschiedene Bilder hervorbrachten, während das Ganze in Wahrheit weder klare Formen noch Substantive, noch Adjektive, weder Subjekte noch Objekte, noch eine Interpunktion (jedenfalls keine Punkte), weder eine genaue Temporalität noch einen Sinn, noch Konsistenz hatte, es sei denn die klebrige, trübe, weiche, unbestimme Konsistenz dessen, was durch jene mehr oder weniger durchsichtige Glasglocke, in der er gefangen war, zu ihm drang, wie die Kanonenschläge (er hätte nicht sagen können, in welchem Moment sie anfingen oder besser in welchem Moment er sie zu hören begann, oder besser, wann ihm zu Bewußtsein kam, daß er sich ihrer bewußt war: von einem bestimmten Moment an begannen sie einfach, regelmäßig zu ertönen), auch sie gleichsam in Zeitlupe, ohne Hast, eine einsame Kanone (oder die Explosion einer Granate: er hätte auch nicht sagen können, ob es sich um Schüsse oder um Einschläge handelte), die sich in festen, ziemlich weiten Abständen scheinbar ohne Grund und ohne präzises Ziel in der lachenden Natur des Frühlings vernehmen ließ, so regelmäßig wie ein Metronom, gleich jenen feierlichen Ehrensalven, wie sie bei der Thronbesteigung eines Königs oder dem Begräbnis eines Staatsoberhaupts abgeschossen werden, da seine Aufmerksamkeit gleichzeitig von den Flüchen desjenigen gefesselt wurde, der das letzte Handpferd führte (während er instinktiv die Länge der Steigbügel abzuschätzen versuchte, die zu beiden Seiten des leeren Sattels herabhingen: doch abgesehen davon, daß der Oberst sicherlich keinen Halt geduldet hätte, nicht einmal um das Reittier zu wechseln, bedeutete auch dies eine Reihe von Anstrengungen, die seine Kräfte überstiegen), wobei er (der Führer) unnötigerweise in seinem Maul riß, indem er immer wieder die Zügel anzog, so daß das verschreckte Pferd jetzt seitwärts lief wie eine Krabbe, nervös auf seinen Hufen tänzelte, ein leicht rosa gefärbter grauer Speichel an seinen Lippen schäumte, der sich manchmal in langen, in der Sonne glitzernden Fäden ablöste – und irgendwann, gleichsam gestört, belästigt von dem Radau, drehte der Oberst leicht den Kopf, die Brauen gerunzelt, mit gereizter Miene, einen Augenblick im Profil, die trockene Wange schräg vom dunklen Streifen des Sturmriemens durchschnitten; aber er sagte nichts – oder vielleicht nur etwas wie: »Na, na! ...«, wobei auch der Klang seiner Stimme, so wie die Bilder, ebenso schwach, ebenso zweifelhaft, von sehr weit zu ihm drang, durch die gelbe und staubige dicke Wand aus Glas (oder Zellophan), dann sah man von neuem nur noch die Hinterseite seines Helms: immerhin hörte der Führer des Handpferds auf, das Tier zu peinigen, zweifellos durch diesen Ruf zur Ordnung entweder in seiner Eigenliebe als Kavallerist oder Reitsportler gekränkt (er gehörte nicht zur Schwadron – soweit es überhaupt möglich war, ihn durch die schmutzige Glaswand hindurch zu identifizieren: ein schon runzliges Gesicht, nicht viel größer als eine Faust unter dem zu großen Helm, mit zwei Augen wie Murmeln und einem verächtlichen und zugleich entrüsteten Ausdruck: zweifellos jener Jockei, den sich der Oberst als Ordonnanz zugelegt hatte, versehen mit winzigen Händen und Beinen, die so kurz waren, daß es aussah, als seien sie dem Sattel an beiden Seiten angefügt, wie jene falschen gestiefelten Beine, die zu beiden Seiten des Lochs herabhängen, aus dem der

Oberkörper eines auf einem Reifrockpferdchen sitzenden Kindes ragt, vergleichbar, wäre da nicht die mitleidlose Härte gewesen, die von ihm ausging, einem als Soldat verkleideten kleinen Jungen) oder (gekränkt) weil er in flagranti bei der Angst ertappt worden war, worauf er sich damit begnügte, um eine gute Figur zu machen, noch zwei- oder dreimal boshaft im Maul des Handpferds zu zerren, jedoch ohne zu fluchen, seine Wut, die Nachwirkung seiner Angst, nun gegen den neuen Begleiter richtete, der jetzt neben ihm ritt, und sagte: »Was hast du denn erwartet, hinter dir zu sehen? Das komplette Regiment mit Trompeten an der Spitze?« (oder vielleicht nicht einmal das: vielleicht war er zu entrüstet, voller Verachtung, fühlte sich vielleicht, da in seiner Eigenschaft als Ordonnanz des Obersten einer Art Aristokratie, einer Art Kaste zugehörig, einem gewöhnlichen Soldaten zu sehr überlegen, um das Wort an einen von ihnen zu richten – oder vielleicht auch, da die Laute (zumindest die artikulierten) von der Glasglocke abgehalten wurden, sprach der Ausdruck des wütenden Gesichts für sich selbst), oder auch, weil er die äußere Erscheinung jenes Begleiters, den das Schicksal ihm nun aufzwang (mit seinem schlammgetarnten, zerbeulten Helm, seinem zerrissenen Mantel, seinen noch triefenden Hosen und Gamaschen) als beleidigend empfand, er, der genauso tadellos geschniegelt und gestriegelt war wie der Oberst selbst (als hätte er in dessen Gefolge unversehrt und unbefleckt die vier Tage überstanden, in denen die anderen Kavalleristen des Regiments so gut es ging den Rückzug angetreten hatten), und weil er ihm, wie das Pferd, an dem er sich für seine Angst rächte, eine kompensatorische Wut einflößte, so daß der unter seiner Glasglocke eingeschlossene Gefreite, ebensowenig wie er es sich erlaubt hätte, dem Obersten eine Frage zu stellen, es nicht wagte (überdies kam ihm das nicht einmal in den Sinn), ihn zu fragen, wie der Oberst und er selber es denn geschafft hätten, lebendig aus jenem Hinterhalt herauszukommen, in den er (der Oberst) die Schwadron geworfen hatte, nachdem er sich bei Tagesanbruch, umflossen von seiner Herrlichkeit und der Aura hoheitsvoller Unverwundbarkeit an ihre Spitze gestellt hatte: immerhin, statt auf dem feurigen, wie ein Mahagonimöbel gewienerten Vollblut, auf dem er vor wenigen Stunden in Erscheinung getreten war, an der Kolonne entlangtrabend, die erschöpften Reiter beschimpfend und abkanzelnd, saß er (der Oberst) jetzt ohne Sattel auf dem schweren, verdreckten Zugpferd eines Maschinengewehrgespanns mit schweißverklebtem, geflecktem Fell von häßlicher Weinfarbe, dessen durchgeschnittene (oder ausgehakte – oder abgerissene) Zugriemen mit einem leisen Klirren (dem einer offenen Schnalle?) zu beiden Seiten der Kruppe auf den Boden herabhingen, wo sie im Staub eine doppelte Spur hinterließen; vorläufig jedoch kam dem Gefreiten, der vor allem mit der Länge seiner Steigbügel beschäftigt war, nicht sofort der Gedanke, daß er (der Oberst) allem Anschein nach verrückt geworden war, so daß er – ohne sich zu fragen, aus welchem Grund, trotz den beiden gesattelten Handpferden, die der Jockei führte, der Oberst weiterhin auf dem schweren Zugtier saß – sich darauf beschränkte (ohne Verwunderung, oder vielmehr mit einer zusätzlichen Verwunderung, die zu einer so langen Reihe anderer Verwunderungen hinzukam, daß der Begriff der Verwunderung aus seinem Kopf verschwunden war), dies zu registrieren: die dicke, staksig schaukelnde Kruppe des Percherons, den langen flachsgelben Schweif, auch er gleichsam ausgebleicht, das Ganze überragt vom knochigen, in gewisser Weise graziösen Oberkörper, das heißt, daß er nicht ganz steif war, als ob er aufgrund irgendeiner inneren Gelenkigkeit die schwerfälligen Bewegungen des Tieres absorbierte, sie in ein elegantes, unmerkliches Wiegen verwandelte, die nackte

Klinge des Säbels ohne Schneide, die an der Flanke des Ackergauls funkelte, die beiden eleganten Silhouetten der beiden Offiziere, die sich jetzt dunkel abhoben gegen die blendende Spiegelung der Tausenden von Glassplittern, die den Boden wie einen Teppich bedeckten, zerbrachen, sich manchmal mit dem Geräusch einer unter dem Aufprall eines Hufs zermalmten Scheibe pulverisierten, wobei der in die somnambule Wärme seines Zellophangehäuses gehüllte Gefreite jetzt gewahrte (vielleicht hatte er geschlafen, einen Augenblick die Augen geschlossen über jenem brennenden schwarzen Etwas, das zur selben Zeit herunterklappte wie seine Lider), daß sie nicht mehr durch Wiesen, Wäldchen und Hecken ritten, sondern durch eine doppelte Wand von Backsteinfassaden – oder vielmehr (denn alles spielte sich weiterhin mit derselben klebrigen Langsamkeit ab), daß sie (die vier Reiter und die fünf Pferde) auf der Stelle traten, ohne vom Fleck zu kommen, während rechts und links Fassaden mit Fenstern ohne Scheiben vorüberglitten, als wären diese vom Innern der unversehrten Häuser heraus eingedrückt worden, die abgeschnittenen Riemen des Zugpferds manchmal ein Stück Glas festhielten, es ein paar Meter mit silbrigem Klirren mitschleiften, es dann losließen, die Pferde der beiden Offiziere und ihre schwarzen Schatten von der jetzt hoch am Himmel stehenden Sonne erschlagen wurden, so daß der Helm und der lange Kavalleriemantel (man hatte noch nicht den Befehl gegeben, sie abzulegen, und tatsächlich waren sie nachts nicht überflüssig, aber in diesem Moment schrecklich schwer) mit der erstickenden Melonenglocke zu verschmelzen schienen, unter der der Gefreite sich eingeschlossen fand, und er dachte Falls es nicht wie beim Polo ist wo sie die Pferde in jeder Spielpause auswechseln jetzt also ein Percheron, dachte auch Oder vielleicht behält er es als unwiderlegbaren Beweis für seine bewahrte Ehre (die Straße – oder vielmehr der Glasteppich – wurde breiter: sie überquerten einen gepflasterten Platz, auf dem hier und da nur ein paar Splitter blinkten, dann näherten sich erneut die Fassaden, Straße und Platz gleichermaßen menschenleer unter der sengenden Sonne; kaum daß man zwischen jeder der regelmäßigen Explosionen (jetzt krachten sie ganz in der Nähe, obgleich man keine Rauchwolke und keine Mauer einstürzen sah, und es schien, als gelte der Beschuß der unsichtbaren Kanone wirklich der Stadt) so etwas wie eine Prozession von Schaben an den Mauern entlangkriechen sah, die undeutliche Dinge zogen oder trugen, bei jedem Feuerstoß in den Türrahmen oder unter den Torbögen, in unsichtbaren Löchern verschwanden, dann wieder auftauchten, erneut einige Meter vorwärtskrochen: der Beschuß war so regelmäßig, daß sie (die Schaben) genau zu wissen schienen, wieviel Zeit ihnen zwischen den Granaten zur Verfügung stand), dachte auch Vielleicht behält er es ja in der Absicht sich so am Gitter des Hauptquartiers zu zeigen in all seiner Glorie wenn er triumphierend ein Percheron zwei Kavalleristen und zwei Radfahrer zurückbringt, da ihm der Gedanke, daß der Oberst einfach verrückt war, noch nicht kam: später (das heißt, als er wieder imstande war, mit seinem Verstand an diese Dinge zu denken) sollte er sich erinnern, daß der erste Verdacht ihn durchzuckte, als er die schroffe metallische Stimme zum drittenmal schreien hörte: »Ich bitte sie, sofort die Sperre zu öffnen und mich durchzulassen! Ich brauche mir von Ihnen keine Ratschläge geben zu lassen! Ich begebe mich dorthin, wo man es mir befohlen hat, basta! Öffnen Sie augenblicklich diese Schranke!«, während die Landsturmwache dastand, den Kopf zu ihm erhoben, die Arme ausgebreitet, wie um ihm den Weg zu versperren, und entgeistert die vier Reiter anschaute, den Ackergaul, den grotesken Jockei, etwas Unhörbares wiederholte, denn der Ton wurde von der Glasglocke abgehalten, dann Kopf und Arme gleichzeitig senkte, dem zweiten Wachtposten ein Zeichen gab und sich anschickte, mit dessen Hilfe den langen, auf Querhölzern liegenden und mit Stacheldraht umwickelten Balken zu schwenken, der eine Hälfte der Straße am Ausgang der Stadt blockierte, und der Oberst sie nicht einmal eines Blickes würdigte, wieder ruhig, damit beschäftigt, sein Pferd um den breiten Krater herumzuführen, den eine Bombe hinterlassen hatte, offenkundig schon vor längerem, da man Zeit gehabt hatte, einen umgestürzten Telegraphenmasten und seine Mähne verhedderter Drähte beiseitezuschieben, so daß der von der behandschuhten Hand gelenkte Ackergaul genau wie in der Manege einen eleganten Halbkreis beschrieb: dort, wo die spanischen Reiter aufgestellt waren, wuchs ein Gehölz, aber bald darauf prallte die Sonne erneut auf den Helm des Gefreiten, betäubte ihn, stürzte ihn von neuem in jenen Zustand halb lethargischer Abdankung, der sich seiner sofort bemächtigt hatte, als er sich auf jenem Pferd wiederfand, auf einem Sattel, dessen Steigbügel seine Füße kaum berührten, und er dachte später Aber für die Rolle die er uns zudachte war das unerheblich genausogut hätte ich gefesselt auf einem Esel hocken können mit dem Kopf zum Schwanz, im Hemd und eine Kerze in Händen wie jene zur öffentlichen Abbitte Verurteilten die man zum Spott durch die Straßen spazierenführte oder wie jene Possenreißer die unter Lachkaskaden in die Arena einziehen auf dem Rücken eines Zwergponys bibbernd das ein Clown an der Leine führt bloß daß er etwas Martialischeres brauchte um sich dorthin begleiten zu lassen wohin zu gehen er beschlossen hatte, wie jene orientalischen Potentaten die von ihren Lieblingsdienern und Lieblingspferden in die andere Welt begleitet wurden wozu ihm der Kommandant und jener Jockei wahrscheinlich ausgereicht hätten, weshalb ihn wohl auch nicht einmal das Verschwinden der beiden Radfahrer gekümmert hat als sie Gott weiß wohin abgehauen sind und weshalb er vielleicht auch jenen Ausdruck der Verstimmung nicht hatte unterdrücken können als er mich sah voller Schlamm in diesem zerrissenen Mantel für diese Art von Parade ebensowenig präsentabel wie ein kotbespritzter Köter im Vergleich zu einem Windspiel das einzige was ihn in diesem Moment störte war sicherlich die Aussicht mein verdrecktes und stinkendes Gespenst bis ans Ende aller Zeiten neben sich riechen zu müssen, aber im Augenblick war er (der Gefreite) außerstande, irgend etwas Kohärentes zu denken, ja überhaupt zu denken (wenn man unter Denken eine einigermaßen strukturierte Gesamtheit von Urteilen, Schlußfolgerungen oder Ideen versteht, in welchem Falle er das einzige getan hätte, was zu tun war, nämlich sein Pferd in den ersten Seitenweg zu lenken und sich in Windeseile von dieser Straße zu entfernen), als ob jede Logik und jede Kohärenz dem zuwiderliefe, was er gerade erlebte, obgleich er immer weniger in der Lage war, sich zu wundern, noch weniger, sich gegen einen Tatbestand aufzulehnen, den in seiner offenkundigen Inkohärenz er jetzt sogar für normal zu halten geneigt war (innerhalb von fünf Tagen nach und nach dazu gebracht, einzuräumen, daß es ihm beschieden war, die Kräfte in Aktion zu sehen, die normalerweise durch irgendeinen Kunstgriff (oder im Schlaf durch schiere Trägheit ihrerseits) verborgen gehalten werden und nun wieder ihre unveräußerlichen Rechte wahrnehmen, angestachelt von ihrer ungeheuren, sowohl blinden wie nachlässigen und elementaren Blutgier, jener unabweisbaren Logik, jener unabweisbaren Kohärenz gehorchend, wie sie den Elementen und den Naturgesetzen eignen), so daß er, in seine erstickende Glocke eingeschlossen, durch die schmutzige Glaswand von der Außenwelt getrennt, jetzt gleichgültig von seinem Pferd herab zusah, wie unter ihm noch immer in Zeitlupe zu beiden Seiten der Straße, die sich nicht mehr durch Wiesen und Wäldchen schlängelte, sondern jetzt schnurgerade durch die leicht gewellte, von der gleißenden Maisonne überflutete Landschaft verlief, die doppelte Reihe des Treibguts vorüberglitt, welches das Hochwasser irgendeines Flusses, nachdem er sich zurückgezogen hatte, an den Ufern zurückgelassen zu haben schien, Fahrzeuge, Tiere und Menschen, kunterbunt an die Ufer gespült, manchmal vereinzelt, andere Male zusammengeklumpt, wie von irgendeinem Hindernis angehalten, verfangen im verstreuten fahlen Inhalt (Wäsche, Steppdecken, zerknitterte Zeitungen) aufgeplatzter Ballen oder Koffer, als hätte sich ein Schneepflug einen Weg gebahnt durch einen jener Autofriedhöfe, wie man sie an den Stadttoren oder manchmal auf freiem Feld sehen kann, alles beseite schiebend, Lastwagen, Pferdekarren, Schubkarren, Kinderwagen oder blitzende Limousinen, manche mit dem Bauch nach oben, in den Graben gekippt, an anderen Stellen noch unversehrt, manchmal auf dem Bauch zusammengesackt, langsam verglimmend in einem stinkenden Geruch verbrannten Gummis, aus denen hier und da träge Rauchfähnchen aufstiegen, wie aus jenen öffentlichen Müllhalden, wo Dauerfeuer schwelen, und dann lag er selber dort, flach auf dem Boden, das Gesicht in das spröde, von Abfällen besudelte Gras gepreßt, betäubt vom Dröhnen der Motoren, in dem sogar die Maschinengewehre in Zeitlupe zu knattern schienen, wurde dann hochgehoben, von der Erde gerissen wie ein Hampelmann, Schulter und Arm halb ausgerenkt, die Hand noch immer um die Zügel des Pferds geklammert, das vor Entsetzen wieherte, irren Auges sich aufbäumte, dann scheute, während der Jockei mit den beiden anderen Pferden rang, das Dröhnen der Motoren bereits abschwoll, erlosch, die friedliche gleichgültige Landschaft noch immer in der Frühlingssonne lag, der Oberst auf seinem Percheron mitten auf der Straße stand und einfach sagte: »Nun, sind Sie bereit?«, indes der Gefreite mit dem Fuß nach dem Steigbügel tastete, unbeholfen hüpfend sich schließlich hinaufhievte, wieder im Sattel saß, stumpfsinnig die von fröhlich knisternden Flammen eingehüllten Lastwagen betrachtete: dann wieder das monotone Schaukeln im monotonen Schritt seines Reittiers, wobei er jetzt jenes Etwas in sich spüren konnte, das im kohärenten und logischen Vokabular den Namen Angst haben mußte, nur daß es sich durch nichts Logisches oder Vernünftiges äußerte wie beispielsweise darin, mit verhängtem Zügel die Flucht zu ergreifen, sondern sich im Gegenteil unter der prallen Sonne durch ein unsägliches Gefühl von Leere, Eiseskälte, Unwiderruflichkeit kundtat, und wenn es eine Farbe hatte, dann die graue Farbe von Eisen, als wäre er jetzt sozusagen in einen Zustand des Scheintodes eingetreten, auf jenem zu großen Pferd sitzend (oder vielmehr hin- und hergeworfen), das weiterhin im Schritt hinter den beiden eleganten Offizieren herging, während er dachte (oder vielleicht laut sagte: jedenfalls schien der Jockei – oder zumindest derjenige, den er für einen Jockei hielt – nichts zu hören: er hatte es jetzt aufgegeben, das Handpferd zu peinigen, und saß zusammengekrümmt auf seinem Sattel wie ein kleiner Affe, mit verdrießlichem Gesicht, immer noch wütender Miene, was für ihn vielleicht jetzt, da er sich ihrer nicht durch Brutalitäten entledigte, seine Art war, die eigene Angst auszuhalten), also sagte (oder laut dachte): Er ist also nicht mal von seinem Pferd ge... Er hat nicht mal versucht sich zu... Er ist mitten auf dieser Straße stehengeblieben, weithin sichtbar, und der andere auch, während ich, wir, diese Flugzeuge ...; aber es war nicht nur das, auch nicht der plötzliche Angriff der Flugzeuge, die versucht hatten, sie zu töten (und, um die Wahrheit zu sagen, nicht die vier Reiter im besonderen: denn sie beschossen die Straße und alles, was sich auf ihr bewegte – oder nicht bewegte (und um wiederum die Wahrheit zu sagen schienen sie (die vier Reiter) die einzigen zu sein, die sich auf ihr befanden), schossen also gewissermaßen aus Routine, nachlässig, wenn man so sagen darf; im übrigen waren sie seit sechs Tagen daran gewöhnt: absitzen, zum nächsten Graben rennen und sich hineinwerfen war inzwischen eine Folge so routinierter Reflexe geworden, daß sie sie ihren Muskeln nicht einmal mehr zu befehlen brauchten; immerhin hatte der Oberst sich umgedreht, um sie aufstehen zu sehen, hatte jene Stimme vernehmen lassen, die geprägt war von verhaltener Ungeduld und Gereiztheit, aber in gewisser Weise auch nachsichtig, auf ihre Art herzlich klang), was er (der Gefreite, jetzt erneut im Sattel) dagegen hatte sehen können, was mit schauriger Faszination seiner Retina aufgedruckt blieb, so deutlich, daß er sein eigenes Todesurteil hätte lesen können, war der völlig regungslose Rücken des anderen Offiziers, der sich dunkel abhob (der in der Sonne funkelnde, blankgeputzte Helm, die Schulter, die schmale Taille, wie in ein Korsett gezwängt, die beiden gestiefelten Beine, die die ebenfalls vollkommen regungslose Kruppe des Pferdes einrahmten, als wäre das Ganze aus einer Zinnplatte ausgeschnitten), der sich nicht umdrehte, nicht, weil er es für unter seiner Würde hielt, sondern weil er nicht einmal auf diesen Gedanken kam, einfach wartete, bis der Oberst wieder bei ihm angelangt war, dann einen unmerklichen Druck gegen die Flanken seines Reittiers ausübte und sich wieder in Bewegung setzte, so daß die beiden Offiziere von neuem gemächlich Seite an Seite ritten, ihre friedliche Unterhaltung wieder aufnahmen, ebenso gleichgültig gegen die verbrannten Lastwagen, die Kinderwagen und die umgekippten Autos wie gegen die regelmäßigen Schüsse der einsamen, unnützen und hartnäckigen Kanone, die weiterhin hinter ihnen krachten, die durchsonnte Luft erschütterten, immerhin allmählich abklangen, taub (die beiden Offiziere) gegen die Stimmen, die manchmal vom Straßenrand zu ihnen hinaufschallten, manchmal greinend, manchmal flehend, manchmal alarmiert (und einmal, durch die Wände seiner Glocke hindurch, konnte der Gefreite sehen, wie sich aus einer Gruppe, die sich um ein umgestürztes Fuhrwerk zu schaffen machte (oder um einen ausgestreckten Körper – aber das war etwas, was anzuschauen er sich verbot – und wenn es einen gab, dann schob er sich lediglich von links nach rechts durch sein Blickfeld, verließ es wieder, nicht mehr und nicht weniger als das übrige Treibgut, ob mechanisch oder nicht), ein Mann herauslöste, ein Zivilist, barhaupt, eine rote Decke an seine Brust drückend, die gegen seine Beine schlug, und mit seinem freien Arm heftige Bewegungen vollführte, auf die Straße, die Hecken, die Büsche deutete, zum Stiefel des Obersten trottete, etwas schrie, mit offenem Mund, dann losrannte, das Pferd überholte, sich umdrehte, ihm gegenüber stehenblieb, dann rückwärts ging, sich anschickte, ihm mit seinem Arm, so wie es der Landsturm getan hatte, den Weg zu versperren, worauf der Oberst und der andere Offizier, ohne ihr Gespräch zu unterbrechen, ihre Reittiere behutsam zur Seite lenkten und um ihn herumritten, genauso wie sie es bei dem Bombenkrater getan hatten), und später (aber zweifellos war er von neuem eingedöst; die Glasglocke wurde immer dicker, die Außenwelt gleichsam schleimig, klebrig, immer zweifelhafter, während sich im Innern jetzt jenes graue eisige Etwas eingenistet hatte, starr und unerbittlich) die beiden Offiziere, die immer noch plauderten, diesmal jedoch im Stehen, beide mit gewölbter Brust, das Gewicht auf ein Bein verlagert, das andere leicht nach vorn gestreckt, im Hof einer Art Schenke (oder eines Gehöfts, denn es gab eine Tränke, wo sie (der Gefreite und der Jockei, die ebenfalls absaßen) die fünf Pferde saufen ließen, deren Nüstern geräuschvoll im Wasser schnaubten), und das bestürzte, entgeisterte Gesicht der Kellnerin im Arbeitskittel (eher ein Bauernmädchen denn eine Kellnerin), die auf einem Tablett vier Flaschen Bier brachte, der Oberst, der eine davon ergriff, ein Glas einschenkte, es dem anderen Offizier reichte, dann zwei andere Flaschen, die er beide in derselben Hand am Hals hielt, sich der Tränke zuwandte, sie den beiden Kavalleristen entgegenstreckte, der Jockei, der die Zügel dem Gefreiten in die Hand drückte, hinrannte, dann zurückkam, die Zügel wieder an sich nahm, die beiden Kavalleristen, die etwas Laues und Bitteres schluckten, die jetzt fernen Kanonenschläge, die jedoch mit derselben Hartnäckigkeit und beruhigenden Regelmäßigkeit weiter ertönten, der Oberst, der das zweite Glas einschenkte, daran nippte, es dann auf eine der an der Mauer gestapelten Limonadenkisten stellte, seine Hand in eine seiner Taschen steckte und (stets mit jener pedantischen, grausigen Ruhe, jener Abwesenheit von Hast, die Schlafwandlern oder Verrückten eigen ist) ein Etui herausholte, auf dem einen Augenblick die Sonne funkelte, es öffnete, dem anderen Offizier anbot, dann eine dünne Zigarre zwischen seine Lippen steckte, sie anzündete, eine Spindel blauen Rauch durch seine Nasenlöcher stieß, immer noch ohne seine Unterhaltung mit dem anderen Offizier zu unterbrechen, nicht darauf zu achten schien, was mit überstürzter Stimme die Frau mit dem verstörten Gesicht ihm zu sagen versuchte (das gleiche, was ihm der Wachtposten gesagt hatte, was ihm der Mann mit der roten Decke gestikulierend wiederholt hatte), lediglich sagte: »Ja, Madame. Danke. Was schulde ich Ihnen, bitte?«, eine Geldbörse hervorholte und sich anschickte, die Münzen abzuzählen, als das Gesicht der Frau sich verzerrte, sie plötzlich die Augen zum Himmel hob, dann, ohne sich um das Geldstück zu kümmern, das der Oberst ihr reichte, aufstöhnte, den Rücken kehrte, zum Haus zu laufen begann und in der Tür verschwand, während die beiden Kavalleristen den Pferden brutal das Wasser entzogen, schlecht und recht versuchten, sie in die schützende Scheune zu ziehen, dann das Grollen der Motoren und das Stakkato der rasch sich nähernden Maschinengewehre, ein Schatten, der wie ein dunkler Blitz über den Hof jagte, abknickte, die Mauer hochkletterte, entwich, während der Oberst und der andere Offizier noch immer an derselben Stelle standen, lediglich den Kopf hoben, um den drei Flugzeugen nachzublicken, die diesmal sehr hoch flogen, irgend etwas auf der anderen Straßenseite beschossen und schon wieder verschwunden waren, der Oberst sein Bier austrank, seine Lippen mit einem makellosen Schnupftuch abwischte, es wieder in seine Tasche steckte, die halb gerauchte kleine Zigarre fallen ließ, sie sorgfältig unter seiner Sohle austrat, dann dem Jockei ein Zeichen gab, sich umdrehte, das linke Bein bereits erhoben, das Knie gebeugt, es auf die Hände des herbeigeeilten Jockeis stützte, dann wieder auf dem massigen Percheron von der Farbe verdünnten Weins saß, das immer noch die doppelten Zugriemen seines abgeschnittenen Zaumzeugs hinter sich herschleifte, und wieder gingen die fünf Reittiere auf der gradlinigen, immer noch hier und da von Treibgut gesäumten Straße, und später (oder fast gleich danach: jetzt umrahmten die Häuser eines Dorfs die Straße: niedrige Backsteinfassaden, fast alle gleich, manchmal aneinandergeklebt, manchmal durch kleine Gärten getrennt) hörte der Gefreite den Jockei fluchen, wandte den Kopf, sah einen um den Hals das Handpferds geschlungenen Arm, ein entsetztes rotes Gesicht, von rotem Haar gekrönt, und ein Bein, das sich auf das ausschlagende Pferd zu schwingen versuchte, und der Kommandant, der sich in diesem Augenblick auf seinem Sattel umgedreht hatte, schrie: »Steigen Sie von diesem Pferd! Stei-gen-Sie von diesem Pferd, verstehen Sie mich? Augenblicklich!«, während der Jockei, den Fuß außerhalb des Steigbügels, die Flanke des Handpferds mit Tritten traktierte und den jetzt bäuchlings auf dem Sattelkopf liegenden Körper zu erreichen versuchte, der wie ein Sack geschüttelt wurde von dem in Panik geratenen Pferd, das begonnen hatte, auf der Stelle zu trippeln, den Kopf hoch erhoben, das Maul erneut von der Kandare zerrissen, an der der Jockei brutal zerrte, und der straffe, eingeschnürte Oberkörper des Obersten, immer noch sehr gerade, sozusagen blind, nicht einmal eine Drehung andeutete: »Als ob«, erzählte der Gefreite (in diesem Augenblick, sechs Monate später, lag er im Zimmer eines Bordells mit nacktem, abgemagertem, aber unversehrtem Körper neben einer Dirne, die so tat, als hörte sie ihm zu, mit leicht erschrockener oder einfach gelangweilter Miene, so wie man dem Geschwafel eines Greises oder eines Kranken zuhört) ... »als ob das etwas Ungehöriges wäre, in das sich ein Oberst nicht einzumischen braucht, oder etwas, was dem, was ihn im Augenblick beschäftigte, zu fremd war, als hätte er seine elegante Unterhaltung mit dem Kommandanten einfach unterbrochen, um beiläufig aus dem Mundwinkel zu sagen: ›Werfen Sie diesen Mann vom Pferd‹, so wie man sagt: ›Entfernen Sie diesen Hund‹, und weiter nichts, als brauchte er sich nicht dazu herabzulassen, mit einem Infanteristen direkt zu reden, als hätte das für ihn bedeutet, etwas zu tun, was seinem Rang zuwiderlief, ihn sozusagen abwertete. Weil wenn er sich notfalls dazu bequemen konnte, daß zwei Pferdemenschen, ein Jockei und ein Gefreiter – letzterer sogar schmutzig, schlecht rasiert oder vielmehr seit acht Tagen unrasiert, mit verrosteten Sporen und schlammverschmiertem Helm – ihm ins Empyreum der auf ihren Pferden getöteten Obersten folgen und ihm dort Gesellschaft leisten – oder seine Stiefel wichsen –, so konnte er es doch nicht ertragen, sich dort mit einem einfachen Infanteristen einzufinden, aber warum erzähle ich dir das alles, was kann dir das schon ausmachen, was kann das überhaupt ausmachen? ...«, und die Dirne: »Aber nein, nein, ich hör dir zu. Was ist das für ein Wort, das du gesagt hast: Empyreum?«, und er:

»Empyreum? ... Oh ... So was wie das Paradies ... Aber ein spezielles. Nicht das Paradies von irgendwem. Sagen wir: ein besonderer Winkel im Paradies, ein höherer Winkel. Sagen wir: ein geschlossener Club. Einzig für Oberste der Kavallerie. Ein Privatzirkel, wo sie mit Stiefeln reindürfen, samt ihren Pferden, ihren Sporen und ihrem am Sattel festgeschraubten verdammten Arsch. Obwohl dieser Trottel beschlossen hatte, auf einem Ackergaul dort anzukommen. Wahrscheinlich um deutlich zu machen, daß sein auf Hochglanz gestriegeltes Vollblut unter ihm getötet worden war. Und ich stelle mir vor, daß sein Einzug bestimmt großes Aufsehen erregt hat in der feinen Gesellschaft, die ihn erwartete (oder wenigstens seiner Vorstellung nach erwarten mußte), um ihm das Tapferkeitskreuz zu verleihen. Das der Helden von Azincourt, Pavia und Waterloo. Außer daß es nicht gerade Reichshoffens Aufgabe war. Eher das Gegenteil: im Schritt auf diesem verfluchten Schlachthof von Straße. Denn, so vermute ich, ›Die französische Kavallerie flieht nicht‹ ... Hätte sein Pferd nicht traben lassen oder einen kleinen Weg genommen bloß wegen einer Kanonenkugel. Das kann man wohl sagen. Aber hol ihn der Teufel! Herrgott, hast du ein Paar hübsche Titten! ...«, betrachtete den zierlichen nackten Körper, der noch mit dem seinen verschlungen war, die seidige durchsichtige Haut, unter der sich die blauen und jadegrünen Venen hinzogen, das milchige Bein, das über dem seinen lag, dachte: »Großer Gott!«, dachte: »Aber nicht mehr als die Spur eines Fischs im Wasser. Sowohl ich als auch sie. Was sie erlebt hat. Was wir erlebt haben. Oder vielmehr was ich nicht erlebt habe ...«, versuchte sich zu erinnern (aber das war bereits unmöglich), wie er von neuem auf jenem Pferd saß, das zu groß war oder vielmehr das zu lange Steigbügel hatte, im gleißenden Mailicht, schon kein lebendiges Wesen mehr, passiv auf jenes kurze, brutale, grauschwarze Etwas wartete, das ihm von einem Augenblick zum andern zustoßen, ihn mit Gewalt treffen, von seinem Pferd werfen würde, dachte, daß er, wenn er zu Boden fiele, nicht einmal den Aufprall spüren würde, sowenig wie ein Sack Sägemehl oder Korn den Zement oder das Pflaster spürt, auf das man ihn wirft, weil er tot wäre, und unter der Sonne genau einem Sack Sägemehl oder Kleie ähnlich, schmutzig, staubig, schlaff, außer daß durch die Löcher, die Risse des bereits erdfarbenen Uniformtuchs nicht Sägemehl oder Kleie rinnen würde, sondern (aber auch das würde er nicht mehr spüren) sein Blut, das langsam aus ihm herausliefe, zuerst rot und glänzend, dann gerinnend, erstarrend, wie von Löschpapier aufgesogen von dem Tuch, auf dem sich nach und nach ein dunkelbrauner Fleck ausbreiten würde, dachte vage mit derselben makabren verzweifelten Ironie Und wenn es den Bauch trifft dann wird es dieses Scheißbier sein, konnte in dem Zustand, der gleichsam ein Jenseits der Angst war (etwas wie eine zerreißende Melancholie, eine zerreißende Agonie), den kompakten Klumpen spüren, den das zu schnell getrunkene Bier bildete, schwer in seinem leeren Magen schlingernd, während sein entkräfteter Körper langsam vor- und zurückschwankte auf dem Armeesattel mit der harten Armierung, als könnte er durch ihn hindurch zwischen seinen Schenkeln auch die kräftigen Knochen spüren, das Skelett des ebenfalls entkräfteten Tiers, das ihn trug, und vernahm das monotone Klappern der zehn Paar Hufe auf dem Straßenbelag, das majestätische Echo der Kanone, das weiterhin regelmäßig die Luft erschütterte, jetzt aber ganz in der Ferne, gewahrte die zusammengeschobenen schwarzen Schatten der beiden Offiziere, die, sich verformend, über den Boden krochen, wellenförmig über die Seitenstreifen, das Treibgut glitten, dann, zur gleichen Zeit, wie er den Feuerstoß krachen hörte (und neben dem Brüllen der Flugzeuge und dem Lärm der schweren Maschinengewehre, klang es lediglich wie ein Husten, leicht, leise, wie das Geräusch einer Zündblättchenpistole, einer Kinderwaffe), sah er, wie er den funkelnden Säbel zückte, das Ganze, Reiter, Pferd und Säbel, langsam zur Seite kippte, genau wie einer jener Reiter aus Blei, deren Basis, die Beine, zu schmelzen begönnen, sah ihn weiter umkippen, endlos stürzen, den in der Sonne erhobenen Säbel, während er, ohne daß ihm bewußt war, sein eigenes Pferd gewendet oder ihm die Sporen gegeben zu haben, neben dem Jockei galoppierte (oder vielmehr sein Pferd neben dem des Jockeis galoppierte) und der hinter der Hecke lauernde Schütze fortfuhr, sein Magazin zu leeren, sie jetzt mit verirrten Kugeln eindeckte (obgleich der Jockei behauptete, getroffen worden zu sein: aber es war nur ein Riß auf der Seite seiner Hose), die drei durchgehenden Pferde um die Wette rannten, das Handpferd ein wenig voraus, an seinem Zügel zerrend, jetzt in rasendem Tempo den Weg, den sie gerade hinter sich hatten, in umgekehrter Richtung zurücklegten, bis es ihnen gelang, ihre Reittiere zu zügeln und in den Schritt zu zwingen, wobei die Pferde geräuschvoll schnauften, der Gefreite versuchte, seinen Fuß wieder in den abgerutschten Steigbügel zu setzen, der Jockei mit seiner immer noch wütenden, empörten Stimme sagte: »Herrgott nochmal! Scheiße! Dieses Arschloch! Der verdammte Schweinehund, der verdammte ...«, dann die Zügel in eine Hand nahm, mit der anderen über seinen Schenkel strich, sie betrachtete, mehrmals darüber strich (aber es war kein Blut daran), wiederholte: »Das Arschloch, hast du das gesehen? Der verdammte Schweinehund! Um ein Haar hätte er mich ... Herrgott nochmal, Herrgott nochmal!« ..., dann standen die drei Pferde, immer noch schnaufend, ihre Flanken hoben und senkten sich, während sie (der Gefreite und der Jockei) die beiden Soldaten ansahen, die nebeneinander auf dem Rücken am Hang einer Böschung lagen, quer zur Straße, beide in der gleichen bizarren Haltung, Beine und Arme gespreizt und halb angewinkelt, wie zwei Frösche, hätte man meinen können, undeutlich stöhnend, und der Jockei sagte: »Sieh dir diese Idioten an!«, der Gefreite: »Welche Idioten?«, der Jockei, immer mit seiner wütenden, gleichsam gekränkten Stimme: »Diese beiden Idioten von Radlern! Sie hielten sich wohl für schlau. Na ja, sie haben sich abknallen lassen! ...«, die Welt, die Dinge immer noch hinter der dicken Glocke aus Müdigkeit in der gleißenden Sonne, gelb und schwarz, die Formen gedehnt und zusammengeschoben von den Glaswänden, und in diesem Augenblick konnte er sehen, wie, verformt, sich abwechselnd streckend und zusammenziehend, die Gestalt eines Soldaten aus einem Haus rannte, ohne Waffen, ohne Helm, mit aufgeknöpfter Jacke, als wäre er jäh mitten in einem Mittagsschlaf oder einer Mahlzeit aufgestanden, der mit den Armen fuchtelte, schrie: »Seid ihr bescheuert, hier mitten auf der Straße rumzustehen auf euren Mähren? Für wen haltet ihr euch denn! Seid ihr bescheuert? Überall sind welche! Einer versteckt sich da hinten, genau hinter der Ecke von der Scheune! Hat schon einen abgeknallt! Seid ihr ...«, stolperte dann, bückte sich, hob eine seiner aufgegangenen Wickelgamaschen auf, die sich wie ein Schlange oder eine Orangenschale ringelte, kauerte einen Augenblick am Boden, den Kopf jedoch immer noch erhoben, schrie: »Bleibt doch nicht da stehen, bleibt nicht da stehen! Seid ihr völlig bekloppt oder was? Da, seht ihr ihn nicht? Da! Jetzt hat er sich wieder verkrochen! Sie schießen und dann wechseln sie den Platz. Sie ...«, gab es dann auf, seine Wickelgamasche wieder zu befestigen, machte noch eine heftige Armbewegung, ging humpelnd, halb zusammengekrümmt, sich das Bein haltend, zu dem Haus zurück, aus dem er gekommen war, und verschwand darin. Ein Weg öffnete sich zwischen zwei Obstgärten zur Linken. »So ein verdammter Scheißdreck!« fluchte der Jockei: »Dann also los! Hü, meine Hübsche! . . .« Sie gruben ihre Sporen in die Bäuche der Pferde und stürzten hinein im Galopp.

XI

1910-1914-1940 ...

Die beiden Schwestern, die beiden Frauen, die ihrem zehn Jahre jüngeren Bruder gewissermaßen die Mutter ersetzt hatten, nicht indem sie ihm die Brust gaben, die kein Mann je berührt hatte, sondern ihn sozusagen mit ihrem eigenen Fleisch nährten (oder vielmehr mit der Versagung der Wünsche ihres eigenen Fleisches) in dem Maße, wie es in der nicht unfruchtbaren, sondern dieser inzestuösen, nüchternen Leidenschaft geopferten oder vielmehr als Opfergabe bewahrten Jungfräulichkeit vertrocknete; diejenige, die als Mann fungierte, grub den Gemüsegarten um, beschnitt die Pflaumenbäume, sägte das Holz, mähte das Gras für die Kaninchen – und die andere, die, indes ihr Bruder auf Ozeanen, warmen Meeren segelte (denn das war nahezu alles, was sie von ihm wußten: nicht das Fieber, die Moskitos, das sengende oder stickige Klima: nur die Postkarten, auf denen man Palmen im Mondschein, Pyramiden oder die Fotos fügsamer Mädchen von den Antillen sah), jeden Sonntag herkam, um bei den Arbeiten zu helfen, am Abend in einem eiskalten Zug wieder wegfuhr, in einem eiskalten Bahnhof auf einen anderen eiskalten Zug wartete, der sie mitten in der Nacht im frostklirrenden Gebirge absetzte (sie erzählte, daß sie, nachdem sie zwischen zwei Schneewänden gewandert war, die Tür der Schule aufstieß, deren Ofen schon seit dem Samstag erloschen war, beim Übertreten der Schwelle den Eindruck hatte, in etwas Hartes, Mineralisches, Konsistentes einzudringen, von dem sie sogar den Geruch wahrnehmen konnte (nicht den des feuchten Holzes der Dielen, sondern den von etwas Metallischem, ebenfalls Hartem, das sich ebenfalls in ihre Lungen bohrte), lediglich ihr Kleid auszog, um sich zwischen die vor Kälte starren Laken zu legen, und ohne schlafen zu können auf den Augenblick wartete, wo sie aufstand, sich in einen Schal hüllte, um in das Klassenzimmer zu gehen und den Ofen anzumachen, und da sitzenblieb, außerstande, sich zu bewegen, bis das eisenfarbene Tageslicht nach und nach die Fensterscheiben bleichte): die beiden Schwestern also – die eine noch keine alte Frau, noch hübsch, sogar schön, wenn Schönheit das Gegenteil von Koketterie und Seichtheit ist, mit ihrer ebenmäßigen, geraden, ein wenig eckigen Gestalt, und die andere (die andere mit den fast männlichen Zügen), die beide dem Bruder auch noch das Opfer brachten, die Prüfung auf sich zu nehmen, die jene nicht nur religiöse, sondern in einer Kathedrale pompös zelebrierte Hochzeit für sie bedeuten mußte – sie, die um nichts auf der Welt auch nur einen Fuß in die Kirche ihres Dorfs gesetzt hätten, waren gezwungen, dem Gottesdienst beizuwohnen, sich zu erheben, niederzuknien –, gefolgt von jenem pompösen Empfang in einem Haus, neben dem dasjenige, in dem sie lebten, allenfalls wie eine Anhäufung von Speichern wirkte, möbliert mit Möbeln, wie man sie nur auf Speichern findet, obgleich sie mit jener Verbissenheit gewachst und gebohnert wurden, die arme Leute der Pflege dessen angedeihen lassen, was sie besitzen – und dies also: die monumentale Steintreppe, der monumentale Salon, in dem, in eine Tonne Marmor gemeißelt, die römisch drapierte Büste eines Empire-Generals thronte, die mit einer Fülle von Porträts männlicher und weiblicher Vorfahren geschmückten Wände, in Öl, in Pastell, eingerahmt, Miniaturen, die Zimmerpalmen, der Wald von Grünpflanzen, der die Veranda zierte, wo sie sich für Fotografien mitten unter Gruppen strenger alter Damen setzen mußten, zwischen Männer in betreßten Uniformen oder weißen Krawatten, die Zigarren an ihre Lippen führten, weltmännisch auf vergoldeten Stühlen saßen, schnurrbärtig, mit den Köpfen von Lebemännern oder

Müßiggängern, jungen oder alten Rentnern, die von Schulden lebten (nicht, daß man es ihnen gesagt hätte, aber sie konnten es spüren, sie, für die das Geld eine Sache war, mit der man ebensowenig spielen konnte wie mit der Luft, die man atmet, oder mit dem Brot, das man ißt, so wie sie auch die wohlanständige Nachsicht der auf ihnen ruhenden Blicke oder der Worte spüren konnten, die man an sie richtete, sie in jenen zu schweren, mit Stikkereien, Schleifen, Bäuschen überladenen steifen Kleidern, die ihnen zu schenken er (der Bruder) sich ausbedungen hatte, so wie er auf ihrer Gegenwart bestanden (für sie plädiert) hatte, oder sie vielmehr forderte, ihnen drohte, böse zu werden, ihnen den Namen und die Adresse des Pariser Schneiders nannte, zu dem zu gehen sie schließlich nur unter der ausdrücklichen Bedingung eingewilligt hatten, diese Kleider, deren Preis etwa dem entsprach, was sie in zwei Jahren zurücklegen konnten, aus eigener Tasche zu bezahlen, es sei denn (was wahrscheinlicher war), daß er sich vorher mit dem Schneider oder dem Geschäft abgesprochen hatte, dessen Verkäufer, ein Mann mit Gehrock, gekräuseltem Schnurrbart, gestreifter Hose und Stehkragen, ihnen Modelle zeigte und dabei ihre allzu sorgfältig gebürsteten, allzu sorgfältig untadeligen Kleider ebensowenig zu bemerken schien wie ihre aufgesprungenen Hände): in jenem Winter traten alle Bäche und Flüsse über die Ufer, so daß sie in feuchten und zugigen Bahnhöfen warten mußten, bis man den Zügen die Genehmigung zur Weiterfahrt erteilte, die dann vorsichtig mitten durch zinnähnliche Flächen rollten, aus denen punktierte Linien aus Bäumen und Zäunen ragten, als wäre es nötig gewesen, daß sich diese Ehe, die nur vier Jahre währen sollte und deren Hauptakteur (der Mann mit dem eckigen Bart, dem von schrecklichen Klimata gezeichneten Gesicht) sowie mehrere der sorglosen Gäste mit den vergoldeten Epauletten

oder den ebenfalls vergoldete Bauchbinden tragenden Zigarren nur noch vier Jahre zu leben hatten, bevor sie vollzogen wurde, durch eine Naturkatastrophe ankündigen mußte (falls diejenige, die sich vier Jahre später ereignen sollte, dem Wesen nach nicht ebenso natürlich war wie der Regen, die Dürre, die Seuchen oder der Frost), so wie dreißig Jahre später, als dürfte nichts übrigbleiben, weder die Körper (derjenige, den die Witwe quer durch verwüstete Landstriche vergeblich suchte) noch die Orte, eine von einem Berg der Pyrenäen herabschießende Sturzflut (oder vielmehr das, was seit jeher nie etwas anderes gewesen war als ein stiller Bach, plötzlich wild, unerklärlicherweise zu einem Katarakt angeschwollen) nur noch eine Steinwüste vergleichbar einem Acker voller Gebeine an der Stelle zurücklassen sollte, an der das Hotel unter der Schirmherrschaft des einen Fes tragenden Ägypters (oder Türken oder Levantiners) und Bakkaraspielers inmitten der Rasenflächen, der Blumenrabatten und des Parks mit seinem kühlen schattigen Laubwerk gestanden hatte, unter dem die knapp vier Jahre lang Vermählte in einem von der Negerin geschobenen Wagen ein schon vaterloses Kind spazierenfuhr.
Doch auf der rußbraun getönten, leicht abgeblaßten Fotografie, mitten in der ephemären fröhlichen Versammlung der ephemären, ein wenig irrealen Personen, sind sie (die beiden Frauen, die beiden Schwestern mit den Namen einer Kaiserin und einer Göttin) noch immer da, umgeben von Zwergpalmen, Aspidistren, einem Wald aus Topfpflanzen, zerquält, versteift, auf vergoldeten Stühlen sitzend, wie zum Hohn in ihre Gewänder mit den schweren Stickereien gehüllt, wie man sie auf den Dokumenten der Epoche an Schauspielerinnen oder Halbweltdamen sieht, die Gesichter ohne Lächeln von ihren schweren Haarknoten erdrückt, verlegen ob ihrer

Männerhände, in jenen Fischbeinkorsagen, jenen Röcken aus schwerem Stoff, die sie umhüllen wie Panzer, Elytren oder Rüstungen.

Das Gesicht des Mannes, der in der Mitte der Gruppe steht, weist nichts Besonderes auf. Wie mit der Gartenschere beschnitten und von der frischen Luft der Manöver oder der Jagden gegerbt, könnte es das Gesicht eines Arbeiters oder eines Bauern sein, von dem es sich nur durch seinen gezwirbelten Schnurrbart mit den aufgerichteten Spitzen, wie er damals in bestimmten Kreisen Mode war, sowohl in Deutschland wie im Faubourg Saint-Germain, und die mit blankgeputzten Kupferbeschlägen verzierte Pickelhaube aus dunklem Metall unterscheidet. Er ist von anderen ihm ähnlichen Personen mit ähnlichen gewichsten Schnurrbärten umgeben, die einen in langen Paletots, die anderen in betreßten Uniformen, auch sie Pickelhauben auf dem Kopf oder Helme, auf die die Fransen weißer Federbüsche fallen, die manchmal der Wind zur Seite drückt. Die Federbüsche, die metallenen Helme, die glänzenden Stiefel, die abrupten und unvorhersehbaren Positionswechsel der Personen machen sie Vögeln, geflügelten Tieren mit Federkämmen, stählernen Schnäbeln und Krallen ähnlich, die sich ruckweise bewegen, wild, ängstlich, lächerlich und inkonsequent zugleich. Von Zeit zu Zeit wenden sie sich aneinander zu, wobei sie sich in einer heftigen Bewegung herumdrehen, den Kopf neigen, wie Greise es tun, um etwas zu hören, ein paar Worte wechseln, sich wieder in die entgegengesetzte Richtung drehen und dann erneut in Regungslosigkeit fallen. Derjenige, der in der Mitte steht, hat auf den Korb eines Säbels die kleine Hand gelegt, in der ein verkümmerter Arm endet, wie ein Puppenarm. Eine Zeitlang verharren sie so, steif, aus Metall geschnitten, in dunkles Tuch gekleidet, krampfartig von kurzen Bewegungen durchzuckt, leeren Blicks. Zum Schluß fährt ein offenes Automobil vor. Das heißt, daß es mit einemmal, ohne daß es von irgend etwas angekündigt wurde, einfach da ist, plötzlich aus dem Nichts materialisiert, und fast die gesamte Breite des von raschen Kratzern wie von einem schwarzen Regen gestreiften Bildschirms einnimmt. Als ob er sich ebenfalls nicht bewegte, sondern sukzessive von einer festen Position zu einer anderen festen Position überginge, in die die Bewegung zerfällt, springt der neben dem Fahrer sitzende Offizier von seinem Sitz auf, steigt aus und öffnet die hintere Wagentür, neben der er eine stramme Haltung einnimmt. Noch immer seinen kurzen Arm an sich drückend wie eine in Windeln gewickelte Puppe, hüpft der schnurrbärtige Mann zu dem Wagen und steigt ein. Einen Moment lang (während der Offizier die Tür wieder schließt (das heißt für den Bruchteil einer Sekunde in der Pose eines Mannes erstarrt, der eine Wagentür schließt), dann erneut seinen Platz neben dem Fahrer einnimmt, das heißt nacheinander mitten in einer halben Drehung, dann halb gebeugt, dann sitzend zu sehen ist), einen Moment lang also sieht man den Mann mit dem gezwirbelten Schnurrbart auf dem Trittbrett des Wagens stehen, den Puppenarm an seinen Körper gepreßt, dann plötzlich auf dem Rücksitz, und das Automobil startet. Tatsächlich setzt er sich nicht hin, sondern scheint durch das plötzliche Starten des Wagens heftig in die entgegengesetzte Richtung gezogen zu werden, wobei seine Kniekehlen gegen die Kante des Sitzes prallen, die Knie unter dem Stoß einknicken, der Rücken gegen die gepolsterte Rückenlehne aus Leder fällt, der Oberkörper jedoch stets gerade und steif bleibt mit seinem Schnurrbart und dessen aufgerichteten starren Spitzen, seinem steifen kleinen Arm, dessen Hand sich noch immer um den Korb des gleichsam an seine Hüfte geschnürten Säbels krampft, geradeaus vor sich hinstarrend, und er verschwindet, während bereits ein zweites Automobil den Platz des ersten einnimmt (nicht vorfährt: bereits einnimmt) und seine wie Reiher oder Kraniche wirkenden Fahrgäste ihrerseits darin Platz nehmen, wobei die Schöße ihrer langen Paletots um ihre glitzernden Sporen flattern, ihre Federbüsche oder die kupfernen Spitzen ihrer Helme sich neigen und wieder aufrichten, worauf das Automobil sofort durch ein ihm ähnliches ersetzt wird, alle nacheinander abrupt nach links weggezogen werden wie jene Bilder, die der Vorführer einer Laterna magica waagrecht aufeinanderfolgen läßt, dahingerafft (Wagen, Vögel und Federbüsche) und ausgelöscht.

Gegen Mitternacht setzte sich der Zug in Bewegung. Mit häufigen und langen Aufenthalten war er den ganzen nächsten Tag, die ganze folgende Nacht und noch den größten Teil der Nacht darauf unterwegs. Während der Aufenthalte bettelten die vier oder fünf, deren Köpfe den Rahmen der schmalen Luken an den Enden des Waggons fast ganz ausfüllten, vergeblich um ein bißchen Wasser bei den Wachtposten, die auf dem Schotter (oder der Schlacke) entlang der verriegelten Waggons auf und ab gingen. Sowohl am Tag wie in der Nacht konnte man jedesmal ihre flehenden Stimmen hören, die in einem monotonen Lamento die drei einzigen deutschen Wörter wiederholten, die sie zu kennen schienen, während hinter und unter ihnen das auf sie gemünzte Konzert von Flüchen und Schmähungen erscholl, das aus dem Gewirr schweißtriefender, keuchender, nach Luft schnappender, erstickender Körper aufbrandete.
Manchmal brach ein Streit los, irgendwo im Dunkeln oder, tagsüber, im spärlichen Licht, unter der undeutli-

chen Masse der Körper mit den erdfarbenen, verdreckten Uniformen, den ineinandergeschlungenen Gliedern und Gesichtern, die sich alle glichen, auch sie erdfarben, schmutzig, mit ihren vierzehn Tage alten Bärten, ihren geröteten Augen. Als ob hier und da plötzlich ein schlecht gelöschtes Feuer der Gewalt erneut aufflammte, in gellenden Stimmen, Flüchen, als würde das unförmige, verschwommene Aggregat, das die Gefangenen bildeten, stellenweise von ohnmächtigen Zuckungen geschüttelt, die sich steigerten, sich bald von selbst erschöpften, nachließen, so daß wieder Ruhe einkehrte, unterbrochen nur von irgendeinem Schimpfwort, einer Verwünschung, die sich noch erhob, wobei die Stimmen noch eine Weile einander antworteten, sich gegenseitig haßerfüllt der Feigheit, des Verrats bezichtigten, es schließlich auch müde wurden, einander zu beschimpfen, dann nichts mehr, nur die Stille, lediglich das Geräusch mühsamen Atmens.

Diesmal hatte der Zug auf freiem Feld angehalten. Nach und nach konnten sie die äußeren Klappriegel aufspringen hören, bis die gutturalen Stimmen und das Knirschen des Schotters unter den Stiefeln zu ihnen gelangten, jetzt ganz nah waren, direkt an der Wand ihres eigenen Waggons, die Tür jäh aufgeschoben wurde, die Außenluft gleichzeitig mit den plötzlich hellen Stimmen hereindrang, gleichsam auch sie geprägt von jener Heftigkeit der endlich atembaren Luft, in der sie sich, torkelnd, wie betrunken, unbeholfen auf den Boden fallen ließen, und nun konnten sie den langen regungslosen Konvoi sehen mit seinen offenen Türen, von denen sich, Exkrementen gleich, unablässig Trauben von Männern in erdfarbenen Uniformen ablösten, die Böschung hinunterstolperten und sich, unten angekommen, niederkauerten.

Es ist ein friedlicher, kühler Abend. Der Schienenstrang führt an einer Wiese entlang, die, tiefer als die Böschung, sanft noch weiter abfällt, um dann bis zum Saum eines dichten Tannenwalds leicht anzusteigen. Auf dem Weg, der um ihn herumführt, spaziert ein Paar, und ihm voraus rennt ein hellgekleidetes kleines Mädchen mit langem Haar und spielt mit einem Hund, dessen Fell ebenfalls hell ist. Die Spaziergänger sind zu weit entfernt, als daß man ihre Gesichtszüge erkennen könnte. Sie gehen ruhigen Schritts und scheinen den Zug und den Streifen kauernder Männern, der ihn säumt, nicht zu bemerken. Das blonde Haar des kleinen Mädchens flattert hinter ihr, wenn sie rennt. Der Hund galoppiert, scheint mit seinem Maul etwas zu fangen, was sie ihm zuwirft, kehrt im Galopp zurück, läuft von neuem los. Er geht rückwärts vor dem Mädchen her, kläfft. Er ist zu weit entfernt, als daß man sehen könnte, wie sein Maul sich öffnet, aber sein ganzer Körper zuckt bei jedem Bellen, dessen fröhlicher Klang die Gefangenen mit einer kurzen Verzögerung im Frieden des Abends erreicht, wie durch eine opake Dichte der Zeit.

Schon seit langem hatte das Geschütz zu schießen aufgehört, und unter den großen Bäumen war es völlig dunkel. Von ferne sah man die Kolonne anrücken. Nur das erste Fahrzeug hatte seine Lichter eingeschaltet, die nicht mehr als vier oder fünf Meter weit reichten, und man sah sie lange in der Finsternis hängen wie zwei schwach zukkende fahle Monde, scheinbar ohne voranzukommen, unmerklich anschwellend, in dem Maße wie sie auf dem Waldweg näherkamen. Auf der Höhe des Geschützes angelangt, blieben der erste Kleinlaster sowie, hinter ihm, die Reihe der Wagen stehen. Zwei Offiziere stiegen aus und gingen, ihre Karten auseinanderfaltend, auf den Funkwagen der Artilleristen zu. Die Kleinlaster des Konvois waren mit Planen bedeckt, und nichts regte sich im

Innern. Hinten waren die Planen hochgeschlagen, und als die Artilleristen und Kavalleristen sich näherten, sahen sie zwei Reihen von Soldaten, die auf Bänken einander gegenübersaßen. In Wirklichkeit erkannte man lediglich die ersten in jeder Reihe, die dem hinteren Teil des Fahrzeugs am nächsten saßen, und hinter ihnen, im Dunkeln, bewegungslose, stumme Formen, deren Anwesenheit man ahnen konnte, ihren Atem, und noch etwas anderes, was von ihnen ausging, stiller als die Stille oder vielmehr so, als wären die Stille und das Dunkel selber etwas Greifbares gewesen, etwas, was die beiden Reihen Soldaten einhüllte oder ihnen vielmehr entströmte und dort hängenblieb, stagnierend, kompakt und nicht atembar, unter der dunklen Plane eingeschlossen. Eng aneinandergepreßt wie Kinder, brav einander gegenübersitzend, die Gewehre senkrecht zwischen ihren Knien, die sich berührten, wie jene verschreckten kleinen Tiere, hätte man meinen können, die sich in einer Ecke des Käfigs zusammendrängen und regungslos so verharren, wie Kaninchen, nur atmen. Die Kavalleristen fragten sie, ob sie zu jener nordafrikanischen Infanteriedivision gehörten, die man ihnen als Verstärkung unentwegt ankündigte, aber sie blieben stumm. Vielleicht verstanden sie kein Französisch, oder vielleicht hatte man ihnen untersagt, auf die Fragen von Unbekannten zu antworten. Die Dunkelheit erlaubte es nicht, zu erkennen, ob es Nordafrikaner oder Franzosen waren. Man konnte lediglich an irgend etwas erraten, daß sie sehr jung waren, und jenes Etwas spüren, das von ihnen ausging und sie wie ein Schraubstock zusammenpreßte. Es schien auch, als könnte man ihre Augen glänzen sehen, im Dunkeln schwebend, an nichts aufgehängt, alle dem hinteren Teil des Wagens zugewandt. Nach einer Weile stiegen die Offiziere wieder in den ersten Kleinlaster, in dessen Gefolge die ganze Kolonne anfuhr, langsam in die Nacht ein-

drang, samt ihrer Ladung unglücklicher und ängstlicher, in den Fahrrinnen des Waldwegs gerüttelter kleiner Tiere, und bald hörte man nicht einmal mehr das Geräusch der Motoren.
In der folgenden Nacht überholten die Kavalleristen, die den Rückzug deckten, einen Konvoi, der infolge eines Bombenangriffs auf der Straße liegengeblieben war und dessen Fahrzeuge noch brannten. Im Schein der Flammen konnte man die verkohlten Körper der noch an ihrem Steuer sitzenden Fahrer sehen. Einige der Kleinlaster waren umgestürzt, ihre Planen halb verbrannt, und im Innern erkannte man undeutlich wirre Haufen. Da war auch ein Motorradfahrer – oder vielmehr die brandige Form eines Motorradfahrers –, der noch immer rittlings auf seiner umgekippten Maschine saß und dessen Hände noch die Griffe hielten. Einer der Kavalleristen sagte, das seien die Kleinlaster, die in der Nacht zuvor ihren Weg gesucht hätten, aber jemand wandte ein, es sei kein Motorradfahrer dabei gewesen. Niemand antwortete. Das Fahrzeug an der Spitze war von einer Bombe blockiert worden. Sie hatte einen riesigen Krater in der Mitte einer Kreuzung gebohrt, an der einige Häuser leise knisternd ausbrannten. Die Kavalleristen mußten sich hintereinander aufstellen, um ihre Pferde um den Krater herumzulenken. Kleine gezackte blaue und gelbe Flammen züngelten an den Balken der eingestürzten Dachstühle.

Einige, die wahrscheinlich auf einen Stein oder einen Felssplitter geprallt waren, hatten eine eingedrückte oder verbogene Spitze, wie ein Haken oder auch eine Nachtmütze, ein Horn, wie die Glieder von mit Sägemehl gefüllten Stoffpuppen mit einer schlaffen Falte im gelben, leicht oxydierten Metall von gräulicher Ockerfarbe, außer an einigen dünnen Kratzern, die vom Reiben gegen

irgendein hartes Teilchen herrührten und an denen das Kupfer glänzte, wie Goldschrammen.
Nicht er (der vierjährige Junge) hatte den Ort entdeckt, noch weniger die beiden Frauen mit den triefenden Augen, den vorzeitig eingefallenen Gesichtern, von denen die eine, in Holzschuhen oder schweren Halbstiefeln, oberhalb derer die dicken Wollsocken akkordeonartig herunterrutschten, ihn begleitete, in der einen Hand den Stiel einer Hacke in der Mitte haltend (jener Hacke, mit der sie die Kartoffeln ausgrub) und in der anderen Hand mit der schwieligen Innenfläche, den schwieligen Fingern die des Jungen – zumindest so lange, bis sie und er das Dorf und die Straße verlassen hatten, auf der Fahrzeuge verkehrten, oder wenigstens so lange, wie sie ihn davon abhalten konnte, sich loszureißen und vorauszurennen.
Und wenn sie (die beiden stets dunkel gekleideten Frauen) den Ort kannten (in Wirklichkeit kannte ihn jeder, er war nicht geheim: einen Monat vorher war ein Regiment junger Rekruten in der Schule der benachbarten Stadt einquartiert gewesen, und zweimal in der Woche hatten die hohen Felswände, die das Tal umschlossen, sich gegenseitig das Echo der Schüsse zurückgeworfen), so hatten sie doch nichts darüber gesagt, sei es aus abergläubischem Entsetzen, sei es, daß auf irgendeine Anordnung der Militärbehörden das Betreten des Orts (erst recht das Graben darin) verboten war, oder sei es auch, weil sie fürchteten, von der anderen Frau gerügt zu werden (derjenigen, die sie jeden Sommer in Begleitung des Kindes besuchen kam, nach einer endlosen Reise, während der man viermal mitten in der Nacht umsteigen mußte, davon einmal in einem großen Bahnhof (es war Lyon) mit einem hohen Glasdach, das sich im Dunkel verlor, und wo das Kind, dessen Augen vor Müdigkeit geschwollen waren, ganz aufwachte, um auf

den Bahnsteigen und im Saal der Bahnhofsgaststätte aufgeregt das lebhafte Gewimmel der Soldaten aller Waffengattungen und aller Rassen zu betrachten (manche trugen rote Zuavenmützen, es gab auch Matrosen mit Troddelmützen, riesige Senegalesen mit von rituellen Narben verschrammten Gesichtern, Araber), die von einem Bahnsteig zum andern irrten oder spazierten, manchmal direkt auf dem Boden lagen, einzeln oder zu mehreren, Säcke, zusammengerollte Decken oder Brotbeutel als Kopfkissen benutzend, in tiefem Schlaf inmitten des gewaltigen wirren Tumults, den die Pfiffe der Lokomotiven oder die aneinanderprallenden Puffer interpunktierten, während die Frau mit den schwarzen Schleiern unerschütterlich neben ihm auf der Moleskinbank saß, mit ihrer sowohl königlichen wie gekränkten Miene, ihrem unbeugsamen Bourbonenprofil, und ihre hervorquellenden, trockenen Augen hochmütig jenseits der lauten Gaststätte, der lauten Herde von Männern in den Uniformen von Scharfschützen, Matrosen, Artilleristen oder Gendarmen, auf das Phantom eines nicht mitteilbaren, erhabenen und zerstörten Traums starrten).

Um zu dem Ort zu gelangen, wo man die Kugeln ausgraben konnte (ihm – dem Kind – war es trotz allem gelungen, sich dorthin bringen zu lassen), mußte man einem ansteigenden Weg folgen, der zu einer Schlucht führte; an ihrem Ende bildete das Gelände einen Steilhang, der bei Schießübungen als Kugelfang gedient hatte. Die Kugeln steckten mehr oder weniger tief darin, je nach den Hindernissen, auf die sie getroffen waren. Wenn die Frau eine fand, wischte sie die Erde ab, die daran hängengeblieben war, bevor sie sie dem Kind reichte. Die Hacke förderte manchmal knochenförmige Steine zutage, die die Feuchtigkeit der Erde gelb gefärbt hatte. Beim Trocknen wurden sie rasch weiß. Wenn eine der Kugeln auf ei-

nen davon getroffen war, hatte sie sich, ihn zertrümmernd, verbogen.
Abends nach dem Essen holte er die von seinem Körper angewärmten kleinen Geschosse aus seiner Tasche und legte sie nebeneinander auf den Tisch, wo sie im Schein der Petroleumlampe schwach schimmerten, gekrümmt, abgeflacht oder verbogen, während die drei Frauen, strickend oder stickend, sich mit ihren ruhigen, sanften, verzweifelten Stimmen unterhielten. Manchmal legte sich der Blick der einen auf den Tisch, wo er ungeschickt versuchte, ein oder zwei, die der Aufprall nicht verformt hatte, im Gleichgewicht auf ihrem Fuß zu halten, aber sie fielen um wie Kegel und rollten weg, einen Halbkreis beschreibend. Einen Augenblick starrten die rotumrandeten Augen die Metallstücke an, als ginge etwas Faszinierendes, Obszönes von ihnen aus, unerträglich und giftig.

(Vielleicht, alles in allem, war die Legende, der zufolge er sich weigerte, Befehle oder Dokumente zu lesen, wenn außer seinem Rang nicht auch sein Baronstitel erwähnt wurde, nicht ganz abwegig, vielleicht war er schon verrückt, bevor er sein Regiment im Verlauf der Tage dahinschmelzen sah, ohne Gelegenheit gehabt zu haben, wirklich zu kämpfen, vielleicht ließ er sich sein Pferd nur deshalb kommen und setzte sich in einer Art wütendem Trotz, einer Art Verachtung an die Spitze der ersten Schwadron, um seinen Männern und Offizieren zu zeigen, wie man sich in der Tradition der Kavallerie im Fall eines Überraschungsangriffs zu verhalten hat, und vielleicht war es jene absurde innere Überzeugung von der absoluten Überlegenheit des Muts, die es ihm erlaubte, aus diesem Hinterhalt, in den er sich gestürzt hatte, heil herauszukommen? Vielleicht war er davon überzeugt, daß man mit genügend Kühnheit und Kaltblütigkeit aus allen Situationen heil herauskommen kann, oder vielleicht war er letztlich gar nicht verrückt, hegte lediglich auch auf jener von Toten gesäumten Straße die heitere Gewißheit, daß ihn sein Baronstitel in Verbindung mit seiner Verachtung der Gefahr unverwundbar machte?)

Die Zeugnisse, die man zusammentragen konnte, waren vage: unmöglich, in Erfahrung zu bringen, wo ihn die erste Kugel getroffen hatte. Vielleicht an den Beinen, da es ihm danach nicht mehr möglich war, wie beim Manöver und wie es die Offiziere zu Beginn jenes Kriegs noch zu tun pflegten, aufrecht stehenzubleiben und durch seinen Feldstecher die Bewegungen des Feindes zu beobachten, und da seine Männer ihn zum Waldrand tragen mußten, ihn am Fuß eines Baums absetzend, von wo aus er, den Rücken an den Stamm gelehnt, fortfuhr, seine Befehle zu erteilen. Oder vielleicht wurde er an der Brust getroffen, oder auch am Bauch. Jedenfalls schwer genug, um sich mit dieser Position abzufinden, von der aus die Sicht, die er auf das Schlachtfeld haben konnte (die schwach gewellte Landschaft, die Rübenäcker, die Stoppelfelder, die Wäldchen, die Senke mit dem Fluß), notgedrungen eingeschränkt war.
Die zweite Kugel traf ihn an der Stirn. Zur damaligen Zeit war das Tragen eines Helms noch nicht eingeführt, und die Frontkämpfer trugen lediglich ein weich geformtes rotes Käppi, das bei den Offizieren eine geflochtene goldene Tresse schmückte, die ein dekoratives Motiv aus vier überkreuzten Schlaufen bildete. Die Nummer des Regiments war mit ebenfalls vergoldeten Kupferfäden auf den hinteren Teil der Kappe gestickt. Das Visier bestand aus gehärtetem Leder. Die Zeugen präzisierten nicht, ob das aus einer Kupfer-Wolfram-Legierung bestehende

Projektil die Stirn oberhalb oder unterhalb des Visiers traf. Sein Feldstecher jedoch, den man später der Witwe zurückschickte, war intakt, was vermuten ließ, daß die Kugel ziemlich weit oben traf, es sei denn, er hätte ihn in jenem Augenblick nicht benutzt, ihn einfach in der auf seinem Schenkel liegenden Hand gehalten oder an der Seite herabhängen lassen. Jedenfalls darf man annehmen, daß die heiße metallene Spitze, Teile von Leder und Gewebe mitreißend, das Stirnbein durchschlug und, durch den Aufprall ein wenig gekrümmt, mit ein paar Splittern im Hirn steckenblieb. Der Tod trat mit Sicherheit augenblicklich ein. Die Armee befand sich nach der Niederlage von Charleroi damals mitten auf dem Rückzug, und der Körper wurde unbestattet an der Stelle zurückgelassen, wo er lag, vielleicht immer noch an den Baum gelehnt, das Gesicht von einer Schicht klebrigen Bluts bedeckt, das nach und nach eindickte, die Augenhöhlen verstopfte, sich auf dem Schnurrbart sammelte, immer langsamer auf den dichten eckigen Kinnbart, den dunklen Rock tropfte. Bevor sie ihn zurückließen, hatte seine Ordonnanz oder derjenige seiner Offiziere, dem das Kommando über die Kompanie zugefallen war, jedoch dafür Sorge getragen, die graue Zinkplakette mitzunehmen, die an seinem Handgelenk befestigt war und auf der sein Name sowie seine Kennummer stand. Diese Plakette wurde später seiner Witwe zugeschickt, zusammen mit dem Feldstecher und einer militärischen Auszeichnung des Toten, der wenig später das postum verliehene Kreuz der Ehrenlegion folgte.

Das war alles. Das Regiment erlitt in der Folgezeit so schwere Verluste (es mußte im Laufe des Krieges mehrmals gänzlich neugebildet werden), daß es praktisch unmöglich war, die Augenzeugen jenes Ereignisses, dessen Einzelheiten nicht bekannt sind, aufzufinden und zu befragen, so daß weiterhin Ungewißheit über die genaue

Art der ersten Verwundung wie auch der zweiten herrscht, während der Bericht, den man der Witwe und den Schwestern gab (oder den diese später gaben), die Sache vielleicht, obgleich zweifellos in gutem Glauben, ein wenig beschönigte oder vielmehr dramatisierte, gemäß einer Schablone, die sich in ihre Vorstellung eingegraben hatte durch die Illustrationen in den Geschichtsbüchern oder durch die Gemälde, die den Tod mehr oder weniger legendärer Krieger darstellen und auf denen sie fast immer halb im Gras ausgestreckt sterben, Kopf und Oberkörper mehr oder weniger an einen Baumstamm gelehnt, umringt von Rittern in Kettenhemden (oder Zweispitze mit Federn in der Hand haltend), die in Posen des Grams, ein Knie auf der Erde, mit einer eisenbehandschuhten Hand ihr zu Boden gesenktes Gesicht verbergen.

Nichts anderes also als jene vagen Berichte (die vielleicht aus zweiter Hand stammten, vielleicht die Tatsache poetisch ausschmückten, sei es aus Mitleid oder Gefälligkeit, um der Witwe zu schmeicheln oder sie vielmehr im Rahmen des Möglichen zu trösten, oder sei es, daß die Zeugen – jene, die dabeigewesen waren, oder jene, die ihre Berichte wiederholt hatten – sich selbst getäuscht, glorifiziert hatten, dem Bedürfnis nachgebend, die Ereignisse, die sie mehr oder weniger direkt miterlebt hatten, zu überhöhen: so kam es vor, daß die Veranstalter glanzvoller Aktionen die Tatsachen, die ihnen doch zum Vorteil gereichten, einzig in der unbewußten Absicht entstellten, sie vorgefertigten Mustern anzugleichen), nichts also beweist, daß die feindlichen Kämpfer, als sie zu der Stelle kamen (es waren ebenfalls entkräftete Männer, schmutzig, mit Staub oder Schlamm bedeckt, die seit drei Wochen ununterbrochen marschiert waren und pausenlos gekämpft hatten, die Augen rotumrandet aus Mangel an Schlaf, mit brennenden Lidern und blutenden Füßen in ihren kurzen Stiefeln), ihn wirklich so vorfanden, das heißt, wie man es der Witwe später erzählte, immer noch an jenen Baum gelehnt wie ein mittelalterlicher Ritter oder ein Empire-Oberst (nicht zuletzt der stereotype Ausdruck, daß die Kugel »mitten in der Stirn« traf, macht die Sache zweifelhaft), und nicht etwa, wie es wahrscheinlicher ist, in der unkenntlichen Form, die jene unförmigen, mehr oder weniger mit Schlamm und Blut besudelten Haufen dem Blick bieten, bei denen als erstes meist die Schuhe ins Auge fallen, die bizarrerweise immer viel zu groß wirken, ein V bilden, wenn der Körper auf dem Rücken liegt, oder auch, parallel, ihre genagelten Sohlen zeigen, an denen noch mit Gras vermischte Erdklumpen haften, wenn der Tote mit dem Gesicht auf dem Boden liegt, oder aneinandergeklebt, von den angewinkelten Knien an die Hinterbacken gezogen sind, während der Körper selbst völlig zusammengekrümmt in einer fötalen Stellung liegt, zerstreut vom Fuß des Ankömmlings umgedreht wird, dessen Aufmerksamkeit plötzlich beim Anblick der Tressen erwacht, so daß er sich vielleicht bückt, um den schmierigen Waffenrock aufzuknöpfen auf der Suche nach irgendeinem Generalstabspapier oder irgendeinem Marschbefehl, irgendeiner versehentlich vergessenen Landkarte oder, einfach, einer Uhr.

Nicht zu Unrecht oder aus neckischer Bosheit machte sich der italienische Jockei über die Art und Weise lustig, wie der kleine Jude auf dem Pferd saß – nicht, daß er zu jeder körperlichen Übung so untauglich war, wie es seine schmächtige Erscheinung vermuten ließ (er war Mitglied eines Baseballclubs seines Viertels), aber was das Reiten anging, so hatte er ein für allemal eine kategorische, aus dem Innersten kommende Opposition bekundet, zog es vor zu leiden, sich schmerzhaft im falschen Takt schütteln zu lassen, sei es im Trab oder im Galopp (und sogar im Schritt, sogar von den Satteltaschen und dem Gepäck abgestützt, fand er Mittel und Wege, so zu wirken, wie der Jockei es bildhaft ausgedrückt hatte, als er von einem männlichen Glied und einem Stück Seife sprach), gleichsam in einer Art passivem und wütendem Protest – oder vielmehr Abscheu –, und so wie man sich in manchen fernöstlichen Ländern selbst tötet, um seinen Feind zu entehren, brachte er mit diesem stolzen Widerstand, diesem verächtlichen Widerwillen seine Ablehnung dessen zum Ausdruck, wozu ihn nicht nur die Unteroffiziere und Offiziere zwangen, sondern, hinter ihnen, auch ein sowohl militärisches wie gesellschaftliches System, das auf die Idee verfallen konnte, einen Menschen dazu zu nötigen, sich in entwürdigender Weise, wie im Zirkus, auf dem Rücken eines Tieres herumführen zu lassen.

... tatsächlich – aber das wußten sie nicht – war hier eine ganze Panzerkolonne vorbeigekommen, der General, der sie anführte, stand in seinem Befehlswagen, ein blutgefärbtes Pflaster auf der Wange, von den Stößen gerüttelt, an den Splitterschutz geklammert, unerschütterlich, außerstande (so erzählte er später), im Getöse der Motoren und der Detonationen das Feuer einzustellen, das sämtliche Waffen seiner durch die rotgestreifte Nacht rasenden eisernen Fahrzeuge in alle Richtungen spuckten – der General (später sollte man ihn zum Marschall ernennen), der vier Jahre lang auf die gleiche Art und Weise, alles auf seinem Weg hinwegfegend, durch Wüsten und Sand vorrükken sollte, unter noch heißeren Sonnen, dann auf anderen Straßen, anderen Wegen durch andere Ruinen, andere rauchende Trümmer vorrückte – um später seinerseits zurückzuweichen, stets gelassen, ruhig, gefährlich, noch einmal zuzuschlagen, das Kinn hoch erhoben, scharf rasiert, kerzengerade wie eine Schneiderpuppe, mit seinem Raubvogelauge, seinem ledernen Gesicht und, statt des traditionellen Monokels, seiner auf die Stirn oder über das Visier seiner Marschallsmütze geschobenen Motorradbrille, bis er sich auf Befehl (jene Befehle, denen er vier Jahre lang mit dem gleichen ungestümen, starrsinnigen, distanzierten, pedantischen Wagemut gehorcht hatte) den Lauf einer Pistole an die Schläfe setzte und auf den Abzug drückte – aber an jenem Maimorgen wußten die Reiter davon nichts: sie wußten nicht, daß sich seit etwa zehn Stunden die Schlachtordnung sozusagen umgekehrt hatte, so daß hinten vorn war, so daß das Regiment (oder vielmehr was von ihm übrig war) sich nicht länger auf dem Rückzug befand und daß seine Überreste (oder vielmehr seine Rückstände) jetzt hinter dem Feind herirrten, dem sie den Rücken zu kehren wähnten, lächerlich, unerwünscht, gerade gut genug, um den lässigen Feuerstoß irgendeines herumbummelnden Flugzeugs oder irgendeines Heckenschützen auf sich zu lenken.

Dadurch, daß man jeden Abend das Wasser, in der die Spritze liegt, darin abgekocht hat, sind der Boden und die Wände der kleinen Aluminiumkasserole mit dem zerbeulten Rand von einer Kalksteinablagerung bedeckt. Ihr Griff endet in einer Öse, die es erlaubt, sie an die Wand zu hängen, und ist mit einer Muffe aus unlackiertem Holz umgeben (von dem jedenfalls jede Spur von Lack seit langem verschwunden ist), einer leicht ausgebauchten Muffe, die sich im Lauf der Zeit gelockert hat.
Die noch warme Kasserole ist jetzt leer. Man hat die Spritze und die Nadel herausgenommen und das Wasser abgeschüttet, und auf einer Seite am Boden ihrer Innenwand ist gerade noch ein rasch schrumpfender Halbmond aus Feuchtigkeit übrig. Die Kasserole steht auf einer

grauumrandeten schmalen Marmorkonsole, die sich zwischen dem Waschbecken des Badezimmers und der jetzt geschlossenen Schlafzimmertür befindet. Über der Marmorplatte ist die Wand mit einem glänzenden Papier tapeziert, das Fayence-Kacheln imitiert und von zwei blaßblauen, schmalen, mit kleinen runden Scheiben wie mit Perlen übersäten Streifen in regelmäßige Vierecke geteilt wird. Das Innere jedes der Vierecke ist mit einer ebenfalls blaßblauen Blume geschmückt, deren Mitte ein Kranz entfalteter Blütenblätter umgibt. Dieser Kranz weist abwechselnd nach links oder nach rechts. Die Streifen, welche die Vierecke und die Blumen umranden, heben sich von einem cremefarbenen Hintergrund ab. Auf der Höhe des kleinen Gaskochers, auf dem die Kasserole steht, weist die Fayence imitierende Tapete eine leicht gebräunte Spur auf, die nach oben hin heller wird.
Seit die Tür zum Schlafzimmer geschlossen ist, starrt der Junge auf die leere Kasserole, die Marmorplatte und die orangegelbe Morphiumspritze, die noch auf ihr liegt. Als ein schwacher Schrei, demjenigen ähnlich, den eine Mäusekehle ausstoßen könnte, durch die Tür zu ihm dringt, hält sich der Junge mit beiden Händen heftig die Ohren zu und kann das Pochen seines Bluts hören. Fast augenblicklich öffnet sich die Tür, und seine Hände sinken herab. Er kann jetzt das von einer Nachtlampe beleuchtete Bett, die wirren Schatten sehen und wirre Stimmen hören. An der Wand, rechts neben dem Bett, dessen Laken jetzt hochgezogen sind, hängt die sepiafarbene Vergrößerung einer Fotografie, eingerahmt von einer breiten Leiste aus braunem Holz. In einem abgestuften Lichthof sieht man das Gesicht eines Mannes mit eckigem Kinnbart und gezwirbeltem Schnurrbart, mit kühnem, heiterem Blick, überragt von einem betreßten Käppi mit weicher Haube.

Die beiden Soldaten liegen parallel zueinander auf dem Rücken am Hang einer Böschung, wie auf der schiefen Ebene einer Theaterbühne oder auf einer Art Präsentierteller. Die Knie des einen sind gespreizt und seine Hacken aneinandergepreßt, so daß seine Beine eine Raute bilden, wie die eines Frosches. Das rechte Bein des anderen ist angewinkelt, und seine Hacke berührt fast die Wade des gestreckten und steifen linken Beins. Unter diesem Winkel kann man die Sohlen der genagelten Schuhe sehen. Beide scheinen am Bauch oder vielmehr am Magen verwundet zu sein, den (aber vielleicht ist das Zufall?) eine ihrer Hände bedeckt. Der eine von ihnen hat seinen Helm verloren. Die einzigen sichtbaren Lebenszeichen sind die langsamen Bewegungen ihrer zurückgeworfenen, hin- und herrollenden Köpfe, wobei der Hinterkopf den Boden berührt, zumindest bei dem Barhäuptigen, und der Helm des anderen, dessen Visier zwischen dem Nacken und der Böschung eingeklemmt ist, über die Stirn nach hinten gezogen, lediglich von dem Sturmriemen gehalten wird, der vom Kinn gerutscht ist und sich jetzt, zu einem V gespannt, unter diesem befindet und den Verwundeten zweifellos leicht würgt. Ihre Augen sind geschlossen (oder vielleicht auch nicht: vielleicht ist das nur ein Eindruck, hervorgerufen von ihrem starren Blick, der ganz offenkundig nichts wahrnimmt). Schwache Klagen und zusammenhanglose Laute dringen aus ihren offenen Mündern. Immerhin kann man, mit greinender Stimme wiederholt, die Wörter »Die Ambulanz ... die Ambulanz ... wo ist die Ambulanz? ...« unterscheiden. Bei jeder Bewegung des noch mit seinem Helm bedeckten Kopfes schillert die Sonne einen Augenblick auf dem Kamm des Helms und wirft einen Lichtblitz zurück. Wie die Köpfe werden vielleicht auch die Hände von leichten Bewegungen oder leichten krampfartigen Zuckungen geschüttelt, die jedoch nur einen schwachen Umfang haben und kaum wahrzunehmen sind (zum Beispiel eine Hand, deren Finger sich abwechselnd krümmen und fächerartig strecken). Man sieht (zumindest so: aus drei oder vier Meter Entfernung und im Vorbeigehen) keine augenfällige Wunde, keine Spur von Blut.

Die Zeremonie war beendet. Doch noch lange nach der Abfahrt des Kaisers mit dem verkümmerten Arm defilierten die Truppen weiter vorbei. Zwischen den strengen grauen Fassaden folgten die Männerkolonnen einander, begegneten zuweilen Automobilen mit schmächtigen Rädern, kugeligen Scheinwerfern, Kotflügeln, die entfalteten Elytren ähnelten, und hoher Karosserie, viereckig wie die der Fiaker. Auch die Reihen der Männer bewegten sich mit jenem hüpfenden Schritt vorwärts, als ob sie sich schubsten, von einer Art unbegreiflicher Hast getrieben, das Gewehr umgehängt wie Jäger, Tornister tragend, die Pickelhauben mit einer Art Schutzhülle bedeckt, die oberhalb ihrer ausdruckslosen Gesichter Falten warf, einzig beseelt, so schien es, von jener unbegreiflichen Eile, wobei einer von ihnen manchmal, an der Flanke der Kolonne, mit dem Arm eine dem Vorführer geltende Geste andeutete und verschwand, vom nächsten ersetzt, der ihm aufs Haar glich, während hin und wieder eine Frau in engem Rock, heller Korsage und großem Hut herankam (links auf dem Bildschirm auftauchte), an der Kolonne entlanghüpfte und den Soldaten mit brüsken, gleichsam bösartigen Gesten Blumensträuße zuwarf, so als hätte sie sie geschlagen, als hätte sie ihnen so etwas wie Steine oder Sand ins Gesicht geschleudert, oder manchmal einen Mann am Arm packte, ihn küßte, ihn ein paar Schritte begleitete, indes er verlegen lächelte, noch eine Weile den Strauß in der Hand hielt, den die Frau ihm gewaltsam zugesteckt hatte, ihn dann, da er nichts mit ihm anzufangen wußte, fallen ließ, so daß die Blütenblätter und die Stengel sich auf dem Boden verteilten, von den Schritten der mechanischen Stiefel zertreten, und bald grau.

Wie jene exotischen Vögel mit den übergroßen Schnäbeln und den gerupften Hälsen, die auf irgendeinem kotverkrusteten Ast im Käfig eines zoologischen Gartens hokken, sitzen die vier Personen mit geradem Oberkörper auf einer Bank, die sich an der Seitenwand einer Baracke entlangzieht. Die Bretterwand mit den waagrechten, grob gehobelten Latten, auf denen sich hell die Maserungen und Knoten des Holzes abzeichnen, ist von schwarzem, geteertem Braun. Der magere Oberkörper einer der Personen ist mit einem zerrissenen olivgrünen Polohemd bekleidet. Die drei anderen tragen die Überreste khakifarbener, zerlumpter und fleckiger Uniformen, aufgeknöpfte Jacken über ebenfalls khakigrünen, vor Dreck starrenden Hemden. Von ihren ausdruckslosen, leicht zurückgebeugten Masken mit den kugeligen und halb geschlossenen Augen, die nur einen schmalen bläulichen Schimmer durchsickern lassen, wie Augen von Blinden, geht etwas Schauriges, Makabres aus, wie von jenen mit Lumpen behängten Vogelscheuchen, deren Kopf aus einem schrägen Brett am Ende einer Stange besteht. Auf den kahlgeschorenen knochigen Schädeln, Backenknochen und hohlen Wangen wirkt die gespannte Haut wie mehr oder weniger dunkles Leder, dessen ursprüngliche Farbe sich zurückgezogen hat, um einem gräulichen oder besser aschigen Ton Platz zu machen. Mit ihren niedrigen, fliehenden Stirnen, ihren platten, wie von der Lepra zerfressenen Nasen und ihren wulstigen Lippen in dem übermäßig verlängerten unteren Teil des Gesichts erinnern sie an jene Produkte hybrider Paarungen wie Maultiere, Bastarde, die passiv, schlafwandlerisch und hinterhältig zwischen den Karrendeichseln folgsam mit dem Kopf wakkeln. Flüchtig erscheinen, wenn sie sich voneinander lösen, die Handflächen desjenigen, der mit der flachen Hand auf einen Kanister trommelt, schmutzigrosa, wie ausgebleicht, als hätte sich auch dort die ursprüngliche Farbe der Haut verdünnt und wäre mit dem Schweiß oder durch Reiben abgegangen. Auf seinem wie an Haarausfall leidenden Schädel beginnt plackenweise das Haar in wolligen und spärlichen kurzen Löckchen nachzuwachsen. Er ersetzt den Kanister manchmal durch einen Blechnapf, dessen Außenwand mit einer stellenweise zerkratzten Schicht schwarzer Farbe (oder Rauch?) bedeckt ist und das glänzende Metall wie Silber durchschimmern läßt. Die anderen Instrumente bestehen aus einer Schilfflöte mit verschleiertem Klang und zwei Holzstücken, die, aneinanderschlagend, ein hohles, trockenes Geräusch von sich geben, das mit dem Rascheln einer mit Nägeln gefüllten Dose kontrastiert. Abgesehen von dem Blechnapf ist das Ganze (die Seitenwände der Baracke, die Musiker, ihre Kleider, ihre Gesichter) aus einer Skala von Erdfarben zusammengesetzt, und die einzigen lebhaften Töne steuern die wollenen Abzeichen bei, die auf den Kragen der Militärjacken überlebt haben, das eine mit einer schwarzen Nummer auf rotem Grund, das andere mit einer roten Nummer auf grünem Grund.

Die Oberkörper der vier Musiker mit den Köpfen von Vogelscheuchen sind absolut gerade, die absolut parallelen vier Masken ebenfalls, die verschlafenen Blicke von Blinden starren geradeaus vor sich hin. Es könnte scheinen, als dösten sie, wenn die Bewegungen ihrer die Instrumente schüttelnden oder schlagenden Hände sich nicht in kurzen Stößen fortpflanzen würden, die ihre Schultern und Köpfe leicht schwanken lassen. Ebensowenig wie die Außenwelt scheinen sie einander wahrzunehmen, da sie keinerlei Zeichen der Absprache erkennen lassen; abwesend, ungesellig, geduldig wechseln sie spontan den Rhythmus, wenn der Flötist, scheinbar ohne Vorwarnung, eine andere jener monotonen Melodien anstimmt, deren Eintönigkeit verschiedenen Schlagzeugkombinationen als Grundlage dient. Die Hände mit den schmutzigrosa Innenflächen, die auf den Kanister trommeln, haben lange dürre Finger mit knotigen Gelenken, an deren Spitzen die hellen, ebenfalls rosa Nägel wie Pastillen zu kleben scheinen. Bei jeder Bewegung des mageren Handgelenks krümmt sich ein Wollfaden, der spiralförmig von dem zerlumpten Ärmel herabhängt, in leichten Zuckungen.

Ebensowenig wie von den vier starren Gesichtern geht Trauer oder Freude von den heiseren Tönen aus, die die Flöte von sich gibt und die von den begleitenden Kadenzen der anderen Instrumente verstärkt werden. Eine gespenstische Menge anderer Personen mit ausgemergelten Leibern, auch sie in zerknitterten schmutzigen Uniformen schlotternd, geht langsam in kleinen Gruppen auf der Allee umher, an deren beiden Seiten die Baracken aufgereiht sind. Auf dem Rücken ihrer senffarbenen Jacken kann man die beiden Buchstaben K und G lesen, die mit roter Farbe aufgemalt und etwa dreißig Zentimeter hoch sind. Die meisten bleiben im Vorbeigehen stehen und betrachten eine Weile mit trübsinniger Miene die vier Musiker, ballen sich manchmal zu Gruppen zusammen und nehmen dann ihre Wanderung wieder auf. Manchmal bleibt auch ein Wärter stehen, der eine hellgrüne Uniform, eine Feldmütze und sorgfältig gewichste, kurze schwere Stiefel trägt. Die Schulterklappen seiner Jacke sind mit einer silbernen Tresse gesäumt. Auch er betrachtet die auf der Bank aufgereihten vier Mulatten, marschiert dann weiter, wobei er sich mehrmals umdreht und ungläubige Blicke über seine Schulter wirft. Gleichgültig gegen die Zuschauer, die Augen noch immer halb geschlossen, düster, scheu, die sich wiegenden Körper zurückgeworfen, spielen die Musiker weiter. Die regelmäßigen synkopierten Schläge der beiden Holzstücke sind, wenn man sich entfernt, noch lange zu hören. Durch einen Spalt zwischen den schwarzen Flanken zweier Baracken kann man jenseits des Stacheldrahtzauns die orangefarbene Scheibe der untergehenden Sonne über dem Horizont sehen. Je tiefer sie sinkt, desto größer scheint sie zu werden, und das Orange geht nach und nach in Rot über. Der Himmel ist von seidigem, zartem Grau über der sandigen Ebene, auf der sich hier und da ein magerer Fichtenhain abzeichnet. Noch tiefer sinkend, berührt die Scheibe die Wipfel der Bäume. Zum Schluß ist sie rosa.

XII

1940

Erst drei Tage später dachte er daran. Oder vielmehr erinnerte sich sein Körper: schon im Bett, bei gelöschter Nachttischlampe (er ging früh zu Bett; er zog sich aus, glitt zwischen die Laken, nahm nicht einmal ein Buch oder eine Zeitung zur Hand), kaum ausgestreckt, drückte er auf den Schalter und verharrte so, ohne zu warten, ohne Ungeduld, da er wußte, daß sich der Schlaf fast augenblicklich einstellen und ihn nicht in, sondern unter seinem schwarzen Mantel begraben würde, verharrte also eine Weile so, völlig regungslos, die Augen in der Finsternis geöffnet, in der sich nach und nach undeutlich das fahle Rechteck des Fensters abzeichnete, aufgehängt schwebend, unwägbar, während langsam das milchige Licht der Nacht stellenweise einen Schimmer auf die Krümmung eines Möbelstücks, die Vorsprünge der Rahmen heftete, dann auf die hellen Teile (das Hemd des Mannes mit dem Gewehr, die Schlitze der Puffärmel jenes Prunkgewandes, das die Frau trug) der Kleider, in denen männliche und weibliche ferne Vorfahren, seit zweihundert Jahren erstarrt, für einen Maler posiert hatten, die goldumrandeten feierlichen Porträts, die, nach der Erbteilung, in diesem Zimmer der Wohnung gestrandet waren, in der er, ebenfalls nach der Erbteilung, lebte (oder vielmehr nicht lebte: in der er zwei oder drei Wochen im Jahr schlief, wenn er zur Zeit der Weinlese in das weitläufige Gebäude der Provinz zurückkehrte, wo er als Kind aufgewachsen war, das er, immer noch als Kind, verlassen hatte, um sich nur vorübergehend hier aufzuhalten, wie jetzt) und in die (die Wohnung) man für ihn die Möbel und Bilder des ihm zugefallenen Teils gebracht hatte, ohne daß er sie angerührt hatte, und wo seit dem letzten Frühjahr allein die beiden alten Frauen wohnten, mit einem der letzten Züge ange-

kommen, die noch von Norden nach Süden gefahren waren, in der Ferne gefolgt von den dumpfen Detonationen der Bomben, die fast ebenso schnell vorzurücken schienen wie der schlampig zusammengestellte keuchende Konvoi aus Viehwagen oder Erste-Klasse-Wagen, in denen sich unterschiedslos Kinder, Frauen, Erwachsene und stockbetrunkene Deserteure drängten: die beiden Frauen, die er nie anders als mit zerfurchten Gesichtern gekannt hatte, mit rosaumrandeten Augen, aus denen stumm etwas Glänzendes, Silbriges zu rinnen begonnen hatte und jenen gräulichen Puder auflöste, den alte Damen benutzen, als sie die Tür geöffnet und ihn auf dem Treppenabsatz hatten stehen sehen mit seinem acht Tage alten Bart, seinen abgebrochenen Fingernägeln, vor Kälte zitternd, ohne es zu merken, in den ersten Novembertagen einzig und allein mit dem Overall und den Spartgrasschuhen bekleidet, die ihm der Bauer gegeben hatte, dessen Tür sein Fluchtgefährte und er mitten in der Nacht aufgestoßen (oder vielmehr aufgebrochen) hatten und der zusah, wie sie im Stall ihre Kleider wechselten, während er den goldenen Ehering und die Armbanduhr in der Hand wog, die Schnürstiefel, die warmen Tuchhosen prüfte, die auf dem Rücken mit roter Farbe markierten Militärjacken zusammenrollte und dabei unaufhörlich wiederholte Beeilt euch! Macht schnell! Macht schnell! Beeilt euch! Und jetzt haut ab, haut ab, haut ab! ...
Und noch bevor er Zeit gehabt hatte, die nun ihrerseits aus dem Dunkeln tauchenden undeutlichen Flecken der Gesichter und der Hände zu erkennen (die fast weibliche, gepflegte Hand, die auf dem Abzugsbügel des Gewehrs lag, die andere (die der Frau), die in ihren Fingern eine Maske hielt, die ihrerseits eine Halbmaske trug), schlief er ein. Das heißt, daß der Schlaf ihn überfiel, absolut schwarz, opak, fast greifbar, keinen Träumen, ja nicht einmal einfachen Reflexen Raum gab: wenn er manchmal

aufwachte, dann nur so lange, um gewahr zu werden, daß er sich nicht gerührt hatte, immer noch in derselben Position auf dem Rücken lag, in der der Schlaf ihn überwältigt hatte, um sich dann mit dem Brummen eines Tiers auf den Bauch zu drehen und wieder einzuschlafen. Und dies von der ersten Nacht an, als er zum erstenmal seinen sauberen Körper zwischen saubere Laken geschoben hatte, den Körper, dem er mit einer Art Verwunderung zugeschaut hatte, als ob er ihm nicht gehörte, wie er schwerelos im durchsichtigen grünen Wasser der Badewanne schwamm, nicht dürr, nicht einmal ausgemergelt, einfach mager, unversehrt, demselben Körper, in dem er seit fünf Monaten jeden Abend auf dem dünnen Strohsack einer Pritsche geschlafen hatte, die nicht viel größer war als ein Sarg, in der Baracke mit der stickigen, nicht atembaren Luft, zwischen den anderen, in drei Lagen gestapelten Körpern, und wo er jeden Abend mit dem gleichen Grauen, dem gleichen unüberwindlichen Ekel das unzählige Gewimmel, das winzige, unzählige, verbissene und gefräßige Knabbern Hunderter von Läusen spüren konnte, die sich auf ihm regten.

Und jetzt lag er hier, gerade ausgestreckt und nackt in den glatten Laken, einfach ruhig, nur von jenem stummen, wütenden, kalten Lachen erfüllt, das das Gegenteil von Heiterkeit war und das sich vier Tage zuvor in ihm eingenistet hatte, genau an dem Morgen, an dem sie die Scheune verlassen hatten, wo er sich trotz den Beteuerungen des Sergeanten, der den Posten befehligte, die ganze Nacht im Heu gewälzt hatte, aus dem Schlaf schreckend, ungeachtet der Kälte schweißgebadet unter seinem dünnen Overall, wenn er draußen die Schritte und die gutturalen Stimmen ihrer Verfolger zu hören glaubte (oder vielleicht nicht aufwachte, träumte, er würde aufwachen, oder vielleicht während des Schlafens wachte, oder vielleicht im Wachen schlief, in jenem Zwischenzustand, wo Müdigkeit und

Aktion einen Menschen in den Zustand eines wilden Tiers zurückversetzen, das fähig ist, innerhalb eines Augenblicks vom Schlaf zur Bewegung überzuwechseln oder umgekehrt ...).

Seit Monaten hatte er sogar ihre Existenz vergessen. Das heißt ihre Existenz als Fleisch, Gliedmaßen, Haut, Feuchtigkeit, Atem, Speichel, Geruch. Monatelang hatte er jeden Sonntag, auf seiner Pritsche sitzend, mit dem Bleistift Zeichnungen angefertigt, die er mit Hilfe eines jüdischen Zuhälters aus Oran ihren Wärtern gegen die Päckchen Tabak verkaufte, aus denen das Lagergeld bestand. Geduldig wiederholte er jeden Sonntag die Bilder desselben Paars oder derselben Frau (er hatte gelernt, ihnen ein von seidigem Haar umrahmtes kindliches Gesicht zu verleihen) in den Stellungen des Koitus, der Sodomie oder der Fellatio (und zum Schluß – und diese hatte den größten Erfolg – dieselbe Stellung: die Frau auf Knien, mit hohlem Kreuz, ihre Kruppe darbietend): etwas, was sich zu einer Zeichnung etwa so verhielt wie ein Stück Seife zu einem Stein oder einer Wurzel, lernte nach und nach mit mürrischer Perversität die Details, die Schatten auszufeilen, minutiös die Körperhaare zu zeichnen, tat es mechanisch, als hätte er Linsen poliert oder einen Hof gerecht, lehnte sich zurück, um die Abstufungen zu begutachten und den Gesamteindruck zu beurteilen, so wie ein Baumverschneider oder ein Gipsarbeiter es tun mag, wobei er sich manchmal fragte – sich dann nicht mehr fragte –, wie man so riesige Summen wie drei oder vier Päckchen Tabak (was in dem Universum, in dem er lebte, ein kleines Vermögen darstellte) für Dinge zahlen konnte, die so bar jeden Interesses waren, und zwar nicht nur in seinen Augen, sondern auch in denen des Zuhälters aus Oran, der sie lediglich mit einem nachdenklichen Blick schätzte und in Gedanken Ärsche, Vulven, Zungen und Pimmel in ihr »Porto Rico«-Äquivalent (das war die Marke des besten Tabaks, in roten

Buchstaben über Palmen gemalt, die sich vor einem gelben Himmel wiegten) oder Brotrationen umrechnete.
Dann wurde der Oraner einem Arbeitskommando zugeteilt (nicht zur Strafe, auch nicht als Jude, obgleich er keinen Hehl daraus machte, sogar stolz darauf war, er, der vermutlich noch nie in seinem Leben den Fuß in eine Synagoge gesetzt und nie den Jom Kippur geheiligt hatte, außer zum erstenmal, einem Reflex der Würde und Herausforderung gehorchend, den ihm irgendein dunkles, von den Vätern überliefertes Gewissen sowie seine Ganovenehre einflößten, in jenem Lager, wo sie von Kindesmördern bewacht wurden: man hatte sie einfach im Viereck auf dem zentralen Platz in Reihen antreten lassen, zu ihren Füßen die Brotbeutel, die alles enthielten, was sie besaßen, und Vorarbeiter oder Bauern in Gummistiefeln und mit ledernen Schirmmützen waren langsam an ihnen vorbeigeschritten, hatten sie begutachtet, ihre Muskeln abgetastet, und zweifellos erschien ihnen der Oraner besser geeignet für die Arbeit, die sie von ihnen erwarteten), und es war Schluß – das heißt damit, Kruppen, Vulven oder kindliche Gesichter zu zeichnen, umrahmt von seidigen Haarsträhnen (er hatte gelernt, die blondem Haar eigentümlichen Lichtreflexe auf ihnen schimmern zu lassen, hatte auch gelernt, sie wirr anzuordnen, wie Ähren sprießend, die zarten Gesichter halb verschleiernd, wobei weder die Vulven noch die Brustwarzen oder die Bäuche, die der gespitzte Bleistift sorgfältig schattierte, für ihn irgend etwas anderes bedeuteten als das Aroma des »Porto Rico«-Tabaks und das, wogegen er ihn eintauschen konnte): zum Glück (zum Glück für seinen Magen) wurde er fast sofort (man hatte zwei Elektriker angefordert, und ein anderer seiner Freunde, ebenfalls ein Zuhälter aus Oran, der in einem Varietétheater auch den Beruf eines Bühnenarbeiters oder in einem Bordell den eines Burschen für alles ausgeübt hatte und ungefähr wußte, wie man Drähte anschließt und

eine Sicherung auswechselt, hatte ihn mitgenommen) dem deutschen Lager überstellt, und dort zeichnete er mit demselben gespitzten Bleistift und mit derselben mechanischen Pedanterie, demselben absoluten Mangel an Interesse die winzigen gekreuzten Degen, die bestimmte Orden auf der Brust der von ihm porträtierten Feldwebel schmückten, nicht nur aller Elektrikerarbeiten enthoben (dem Oraner war ein anderer Gehilfe zugeteilt worden), sondern auch jeder Art Fron oder Arbeit, so daß die der Penetration dargebotenen zarten Körper, die zarten schwellenden Vulven, die kindlichen Gesichter mit den naschhaften Lippen ebenso schnell, wie sie für die Bedürfnisse seines Magens beschworen worden waren, zu existieren aufhörten, nicht nur auf Papierblättern, sondern sogar, so schien es, in seinem Gedächtnis, seinem Bewußtsein, ins Nichts geworfen, in jene totale Abwesenheit von Realität, wo sich, vernichtet, alles verflüchtigte, was sich jenseits des von einem dreifachen Stacheldrahtverhau begrenzten Quadrats befand, in dessen Innern, konkreter, nur noch zwei wilde Obsessionen fortbestanden: essen und fliehen.

Also erst am dritten Tag war es soweit. Und auch dann brauchte er eine Weile (immer noch wie die Abende vorher im Dunkel liegend, ohne einen anderen Wunsch zu haben, so kam es ihm vor, als denjenigen, den ein Tier oder noch besser ein Automat verspüren mag, so etwas wie ein Automobil noch langer Fahrt oder eine ins Depot zurückgebrachte Lokomotive, die in der Stille hört, wie mit leichtem Knacken ihre metallenen Organe eines nach dem andern abkühlen, Lärm und Bewegung allmählich nachlassen, bis sie nur noch Erinnerung sind, nach nichts anderem strebend als nach der Trägkeit der Materie) ... er brauchte also eine Weile, bis er begriff, was ihn an jenem Abend im Dunkel wachhielt, den düsteren Mantel des Schlafs davon abhielt, ihn unter sich zu begraben (jetzt hatten seine Augen genug Zeit gehabt, um im Finstern wie Murmeln die dunklen Flecken der Augäpfel in den distanzierten, wohlanständigen, leicht mißbilligenden Gesichtern des Mannes mit dem Gewehr und der demaskierten Frau erkennen zu können, die beiden fernen Erzeuger, die sich vor zweihundert Jahren im Rascheln geraffter Unterwäsche, im Keuchen und in der Weiße gebogener Schenkel gepaart hatten, damit die winzige Parzelle einer winzigen Parzelle des ausgestoßenen Samens, ein winziger Teil des Bluts, das in ihren Adern gekreist war, noch heute in den Adern desjenigen kreise, der, ohne jetzt Schlaf finden zu können, unter ihnen lag): was er gegenwärtig empfand, was seine Augen offenhielt, war nicht mehr jener Jubel, jenes rachsüchtige Gefühl des Triumphs und jene rachsüchtige Empörung beim Gedanken an das, was man ihm angetan hatte (»Die Ziege!« erzählte er später (erst später: als er beinahe wieder ein normaler Mensch geworden war – das heißt ein Mensch, der fähig ist, dem gesprochenen Wort eine gewisse Macht, einer Erzählung ein gewisses Interesse für die anderen und sich selbst zuzugestehen (oder zu imaginieren), zu versuchen, mit Wörten dem Unsagbaren Existenz zu verschaffen; jedoch später: im Augenblick begnügte er sich damit, den beiden alten Frauen und denen, die ihn ausfragten, zu sagen, daß sein Regiment vernichtet worden war und daß alles (die Schlacht – freilich zögerte er, das Wort zu verwenden für das, was sich im herausgeputzten Frühlingsgrün zugetragen hatte (jene – wie soll man sagen?: Treibjagd, Verfolgung, Kesseltreiben, Farce, Hallalie?) und wobei er die Rolle des Wilds gespielt hatte – und das, was daraus gefolgt war: der endlose, demütigende Zug der Gefangenen, der sich durch Wälder und Hügel wand, der Eisenbahnzug, die Viehwagen mit den ineinander verkeilten Körpern, der quälende Hunger und Durst, der Gestank verfaulter Kartoffeln, der ständig über den Reihen der

Baracken schwebte ...), daß alles, sagte er also nur, hart gewesen sei): »Ja: die Ziege«, erzählte er später mit jenem freudlosen, kurzen Lachen, das gleichsam das Gegenteil des Lachens war: »Die Ziege, die der Jäger an einen Pflock bindet, um den Wolf aus dem Wald zu locken. Oder in der Hoffnung, daß der Wolf, wenn er die Ziege gefressen hat, gütigst stehenbleiben möge – wenigstens so lange, bis er sie verdaut hat. Und, um die Sache komischer zu machen, mit jener Karnevalsverkleidung und rittlings auf einem lahmen Gaul. Mit dem Unterschied, daß die Ziege immerhin zwei Hörner hat, um sich zu wehren, und daß die Verkleidung als Requisiten nur einen Säbel aus Weißblech und eine Knallbüchse mit fünf Schuß vorsah. Und mit dem weiteren Unterschied, daß der Wolf schon aus dem Wald herausgekommen war und daß er, nachdem er die Ziege verspeist hatte, auch den Jäger gefressen hat. Außer daß es, soweit ich es begriffen habe, nicht einmal einen Jäger gab. Und dann dieses verfluchte Arschloch von Schwachkopf mit seinem Scheißsäbel ...«), Ziege, Wolf und Jäger waren jetzt aus seinem Geist verschwunden: er stieß die Laken weg, und sein Körper war nun von etwas so Grimmigem, so Elementarem und so Gebieterischem wie Hunger oder Durst getrieben, fand zu jenem Ungestüm (oder vielmehr jener Animalität) zurück, das es ihm ermöglicht oder ihn vielmehr gezwungen hatte, sich am hellichten Tag, sobald die Wache den Rücken gekehrt hatte, auf den Boden zu werfen, unter dem Stachldraht hindurchzukriechen, loszupreschen, auf allen vieren durch den Wald zu galoppieren wie ein Hund, mit aufgeschürften Händen, fühllos, dabei nichts anderes über dem entsetzlichen Getöse, so schien es ihm, von Blättern und abgebrochenen Zweigen zu hören als den ungeheuren Lärm seines Atems, der ihm die Lungen und die Kehle verbrannte, das Brausen des Bluts in seinen Ohren, bis Blut, Muskeln, Lungen, Herz, Arme und Beine sich weigerten zu kreisen oder zu funktionieren, das heißt sich selbst den Dienst verweigerten: nicht seiner Vernunft und seinem Willen, die bereits protestiert hatten, noch bevor sie (die Muskeln, der Körper) sich in Bewegung setzten, weiter protestierten, voll Entsetzen, während Arme und Beine sich rasch bewegten, auf das Echo des Schusses, den Aufprall, das Brennen der Kugel warteten, die ihn durchbohren würde: dann, regungslos im Unterholz, immer noch auf allen vieren, außer Atem, dachte er, daß dies eine gute Stellung sei, um zu kotzen, dachte, daß, wenn er jetzt kotzen würde, es nur so etwas wie ein Stück Lunge oder Herz, jedenfalls Blut sein könnte, gleichzeitig dachte Jetzt müssen sie sich nicht mehr beeilen: sie brauchen bloß langsam zu kommen, mir eine Leine um den Hals zu legen und mich zurückzubringen, immer noch auf allen vieren, während sich das entsetzliche Getöse seiner Organe nach und nach besänftigte, er wieder die leisen Geräusche des Waldes wahrzunehmen begann, das ruhige Zischeln des Windes in den Wipfeln der Kiefern, und sonst nichts, allmählich auch sein Körper und sein Verstand sich versöhnten, letzterer wieder das Kommando übernahm, zumindest jetzt so viel Autorität besaß, um Arme und Beine zu zwingen, noch eine Weile vorsichtig als Vierfüßler weiterzugehen, bis er sich behutsam aufrichtete, den stummen Wald ringsum prüfte, sich dann mit großen Sprüngen auf zwei Beinen entfernte. Und danach die drei Tage, die sie durchs Unterholz gingen, er und ein anderer, den er später getroffen hatte, eine Art Bohnenstange, dünn wie eine Messerklinge, ein *pied noir* (er erzählte, daß er aus Constantine stamme), dem es ebenfalls gelungen war, sich in einen der mit Arabern (»Geschmeiß«, sagte er) vollgestopften Waggons des Konvois einzuschmuggeln, der zwei Tage und zwei Nächte von der Elbe, von der sandigen Ebene Sachsens bis zum Atlantik gekrochen war: noch später sahen sie von weitem einen Neger, noch immer in der Uniform mit den in Rot aufgemalten großen Buchstaben K G auf dem Rükken, der in dieselbe Richtung marschierte wie sie und stehenblieb, als sie ihm zuwinkten, sie unverwandt ansah, als sie langsam durch die Farnkräuter näherkamen, bis sie erkennen konnten, was die Lichtsplitter in seiner Hand aufblitzen ließ, die er ihnen in Höhe seiner Brust lediglich entgegenstreckte, und beim Anblick der Stahlklinge stehenblieben, worauf der Neger und die beiden anderen Entflohenen sich einen Augenblick über das Gestrüpp hinweg anstarrten, das runde, glänzende, edelholzfarbene, völlig ausdruckslose Gesicht sich darauf beschränkte, sie über dieser in der Sonne funkelnden Klinge anzuschauen, dann drehte sich der Schwarze wortlos um, setzte seinen Weg fort, sich schräg von ihnen entfernend, allein, wild, animalisch, wobei seine Raubtiersilhouette von den parallelen rosa Kiefernstämmen schraffiert wurde, die so gerade standen wie Schiffsmasten, bis er vollends verschwand, und der Mann aus Constantine fluchte wütend, während sie weitermarschierten (sagte Dieser Niggerarsch hast du das gesehen?, sagte Er hätte uns glatt abgemurkst! Der und sein Messer, Scheiße! Er hätte uns ... Klar es geht uns nichts an soll er doch zum ..., sagte Klar aber sieh mal wo die Sonne jetzt steht wir müssen weiter nach links, sagte Scheißsenegalese! der und seine Schokoladenkumpel die mit ihren Scheißbajonetten die Gleise bewacht haben wenn wir in Urlaub fuhren! Ich hätte sie allesamt an die vorderste Front geschickt und dem ersten eine Kugel verpaßt der abgehauen wäre dann würden wir nicht in dieser Scheiße stecken ..., sagte Ja doch ich paß schon auf! Diese verfluchten Gräben! Weiß der Geier wo sie sind unter diesem Hurenfarn! Ich frage mich wozu der ... Es wäre der Gipfel wenn du und ich uns ein Bein drin brechen Scheiße zeig mal die verdammte Karte ...), sich einen Weg bahnten durch das unentwirrbare, hohe Pflanzengestrüpp, das der Herbst gelb zu färben begann: es stand ihnen bis zur

Brust, bisweilen sogar bis zu den Schultern, und sie mußten es mit den Armen zerteilen wie Schwimmer, sich mühsam durchkämpfen, jeder abwechselnd, einander ablösend. In der ersten Nacht (derjenigen, in der sie bei dem Bauern eindrangen, ihre dünnen Overalls anzogen und, bevor sie wieder aufbrachen, die auf der Rückseite des Postkalenders klebende Departementskarte abrissen) legten sie etwa vierzig Kilometer auf einer menschenleeren Straße zurück, nicht so sehr, um zwischen sich und dem Lager so viel Abstand wie möglich zu schaffen, als um bloß zu marschieren, wie betrunken, leicht, unempfindlich sowohl gegen die Müdigkeit, obgleich sie seit drei Tagen praktisch nichts gegessen hatten (der Bauer hatte ihnen immerhin einen Kanten Brot gegeben, in den sie bissen, ohne stehenzubleiben), wie gegen die Kälte, den Rauhreif, der beim Nahen des Morgengrauens nach und nach um ihre Knöchel die Hosenbeine ihrer Overalls beschwerte und schließlich eine dünne, rissige Kruste bildete: sie spürten ihn auch nicht, als er in der Scheune zu Wasser schmolz, in der ihnen am Morgen ein anderer Bauer zu schlafen erlaubte, aber danach mieden sie die Straßen, richteten sich nach der Sonne, marschierten oder vielmehr schwammen durch das Meer der hohen herbstlichen Farnkräuter, die sich unabsehbar auf dem absolut ebenen Boden zu erstrecken schienen, während über ihnen träge die langen Windstöße zischelten, die langsam die Wipfel der Pinien wiegten (man hörte sie von ferne kommen, zuerst wie ein weites Rauschen, das sich näherte, anschwoll, als ob der riesige reglose Wald aus seiner Schläfrigkeit erwachte, sich schüttelte, aufzuleben begönne, dann war es da, strich mit gedämpftem Brausen über ihre Köpfe hinweg, ernst, majestätisch, entfernte sich, hier und da einem Rascheln Raum gebend, dann beruhigte sich alles, bis sich im Westen eine neuerliche langsame Dünung ankündigte). Die Sonne schien. Tagsüber (zumindest wenn sie marschierten) war die Luft mild: sie hätten die ersten Menschen sein können, im ersten Wald, zu Beginn der Welt. Außer dem Neger begegneten sie keiner lebenden Kreatur, keinem Förster, keinem Holzfäller, und abgesehen von dem mächtigen und ernsten Zischeln des Windes vernahmen sie keinerlei Geräusch, es sei denn manchmal das Zwitschern eines unsichtbaren Vogels, dessen Namen sie nicht kannten. Später versanken sie in einem Schlammloch, und sie brauchten lange, um sich daraus zu befreien, ohne daß sie es wagten, in die Richtung eines Gehöfts, dessen Schornstein sie rauchen sahen, um Hilfe zu rufen; gegen Mitte des zweiten Tages lichtete sich der Wald nach und nach, riß auf, machte Feldern, dann, als das Gelände sich sanft zu wellen begann, Weinbergen Platz, und sie waren gezwungen, Wege zu nehmen, wobei sie an den Hecken entlangschlichen oder gebückt durch die Weinberge gingen. Noch immer spürten sie die Müdigkeit nicht – oder vielmehr war sie seit Monaten so sehr ein Teil von ihnen, daß sie sie nicht mehr wahrnahmen, ebensowenig wie die Kälte – sogar ebensowenig wie sie in jenen Tagen Hunger oder Durst verspürten: sie stahlen überreife Tomaten in einem verwahrlosten Garten, teilten sich das Brot, das eine Frau ihnen heimlich brachte, tranken das Wasser der Bäche und einmal das mit schwarzem Schlamm vermischte Wasser eines Sumpfes. Einige Male jagten die Bauern sie weg, andere ließen sie in ihrer Scheune schlafen, eine andere Frau setzte ihnen eine richtige Mahlzeit vor mit warmen Speisen, die sie verschlangen, wie die Tomaten, ohne zu begreifen, was sie aßen, den Geräuschen von draußen lauschend, aus Gewohnheit weiter schlotternd, ohne zu merken, daß der Ofen angezündet und die Küche warm war, so wie sie friedlich den ganzen Nachmittag über schlotterten, den sie versteckt in einem Weinberg verbrachten, hundert Meter von der Straße entfernt, die jetzt eine Grenze innerhalb ein und

desselben Landes war, und warteten, daß sich im Westen die Wolken zu röten begännen über dem Pinienwald, der den Weinberg säumte und in dessen Zweigen der Wind unablässig sein langsames Zischeln vernehmen ließ, geduldig, stetig, feierlich, während sich zuerst das Unterholz, dann die Wipfel der Bäume nach und nach verdunkelten unter der Orgie der aufglühenden Goldtöne und sich die höchsten Wolken zuerst blond, dann lachsfarben, dann rosa, dann plötzlich grau färbten, sich noch eine Weile vom Hintergrund des schiefergrauen Himmels abhoben, dann war alles schwarz: die Pinien, der Weinberg, die Erde, auf der sie krochen, der Graben, die gerade Straße, und dann der Sprung, der Lauf, die zu spät erblickten Scheinwerfer des Patrouillenfahrzeugs, die Schüsse, und wieder der Lauf, der überkletterte Zaun, der umgepflügte Acker, das Wäldchen, dann eine Wiese, und immer noch die Schüsse, und wieder der Lauf, die den Wald absuchenden Taschenlampen, und das Licht eines Stalls, und der seine Kühe melkende Mann, der aufgestanden war und einfach gesagt hatte Schnell. Hier lang. Folgt mir ...
Und gegenwärtig, in dem stillen und dunklen, weitläufigen Gebäude, an dessen anderem Ende die beiden jungfräulichen alten Frauen schliefen, tastete er nach dem Schalter, fand ihn, worauf das Licht mit einem Schlag die Finsternis aus dem Zimmer trieb, wo er in seine Kleider schlüpfte mit der kalten Ruhe, jener Art eisigen Gelassenheit, die ihn jetzt erfüllte, gleichgültig gegen die wiederaufgetauchten Blicke der demaskierten Frau und des fernen Erzeugers mit dem eleganten und lächerlichen Jagdgewehr, mit seinem eleganten gepuderten Haar, seinem Jungmädchenhals, seinen rosa Wangen und dem blutigen Fleck, den die abgeblätterte Farbe von der Schläfe an geöffnet zu haben schien und der an der Wange, dem entblößten Hals entlanglief, den Kragen des lässig aufgehakten Hemds besudelte, so wie man ihn entdeckt haben

mochte, leblos am Fuß des Kamins liegend, mit demselben friedlichen, heiteren, vielleicht ein wenig erstaunten Blick, gleichsam selber überrascht von dem, was er soeben getan hatte, die herbeigeeilten Domestiken (vielleicht auch die Frau) anstarrend, die beim Geräusch der Detonation, die in der nächtlichen Stille in eben diesen Wänden erklungen war, die Finger um den Griff der noch rauchenden Sattelpistole geklammert, mit der sich am Abend einer verlorenen Schlacht der elegante Wachteljäger eine Kugel durch den Kopf geschossen hatte: gebückt, jetzt damit beschäftigt, die Senkel seiner Schuhe zu schnüren (und einer von ihnen riß, so daß er seinen Schuh ausziehen und ans Licht halten mußte, um, zwischen den Zähnen fluchend, das ausgefranste Ende durch die Ösen zu stecken), weiterhin ruhig, kalt, jetzt zu sehr in Anspruch genommen von dem, was ihn beschäftigte, um auch nur zu denken Ich erinnerte mich gar nicht an soviel Blut. Vielleicht ist ja diese verdammte Farbe noch weiter abgeblättert, vielleicht fängt er von Zeit zu Zeit wieder zu bluten an. Wie diese Statuen, dieser Heilige irgendwo in Italien, der bei großen Anlässen blutet und weint, dachte (oder vielmehr sogar ohne zu denken, zumindest nicht in Worten, aber immer mit demselben kalten Lachen): An Geburtstagen vielleicht. Bei Katastrophen, dachte auch (jetzt war es ihm schlecht und recht gelungen, zwei Ösen überspringend, die verkürzten Enden des Senkels zusammenzuknoten): Bloß habe ich keine Schlacht verloren, Herrgott! Ich habe noch nicht mal Krieg geführt. Es sei denn, der Krieg besteht darin, mitten am Tag in aller Seelenruhe auf dem Rücken eines geschundenen Gauls zwischen zwei Reihen von ausgebrannten Wagen und Toten im Schritt spazierenzureiten und darauf zu warten, daß einer jener hinter einer Hecke versteckten Typen sich damit vergnügt, ein paar Schüsse auf eine Zielscheibe abzugeben. Herrgott! Sonst nichts. Sie hatten mir keine Chance gelassen! Ein Spazierritt.

Aber wahrscheinlich hatte dieser Trottel keinen anderen ehrenhaften Abgang gefunden, als sich töten zu lassen. Bloß hatte er kein Recht, uns, mich ..., fluchte weiter zwischen den Zähnen, während er jetzt stand und das zu weit gewordene Jackett anzog, sich nicht einmal die Mühe machte, eine Krawatte umzubinden, dann das Licht löschte, die Frau mit der Maske und der rätselhafte Selbstmörder wieder in die Finsternis der dunklen Familiengruft sanken, wo der vergangene Ruhm, die verlorene Ehre sich weiterhin mit dem formidablen General aus Marmor und ihrer Nachkommenschaft von Rentnern, Großgrundbesitzern, Amateurkünstlern und Damen mit Korkenzieherlocken unterhielten, und er stieg jetzt geräuschlos die monumentale Treppe hinunter, überquerte den Hof, schloß behutsam den Torflügel hinter sich, ging dann (rannte nicht, sondern ging, allerdings schnell) durch die schlecht beleuchteten Straßen, an den erloschenen Terrassen der Cafés vorbei: hin und wieder begegnete er Gruppen oder umschlungenen Paaren, wie wenn er, ohne ihnen weiter Aufmerksamkeit zu schenken, undeutlichen Schatten ohne wirkliche Existenz begegnet wäre – jedenfalls Wesen, die einer anderen Gattung angehörten als er (er merkte nur, daß auch sie schnell gingen, eingemummt in Mäntel mit hochgeklappten Kragen (er hatte noch keine Zeit gehabt, sich einen zu kaufen, oder hatte noch nicht einmal daran gedacht), was zweifellos bedeutete, daß es kalt war – aber er spürte es nicht, ebensowenig wie vor drei Tagen, als er auf dem Bahnhof angekommen und aus dem Zug gestiegen war, in seinem dünnen Overall schlotternd), dachte flüchtig (oder erinnerte sich vielmehr), ohne Zorn, ohne Feindseligkeit, aber auch ohne Freundlichkeit, stets mit demselben kurzen Lachen: Kinos! ... Klar doch! Abenteuer ... Warum nicht?, wobei er weiterhin sehr schnell ging, wie jene Hunde, die man zuweilen in gleichmäßigem Tempo an den Fassaden entlang oder durch die

Landschaft trotten sieht, ohne daß sie sich umdrehen oder sich ablenken lassen, vom Instinkt oder durch irgendeinen dunklen Weg des Gedächtnisses zu dem Ort geführt, wo sie unfehlbar das Futter, das läufige Weibchen oder das Müllfaß zu finden wissen, das sie brauchen. Die beiden, die er kannte (wo er einige Male gewesen war zu einer Zeit, die ihm jetzt als eine phantastisch ferne Epoche seines Lebens erschien – oder vielmehr eines anderen, sozusagen früheren Lebens, etwas (Orte – obgleich es dieselben waren –, Leute – auch sie dieselben –, an und unter denen existiert zu haben er sich erinnerte) Irreales, Nichtiges, Substanzloses), waren zu: einen Augenblick blieb er vor der verschlossenen Tür stehen, vor der Fassade mit den blinden Fenstern, jetzt von einem Gefühl unerträglicher Wut, unerträglicher Frustration gepackt, spürte so etwas wie Panik in sich aufsteigen, sah erneut auf der Untertasse, die der Kellner der Bahnhofsgaststätte vor ihn hingestellt hatte, statt Zucker die zwei winzigen Pastillen, fragte sich, ob man in seiner Abwesenheit etwa auch ein Gesetz oder eine Verordnung erlassen hatte, sie zu schließen, versteifte sich darauf, wütend auf den Klingelknopf zu drücken, packte dann den Türklopfer und schlug heftig zu, hörte gleich Explosionen in der stillen Straße den Hagel der Schläge ertönen, unempfänglich für die Spötteleien zweier verspäteter Passanten, fing dann wieder zu klopfen an: er hob auch nicht den Kopf zu den Jalousien eines Fensters, hinter dem eine Frau Schimpfwörter brüllte, ging bereits wieder, fluchte selber ordinär zwischen den Zähnen, während er dem Gewirr der Gassen folgte, die zur Zitadelle hinaufführten, abermals zu fluchen bereit, als die nächste Tür, an die er klopfte, sich öffnete.

Diesmal war sie angelehnt und ließ einen Streifen rosafarbenes Licht sehen, das aus dem Innern drang, aber eine Kette hielt sie zurück, so daß er, ohne auf die Klingel zu achten oder die Antwort auf sein erstes Klopfen abzuwarten, mit der Faust gegen das Paneel zu trommeln begann, das nicht lackiert (im Gegensatz zu der anderen hatte sie keinen Türklopfer aus blankgeputztem Kupfer), sondern mit einer häßlichen braunen Farbe angestrichen war: es war ein Bordell zweiter oder sogar dritter Kategorie, in dem er noch nie gewesen war, das er lediglich kannte, wie man ein Café oder ein Hotel kennt, das man nie betreten hat, nur weil man oft daran vorbeigegangen ist, die Art von Haus, das die Unteroffiziere der Kolonialtruppe oder Handlungsreisende aufsuchen, und später sollte er sich an dies erinnern: das müde Geräusch der Schritte (obwohl die Frau Stöckelschuhe trug, schien sie wie in Pantoffeln zu schlurfen), den Lichtstreifen, von etwas verstellt, was Augen hatte, die ihn begutachteten, den kurzen Dialog, die beiden gleichermaßen harten, unfreundlichen, sogar feindseligen Stimmen, wobei er seine eigene in einer Art wütendem Jubel aus sich herauskommen hörte, demselben Gefühl von Triumph, Gewalt und Unbesiegbarkeit, das noch immer von demselben stummen, friedlichen Lachen begleitet war (dachte Besoffen? ... Sieh an: Besoffen ... noch was, was ich vergessen hatte ...) und noch anhielt, als der rosa Streifen verschwand, nach dem Klirren einer zurückgeschobenen Kette die Tür weit aufging und im spärlichen Licht, das im Innern herrschte, eine Frau mit müdem Gesicht enthüllte (wie es, so dachte er, eine verprügelte Mauleselin haben könnte, wenn man es nicht spaßeshalber karminrot geschminkt und ihm eine strähnige Perücke aufgesetzt hätte), die in der Diele stand und, während sie zurücktrat, um ihn hereinzulassen, mit kreischender Stimme etwas über den Radau und die späte Stunde wiederholte und ihn dabei mit einer Gereiztheit musterte, hinter der er, noch immer von demselben inneren Lachen geschüttelt, mit hoffärtiger Befriedigung (nicht aufgrund irgendeiner Verachtung für die Frau und den Beruf, dem sie nachging, da er sich im Gegenteil gewissermaßen auf sicherem Terrain wiederfand, befreit von jener Verlegenheit, die er seit drei Tagen verspürte, und für das Mauleselinnengesicht und die unangenehme Stimme, die ihm entquoll, plötzlich so etwas wie Dankbarkeit empfand: alles war wieder einfach, hart, elementar, mühelos) das gleiche verängstigte und zugleich gehässige Gefühl wiedererkannte, das er in den Augen des Kellners der Bahnhofsgaststätte hatte lesen können oder im Zug, der ihn hergebracht hatte, in den Augen der Insassen des Abteils, als er dessen Tür geöffnet hatte und sie bei seinem Anblick sozusagen zusammenschrumpften, sich aneinanderdrängten, instinktiv von dem einzigen freien Platz abrückten, bis er die Tür heftig wieder schloß, und durch die Scheibe konnte er immer noch die Blicke der zunächst Sitzenden spüren, die ihn von oben bis unten anstarrten, als er sich auf das Linoleum das Gangs legte, den Brotbeutel unter seinen Kopf schob und einschlief.

Und er sollte sich auch an dies erinnern (als ginge er noch immer, von derselben aufmerksamen und kalten Gewalt angetrieben, durch eine Folge von Hindernissen oder Prüfungen, die er eine nach der andern bewältigte und die sich ihm einen Augenblick ins Bewußtsein gruben, dann verschwanden: die Stacheldrähte, die Farne im Unterholz, die Schüsse in der Nacht): die Bahnhofsgaststätte, den bitteren Geschmack des Kaffee-Ersatzes, der in der vor ihm stehenden Tasse dampfte, während der Kellner (ein Mann mittleren Alters, untersetzt, mit rundem, rotangelaufenem Gesicht, in dem nur noch ein Schnurrbart fehlte) ihn musterte, mit dem gleichen gehässigen und zugleich ängstlichen Blick wie die im Abteil zusammengedrängten Reisenden den verdreckten dünnen Overall, den acht Tage alten Bart, die von einer Schramme getrockneten Bluts zerkratzte Hand in Augenschein nahm und sagte oder vielmehr bellte: »Zucker? ... Zu...? Wollen Sie mich ver...«, sagte, ohne ihm Zeit zu einer Antwort zu lassen:

»Nein, es gibt keine Croissants! Was denn noch? Wo glauben Sie, daß Sie ...«, sich nicht einmal die Mühe machte, seinen Satz zu beenden, entrüstet, das Wechselgeld aus seiner Tasche holte (das Wechselgeld des Scheins, den ihm, zusammen mit einem Fahrschein für die dritte Klasse, der Rechnungsführer der Entlassungsstelle übergeben hatte – ebenfalls ein Mann mittleren Alters, wohlgenährt, in einer tadellos gebürsteten Uniform, der unter einer Tafel mit pastellfarbenen Fähnchen, rosa, hellblau, narzissengelb, blaßgrün, hinter einem schwarzgestrichenen Tisch saß, angewidert das vor Schweiß und Dreck starrende Soldbuch (oder vielmehr den Fetzen eines Soldbuchs) durchblätterte, es ihm dann mit strenger, sogar mißbilligender Miene zurückgab, ihn eine Quittung unterschreiben ließ, dann das Geld abzählte), und die Metallstücke klingelten auf dem Marmor des Tischs, gefolgt von einem schmierigen Schein, während der Kellner bereits den Rücken kehrte, sich entfernte, den leeren Saal durchquerte, in den von draußen die Geräusche aneinanderstoßender Puffer drangen: durch die auf den Bahnsteig gehenden Fenster konnte man die rötliche Flanke eines stehenden Güterzugs sehen, dessen Waggons von Zeit zu Zeit von kurzen Stößen erschüttert wurden, wobei sie abwechselnd ein paar Meter vor- und zurückfuhren, während mit mattem, gleichsam dösendem Schritt ein Bahnbeamter, der eine Laterne trug, auf ebenso unverständliche Weise hin- und herging, als ob sich in den Lichtern der wenigen Lampen unter dem verrußten schwarzen Glasdach, wo die Geräusche gegeneinanderprallenden Metalls widerhallten, irgendeine sowohl schauerliche wie erbärmliche und absurde Zeremonie abspielte.

Der Tag war noch nicht angebrochen, als er die Gaststätte betreten hatte, da er vermutete, daß die beiden alten Frauen noch schliefen. Die Ärmel seines Hemds hochgekrempelt, räumte der Kellner gleichsam widerwillig die

Stühle von einem Tisch, die mit den Füßen nach oben auf der Platte standen, pflanzte sich dann, während er sich hinsetzte, vor ihm auf, runzelte die Brauen, musterte ihn, wartete, bis er sagte »Einen Kaffee« (derselbe Bahnhof, derselbe Bahnsteig, wo fast auf den Tag genau vierzehn Monate zuvor in der Augusthitze die Menschenmenge mit den geängstigten, weinenden, von ungläubiger Verblüffung geprägten Gesichtern wie eine von dunklen Wirbeln durchzogene Dünung gegen die Wände der Waggons geschlagen war): gegenwärtig fegte der Kellner einen Streifen kastanienbrauner Sägespäne vor sich her; als er an der Kasse vorbeikam, sagte er ein paar Worte zu der Frau, die dort stand, damit beschäftigt, kleine Papierblätter zu überprüfen und stapelweise auf einen Metallstab zu spießen, und die ihrerseits mit gerunzelten Brauen einen kurzen Blick in die Richtung des Tisches warf, auf dem noch die Tasse Kaffee dampfte, dann ihre Arbeit wieder aufnahm. Die Wanduhr zeigte erst viertel vor sieben. Nach und nach begannen die Scheiben des Glasdachs blaß zu werden: der Güterzug war nun verschwunden, so daß die parallelen Streifen der Stahlschienen zu sehen waren, die zu glänzen begannen (das blauende, kalte Glasdach, unter dem, im Leeren hängend, gleichsam ein unhörbarer und lächerlicher Protest, das unhörbare Geräusch von Schluchzern und Abschiedsworten zu schweben schien, der leere Bahnsteig, auf dem sich weiterhin das unsichtbare Gewimmel von Gespenstern drängte, die er, vor seiner leeren Tasse sitzend, trotz der illusorischen Wärme des illusorischen Kaffees immer noch schlotternd, gegenwärtig mit kaltem, hartem, gleichgültigem Blick betrachtete, während er wartete, daß nach und nach die gelblichen Lichter verblaßten und die Eisenträger und Gewölbebögen sich schwarz gegen den zuerst dunkelblauen, dann immer helleren Himmel abhöben). Er warf einen letzten Blick auf die Uhr, stand auf, ging auf die Tür zu, blieb stehen, sagte

»Was?«, drehte sich zu dem Kellner um, der wiederholte: »Ihr Wechselgeld!« (einfach »Ihr Wechselgeld«, nicht: »Monsieur, Sie vergessen Ihr Wechselgeld«), worauf er zu dem Tisch zurückging, mit dem Handrücken den noch auf dem Marmor liegenden schmierigen Geldschein wegfegte, zusammen mit den Münzen, die sich verstreuten, über die Fliesen kullerten, sich im schmutzigen Schaum des weggeschobenen Sägemehls verloren, und ging dann hinaus: draußen erstreckte sich die Avenue, die vom Bahnhof in die Stadt hinunterführte, auch sie menschenleer, irreal, zwischen den schlafenden Fassaden in der durchsichtigen perlgrauen Morgendämmerung, durch die er jetzt ging, nicht mehr vor Kälte zitternd, sondern vor Wut, dennoch leicht, beschwingt, mit seinem Körper, der seit langem nicht mehr wußte, was Müdigkeit war, schmutzig, voller Läuse, fühlte, wie unter ihm seine Beine eines wilden Tiers sich mühelos bewegten, vorbei an den Lagerhäusern, den Gittern der von Palmen geschützten Gärten, den mit Türmchen und Giebeln verzierten Villen, in denen die wohlhabenden Weinhändler schliefen, den Geschäften mit den noch geschlossenen Läden. Die erste Straßenbahn des Tages kam ihm entgegen, fuhr scheppernd, die Fenster noch erleuchtet, zum Bahnhof. Zwei mit Schaufeln bewehrte Männer machten sich langsam um einen Müllkarren zu schaffen, vor den ein Pferd gespannt war. Jedesmal wenn der Karren sich in Bewegung setzte, von einem Abfallhaufen zum andern, erklang in der Stille der schüttere Ton eines Glöckchens. Eine Frau öffnete eine Tür, trug einen Mülleimer hinaus und goß einen Eimer Wasser auf die Schwelle, die sie zu putzen begann. Er schritt in jener Art von Triumph voran, weiterhin ordinär zwischen den Zähnen fluchend, während jenes Etwas in ihm von neuem zu lachen begann, unbändig, wild. Am Ende der Avenue, über dem großen Kaufhaus mit dem Rokokodach, trieb langsam eine kleine Wolke mit runden

Konturen, die sich in den ersten Sonnenstrahlen nach und nach rosa färbte.
Und jetzt der schwache Geruch nach Küche, Lauch, abgestandenem Bier und billigem Parfüm, die Innentür mit der Umrahmung aus buntem Glas, rot, gün und malvenfarben, und dem Mittelpaneel, eine Rauhreif imitierende Scheibe, durch die die Lichter, die auf der anderen Seite brannten, in glitzernde Pailletten zerfielen, und als die Frau ihn hereinließ, nicht der übliche Salon mit dem schrillen Luxus, dem kleinen Tisch mit Spitzendeckchen, dem Kanapee und den Sesseln aus Prägesamt, sondern (genau, wie es sein muß, dachte er, wie das überfüllte Abteil dritter Klasse, wie das dreckige Linoleum im Gang des Waggons) ein nackter Saal, fahl, von zwei fahlen Glasglocken erleuchtet, vergleichbar (der Saal) einer nächtlichen, schonungslosen und käuflichen Replik der Bahnhofsgaststätte, ebenso bar jeder Intimität und Wärme, mit Moleskinbänken und Café-Tischen, dann (so, wie das Glas Bier aufgetaucht war, das er nicht anrührte und dessen breiigen Schaum er langsam an der Wandung hinabfließen, das Tablett aus gelbem Holz erreichen und sich nach und nach rings um den Fuß ausbreiten sah), jetzt in der gleichen Art und Weise auf der Bank materialisiert, nicht etwa zwei Frauen, zwei Dirnen, sondern die wägbare Anwesenheit (Parfüm, Atemzüge, Wärme, Lavaströme in Weiß, Dichtigkeit) von Brüsten, Schenkeln und Hüften, nach denen er mit demselben Jubel, demselben friedlichen Siegesgefühl nur die Hand auszustrecken brauchte, um sie unter den dünnen Morgenröcken zu berühren, abzutasten, während er neben sich im bleichen Licht der beiden Glasglocken die jadegrüne, wie Farbe aus einer Tube tretende Lache sehen konnte, die von dem zarten Halsansatz ausgehend schräg zu der Stelle hinabfloß, wo sich die Aufschläge des Kimonos zu öffnen begannen, breiter wurde, über das entblößte Fleisch glitt,

das, so schien es, aus einer durchsichtigen Paste bestand, wobei sich ihr gewundener und beweglicher Umriß bei jedem Atemzug verformte, sich wie flüssige Lava sanft zwischen die beiden Bahnen des mit Blättern und Früchten, aprikosenfarben, rot, orange gemusterten leichten Kleidungsstücks schob, dessen schlecht geschlossene Borten dem nachlässig geknoteten Gürtel entschlüpften, in einem schmalen Zwischenraum die Falten des Bauchs enthüllten, dann über den übereinandergeschlagenen Schenkeln aufklafften, in deren Mulde, zwischen den Aprikosen, Pflaumen und Pfirsichen, ein Nest dichten Gestrüpps schäumte, von der Farbe trockenen Grases mit bronzenen Reflexen.

Und eine Weile (oder vielleicht dauerte es nur ein paar Augenblicke, denn als er aufstand, hatten weder das eine noch das andere der beiden Mädchen Zeit gehabt, eines der beiden zusätzlichen Gläser an ihre Lippen zu führen, aus denen der gleiche breiige Schaum quoll, einzig damit beschäftigt, ihm mit der gleichen beharrlichen, fügsamen Mattigkeit (vielleicht hatte die Frau mit dem Kopf einer Mauleselin sie aus ihren Betten geholt, unzüchtig, lau und schlaftrunken) die gleiche lockende und ungeduldige Frage der ewigen biblischen Potiphars zu stellen), eine Weile also nichts anderes, als ob er sich in einer Art Benommenheit damit begnügte, dazusitzen, inmitten dieser priapischen Parodie in baumwollnen Morgenröcken, sie noch nicht berührte, während die drei Paare geschminkter Augen (die der beiden jüngeren und der Mauleselin, die sich, nachdem sie die Biere gebracht hatte, am Ende des Saals hinter eine Art Theke zurückgezogen hatte, auf der auf einer Seite ein Stapel gefalteter Handtücher das Gegenstück bildete zu dem Pitchpinekasten eines Grammophons, das in Gang zu setzen sie sich nicht einmal die Mühe gemacht hatte) ihn begutachteten, obgleich er jetzt, abgesehen von der fehlenden Krawatte, normal gekleidet war (Bloß habe ich keinen Mantel, dachte er: vielleicht ist es das? ...), mit dem gleichen argwöhnischen, ein wenig feindseligen, ein wenig ängstlichen Mißtrauen, das nicht nur von ihrem Beruf herrührte, sondern auch von etwas, was jetzt zweifellos von ihm ausging (die Mauleselin war offensichtlich bereit, auf irgendeinen Knopf drücken, um die Person in Erscheinung treten zu lassen (vielleicht hatte sie auch diese aus dem Bett geholt?), die sich, mit pomadisiertem Haar und glänzenden Krokoschuhen – oder wahrscheinlicher karierten Pantoffeln – sicherlich bereithielt) – »Oder vielleicht sieht man es zu deutlich?« dachte er noch, plötzlich erneut von jener Wut, jener unerträglichen Empörung gepackt, dachte: »Der verdammte Schweinehund, der ... Konnte er sich nicht einfach eine Kugel durch den Kopf jagen? ... Uns zu zwingen, ihm zu ... Uns ...«, erinnerte sich dann, daß er sich irgendwann (aber war es bevor oder nachdem er ihnen das Bier spendiert hatte – oder vielleicht als er das Verschwinden der beiden Radfahrer bemerkt hatte?) zu ihnen umgedreht und mit seiner schroffen Stimme, mit einem Anflug von Ironie, Verachtung gesagt hatte: »Nun, geht's weiter?«, oder vielleicht nur »Na, ihr jungen Leute? ...«, und der Jockei – oder vielleicht er selbst in seinem Halbschlaf, in jenem Zustand blöden Dahindämmerns, etwas geantwortet oder vielmehr gelallt hatte wie »Jawohl, Herr Oberst ...«, während er nun die Augen hob, sich plötzlich in einem der Spiegel entdeckte, die an der gegenüberliegenden Wand über den leeren Bänken entlangliefen: Spiegel ohne Rahmen, längliche, lediglich mit Klammern befestigte Scheiben, deren abgerundete Oberkanten eine Reihe von Bögen zeichneten und deren geschliffene Ränder Lamellen von Bildern zurückwarfen, so daß er sich im fahlen Licht mehrmals sehen konnte: als Ganzes, dann in winzige irisierende Streifen zerteilt, mit seinem runden, fast kahlgeschorenen Schädel, seinem ausdruckslosen Gesicht, in dem das, was er für ein Lächeln hielt, lediglich einen seiner Mundwinkel ein wenig zur Seite zog, dachte »Vielleicht kann ich gar nicht mehr lachen? ...«, den derben Worten lauschte, die die junge Rothaarige ihm ins Ohr flüsterte, dachte »Ja. Hergott, ja! Der Dreckskerl! Uns, mich ...«, sich jedoch immer noch nicht rührte, sich entspannte, zum erstenmal zurückgekehrt (umgeben von feilgebotenem, nacktem Fleisch, dem schäbigen Dekor, obszönen Worten lauschend) in ein jetzt beruhigendes, zuverlässiges Universum (als ob er, seit er die Wachstube verlassen hatte, in die er vor fünf Tagen außer Atem gerannt war, dann die schmucke kleine Stadt entdeckt hatte, wo der Rechnungsführer ihm einen Fahrschein für die dritte Klasse ausgehändigt hatte, in jenen Zug mit Reisenden gestiegen war, die bei seinem Anblick in Schrecken gerieten, im beginnenden Morgengrauen die verschlafene Bahnhofsavenue hinuntergegangen war ... als ob er seitdem mit wachsender Empörung durch eine skandalöse, unerträgliche Welt gegangen und ihr ein zweites Mal entronnen wäre, als er die Tür durchschritt, die die Frau mit dem Mauleselinnengesicht ihm geöffnet hatte), während die betörende, käufliche Circe sich inzwischen auf der Bank räkelte, so daß er jetzt sehen konnte, wie der schmale Streifen nackten Fleischs zwischen den Bahnen des Morgenrocks breiter wurde, die wie ein Theatervorhang zur Seite glitten, gleichzeitig der jadegrüne Schatten zur Seite glitt, sich zusammenzog, bis zwischen der doppelten Anhäufung von in Falten herabhängenden Orangen, Pflaumen und Pfirsichen in der Mitte der Fläche aus glattem Fleisch nichts anderes mehr übrigblieb als jenes Gestrüpp, jenes Büschel in der Farbe von trockenem Gras und Bronze, gleich einer parasitären Vegetation, einem wilden Busch, wo zwischen den jetzt gespreizten Schenkeln zwei Finger mit blutigen Nägeln so etwas wie eine bleiche Blüte öffneten, und er, jetzt stehend, in seiner Tasche kramte, die Scheine herauszog, zu der Frau mit dem Mauleselinnengesicht sagte: »Ja: beide. Zusammen. Ja. Was? Wieviel? Ja. Hier ...«, dann im Halbdunkel die schmale Holztreppe hinaufstieg, hinter der Kruppe, die sich bei jeder Stufe wiegte unter den Blütenblättern großer Mohnblumen, die sich abwechselnd dehnten, sich verformend, abwechselnd in verschiedene Richtungen gezogen wurden, und er konnte jetzt sehen, wie ihre flaumigen Stiele sich verkrümmten, ihre schwarzen Herzen sich fächerförmig fältelten, immer dünner wurden, dann von neuem aufblühten: ein breiter schwarzer Streifen säumte auch das untere Ende des Morgenrocks und schwebte über den aprikosenfarbenen Absätzen und den weißen Waden, die im Halbdunkel phosphoreszierten; dann sah er sie nicht mehr: als ob ihn mit einemmal alle seine Kräfte verließen, sich zurückzögen oder sich vielmehr zu einer einzigen konzentrierten, als wäre er nur noch eine Hand, eine Handfläche, Finger, die hinaufglitten, die Seide der Schenkel, die Muskeln spürten, und alles, was er später von diesem Augenblick in Erinnerung behielt, war jenes Nest, jenes wilde Gestrüpp, jene Hautfalten, jene Feuchte, während er, ohne sich um die Proteste zu scheren, ohne seine Hand von der Stelle zu bewegen, als ob er mit dieser Gabel den stolpernden Körper vor sich herschöbe, ihn trüge, sein Lachen hören konnte, seine endlich fröhliche, vielleicht ein wenig heisere Stimme, die sagte: »Aber nein! Ich laß dich nicht fallen! ... Geh rauf! ... Herrgott, geh rauf ... Geh weiter! ... Geh rauf! ...«, fortfuhr, zu lachen und gleichzeitig mit leiser Stimme alles bunt durcheinander zu beschimpfen, den seinen Säbel zückenden Anachronismus zu Pferde, die verängstigten Reisenden, den Kellner der Bahnhofsgaststätte und die von Palmen geschützten prosperierenden Villen, und mit einemmal vergaß er sie, die Außenwelt war jäh beseitigt, entfernt, getilgt aus seinem Bewußtsein: er warf sich auf

die beiden nackten Körper, vermengte sich mit ihnen oder versank vielmehr in den lauen Flecken Fleisches, und jetzt waren es nicht mehr jene Brüste, jene Bäuche, jene Vulven, die er so viele Male mit der Spitze seines Bleistifts in seifigen Schattierungen mit kalter Beflissenheit auf die farblosen Papierblätter gezeichnet hatte, sondern etwas Lebendiges, Bewegliches: Haare, Schleimhäute, Lippen, Speichel, Zungen, Augen, Stimmen, Atemzüge: das Fleisch ohne Lüge, glaubwürdig, fügsam unter seinen Händen, sich bewegend, sich spreizend, sich öffnend: gebannt, besiegt waren die Einsamkeit, der Tod, der Zweifel, dann nicht einmal mehr das, nichts mehr als dieser Ansturm, dieser Strudel, während alle Partikel seines Körpers ihn verließen, in betäubendem Lärm zum unteren Teil seines Bauchs stürmten, sich vor seinem Bauch versammelten, barsten, in etwas Brennendem heraussprudelten, bodenlos, endlos ... Dann nichts mehr: die Leere, der Friede: jetzt lag er auf dem Rücken, noch keuchend, während seine nackte Brust mit den vorstehenden Rippen sich rasch hob und senkte und er, bis sein Herz nach und nach zu seinem normalen Rhythmus zurückfand, nur dachte: »Herrgott! Herrgott nochmal Herrgott nochmal ...«
Später schickte er die Dirne mit dem klobigen Gesicht, den harten schwarzen Augen, dem mit Mohnblumen verzierten Morgenrock weg, in die er sich entleert hatte oder vielmehr in der er explodiert war, zündete sich eine Zigarette an, legte sich wieder auf den Rücken, streichelte mit einer Hand die nackten Schultern, strich von dem über ihn gebeugten Kopf das bronzene Haar zurück, das über seinen ausgemergelten Bauch, seine Schenkel glitt, während nach und nach die willige Hand, der willige Mund dafür sorgten, daß von neuem nicht nur jene Fontäne, jene Milch in ihm erwachte, sich dann versammelte, sich dann konzentrierte, sich verdichtete, aufwallte, explodierte, aus seinem tiefsten Innern sprudelte, sondern gleichsam die Substanz jener

Glieder, jenes abgemagerten und nervösen Körpers, dessen Muskeln er auch später noch, als das Licht gelöscht war und er dem regelmäßigen Atem neben sich lauschte, noch immer liegend, jetzt entspannt, besänftigt, spüren konnte, wobei er von neuem dachte: »Herrgott, Herrgott, Herrgott! . . .«, an die in dem dicken Gestank der Baracke gestapelten Körper dachte, an die wimmelnden Läuse, den Stacheldraht, die stelzbeinigen Silhouetten der Wachttürme mit ihren hageren Pfosten aus unbehauenem Kiefernholz, weinrot, grob gehobelt, wie abgeschürft, an denen hier und da noch kleine Zungen von Rinde hingen.
Er kam nicht am nächsten Abend zurück, sondern erst in der Nacht darauf. In dasselbe Bordell, mit demselben Mädchen, der Rothaarigen. Man kannte ihn jetzt. Die Mauleselin mit ihrem noch immer argwöhnischen, mißtrauischen Blick, das Mädchen, mit dem er nur ein paar derbe Worte wechselte oder jene fälschlich lustigen, zerstreuten, stupiden Späße, die sie sich anhörte, indem sie ihn ebenfalls mit einer verwirrten, ein wenig ängstlichen Miene beobachtete, nachdenklich mit dem Finger an dem entzündeten Fleisch rings um die verschorfte Schnittwunde auf seiner Hand entlangstrich, ihm spielerisch mit seiner eigenen Hand über den Kopf strich, sagte: »Wo hat man dir denn diesen Haarschnitt verpaßt?« Er verließ sie frühzeitig, trank eine scharfe, bittere Flüssigkeit in einem der ersten geöffneten Cafés, legte sich wieder ins Bett, schlief bis zum Mittag, aß mit den beiden alten Frauen, ging aus und setzte sich in die Sonne auf eine von Palmen geschützte Terrasse, wo er, vor einer Tasse des gleichen bitteren Kaffee-Ersatzes, zusah, wie die Juden mit den traurigen Gesichtern den Grenzgängern die diamantenen Lichter der kleinen Steine anboten, die sie aus ihrem Seidenpapier holten, es verstohlen auseinanderfaltend, verschreckt, düster, tragisch. Jeden zweiten Abend ging er ins Bordell, um die Nacht im selben Zimmer mit dem scheußlichen Dekor zu verbringen, in dem sich

lediglich der breite, mit einem fleckenübersäten, plüschartigen Stoff bezogene Diwan von verschossenem Rosa, ein Waschbecken, ein Bidet, ein Stuhl und zwei Kleiderhaken befanden, die an der scheußlichen Tapete mit den durch einen schmalen Goldfaden getrennten senkrechten roten und schwarzen Streifen befestigt waren. Stellenweise hatte die Feuchtigkeit die Tapete abgelöst, die sich bauschte und rissig wurde. Es war auch ein Fenster da, von dicken, ebenfalls plüschartigen Vorhängen verdeckt, die er eines Morgens beiseiteschob, um eine Art Brunnen zu entdecken, dessen graue, schmutzige Rückwand weniger als zwei Meter entfernt war. Irgendwo, unten, trällerte eine Frau. Nachts lag er einfach da, Körper und Geist von allem entleert, in einem vagen Wohlbefinden, atmete die stickigen Gerüche von Haut, Puder und billigem Parfüm.
Es schien, als könnte nichts, weder die Gefangenschaft noch die Gefahr, noch der Hunger, die behäbige Gelassenheit des oranischen Zuhälters erschüttern, eines wortkargen Juden mit Augen wie zwei Stück Kohle unter schweren Lidern, gutmütig, bissig und königlich zugleich, mit dem vollen Gesicht, den dicken Lippen eines Levantiners, der ihren Wärtern die jeden Sonntag gezeichneten nackten, hurenden Körper feilbot, auf Papierblättern, die er (der Oraner) sich wer weiß wie in einem von dreifachem Stacheldraht umgebenen Quadrat beschaffte, in dem mit Ausnahme eines Blechnapfes, eines Löffels, eines schartigen Messers und eines Stücks Seife jeder persönliche Besitz streng verboten war; einer der wenigen (der Oraner), so schien es, unter denen, die hier eingesperrt waren (nicht nur in der Baracke, sondern im ganzen Lager), der gekämpft hatte (nicht, daß die anderen besonders feige oder furchtsam gewesen wären: sie hatten einfach keine Gelegenheit dazu gehabt, waren gefangengenommen oder vielmehr eingesammelt worden von grün gekleideten, behelmten, lachenden und großmäuligen Männern, als sie aus

einem Urlauberzug stiegen oder noch friedlich in ihren Kasernen oder ihren Depots schliefen, dreißig oder vierzig Kilometer hinter der Stelle, wo diejenigen, die sie befehligten, meinten, daß sich die Front befand): einmal (nicht zweimal: nur einziges Mal) erzählte er (der Oraner): das Freikorps, zu dem er sich freiwillig gemeldet hatte, die Patrouille, die Nacht, das Anschleichen, das Auflauern, der Sprung, und wie er zwei Deutsche getötet hatte, ihnen mit der blanken Waffe die Kehle durchgeschnitten hatte: er vollführte die rasche, biblische, leise, blutige Geste: die linke Hand vorgestreckt, um den unsichtbaren Feind mundtot zu machen, während die über dem unsichtbaren Dolch geschlossene Faust rasch über seine eigene Kehle fuhr, seine dicken Lippen sich schürzten, die wilden, knirschend aufeinandergepreßten Zähne entblößten, und danach verstummten die fünf oder sechs Anwesenden, die im widerwärtigen Gestank von Exkrementen und Urin, der den Vorraum der Baracke erfüllte, an Kippen von Kippen zogen, schwatzten, fluchten und prahlten in ihren verdreckten Uniformresten, und sahen zu, wie er seelenruhig aus seiner Tasche einen dreiviertel vollen Tabakbeutel, ein Päckchen Reispapier zog und eine Zigarette drehte, die anzuzünden sich mehrere Hände streckten. Und als er im Dunkeln neben dem jugendlichen und käuflichen Körper zwischen den vier Wänden mit der scheußlichen Tapete lag (sogar im Dunkeln schien er sie zu sehen oder vielmehr zu spüren, schreiend, gewalttätig, verschimmelt, naiv, trübe), konnte er sich daran erinnern, das heißt an jenen Teil der Baracke, ganz hinten, am weitesten entfernt von der Tür, in der jeden Augenblick ein Wärter auftauchen konnte: zwei Tische und vier Bänke, wo eine Art Aristokratie von oranischen Zuhältern, um die sich ein ehrerbietiger Hofstaat kleiner Rowdies scharte, so etwas wie einen Club, eine Spielhölle organisiert hatte, wo auf dem fettverklebten, schmierigen Holz mit schmierigen Spielkarten sonntags oder nach dem Abendessen (der grimmigen und langwierigen Aufteilung der feuchtem Sägemehl ähnelnden Brotstangen mit Hilfe improvisierter Waagen, die er (der Oraner) leitete, stets gelassen, biblisch, königlich) nicht weniger grimmige Pokerpartien ihren Fortgang nahmen, unter der Leitung einer Art Kadaver (auch er ein Oraner) mit dem Kopf eines Wucherers, eines Portugiesen, Juden oder Spaniers (wahrscheinlich alles zugleich), deren Einsätze aus Zigaretten, Lagergeld oder auch den soeben aufgeteilten Scheiben verklebten Sägemehls bestanden. Und er konnte sich wieder an dies erinnern: an das Zucken der Lider, den stechenden Blick, die stumme Warnung, die der Oraner ihm über die unerbittlichen, ausdruckslosen Gesichter der Gauner hinweg hatte zukommen lassen, an dem Tag, als er, rittlings auf einer Bank sitzend, Miene gemacht hatte, um Karten zu bitten: denn er (der Oraner) schien ihn adoptiert zu haben, wodurch er ihn gleichzeitig den anderen aufzwang, das heißt seinen Standesgenossen – oder vielmehr Vasallen, der Bruderschaft mit den grausamen Gesichtern von Schnüfflern oder Spitzbuben: und nicht etwa (adoptiert) wie ein Beschützer (er (der Oraner) hatte beispielsweise einen Araber oder vielmehr Kabylen, einen fast Rothaarigen, mit einem breiten Bauerngesicht, der ihm kleine Dienste erwies, wie seinen Blechnapf zu säubern oder seine Wäsche zu waschen: kein Dienstbote: eher wie eine Art Hund, den er »Ratte« nannte, nicht aus Bosheit oder Verachtung, einfach deshalb, weil er für einen Araber keinen anderen Namen wußte, und dem gegenüber er jene unendliche Fürsorge und jene aus dem Innersten kommende Zärtlichkeit an den Tag legte, die ein Mann für seinen Hund empfinden mag, imstande – er tat es zwei- oder dreimal –, ihm vor einem Kreis verdutzter Blicke seinen noch halbvollen Napf zu reichen, wobei er sagte: »Da nimm. Ich habe keinen Hunger. Iß ...«), also nicht adoptiert, sondern auf die gleiche, wenn nicht eine etwas höhere

Stufe gestellt, und dies nicht nur deshalb, weil er imstande war, mit Hilfe eines Bleistifts nackte Körper von Männern und Frauen (oder vielmehr Nymphchen) zu zeichnen, sondern er erwies ihm eine Art Hochachtung, wie sie zum Beispiel ein Bordellbesitzer für einen fabelhaft reichen oder mit fabelhaften Titeln versehenen Kunden empfinden mag, der sein Etablissement besucht – oder auch zur Hälfte am Gewinn beteiligt ist –, und er dachte (immer noch von jenem unsichtbaren, scheußlichen schwarzen Gitter auf rotem Grund umgeben): »Dann liegt, daß ich mich nur hier wohlfühle, vielleicht daran. Möglich, daß sie ... daß ich ...«, außerstande zu formulieren, was er empfand, verließ nachmittags die Stadt, lief einsam durch die Felder, zuerst einfach um zu laufen, so wie sie gelaufen waren, über vierzig Kilometer zurückgelegt hatten in jener ersten Nacht, nachdem sie aus dem Lager geflohen waren, folgte den Wegen, auf denen er manchmal einem oder zwei Karren zwischen den von Zypressen oder Lorbeerbäumen geschützten Gemüsegärten begegnete. In der dunstigen roten Dämmerung der Herbstabende dehnten sich im schwachen Wind die langen gebläuten Rauchfahnen der duftenden Feuer, in denen tote Blätter verbrannten. Die Weinberge entlaubten sich vollends, ließen von neuem die Erde sichtbar werden, schlangen ihre nackten, orangebraunen Ranken ineinander. Die Straßen waren menschenleer. Es befuhren sie nur einige wenige Lastwagen, deren Brummen man von ferne in der Stille anschwellen und wieder abklingen hörte. Alles war friedlich, unversehrt, unverändert. Er ging früh zu Bett: entweder schlief er sofort ein, oder wenn der Schlaf zu lange auf sich warten ließ, stand er auf, zog sich an, verließ leise das Haus und ging in das Bordell zurück. Wenn das rothaarige Mädchen besetzt war, wartete er friedlich, rauchte Zigaretten oder wechselte mit der einen oder anderen der Frauen ein paar Worte aus dem eingeschränkten Vokabular, über das sie verfügten (demselben, das er vierzehn Monate lang mit den Kavalleristen seiner Schwadron oder den Gefangenen in der Baracke benutzt hatte), vor dem üblichen Glas Bier sitzend, dessen Schaum überquoll und langsam nach unten lief, ohne daß er es je anrührte. Eines Abends ging er in ein Kino, das er nach zehn Minuten wieder verließ. Er nahm den Zug (später kaufte er sich ein Fahrrad), um seine Weinberge aufzusuchen oder vielmehr den neuen Verwalter (der frühere – das heißt der Nachfolger des alten Negers mit der unentwegt auf seinem Kopf klebenden Mütze – war mit der Hälfte seines Regiments beim Bombenangriff auf einen Bahnhof in der Bretagne getötet worden, als ein Munitionszug neben dem ihren explodiert war), der ihm mit übertriebener Ehrerbietung begegnete, gleichsam auch er vage erschrokken, perplex, servil, ihm die erledigten Arbeiten in den Weinbergen zeigte, von denen er noch immer nicht wußte, welche die seinen und welche die der Verwandten waren, die sie bestellen ließen und die ihm seit seiner Volljährigkeit regelmäßig die vierteljährlichen Schecks geschickt hatten, sie auch in den vergangenen vierzehn Monaten weiter auf sein Bankkonto eingezahlt hatten, so daß er jetzt das Geld von acht Monaten ausgeben konnte, in denen er auf einem Pferd spazierengeritten war, zuerst in Regen und Schnee, dann acht Tage unter Bomben, vermehrt um fünf Monate, in denen er im sandigen Boden Sachsens eine Sickergrube ausgehoben, zum Schein elektrische Leitungen verlegt und, nach den Koitusszenen, Porträts von Feldwebeln gezeichnet hatte. Er las nichts, nicht einmal eine Zeitung, betrachtete mit kaltem, völlig gleichgültigem Blick, wenn eine der alten Frauen ihm die Zeitung des Tages reichte, die Überschriften, die Bombenangriffe, Luftgefechte oder Schiffstorpedierungen bekanntgaben, überflog die Nachrichten aus den Dörfern der Region, die Sportberichte, das Ganze in nicht mehr als fünf Minuten, faltete die Zeitung wieder zusammen und legte sie auf den Tisch. Eines Tages jedoch kaufte er eine Zeichenmappe, Papier, zwei Klammern, setzte sich auf seinen Spaziergängen irgendwo hin und begann so genau wie möglich die Blätter eines Zweiges, ein Schilfrohr, ein Grasbüschel, Steine zu zeichnen, wobei er keine Einzelheit, keine Ader, keine Auszackung, keine Rippe, keinen Riß außer acht ließt. Die noch an den Ranken der Weinstöcke hängenden Blätter waren von intensiver Purpurfarbe, manchmal rosa, manchmal noch grün, zumindest längs der Adern. Eine gelbe oder braune Fäulnis befiel ihre Ränder oder manchmal ihr Inneres, Löcher hineinfressend. Er zeichnete auch die sternförmigen Blätter der Platanen mit den von Augen übersäten weißen Stämmen. Auf die Erde gefallen und ebenfalls braun geworden, nahmen sie die Konsistenz von Pappe an, wurden von den Windböen zu Hunderten über den Boden gewirbelt, hüpften von einer Spitze auf die andere und häuften sich an einer kleinen Mauer oder einem Graben. Nach und nach blieb in der Landschaft kein anderes Grün mehr übrig als das der Zypressenhecken und der Lorbeerbäume, deren dunkle Blätter sich an den Rändern wie Flammen wellten. An einem stürmischen Tag fuhr er mit der alten Straßenbahn zum Strand, setzte sich vor die Reihe der wenigen Fachwerkvillen mit den prätentiösen normannischen Dächern, den prätentiösen Türmchen und den halb im Sand vergrabenen geschlossenen Fensterläden und sah lange zu, wie die gelben, sandfarbenen Wellen sich stießen und drängten und in einem gewaltigen, ohrenbetäubenden Getöse zerschellten. Sie kamen ohne Unterlaß aus der unerschöpflichen Tiefe des Horizonts, wo man ähnlich Geysiren auch flüssige Explosionen zum Himmel steigen sah, die sich zerzaust übereinander auftürmten, wie Pferde galoppierten, ihren eigenen Abhang herabstürzten, sich über sich selbst zusammenrollten, um die Wette rasten, zerschellten, sich schließlich in langen schaumigen, prickelnden Tüchern ausbreiteten, die der Sand schluckte. Es schien weder Anfang noch Ende zu haben, ebensowenig wie das Geräusch oder vielmehr der Lärm, gleichbleibend, majestätisch, friedlich. In die Stadt zurückgekehrt, wo die Lichter aufflammten, ging er, ohne stehenzubleiben, an der Eingangshalle der Zeitung vorbei, wo ein Lehrling jeden Abend die Zahlen der Verluste der Armeen oder der beschossenen Flotten mit Kreide an eine Tafel schrieb. Der Winter kam. Der Wind bog die ausgedünnten Spitzen der Zypressen, schaukelte langsam die im blauen Himmel gleißend weißen Stämme der riesigen Platanen. Eines Tages fällte er sieben von ihnen auf einen Streich, wobei die einen von den anderen mitgerissen wurden wie Kegel, und sie lagen da, gleich sagenhaften Gebeinen unter den zukkenden Mähnen ihrer zerbrochenen Äste. Er zeichnete die Sprenkel, die die Schuppen der aufgeplatzten Rinde bildeten, von grauem Grün, mit den gewundenen Formen zerklüfteter Inseln voller Buchten, Golfe, vorspringender Kaps. Jetzt ging er nicht mehr ins Bordell. Die Frau (die Frau, die er während eines Fronturlaubs geheiratet hatte) hatte es zuwege gebracht, die Grenze zu überschreiten, die jetzt das Land zerteilte, und war zu ihm gekommen: diejenige, die sich entkleidete, geduldig für ihn Modell stand, ihn vor vierzehn Monaten zum Bahnhof begleitet, die Sandwiches, die er nicht hatte essen können, in Seidenpapier eingewickelt hatte, später neben ihm in einem Sessel des Rathaussaales vor dem Tisch gesessen hatte, hinter dem ein gehetzter Beamter wie am Fließband Dienst tat: eine Zeremonie – oder vielmehr eine Formalität – kurz, administrativ, schaurig, in einem lächerlich pompösen, lächerlich emphatischen Rahmen, fast beleidigend für die Art von Paaren, die vor der Tür Schlange standen, Frauen mit angespannten Gesichtern (eine von ihnen hielt ein Baby im Arm, eine andere wurde von einem kleinen Kind begleitet) und Männer, die es schon nicht mehr gewohnt waren, zivile Kleidung zu tragen, er in einem am Tag zuvor gekauften Anzug, sie den Ring mit dem Diamanten am Finger, den er am Morgen von der Bank geholt und ihr abrupt, scherzend, zusammen mit seinem viermal gefalteten Testament und dem Safeschlüssel in die Hand gedrückt hatte, während sie zu weinen anfing. Und jetzt teilte er mit ihr und den beiden alten Frauen die Wurst-, Schokoladen- und Marzipanpäckchen, die sie ihm während des Sommers geschickt hatten und die die Rechnungsführer einer Armee, die Städte unter den Bomben begrub und Menschen zu Tausenden ermordete, unerschütterlich an den Absender zurückschickten, unversehrt, nur ein wenig verbeult, mit dem Vermerk: »Im Lager unbekannt«. Es war jetzt zu kalt, außer an einigen schönen Tagen, in der Sonne und geschützt vor dem Wind, der die raschelnden Zweige der Palmen aneinanderstieß, um sich auf die Terrassen der Cafés zu setzen, aus denen nach und nach die Juden mit den pathetischen Gesichtern verschwunden waren. Der wütende Winterwind reinigte den Himmel, auf dem sich allnächtlich die Myriaden eisiger Lichter langsam verschoben, stumm und unerbittlich, Myriaden von Sternen, wie schwebender Diamantstaub, fortgezogen von irgendeiner unsichtbaren, unerbittlichen Maschine. In der Bibliothek, die er geerbt hatte und die man für ihn zusammen mit den rätselhaften Porträts ferner Vorfahren, den Intarsienkommoden, den damaszierten Pistolen und den goldverzierten Spiegeln in den Teil des Hauses geschafft hatte, den er bewohnte, fand er ein paar Romane von Akademiemitgliedern aus dem Anfang des Jahrhunderts sowie eine unvollständige Sammlung der Werke von Rousseau, in Leder gebunden, mit ebenfalls goldverziertem Rücken und blaßrotem Schnitt. Auf einigen Seiten befanden sich Randbemerkungen, mit feiner Feder in Tinte geschrieben, vielleicht von dem Jäger mit dem Hals einer Frau und der blutigen

Schläfe. Bei einem Bouquinisten kaufte er die fünfzehn oder zwanzig in rotbraunes Saffianleder gebundenen Bände der *Comédie humaine*, die er geduldig, ohne Vergnügen, einen nach dem andern las, ohne einen einzigen auszulassen, während er hörte, wie der Wind lärmend über die Dächer strich, irgendwo einen Fensterladen klappern ließ. Abgesehen von einigen wenigen Verwandten kannte er in der Stadt nur einen stets betrunkenen alten Maler, der endlos immer die gleichen Obstgärten mit blühenden Pfirsichbäumen malte und bei dem er ein paar gleich ihm hier gestrandete Leute traf. Nach und nach änderte er sich. Er fing wieder an, die Zeitung zu lesen, achtete auf die Landkarten, die sie veröffentlichten, die Namen der Städte, Küsten oder Wüsten, wo weiterhin Schlachten geschlagen wurden. Eines Abends setzte er sich an seinen Tisch vor ein weißes Blatt Papier. Es war jetzt Frühling. Das Fenster war in der lauen Nacht geöffnet. Einer der Zweige der großen Akazie, die im Garten wuchs, berührte fast die Mauer, und er konnte die von der Lampe beleuchteten Zweige mit ihren federartigen Blättern sehen, die vor dem Hintergrund der Finsternis leise bebten, die ovalen, vom elektrischen Licht grell grün gefärbten Foliolen, die hin und wieder schwankten wie Federbüschel, plötzlich wie von einer eigenständigen Bewegung durchzuckt, als ob der ganze Baum erwachte, schnaubte, sich schüttelte, und dann besänftigte sich alles, und sie sanken zurück in ihre Regungslosigkeit.

Von Claude Simon erschien
im Suhrkamp Verlag

Das Seil. 1964
Aus dem Französischen von Eva Moldenhauer
Bibliothek Suhrkamp 134

»Simons radikaler Realismus oszilliert zwischen Zynismus und melancholischer Gelassenheit, ständig angetrieben von der Suche nach ›etwas anderem‹ als dem, was sich mit dem ›moralischen Maßstab‹ messen läßt ... Es ist eine Welt, die man wie auf einem Seil durchwandelt, immer bestrebt, ein prekäres Gleichgewicht zu halten, mag geschehen, was will.«

Friedrich Hagen, Stuttgarter Zeitung

»Claude Simon vergißt niemals, daß er Maler gewesen ist ... So wie auch die Malerei das Recht erworben hat, sich selbst darzustellen, eine Kunst der Beziehungen zwischen Linien, Farben und Formen zu sein, so muß sich auch die Literatur mit ihrem Material, mit Worten, Bildern, Situationen, der Kunst der Komposition öffnen ... Es ist das Wunder, daß all diese einzelnen Wege doch nur einen einzigen bilden; daß Claude Simon im Innersten seines Werkes von einem großen, barocken, humanistischen Impuls angetrieben wird, der den zerrissenen Stoff der Erzählung wieder zusammenfügt. Vielleicht meinen dies die Verleiher des Nobelpreises, wenn sie erklären, daß sie in Simons Werk die Beschreibung der ›condition humaine‹ gefunden haben.«

Jacques Leenhardt, Die Zeit